싯다르타 • 수레바퀴 밑에서

헤르만 헤세

일신서적출판사

차   례

싯다르타

제1부

바라문의 아이

　집의 응달에서, 거룻배 옆 강가의 양지에서, 사라수 숲의 그늘에서, 무화과 나무의 그늘에서, 바라문[1]의 사랑스러운 사내아이 어린 매 싯다르타는, 역시 바라문의 아이로 그의 친구 고빈다와 함께 성장했다. 강가에서 미역을 감을 때, 세례를 받고자 몸을 씻을 때, 신성한 제사를 지낼 때는 그늘이 그의 검은 눈동자로 흘러들었고, 태양이 그의 빛나는 어깨를 다갈색으로 태웠다. 망고의 숲에서 소년이 장난을 칠 때나, 어머니의 노래를 들을 때, 혹은 신성한 제사를 지낼 때, 학자이신 아버지의 가르침을 받을 때, 현자(賢者)들의 가르침을 배울 때부터, 이미 싯다르타는 현자들의 담론에 참여하였고, 고빈다와 더불어 논쟁(論爭)하고 관찰하는 방법과 깊이 사색하는 방법을 익혔다. 이미 그는 말 중의 말인 『옴』[2]을 소리내지 않고도 말할 줄 알았고, 들이쉬는 숨으로 소리를 내지 않고도 자신의 몸 속을 향해 말했으며, 내쉬는 숨으로 소리를 내지 않고 자신의 몸 속에서 밖을 향해 말할 수 있었다. 정신을 집중하고, 명석하게 사고(思考)하는 정신의 빛에 이마를 번뜩이면서. ── 이미

---

1) 바라문(婆羅門) [Brahmana] : 인도의 사성(四姓) 가운데 승려(僧侶), 사제(司祭)의 계급.
2) 옴(俺) [Om] : 완성의 뜻. 기도와 주문(呪文)의 처음과 끝에 쓰이는 말.

그는, 자신의 본성 내부에서 불멸하며, 우주와 일체가 되는 아트만(眞我)³)을 깨달을 수 있었다.

가르치기 쉽고, 지식을 갈망하는 이 아이를 보고 아버지의 마음은 한없이 기쁘기만 하였다. 자식에게서 위대한 현자, 제사장(祭司長), 바라문족(族)의 왕자가 될 사람이 성장하고 있는 것을 아버지는 보았던 것이다.

어머니 역시 그의 아들 싯다르타의 걷는 걸음걸이와 앉았거나 서 있는 모습과 늠름하고 사랑스럽고 나긋나긋한 발로 걸으며, 흠잡을 데가 없는 예의바른 태도로 어머니에게 인사하는 것을 보노라면 기쁨으로 물들게 했다.

싯다르타가 빛나는 이마, 왕자다운 눈매, 가냘픈 허리로 시내의 작은 길을 걸으면, 바라문의 어린 딸들의 마음에는 사랑이 싹텄다.

그렇지만 그 모든 사람들 이상으로 그를 사랑하고 있었던 사람은 그의 친구인 바라문의 아이 고빈다였다. 그는 싯다르타의 눈과 다정한 목소리를 사랑하였고, 그 걸음걸이와 동작의 흠잡을 데 없는 예의바른 태도를 사랑하였으며, 싯다르타가 행하고 말하는 모든 것을 사랑했다. 그리고 무엇보다도 그는 친구의 정신과, 열화처럼 고귀한 사상과, 불길 같은 의지, 그리고 드높은 사명감을 사랑하였다. 고빈다는 알고 있었다. 『싯다르타는 평범한 바라문의 승려, 제물을 관장하는 태만한 관리, 주문(呪文)을 장사하는 탐욕스러운 장사꾼, 허영뿐인 공허한 변설가, 사악하고 음흉한 제사장, 그리고 또 가축 떼 속의 얌전하고 어리석은 양이 되지 않을 것임을.』고빈다 자신도 그런 인물, 흔해빠진

3) 아트만(眞我) [Atman] : 본래는 『호흡』의 뜻. 영혼, 우주(宇宙) 등을 의미함

수많은 바라문 승려가 될려는 생각은 하지 않았다. 그는 사랑하는 벗이며, 훌륭한 친구인 싯다르타를 따라가려고 마음먹었다. 언젠가 싯다르타가 성불하게 되는 날, 광휘의 나라에 입멸하게 되면 고빈다는 그의 친구로서, 동반자로서, 충복으로서, 종자로서, 그림자로서, 싯다르타를 따르리라 다짐했다.

이렇게 모든 사람들이 싯다르타를 사랑하였다. 그 역시 모든 사람들에게 기쁨과 즐거움을 안겨 주었다.

그렇지만 싯다르타 자신은 기쁘거나 즐겁지 않았다. 향기를 풍기는 무화과 나무의 정원 길을 산책하면서, 푸른 빛을 띤 숲의 그늘에 앉아 명상에 잠기면서, 매일의 일과인 목욕 재계를 하면서, 우거진 망고의 숲에서 제례(祭禮)를 올리면서, 흠잡을 데 없는 예의바른 태도를 익히면서 모든 사람들로부터 사랑을 받고 모든 사람들의 기쁨이 되면서도 그 자신의 마음 속은 조금도 기쁨으로 채워지지 않았다. 꿈과 끊임없는 생각이 그의 마음에 강물로부터 흘러왔고, 밤하늘의 별로부터 번쩍여 왔으며, 햇빛으로부터 녹아왔다. 꿈과 영혼의 불안이 그의 마음에, 제물로부터 연기처럼 피어오르고, 리그베다[4]의 시구로부터 뿜어 나왔으며, 늙은 바라문 승려의 가르침으로부터 방울지며 떨어져 왔다.

싯다르타의 마음에는 불만이 움트기 시작하고 있었다. 아버지의 사랑도, 어머니의 사랑도, 친구 고빈다의 사랑도 언제까지나 그를 행복하게 할 수는 없다는 것과 마음의 갈등을 가라앉혀, 흡족해 하는 만족을 주지 못한다는 것을 느끼기 시작하고 있었던 것이다. 존경하는 아버지와 다른

---

4) 리그베다(梨俱弊陀) [Rig-Veda] : 바라문교의 성전으로 1,028 의 운문 찬가(讚歌)로 되어 있음.

스승들, 그리고 현명한 바라문들은 이미 그들이 지닌 지혜의 대부분을 그에게 전수했고, 그들은 최상의 그 풍부한 지혜를 그가 기다리며 들고 있는 그릇에 다 쏟아 버렸다는 것을 그는 짐작하기 시작하고 있었다. 그런데도 그릇은 채워지지 않고 있었다. 정신은 만족하지 않았고, 영혼은 편치 않았으며 마음의 갈등은 진정되지 않았다.

몸을 깨끗이 해주는 목욕은 기분좋은 일이다. 하지만 그것은 물일 뿐 죄악을 씻어 버리지는 못하였다. 정신의 갈증을 풀어주지 못했고, 마음의 불안을 해결해 주지도 못하였다.

제물을 바치고, 신에게 기도하는 것은 좋은 일이었다. ── 그렇지만 그것이 전부라고 할 수 있을까? 제물은 행복을 가져다 주었는가? 신들의 일은 어떠했는가? 세계를 창조한 것은 정말로 프라야파티⁵⁾였는가? 세계를 창조한 것은 아트만, 그 유일(唯一) 전일(全一)한 것이 아니었던가? 신들도 우리와 마찬가지로 창조되고, 시간에 종속하는 무상한 형체가 아니었던가? 그렇다고 한다면, 신들에게 제물을 바치는 것은 좋은 일, 옳은 일, 뜻있는 **최고의 행위**였던가? 『그』유일한 자, 아트만 외에도 제물을 바쳐 숭배하고 경모할 존재가 있었던 것인가? 어디에서 아트만은 발견된 것인가? 어디에서 『그』는 살고 있었는가? 어디에서 『그』의 영원한 마음은 고동치고 있었는가? 각자가 자기의 내부에 품고 있는 자아의 내부, 가장 깊숙한 것의 내부, 영원 불변한 것의 내부의 다른 어디였는가? 하지만 그 자아, 가장 깊숙한 것, 궁극적인 것, 그것은 어디에 있었는가?

5) 프라야파티[Prajapati] : 만물을 창조하고 지배하는 최고신(最高 神)

그것은 살도 뼈도 아니고, 사고(思考)도 의식도 아니었다.
가장 현명한 사람들은 그렇게 가르쳐 주었다. 그럼 그것은
어디에 있었는가? 그것에 다가서기 위해, 자아를 향하여,
곧 나를 향하여 진아를 향하여 다가서기 위해, 찾은 보람이
있는 다른 길이 있었던가? 아, 아무도 이 길을 제시하지
않았다. 아무도, 아버지도, 스승도, 현자도, 신성한 제식
(祭式)의 찬가도 이 길을 알지 못하였다. 그들은 바라문과
그 성전에 대해서는 무엇이든지 알고 있었고 그 일체의
것을 위해, 아니 그 일체의 것보다 이상의 것을 위해 마음
을 쓰고 있었다. 세계의 창조 언어와 음식물과 호흡의 **발생**,
오관(五官)의 질서, 신들의 조화 등 —— 무한히 많은 것을
그들은 알고 있었다 —— 그렇지만 그런 일체를 아는 것에
가치가 있었던가? 만약 또 하나의 것, 유일한 것, 가장
중요한 것, 다만 하나 중요한 것을 모른다고 한다면.

　확실히 성전(聖典)의 많은 시구에서 특히 사마베다[6]의 우
파니샤드[7]에 있어서는 내면의 궁극적인 진리에 대해서 말한
훌륭한 시구가 있었다. 『그대의 영혼은 전세계이니』라고
거기에는 쓰여져 있었다. 인간은 잠잘 때, 깊은 잠에 빠졌
을 때, 자기의 내면으로 되돌아가며, 아트만 속에 산다고
쓰여 있었다. 경탄할 만한 지혜로운 현자들의 모든 지식이
이 마술적인 말 속에 담겨 있었다. 마치 꿀벌이 모은 꿀처
럼 순수하게. 아니 셀 수 없을 만큼 이어진 세대에 걸쳐
현명한 바라문들이 모으고 보존한 인식의 아주 큰 보고는

---

6) 사마베다(沙磨弊陀) [Sama-Veda] : 제례(祭禮) 때 일정한 곡조
　에 맞추어 부르는 찬가집(讚歌集)

7) 우파니샤드[Upanisad] : 베다를 철학적으로 풀이한 것. 종류가
　많음.

경시할 수 없는 것이었다. —— 하지만 이 심오한 지식을 단지 아는 것에만 그치지 않고, 삶으로 체험하는 데 성공한 바라문은, 제사장은, 현자, 또는 참회자는 어디에 있었는가? 아트만을 고향으로 삼는 상태를 잠으로부터 백일(白日)로, 생활로, 보행(步行)으로, 언행으로 구현시킨 달인(達人)은 어디에 있었는가? 싯다르타는 존경할 만한 수많은 바라문을 알고 있었다. 그 중에서도 고결한 학자이시며, 최고로 존경받아야할 마땅한 사람이 바로 그의 아버지임을 알고 있었다. 아버지는 찬탄할 만하였다. 그 거동은 조용하고 고귀하였으며, 생활은 청순하고 말은 현명하였다. 그 이마에는 고상하고 미묘한 사상이 깃들어 있었다. —— 하지만 그처럼 박식한 아버지도 정복(淨福)속에 살고 있었는가? 평화를 가지고 있었는가? 아버지 역시 구도(求道)하는 자이며, 갈구하는 자에 지나지 않았던 것은 아닌가? 아버지는 끊임없이 되풀이해 갈구하는 사람으로서, 신성한 샘물로, 제물로, 책으로, 바라문의 문답으로 목마름을 풀지 않으면 안 되었던 것은 아닌가? 비난받을 여지가 없는 사람인데도, 어째서 아버지는 매일처럼 새롭게 정죄(淨罪)에 힘쓰지 않으면 안 되었던 것인가? 아버지의 내부에 아트만은 없었던 것인가? 아버지 자신의 마음 속에 원천(源泉)은 흐르지 않고 있었던 것인가? 자아 속의 원천, 사람은 그것을 찾아내고, 것을 자기 것으로 만들어야만 했던 것이다. 그 밖의 모든 것은 탐색이고, 우회(迂廻)이며, 방황이었을 뿐이었다.

싯다르타의 이러한 생각이 곧 그의 갈증이요, 고뇌였다. 가끔씩 그는 찬도기야 우파니샤드[8]에서 다음 말을 읊조

---

8) 찬도기야 우파니샤드 [Chandogya-Upanisad] : 1백여 개의 우파

리곤 했다.

『참으로 범천(梵天)의 이름은 진리로다 ── 참으로 그것을 아는 자는 나날이 천계(天界)로 들어가리라.』

천계가 가깝다고 생각되는 일이 종종 있었지만, 거기에 완전히 도달하는 일은 여태까지 한 번도 없었고 마지막의 갈증을 푸는 일 역시 한 번도 없었다. 그가 알고 있으며 그 가르침을 받은 현자나 최고의 현자 중에서도, 천계에 완전히 이른 사람, 영원한 갈증을 완전히 푼 사람은 한 사람도 없었다.

「고빈다여,」

하고 싯다르타는 그의 친구를 향해 말하였다.

「사랑하는 고빈다여, 나와 함께 판야나무 밑으로 가서 정사(靜思)에 힘써보자구나.」

그들은 판야 나무 밑으로 가서 앉았다. 싯다르타가 자리를 잡고, 고빈다는 거기서 20보쯤 떨어진 곳에 정좌하였다. 그렇게 자리를 잡고 그들은 성스러운 말, 『옴』을 욀 차비를 하고 앉아서 싯다르타는 다음의 시구를 되풀이해 읊조렸다.

옴은 활, 영혼은 화살,
범(梵)은 과녁
단연코 쏘아 맞추라.

정사(靜思)를 수행하는 일정한 시간이 지나자, 고빈다는 일어섰다. 저녁때가 되어 있었다. 저녁의 수욕(水浴)을 할

니샤드 사상 중에서 중요하게 손꼽히는 13가지 사상 중의 하나

시간이었다. 고빈다는 싯다르타의 이름을 불렀다. 싯다르타는 대답하지 않았다. 명상에 잠겨 계속 앉아 있었다. 그의 두 눈은 먼 곳을 응시하고 있었다. 이 사이로 혀끝은 조금 드러나 보였고 숨도 쉬지 않는 것처럼 보였다. 이렇게 명상에 잠겨 『옴』을 생각하며 영혼을 화살로서 범(梵)[9]의 과녁을 향한 채 계속 앉아 있었다.

어느 날, 싯다르타가 사는 도시를 사문도(沙門徒) 즉 순례의 고행자(苦行者)들이 지나갔다. 바싹 마른 세 명의 사나이들로서 젊지도 늙지도 않았다. 그들의 어깨는 먼지투성이에다 피가 번졌고, 거의 알몸으로 햇볕에 그을렸으며 고독에 휩싸여 있었다. 그들은 세상을 등지고 적대시하는 인간 세계에서의 이방인이었으며 깡마른 들개 떼였다. 그들의 등뒤에서는 고요한 정열과 있는 힘을 다한 봉사와 가차 없는 자기 희생의 그 뜨거운 열기가 체취처럼 풍겨왔다.

그날 저녁때, 관상(觀想)하는 시간이 지난 후 싯다르타는 고빈다에게 말하였다.

「친구여, 나는 내일 아침 일찍 사문도에게로 가려네. 난 사문이 될 것일세.」

그 말을 들었을 때, 고빈다는 새파랗게 질렸다. 친구의 의연한 얼굴에서 시위를 떠난 화살처럼 되돌릴 수 없는 결심을 보았기 때문에 대번에 고빈다는 알아차렸다. 드디어 시작되었구나, 이제 싯다르타는 그의 길을 가려고 하는 것이고 그의 운명은 싹트기 시작했구나, 또한 그의 운명과 함께 자신의 운명도 시작된다는 것을. 그러자 고빈다의 얼굴이 바싹 마른 바나나 껍질처럼 창백해졌다.

「오, 싯다르타여! 자네 아버지께서 허락하시겠는가?」

9) 범(梵) [Bahman] : 최고 원리 또는 최고신(最高神)

하고 그는 소리쳤다.

싯다르타는 잠에서 깨어난 사람처럼 고빈다 쪽을 바라보았다. 그는 고빈다의 마음을 재빨리 헤아리고, 우려(憂慮)와 헌신(獻身)을 알아냈다.

「오, 고빈다여!」

하고 그는 나직이 말하였다.

「우리 쓸데없는 말은 하지 않기로 하세. 내일 날이 밝는 대로 나는 사문의 생활을 시작할 걸세. 이제 그 얘기는 않기로 하세나.」

싯다르타는 아버지의 방으로 들어갔다. 아버지는 목피(木皮)의 멍석에 앉아 있었다. 싯다르타는 아버지가 등뒤의 인기척을 느낄 때까지 조용히 서 있었다. 바라문은 말하였다.

「싯다르타, 네가 왔느냐? 무슨 일로 왔는지 말해 보아라.」

싯다르타는 말하였다.

「아버님, 허락해 주십시오. 저는 내일 집을 떠나 고행자들한테로 가고 싶다는 것을 말씀드리려 왔습니다. 사문이 되는 게 저의 소원입니다. 아버님께서 그 소원을 반대 하지 않으시기를 바랍니다.」

바라문은 오랫동안 잠자코 있었다. 방 안의 침묵이 지속되어 작은 창문을 통해 보이는 별들의 위치와 그 모양이 바뀌어졌다. 아들은 두 손을 맞잡고 말없이 꼼짝 않았으며 아버지 역시 말없이 그대로 멍석에 앉아 있었다. 여전히 별들은 하늘에서 흐르고 있었다. 마침내 아버지는 말하였다.

「거칠고 격한 말은 바라문에게는 온당치 않다. 하지만 불쾌한 마음은 어쩔 수 없구나. 다시는 네 입에서 그런 소망 따위는 듣고 싶지 않다.」

그리고는 바라문은 천천히 일어섰다. 싯다르타는 말없이 두 손을 맞잡은 채 서 있었다.

「넌 무엇을 기다리느냐?」

하고 아버지가 물었다.

싯다르타가 말하였다.

「아버님은 알고 계십니다.」

아버지는 언짢은 마음으로 방을 나가서 여전히 언짢은 마음으로 잠자리에 들었다.

그로부터 한 시간이 지나도록 잠이 오지 않자, 바라문은 몸을 일으켜 서성대다가 집밖으로 나섰다. 작은 창을 통해 아버지는 방 안을 들여다보았다. 싯다르타가 두 손을 맞잡은 채 꼼짝 않고 서 있는 것이 보였다. 그 하얀 상의(上衣)가 푸르스름하고 희미하게 빛나고 있었다. 아버지는 불안한 마음으로 잠자리에 되돌아왔다.

또 한 시간이 지나도 잠이 오지 않아 바라문은 또다시 일어나 서성거리다가 마침내 집 앞으로 나와서 중천에 뜬 달을 바라보았다. 그는 방 안을 들여다보았다. 싯다르타는 꼼짝 않고 손을 맞잡은 채 여전히 서 있었다. 그 드러난 정강이에 달빛이 비치고 있었다. 편치 않은 마음으로 아버지는 잠자리에 들었다.

그는 한 시간이 지날 때마다 나와서 작은 창을 통해 들여다보았다. 싯다르타가 달빛 속에, 별빛 속에, 어둠 속에 서 있는 것을 보았다. 그로부터 매 시간마다 아버지는 밖으로 나와서 말없이 방 안을 들여다보며, 꼼짝 않고 서 있는 아들을 볼 때마다 화가 치밀었으며, 불안하고, 두렵고, 걱정스럽기만 하였다.

이번에는 밤이 새기 전인, 마지막 시각에 아버지는 다시 나타나 싯다르타가 서 있는 방으로 들어갔다. 젊은이의 모습은 아버지에게 크고 낯설게 보였다.

「싯다르타,」

하고 그는 말하였다.

「넌 무엇을 기다리고 있는 것이냐?」

「아버지께서 잘 알고 계십니다.」

「넌 언제까지나 그렇게 서 있을 작정이냐? 날이 밝고 점심 때가 되고, 저녁이 되도록.」

「전 서서 기다릴 것입니다.」

「싯다르타야, 넌 지치고 말 것이다.」

「그럴 것입니다.」

「싯다르타야, 넌 잠들어 버릴 것이다.」

「전 잠들지는 않을 것입니다.」

「싯다르타야, 너는 죽게 될 것이다.」

「전 죽게 될 것입니다.」

「넌 이 아비의 말을 따르기보다 죽기를 바란단 말이냐?」

「싯다르타는 언제나 아버님의 말씀에 따랐습니다.」

「그럼, 너는 네 계획을 포기하겠느냐?」

「싯다르타는 아버님의 분부대로 할 것입니다.」

아침의 첫 햇살이 방 안으로 흘러들어왔다. 바라문은 싯다르타의 무릎이 희미하게 떨리는 것을 보았다. 하지만 싯다르타의 얼굴에는 그 어떤 떨림도 보이지 않았고, 시선은 먼 곳을 응시하고 있었다. 그때 아버지는 싯다르타가 이미 자기 곁에 있지도 않고, 고향에 머물러 있지도 않으며, 자기를 떠나 있다는 것을 깨달았다.

아버지는 싯다르타의 어깨에 손을 얹었다.

「너는」

하고 아버지는 말하였다.

「숲으로 가서 사문이 되도록 하여라. 숲속에서 지상(至上)의 행복을 찾게 되면 돌아와서 나에게도 그것을 가르쳐 다오. 실망하게 되면 다시 돌아와라. 우리 다 같이 함께 신들을 섬기도록 하자구나. 그럼 가서 어머니한테 입맞추고 네가 어디로 가는지 말씀드려라. 나는 강으로 가서 첫 수욕(水浴)을 할 시각이다.」

그는 아들의 어깨에서 손을 떼고 밖으로 나갔다. 싯다르타가 걷기 시작하려고 하였을 때, 한쪽으로 비틀거렸다. 그는 사지에 힘을 주고서, 가까스로 아버지 앞에 몸을 굽혀 예를 드리고 아버지의 분부를 따르기 위해 어머니에게로 갔다.

그가 이른 아침의 햇살을 받으며 굳어진 다리를 이끌고 고요한 도시를 천천히 지나 거리의 마지막 오두막집을 지나갈 때, 그 옆에 쭈그리고 앉아 있던 그림자가 몸을 일으키더니, 순례자에게 바싹 다가섰다. —— 바로 고빈다였다.

「자네도 왔군」

하고 싯다르타는 미소지으며 말하였다.

「그래, 내가 왔다네」

하고 고빈다가 **대답하였다.**

사문(沙門)들 곁에서

그날 저녁때, 두 사람은 고행자들인 깡마른 사문들을 따라잡아 동행을 같이 할 것을 간청하여 복종을 하겠노라고 맹세하고 받아들여졌다.

싯다르타는 입고 있던 옷을 길거리의 가난한 바라문에게 주었다. 그래서 지금은 다만 잠방이와 몸을 감는 흙빛의 덧옷을 입고 있을 뿐이었다. 하루에 한 끼니만 식사를 했는데, 그것도 생식(生食)이었다. 그는 15일간 단식을 하였다. 28일간 단식을 하였다. 그의 넓적다리와 뺨에서는 살이 빠졌다. 움푹하게 들어간 퀭한 두 눈에서는 열화(熱火) 같은 꿈이 이글거렸다. 앙상한 손가락에서는 손톱이 길게 자랐다. 턱에는 까칠까칠한 수염이 더부룩하게 자랐다. 부녀자를 만나도 그의 시선은 얼음처럼 차갑게 되었다. 화려하게 치장한 사람들에 뒤섞여 거리를 걸을 때 그의 입은 경멸로 일그러졌다. 상인이 장사하는 것을, 왕공(王公)이 사냥하러 가는 것을, 상을 당한 사람들이 죽은 자를 애통해 하는 것을, 창녀가 몸을 파는 것을, 의사가 환자를 위해 애쓰는 것을, 승려가 파종할 날을 정하는 것을, 애인끼리 사랑하는 것을 어머니가 젖먹이에게 젖을 먹이는 것을 그는 보았다. ── 그렇지만 그 모든 것이 그에게는 거들떠 볼 가치가 없는 것이었다. 모든 것은 거짓이었고, 악취를 풍겼으며, 의미와 행복과 아름다움을 위장하고 있었다. 또한 모든 것은 숨겨진 부패물이었다. 속세는 쓴 맛이었고 인생은 고뇌였다.

싯다르타 앞에는 하나의 목표, 단 하나의 목표가 있었다. 그것은 허전해지는 것, 갈증에서, 욕망에서, 꿈에서, 기쁨과 고뇌에서 벗어나는 것이었다. 자기 자신을 죽이는 것, 이미 내가 아니게 되는 것, 공허해진 마음에서 평온을 찾아내는 것, 나를 공허하게 한 사색 속에서 세계의 경이(驚異)에 겸허하게 맞서는 것 그것이 바로 그의 목표였다. 일체의 자아가 극복되고 사멸(死滅)해 버릴 때, 마음속의 모든 집착과 충동이 침묵될 때, 그때야말로 궁극의 것, 이미 자아가 아닌 본질의 가장 깊은 곳에 있는 것 위대한 비밀이 자각될 것이다.

싯다르타는 말없이 바로 내리쬐는 햇볕 속에서, 견딜 수 없는 고통과 타는 듯한 갈증을 견디면서, 어떠한 고통이나 갈증도 더 이상 느낄 수 없을 때까지 서 있었다. 비가 줄기차게 내리는 우기(雨期)에도 그는 묵묵히 서 있었다. 빗방울이 그의 머리카락에서부터 얼어붙은 어깨와 허리, 다리를 적시며 흘러내렸다. 고행자는 어깨와 발이 더 이상 얼지 않게 될 때까지, 그것들이 침묵하고 가라앉게 될 때까지 서 있었다. 그는 말없이 가시덤불 속에 웅크리고 있었다. 화끈거리는 살갗에서 피가 흐르고 진무른 데서는 고름이 흘러내렸다. 싯다르타는 더 이상 피가 흐르지 않고, 더 이상 찌르거나 쑤시는 것 같은 통증도 느낄 수 없게 될 때까지 꼼짝 않고 그 자리에 그대로 버티었다.

싯다르타는 정좌(正座)하여 호흡을 줄이고, 약간의 호흡으로 견디며 호흡을 멈추는 수련을 하였다. 호흡과 더불어 심장의 고동을 가라앉혀 고동을 줄이는 수련을 하였다. 그 고동수가 적어지고 거의 고동하지 않게 되기까지.

사문 중의 가장 연장자에게서 가르침을 받아, 싯다르타는 멸아(滅我)를, 침잠(沈潛)을 새로운 사문의 규칙에 따라 수행하였다. 한 마리의 왜가리가 대나무 숲 위를 날았다. ── 그러자, 싯다르타는 그 왜가리를 자신의 영혼 속으로 받아들이고 숲과 산 위로 날아 올랐다. 그는 이제 한 마리의 왜가리가 되어 물고기를 잡아먹고, 왜가리의 배고픔을 느끼며, 왜가리의 울음소리를 내고, 왜가리의 죽음을 겪었다. 죽은 들개가 죽어서 모래밭에 쓰러져 있으면, 싯다르타의 영혼은 그 시체에 푹 들어가 죽은 들개가 되어 물가에 쓰러진 채 뒤룩뒤룩 부풀고는 악취를 풍기며 썩었다. 그것은 잔인한 하이에나에게 쥐어뜯기고, 콘도르에게 뜯겨서 해골이 되고 먼지로 되어 들판에 흩날렸다. 싯다르타의 영혼은 되돌아왔지만, 이미 죽어 있으며, 썩고 먼지로 변해 윤회의 슬픈 도취를 맛보고, 새로운 갈증에 시달리며 윤회에서 탈각할 틈, 인과의 종말과, 고뇌가 없는 영원이 시작하는 틈을 사냥꾼처럼 노리면서 지긋이 기다렸다. 감각을 죽이고, 기억을 죽이며, 자아로부터 무수한 다른 형체 속으로 잠입하였다. 짐승이 되고, 썩은 고기가 되고, 돌이 되고, 나무가 되고 물이 되었다. 그리고 그때마다 다시 잠에서 깨어나 자기에게로 되돌아왔다. 태양은 여전히 비치고 있었다. 윤회 속을 돌고, 갈증을 느끼고, 갈증을 극복하고 다시 새로운 갈증을 느꼈다.

싯다르타는 사문들의 곁에서 많은 것을 배웠다. 자아로부터 이탈하는 여러 길을 배웠다. 고통에 의해, 고통과 굶주림과 갈증과 피로를 자발적으로 고뇌하고 극복하는 것에 의해 멸아(滅我)의 길을 걸었다. 명상에 의해, 모든 관념으로부터 감각을 제기하고 사색하는 것에 의해, 멸아의 길을 걸었다. 그리고 이 길과 또 다른 길을 가는 법을 배웠다. 수없이 그는 자아를 떠나, 몇 시간이고 며칠이고 무아(無我)

속에 머물렀다. 그렇지만 길은 자아에서 떠나가도, 그 끝은 역시 항상 자아로 되돌아왔다. 싯다르타는 수없이 자아로부터 벗어나 무(無) 속에, 짐승 속에, 돌 속에 머물렀지만, 자아로 되돌아오는 것은 피할 도리가 없었다. 햇빛과 달빛 속에서, 그늘이나 빗속에서, 자기 자신에게로 되돌아오는 순간은 피할 수가 없었다. 그리하여 자아가 되고, 싯다르타가 되어, 다시금 피할 길 없는 윤회의 고뇌를 맛보았다.

그의 곁에는 고빈다가 그의 그림자처럼 살며, 똑같은 길을 걷고 똑같은 고행에 따르고 있었다. 봉사와 수행(修行)에 필요한 것 이외에는 두 사람은 거의 말을 주고 받지 않았다. 가끔 둘이서 여러 마을을 다니며 자신들과 스승들을 위해 동냥을 하기도 하였다.

「고빈다여, 자네는 어떻게 생각하는가?」

하고 어느 날, 탁발을 하는 길에 싯다르타가 고빈다에게 말을 걸었다.

「자네는 어떻게 생각하는가? 우리는 진보할 것인가? 목표에 이른 것인가?」

고빈다가 대답하였다.

「우리는 많은 것을 배웠네. 그리고 계속 많은 것을 배우게 될 걸세. 싯다르타여, 자네는 훌륭한 사문이 될 거네. 자네는 눈 깜짝할 사이에 모든 수행을 익혔어. 나이 많은 사문들은 자주 칭찬하며 감탄하였지. 오, 싯다르타여, 자네는 틀림없이 성자가 될 걸세.」

싯다르타가 말하였다.

「친구여, 나는 그렇게 생각지 않네. 지금까지 내가 사문들에게서 배운 것은 어쩌면 더 빨리, 더 간단히 배울 수도 있었을 걸세. 창녀들이 있는 선술집에서도, 마부들이나 노름꾼들 사이에서도 배울 수 있었을 걸세.」

고빈다가 말하였다.

「싯다르타여, 자네는 내게 농담을 하는 건가? 자네는 어떻게 그런 비참한 사람들에게서 명상을, 호흡의 정지를, 굶주림과 고통에 대한 무감각을 배울 수 있었다는 건가?」

싯다르타는 자기 자신에게 말하듯 나지막한 목소리로 말하였다.

「명상이란 무엇인가? 육체에서의 이탈이란 무엇인가? 단식이란 무엇인가? 호흡의 정지란 무엇인가? 그것은 자아에서의 도피, 자아라고 하는 것에 대한 고뇌에서의 일시적 이탈, 고통과 인생의 무의미에 대한 일시적 마취에 지나지 않는 걸세. 그런 도피나 일시적 마취라면 소몰이 짐꾼이라도 여인숙에서 몇 잔의 술이나, 발효한 야자 유액(乳液)을 마실 때에도 볼 수 있는 걸세. 그것으로 소몰이 짐꾼은 자신을 잊고, 생활의 고달픔을 잊으며 일시적 마취를 맛보는 걸세. 그는 몇 잔의 술로 잠들고, 싯다르타나 고빈다가 오랜 세월을 두고 수행하여 육체로부터 탈출하고, 무아(無我) 속에 머무르게 될 때에 발견하는 걸세. 사실이 그러하다네. 오, 고빈다여!」

고빈다가 말하였다.

「친구여, 자네는 그렇게 말하지만 싯다르타는 소몰이 짐꾼이 아니며, 사문은 주정뱅이가 아니라는 것을 알고 있네. 정말로 술꾼은 만취 때는 일시적인 도피나 휴식을 맛보지만 취기가 가시면 모든 것이 옛날 그대로임을 알게 되네. 조금도 현명해지지 않았고 지식을 쌓은 것도 아니며 더한층 향상하고 있는 것도 아니네.」

싯다르타가 미소지으며 말하였다.

「그것은 나로서도 알 수 없네. 술꾼이 되어 본 적이 없었으니까 말일세. 이 싯다르타는 수행과 명상을 통해 일시적

만취를 발견했을 뿐, 모태(母胎)에 들어 있는 태아와 마찬
가지로 해탈에서 멀리 떨어져 있음을 알고 있네. 오, 고빈
다여, 나는 그걸 안다네.」

그리고 또 어느 날, 싯다르타는 고빈다와 함께 숲을 떠나
동료 사문들과 스승을 위해 얼마간의 먹을 것을 얻으려고
마을로 내려간 적이 있었다. 그때, 싯다르타가 고빈다에게
이런 말을 하였다.

「고빈다여, 어떻게 생각하는가? 우리는 지금 올바른
길을 걷고 있는 건가? 득도(得道)에 다가서고 있는 건가?
해탈에 다가서고 있는 건가? 혹시 쳇바퀴 돌 듯 맴돌고
있는 것은 아닌가? ── 윤회로부터 탈출하려고 하는 우리가
말일세.」

고빈다가 말하였다.

「싯다르타여, 우리는 많은 것을 배웠네. 하지만 아직도
배워야 할 많은 것이 남아 있네. 쳇바퀴를 돌고 있는 것은
아닐세. 우리는 위를 향해 나아가고 있는 것이네. 바퀴는
나선형(螺腺形)을 이루고 있네. 우리는 이미 몇 단계를
올라온 것일세.」

싯다르타가 대답하였다.

「사문들 가운데서 제일 나이가 많은 우리의 스승은 대체
로 몇 살쯤이나 되었다고 자네는 생각하는가?」

고빈다가 말하였다.

「60세는 되셨을 걸세.」

그러자 싯다르타가 말하였다.

「60세가 되어서도 열반에 이르지 않고 있네. 그분은 70
세가 되고, 80세가 될 걸세. 자네와 나도 결국은 그처럼
늙어서도 수행을 하고, 단식을 하고, 명상하게 될 걸세.
하지만 열반에는 이르지 못할 걸세. 스승도 우리도. 오,

고빈다여, 생각건대 사문은 많지만 아마 한 사람도, 단한 사람도 열반에는 이르지 못할 걸세. 우리는 위안을 얻고만취는 얻을 수 있을 걸세. 스스로를 속이는 기교는 터득할수 있을 걸세. 하지만 중요한 것은 도(道) 중의 도는 찾아내지 못할 걸세.」

「싯다르타여, 제발 그런 끔찍스러운 말은 하지 말게.」

하고 고빈다는 말하였다.

「그처럼 많은 학자 중에서, 바라문 중에서, 그처럼 존경받는 엄격한 많은 사문 중에서, 탐구하고 열심히 힘쓰고있는 많은 성스러운 사람 중에서 단 한 사람도 도 중의도를 깨우치지 못한다고 어떻게 말할 수 있는가?」

그러나 싯다르타는 많은 슬픔과 자조적인 목소리로 말하였다. 얼마간 슬프고 조소적(嘲笑的)인 나지막한 목소리였다.

「고빈다여, 머지 않아 나는 오랜 동안 자네와 함께 걸었던 사문의 길을 떠날 걸세. 고빈다여, 나는 갈증에 괴로워하고 있다네. 이토록 오래 사문의 길을 걸었지만, 나의갈증은 조금도 가라앉지 않았다네. 나는 항상 득도에 대한갈증을 겪어 왔고 항상 의혹에 차 있었다네. 나는 해마다바라문에게 물었네. 해마다 성스러운 베다에게 물었네.고빈다여, 날짐승이나 원숭이에게 물어도 그만큼은 좋았을지도 모르고, 그만큼은 현명하고 유익했을지도 모르네.고빈다여, 나는 오랜 시간을 허비했지만, 인간은 아무것도배울 수 없다는 것조차도 아직 다 배우지 못하고 있네.우리가 『배운다』고 이름할 수 있는 것은 없다고 나는 생각하네. 그렇게 나는 믿는 걸세. 친구여, 다만 한 가지의 깨달음이 있을 뿐이네. 그것은 어디에나 있는 걸세. 그것은아트만일세. 그것은 나의 내부에, 자네의 내부에, 그리고 모든 것의 내부에 있네. 그래서 나는 이 깨달음에는 알려고 원하는 것, 배운다는 것보다 더 나쁜 적은 없다고 믿기 시작한 걸세.」

그러자 고빈다가 걸음을 멈추며 두 손을 쳐들고 말하였다.

「싯다르타여, 그런 말로 자네 친구를 불안하게 하지 말았으면 하네. 참으로 자네의 말은 나의 마음을 불안하게 한다네. 만약 그대의 말이 옳아서 『배움』이라는 것이 없다고 한다면, 기도의 성스러움이나 바라문 신분의 존엄성과 사문의 신성함은 어디에 있는가? 오, 싯다르타여, 만약 그렇다고 한다면, 이 세상에서 신성하고 가치 있으며 공경해야 할 모든 것은 어떻게 된단 말인가?」

그리고 나서 고빈다가 한 시구를 읊었다. 우파니샤드의 한 구절이었다.

마음을 깨끗이 하고, 명상하면서 아트만에
침잠(沈潛)하는 자는 말로 다할 수 없는
마음의 정복(淨福)을 얻으리라.

그렇지만 싯다르타는 말이 없었다. 그는 고빈다가 자신에게 한 말을 생각하고 있었다. 그 말을 골똘히 생각하고 있었다.

그렇다, 우리에게 신성하다고 생각되었던 모든 것 중에서 도대체 아직도 무엇이 남아 있는 것일까? 하고 그는 고개를 숙이고 선 채 생각하였다. 무엇이 남아 있는가? 무엇이 가치를 유지하고 있는가? 그렇게 생각하고 그는 머리를 가로저었다.

두 젊은이가 3년쯤 사문들의 곁에서 지내며 수행을 함께 행할 무렵의 어느 날, 여러 경로를 통해 그들은 어떤 소식을 듣게 되었다. 그것은 풍문으로 들은 이야기였다. 고타마[10]란 이름으로 불리는 사람 정등각자(正等覺者 ; 올바른 깨달음을 한 사람) 부처가 나타나 속세의 고뇌를 극복하고 윤회 전생(輪廻轉生)의 수레바퀴를 정지시켰다는 것이었다. 제자들에게 에워싸여 교리를 설법(說法)하면서 방방곡곡을 누비고 다닌다고 하였다. 재물을 가지지 않았고, 고향을 가지지 않았고, 아내를 가지지 않았고, 고행자의 황색장의(長衣)를 걸치고 있는데 그 이마는 밝게 빛나고 있다. 정복에 이른 사람으로 바라문이나 왕공(王公)도 그 사람 앞에 몸을 굽히고 그 제자가 되고 있다는 것이었다.

이 풍문과 전갈은 사방에 높이 울리며 번져갔다. 도시에서는 바라문들이, 숲에서는 사문들이 그 일에 대해 수군거렸다. 고타마 불타의 이름은 되풀이되어 두 청년의 귀에까지 들려오게 된 것이다. 좋건 나쁘건, 혹은 칭송의 말로 혹은 비방의 말로 되풀이하여 들려왔다.

예를 들면 어느 지방에 흑사병이 만연하고 있을 때, 어디에는 한 사람의 현자, 지자(智者)가 나타나 그 사람의 말과 입김만으로 악성 유행병에 걸린 모든 사람을 치유할 수 있다는 따위의 소문이었다. 그리하여 이 소문이 온 나라에 두루 퍼지게 되어 누구나 그 사람의 이야기를 하며 어떤 사람은 그것을 믿고 어떤 사람은 의심스럽게 생각하지만 많은 사람들이 그 현자이자 구원자를 찾아 길을 떠나듯이 그 풍문, 고타마, 불타, 석가족(釋迦族) 출신의 현자에 대한 향기로운 풍문은 널리 번져 갔다. 그는 무상(無上)의 득도를 하고 있으며 전생(前生)을 기억하고 있다. 그는 열반에

10) 고타마(高答摩) [Gotama] : 모든 사람들 중에서 가장 뛰어난 사람이라는 뜻

이르고 더 이상 윤회 속에 되돌아오는 일은 없으며 전생(前生)의 탁류 속에 빠지는 일은 없다. 그를 신봉하는 사람들은 그렇게 말하였다. 그에 관한 믿기 어려운 여러 가지 말들이 영광에 싸여 떠돌았다. 그는 기적을 행하고 악마를 정복했으며 신들과 직접 이야기를 나누었다고 하는 것 같은 말들이었다. 그렇지만 그의 적과 그를 신봉하지 않는 사람들은 그 고타마는 형편없는 사기꾼이며 안일한 나날을 보내고 있다. 제물 바치기를 게을리하고 있다. 학식이 없고, 수행도 금욕도 모르는 자라고 말하였다.

불타에 관한 풍문은 그럴 듯하게 들렸다. 그 풍문에서는 어떤 매력적인 향기를 풍기고 있었다. 확실히 속세는 병들었고 인생은 견디기 어렵다. — 그런데 보라! 여기에 샘이 솟아나는 것 같이 생각되었다. 위안이 넘치고, 화기애애한 약속으로 가득 찬 복음이 울리는 것 같이 생각되었다. 불타에 대한 소문이 울려퍼지는 곳은 어디서나, 그리고 인도의 모든 나라에서 젊은이는 귀를 기울이고 동경심과 희망을 느꼈다. 모든 도시와 마을의 바라문 자제들 사이에서는 그 숭고한 석가모니의 소식을 가져다 주는 순례자나 타관 사람은 모두 환영을 받았다.

숲속의 사문들에게도 싯다르타와 고빈다에게도 한 방울 한 방울 서서히 전해져 왔다. 그 한 방울 한 방울이 어떤 것은 희망에 가득 차서 무겁고 어떤 것은 의혹에 가득 차서 무거운 것이었다. 그러나 싯다르타와 고빈다는 그 풍문에 관하여 별로 이야기를 나누지는 않았다. 사문의 최고 장로(長老)가 그런 풍문을 그다지 좋아하고 있지 않았기 때문이었다. 부처를 사칭하는 풍문의 주인공은 이전에 고행자였으며, 숲속에서 살다가 향락을 찾아 세속으로 되돌아간 자라고 그 최고 장로는 듣고 있었기 때문이었다. 때문에 최고 장로는 그 고타마를 인정하지 않고 있었다.

「오, 싯다르타여.」

하고 어느 날 고빈다가 친구에게 말했다.

「오늘 나는 마을에 갔다가 어떤 바라문의 초대를 받아 그의 집에 갔었네. 거기에는 마가다 국[11]에서 왔다는 한 바라문의 자제가 있었다네. 그는 직접 부처를 보았고 부처의 설법을 직접 들었다고 했네. 정말로 나는 그때 숨막힐 듯이 가슴이 조여옴을 느끼고 혼자 생각해 보았다네. 싯다르타와 나, 우리 두 사람도 그 각자(覺者)의 입에서 나오는 가르침을 직접 들을 수 있는 시간을 가질 수 있었으면 하고 말일세. 어떤가 친구여, 우리도 그리로 찾아가 부처님의 입에서 나오는 가르침을 들어 보지 않으려는가?」

싯다르타가 말하였다.

「오, 고빈다여, 나는 늘 생각하고 있었네. 고빈다는 사문들 곁에 머물러 있을 것이라고 말일세. 나는 늘 믿고 있었네. 60세, 70세가 되어도 사문은 장식하는 기교와 수행에 더욱더 정진해 가는 것이 그의 목표일 것이라고 말일세. 하지만 나는 고빈다를 너무 모르고 있었고, 그 심중을 헤아리지 못하고 있었네. 나의 더없이 귀중한 친구여, 자네는 이제 새로운 길로 접어들어 부처가 가르침을 베푸는 곳으로 가고자 하는 건가?」

고빈다가 말하였다.

「자네는 비웃기를 좋아하네. 싯다르타여, 비웃고 싶으면

11) 마가다 국(摩詞陀) [Maghada] : 불교가 생기기 전부터 기원전 1세기말까지 갠지즈 강 유역에 있던 나라. 석가가 성도(成道)하에 불교를 일으킨 나라이기도 함

마음껏 비웃어도 좋네. 하지만 자네의 마음 속에도 그 가르침을 듣고 싶어 하는 소망과 욕구가 있지 않은가? 자네는 언젠가 나에게 이제 사문의 길을 걷는 날도 얼마 남지 않았다고 말한 적이 있지 않은가?」

그러자 싯다르타가 웃었다. 슬픔과 조소가 깃든 그의 독특한 웃음이었다. 그는 말하였다.

「그렇다네. 고빈다여, 자네의 말이 옳네. 자네의 기억이 맞네. 하지만 자네가 내게서 들은 또 다른 말도 기억해 주기 바라네. 요컨대 내가 가르침이나 배움에 대해 의심을 품고 염증을 느끼게 되었다는 것, 스승들의 설법에 대한 나의 믿음이 적어졌다는 사실을 말일세. 하지만 친구여, 여하간 가 보기로 하세. 나에게도 그 가르침을 들을 각오가 있다네. —— 그 가르침의 가장 값진 열매는 이미 맛보았다고 마음 속으로는 믿고 있네만.」

고빈다가 말하였다.

「자네의 그 결심이 나의 마음을 기쁘게 하네. 하지만 어떻게 그런 일이 가능한지 말해 주게. 고타마의 가르침을 듣기도 전에 어떻게 그 가르침의 가장 값진 열매를 맛보게 된 셈이라고 하는겐가?」

싯다르타가 말하였다.

「우선 그 열매를 맛보고 난 다음에 앞으로의 열매를 기대해 보기로 하세. 고빈다여, 우리가 이미 고타마로부터 얻은 열매는 그가 우리를 사문의 곁에서 떠나게 했다는 점에 있는 것이네. 친구여, 그가 우리에게 또 다른 보다 값진 것을 줄수 있을지 없을지에 대해서는 차분한 마음으로 기다려 보기로 하세.」

그날로 싯다르타는 사문의 최고 장로에게 가서 그의 곁을 떠나겠다는 결심을 아뢰었다. 그는 연소한 제자로서의 본분에 합당한 공손함과 조심스러운 태도로 최고 장로에게 결심을 아뢰었지만, 그 사문은 두 청년이 자기를 떠나가려고 하는 데 대해 노발대발하며 고성과 욕설을 퍼부었다.

고빈다는 놀라서 어찌할 바를 모르고 있었다. 하지만 싯다르타는 입을 고빈다의 귀에 대고 속삭였다.

「지금이야말로 이 노인에게 내가 그의 곁에서 얼마간 배울 점이 있었음을 보여 주려고 하네.」

그는 사문 앞으로 다가서더니 정신을 집중시키고는 시선을 노인의 시선에 고정시켜 노인을 꼼짝 못하도록 침묵시키고, 그의 의지를 빼앗아 자신의 의지에 굴복시켜 버렸다. 그리고 자신의 요구대로 따를 것을 명령하였다. 노인은 입을 다물었다. 그의 눈은 경직되고 의지는 마비되었고 팔은 맥없이 늘어져 무력해졌으며 싯다르타의 마력에 굴복하였다. 싯다르타의 사념(思念)은 늙은 사문을 지배하여 그 명하는 바를 따르게 했다. 이렇게 해서 노인은 몇 번이나 머리를 조아리고 축복의 몸짓을 하였으며, 더듬거리는 어투로 순순히 젊은이들의 장도를 빌어 주었다. 두 젊은이는 감사하며 그 인사에 답하고 작별 인사와 함께 그곳을 떠났다.

도중에서 고빈다가 말하였다.

「오, 싯다르타여, 자네는 내가 알고 있는 것 이상으로 사문들 곁에서 배웠네. 늙은 사문을 도술로 굴복시키는 것은 쉬운 일이 아니네. 정말 어려운 일이네. 만약 자네가 계속 그곳에 남아 있었다면, 머지않아 물 위를 걷는 법도 터득했을 걸세.」

「나는 물 위를 걷는 것 따위는 바라지 않네.」

하고 싯다르타가 말하였다.

「늙은 사문들이나 그런 재주를 갖고 만족할 **따름이지.**」

고타마

　사바티[12]의 어린 아이들은 누구나 각자(覺者) 불타의 이름을 알고 있었고, 어느 집에서나 말없이 탁발하는 고타마의 제자들에게 기꺼이 바리때를 채워 줄 차비를 갖추고 있었다. 거리의 근처엔 고타마가 즐겨 머무르는 임원(林園)의 숲이 있었다. 그것은 고타마에게 귀의한 거상(巨商) 신봉자 아나타핀디카가 불타와 그의 제자들을 위해 헌납한 곳이었다.

　고타마가 체류하는 곳을 찾은 두 젊은 고행자에게 이야기된 말과 대답은 그 지방을 가리키고 있었다. 사바티에 도착하자 시주를 구하며 문전에 서게 된 바로 그 집에서 두 사람은 음식을 제공받아 그것을 먹게 되자 싯다르타는 먹을 것을 준 부인에게 물었다.

　「자비로우신 부인이시여, 존귀하신 불타가 계시는 곳을 알고 싶습니다. 우리는 숲의 사문에서 그 분을 뵙고 가르침을 들으려고 왔습니다.」

　부인이 말하였다.

　「숲에서 온 사문들이여, 당신들은 참으로 잘 오셨습니다. 그 존귀하신 분은 **다행히** 아나타핀디카의 장원에 머무르고 계십니다. 순례자여, 거기에 가서 유숙하는 게 좋겠습니다. 그 곳에는 그분의 가르침을 듣고자 몰려드는 수많은

---

12) 사바티(舍衛城) [Savathi] : 마가다 국의 수도

사람들을 받아들일 만큼 충분한 장소가 있으니까요.」

그러자 고빈다는 기뻐하였다. 기쁜 나머지 그는 환성을
질렀다.

「그렇다면 이제 목표는 달성되었고 우리의 여행도 끝나
게 된 것입니다. 그런데 순례자들의 어머니시여, 말씀해
주십시오. 부인은 불타를 알고 있습니까? 그분을 직접
만나 뵌 적이 있습니까?」

부인이 말하였다.

「나는 여러 번 그 분을 뵈었습니다. 황색의 긴 옷을 걸치
고 다니시며 집집마다 그 문전에 서서 묵묵히 시주받는
바리때를 내미십니다. 그리고는 채워진 바리때를 들고 돌아
가시는 것도 여러 번 뵈었습니다.」

고빈다는 기쁨에 들떠 어쩔 줄 모르며 귀를 기울였고
더 많은 것을 묻고 답을 들으려고 하였지만 싯다르타는
어서 길을 가자고 재촉하였다. 그들은 부인에게 사례를
하고 길을 떠났다. 적지 않은 순례자와 고타마 교단의 승려
들이 임원을 향해 가고 있었으므로 길을 물을 필요는 없었
다. 밤이 되어 그곳에 당도하자 숙소를 구하고 정해 받느라
외치고 떠드는 소리가 시끌시끌하였다. 숲속 생활에 익숙한
두 사문은 쉽사리 조용히 침상(寢床)을 찾아내고 아침이
될 때까지 쉬었다.

해가 뜨자 신자들과 호기심에 찬 많은 사람들이 이곳에
숙박했는가를 보고, 두 사람은 깜짝 놀랐다. 수목이 무성한
장원의 길마다 황의(黃衣)의 승려들이 거닐고 여기저기의
나무 밑에 앉아 관상(觀想)에 잠기기도 하고 종교적인
대화에 열중하기도 하였다. 그늘진 곳이 많은 장원은 마치
사람들이 붐비는 저자거리 같았다. 대부분의 승려들은 한
끼니밖에 먹지 않는 점심 식사의 음식물을 얻기 위해

탁발을 하러 떠났고, 각자(覺者) 불타도 아침이면 탁발을 하러 거리로 떠나곤 하였다.

싯다르타는 불타를 보았다. 그 순간 그것이 신의 계시이기나 하듯 대번에 불타임을 알아보았다. 황색 승의(僧衣)를 걸친 사람이 바리때를 손에 들고 조용히 떠나가는 것을 본 것이다.

「보게!」

하고 싯다르타가 나직한 목소리로 고빈다에게 말하였다.

「저 분이 바로 불타이시네.」

고빈다는 뚫어지게 황색 승의의 사람을 바라보았다. 그 사람은 수백의 다른 승려들과 어떤 점도 전혀 다를 바 없었다. 그렇지만 고빈다 역시 이 사람이야말로 불타라는 것을 알았다. 두 사람은 불타의 뒤를 쫓으며 찬찬히 살펴보았다.

불타는 겸손한 태도로 생각에 잠기면서 걸어가고 있었다. 그 고요한 얼굴은 기쁜 것 같지도 않았고 슬픈 것 같지도 않았다. 그저 속으로 고요히 미소짓고 있는 것 같이 보였다. 은밀한 미소를 짓고 고요하고 평화롭게 건강한 어린 아이처럼 불타는 걸어가고 있었다. 다른 모든 승려와 똑같이 엄격한 계율에 따라 승의를 걸치고 걸음을 옮기고 있었다. 그렇지만 그의 얼굴과 걸음걸이, 고요히 내리깐 시선, 가만히 늘어뜨린 손과 손가락 하나하나까지도 평화를 말하고 완성을 말하고 있었다. 그것들은 무엇을 구하거나 흉내내지 않았고 시들지 않는 빛 속에서, 범절할 수 없는 평화 속에서 조용히 숨쉬고 있었다.

이렇게 고타마는 보시를 걷기 위해 거리를 향해 걸어갔다. 두 사람의 사문은 오로지 그 완전한 평온함과 고요한 모습에 의해 불타를 분별하였다. 거기에는 아무런 구함도, 욕망도, 모방도, 애쓰는 모습도 찾아볼 수 없었으며, 광명과 평화가 있을 뿐이었다.

「우리는 오늘 그에게서 직접 가르침을 듣게 될 것이네.」 하고 고빈다가 말하였다.

싯다르타는 대답하지 않았다. 그는 가르침에 대해서는 별로 흥미를 가지고 있지 않았고 그의 가르침에서 새로운 무엇을 배우리라고 믿지도 않았다. 고빈다와 마찬가지로 사람들의 입에서 입으로 전해지는 이야기이기는 했지만 불타의 가르침의 내용을 여러 번 되풀이해 들었던 것이다. 그렇지만 주의 깊게 고타마의 머리를, 그 어깨를, 발을, 조용히 늘어뜨린 손을 바라보았다. 그 손가락 하나하나가 가르침이요, 진리를 말하고, 호흡하고, 향기를 풍기며 빛나고 있다는 생각이 들었다. 이분 불타야말로 새끼손가락의 움직임에 이르기까지 진실하였고 성스러웠다. 싯다르타는 이 사람 만큼 한 사람을 숭상하거나 사랑한 적은 없었다. 두 사람은 불타를 따라 거리까지 갔다가 말없이 되돌아왔다. 그들은 그날 하루를 단식할 생각이었기 때문이다. 두 사람은 고타마가 돌아와서 제자들과 둘러앉아서 식사하는 것을 보았다. —— 그가 먹은 것은 한 마리의 새라도 배부르지 못했을 정도의 적은 양이었다. —— 그리고 그가 망고나무 그늘로 돌아가는 것을 보았다.

저녁때가 되어 더위가 가시자 사람들은 활기를 띠며 불타의 설법을 듣기 위해 모여들었다. 그들은 불타의 목소리를 들었다.

그 목소리는 완전한 것이었고 완전한 평안함과 평화로 가득 차 있었다. 고타마는 고뇌에 대하여, 고뇌의 유래에 대하여, 고뇌에서 벗어나는 도리에 대하여 설법하였다.

그의 조용한 설법은 맑고 평온스럽게 흘렀다. 인생은 고뇌이고 세계 역시 고뇌였다. 그렇지만 고뇌로부터의 구원이 발견되어지고 불타의 길을 가는 자는 구원을 찾으리라.

부드럽지만 확고한 음성으로 정등각자(正等覺者)는 말하며, 사제(四諦)[13]를 가르치고, 팔정도(八正道)[14]를 가르쳤다. 참을성있게 설법과 비유와 반복의 평범한 방식으로 가르쳤다. 그의 음성은 빛과 별하늘처럼 맑고 조용히 뭇사람의 위를 떠돌고 있었다.

불타가 설법을 마쳤을 때 —— 이미 밤이 되어 있었다 —— 많은 순례자들이 앞으로 나아가서 불타의 교단에 입문할 것을 청하며 그의 가르침에 귀의하였다. 고타마는 그들을 맞아들이며 이렇게 말하였다.

「그대들은 가르침을 잘 들었고 나의 가르침은 잘 전해졌다. 자, 이리로 와서 모든 고뇌를 끝내기 위해 성스러운 길을 걸으라.」

바로 그때, 소심한 고빈다도 앞으로 나서서 말하였다.

「저도 세존(世尊)과 그 가르침에 귀의하겠습니다.」

제자가 되기를 그렇게 간청하여 받아들여졌다.

얼마 후 불타가 잠자리로 물러가자 고빈다는 싯다르타를 향해 열렬한 어조로 말하였다.

「싯다르타여, 자네를 비난할 자격이 내게는 없네. 우리 두 사람은 각자(覺者)의 설법을 들었고 그 교의를 들었네. 나는 교의를 듣고 그 교의에 귀의하였네. 존경하는

13) 사제(四諦) : 네 가지의 영원히 변하지 않는 진리. 곧 고제(苦諦)·집제(集諦)·멸제(滅諦)·도제(道諦)의 총칭
14) 팔정도(八正道) : 깨달음에 이르는 여덟 가지 수행의 기본 덕목(德目)

친구여, 자네도 해탈의 길을 걷고 싶지 않은가? 자네는
주저하는 것인가? 아직 더 기다리려는 것인가?」

싯다르타는 고빈다의 말을 듣자, 잠자다 깨어난 사람처럼
눈을 뜨고서 오랫동안 고빈다의 얼굴을 바라보았다. 그런
다음 조롱기 같은 것은 조금도 섞이지 않은 나직하면서도
진지한 목소리로 말하였다.

「나의 친구 고빈다여, 이제 자네는 한 발을 내디뎠네.
자네의 길을 택한 것이네. 오, 고빈다여, 자네는 나의 친구
로서 항상 나의 뒤를 따라왔네. 때때로 나는 이런 생각을
했었다네. 언젠가는 고빈다도 나를 떠나 자신의 영혼으로
혼자서 걷지 않을까 하고 말일세. 보게 이제 자네는 한
사람의 남아(男兒)로서 스스로 자신의 길을 택하였네. 그
길을 끝까지 걸어가게. 오, 나의 친구여! 그리하여 자네
스스로 해탈을 찾도록 하게.」

고빈다는 그래도 아직 그의 말뜻을 충분히 이해하지
못한 채 초조한 말투로 되풀이하여 물었다.

「제발 말해 주게. 친구여, 부탁하네. 어떻게 해볼 수 없겠
는가? 박학한 친구여, 자네도 숭고한 불타에게 귀의한
것이라고 말일세.」

싯다르타가 고빈다의 어깨에 손을 얹었다.

「고빈다여, 자네는 나의 축복을 제대로 알아듣지 못하였
네. 그 말을 되풀이하겠네. 그 길을 끝까지 걸어 주게. 그리
하여 해탈을 찾도록 하게.」

그 순간 고빈다는 친구가 이미 자신에게서 떠났다는
것을 깨닫고 울기 시작하였다.

「싯다르타여!」

하고 그는 비탄에 싸여 소리쳤다.

싯다르타가 그를 향해 다정하게 말하였다.

「고빈다여, 자네는 이미 불타의 제자가 되었음을 잊지 말게. 그대는 고향과 부모님을 버렸고, 신분과 재산을 포기하였으며, 자네 자신의 의지와 우정도 버린 것일세. 교의는 그것을 원하고 세존도 그것을 원하네. 자네 역시 스스로 그것을 원했네. 고빈다여, 내일이면 나는 자네와 작별을 할 것이네.」

두 사람은 오래도록 숲속을 함께 걸었으며 오래도록 숲속에 누워 있었지만 잠들 수가 없었다. 고빈다는 되풀이하여 친구에게 어째서 고타마의 교의에 귀의하지 않는지, 도대체 어떤 결함을 그 교의에서 발견했는지 말해 달라고 졸라댔다. 그렇지만 싯다르타는 그때마다 친구의 요구를 거절하며 말하였다.

「고빈다여, 안심하게 각자(覺者)의 교의는 참으로 훌륭하네. 내가 거기서 무슨 결함을 찾을 수 있겠는가?」

다음날 아침 일찍이 불타의 고제(高弟) 중 한 사람인 늙은 승려 한 사람이 장원을 두루 돌아다니면서 신참자로 불타에게 귀의한 사람들을 불러 모았다. 그들에게 황색 승의를 입히고 불제자로의 신분으로서 지켜야 할 첫 교훈과 의무를 가르치기 위해서였다.

그 소리를 듣자 고빈다는 벌떡 일어나서 다시 한 번 어린 시절부터의 친구를 껴안고 새로 승려가 된 동료들의 대열에 끼었다.

그렇지만 싯다르타는 생각에 잠겨 숲속의 길을 걷고 있었다.

그때 그는 각자(覺者) 불타를 만났다. 그에게 경의를 표하며 인사를 하자 불타의 눈길은 호의와 고요함이 가득 차 있었으므로 그는 용기를 내어 불타에게 말씀을 드려도 되겠느냐고 청하였다. 각자는 말없이 고개를 끄덕여 그

청을 허락하였다.

싯다르타가 말하였다.

「오, 각자시여, 저는 어제 당신의 지묘(至妙)한 교리를 들을 기회를 가졌습니다. 저는 그 교리를 듣기 위해 친구와 함께 먼 곳에서 왔습니다. 그리하여 저의 친구는 세존에게 귀의하여 세존 곁에 머물게 될 것입니다. 그렇지만 저는 다시 편력(遍歷)의 길을 떠나려고 합니다.」

「그대가 소원하는 대로 하시오.」

하고 세존은 정중하게 말하였다.

「저의 말이 너무 당돌한지 모르겠습니다.」

하고 싯다르타가 말을 계속하였다.

「그렇지만 저는 세존 곁을 떠나기 전에 꼭 제 자신의 생각을 솔직히 전하고 싶은 것이 있는데 세존께서 잠시 동안만 저의 말을 들어 주실 수 있으십니까?」

불타는 묵묵히 고개를 끄덕여 허락하였다.

싯다르타가 말하였다.

「오, 세존이시여, 당신의 교리에서 무엇보다 감탄한 것은 이 한 가지 사실입니다. 세존의 교리 중에는 모든 것이 완전히 명명백백하게 증명되었습니다. 즉 지금껏 어떤 곳에서도 절단된 적이 없는 완전한 쇠사슬로서, 인과에 의해 만들어진 영원한 쇠사슬로서 세존은 세계를 내보이고 있습니다. 지금껏 이처럼 명백하게 통찰된 적은 없었으며 이처럼 부정의 여지없이 드러난 적은 절대로 없었습니다. 세존의 교리에 의해 세계를 완전한 연관으로서, 틈없는 수정처럼 투명한 우연에 의해 좌우되지 않고 신들에 의해 좌우되지 않는 연관으로 볼 때, 무릇 바라문의 가슴은 한층 고동치지 않을 수 없었을 것입니다. 세계가 선하냐 악하냐, 인생이 괴로움이냐 기쁨이냐 하는 것은 미루어 두기로 하겠습니다. 그것은 본질적인 문제가 아닐지도 모릅니다 ── 그렇지만 세계의 통일, 모든 발생의 연관, 크고 작은 모든 것이 동일한 흐름과 인과 생멸(因果生滅)의 동일한 법칙에 의해 총괄되어 있는 것, 그것이 세존의 숭고한 교리에서 밝게 빛나고 있습니다. 오, 각자시여, 그렇지만 세존의 그 교리에 의하면 만물의 통일과 시종 일관이 어느 한 곳에서 중단되고 있습니다. 작은 틈새에서 이 통일의 세계로 뭔가 무연(無緣)한 것, 뭔가 새로운 것, 뭔가 전에 없었던 것이 흘러 들어오고 있습니다. 그리고 그것은 명시(明示)나 증명되지 않고 있는 것입니다. 그것은 세계의 극복과 해탈의 교리입니다. 이 작은 틈새, 이 작은 균열에 의해 영원한 통일적인 세계의 법칙 전체가 다시 파괴되고 부정되었습니다. 이같은 이론을 내세우게 됨을 용서해 주시기 바랍니다.」

고타마는 조용히 미동도 하지 않고 귀를 기울이고 있었다. 그리고는 자비롭고 다정한 맑은 목소리로 말하였다.

「오, 바라문의 자제여, 그대는 나의 교리를 제대로 들었소. 교리에 대하여 그같이 깊게 생각한 것은 갸륵한 일이오. 그대는 교리 중에서 하나의 허점, 하나의 결함을 발견하였소. 그것에 대하여 더욱 생각해 주기 바라는 바이오. 하지만 지식을 갈구하는 자여, 의견의 말림에 대해, 말을 위한 다툼에 대해 스스로를 경계하시오. 의견은 중요치 않소. 의견은 아름다울 수도 있고, 추할 수도 있고, 슬기로울 수도 있고 어리석을 수도 있는 것이오. 누구나 의견을 신봉할 수도 있고 배척할 수도 있소. 그대가 나에게서 들은 교리는 나의 의견이 아니오. 그 목표는 지식을 갈구하는 자를 위해 설명할 수가 없는 다른 것이오. 그 목표는 교리로부터의 해탈인 것이오. 그것만 고타마가 가르치는 것이지 그밖의 다른 그 무엇을 가리치려는 것은 아니오.」

「오, 각자시여, 노여워하지 마십시오.」

하고 청년은 말하였다.

「세존과 언쟁을 하려고 말씀을 올렸던 것은 아닙니다. 정말로 세존의 말씀은 지당하십니다. 의견은 중요하지 않습니다. 하지만 한 가지만 더 말씀드리게 하여 주십시오. 일순간도 저는 세존을 의심한 적은 없습니다. 세존이 불타라는 것을, 또 목표에 도달했다는 것을, 수천의 바라문과 바라문의 자제가 그것을 향해 도상에 있는 최고의 목표에 도달했다는 것을 저는 한순간도 의심한 적이 없습니다. 세존은 죽음으로부터의 해탈을 터득하셨습니다. 그것은 세존 자신의 추구에서, 자신의 길에 있어서, 사상에 의해, 같은 사색에 의해, 인식에 의해, 득도에 의해 터득하셨습니다. 교리에 의해 터득한 것이 아닙니다! 그래서 저도 그렇게 생각하는 것입니다. 오, 각자시여! — 어떤 사람에게도 해탈은 교리에 의해서는 터득되지 않는다는 것! 득도를 행할 때의 자기 마음에 일어났던 것을 세존께서는 말과 교리에 의해 어떤 사람에게도 전하거나 말할 수는 없을 것입니다! 득도를 한 불타의 교리는 많은 것을 내포하고 있으며, 많은 사람에게 올바르게 살고 악을 피하라고 가르칩니다. 그렇지만 이토록 명백하고도 거룩한 교리도 단 한 가지의 것을 포함하고 있지 않습니다. 즉, 각자 자신이 수십만 명 가운데서 그만이 체험한 것이 포함되어 있지 않은 것입니다. 제가 교리를 들었을 때, 생각하고 인식한 것은 사실입니다. 그 때문에 저는 편력을 계속하는 것입니다. — 다른 보다 좋은 교리를 찾기 위해서가 아닙니다. 그런 것은 존재하지 않는다는 것을 알고 있기 때문입니다. 그렇지 않고 모든 교리와 스승을 떠나 혼자서 자신의 목표에 도달하기 위해서입니다. 그렇지 않으면 죽기 위해서 입니다. 하지만 때때로 저는 오늘 이날을, 제가 직접 성자를 본 이때를 잊지 않고 생각할 것입니다.」

불타의 눈은 가만히 땅바닥을 주시하고 있었다. 그 헤아릴 수 없는 얼굴은 완전한 평정함으로 빛나고 있었다.

「그대의 생각이 잘못이 아니기를 바라오.」

하고 세존은 천천히 말하였다.

「그대가 목표에 이르기를 진심으로 바라오. 하지만 말해 보시오. 그대는 나의 교리에 귀의한 사문과 많은 형제들을 보지 않았소? 낯선 사문이여, 그 모든 사람들도 교리를 떠나 세속과 향락의 생활로 되돌아가는 것이 더 좋다고 믿으시오?」

「그런 생각은 당치도 않은 일입니다.」

하고 싯다르타가 소리쳤다.

「그 사람들이 모두 교리에 머물러 목표에 도달하기를 바랍니다. 남의 생활을 비판할 자격이 제게는 없습니다. 오로지 자신만을 위해 저는 비판하고, 선택하고, 거부하지 않으면 안 됩니다. 오, 세존이시여, 우리 사문들은 자아로부터의 해탈을 찾고 있습니다. 만약에 제가 세존의 제자가 된다고 하면 저의 자아는 다만 외견적으로나 허위로만 안식에 도달되고 구원받을 것이 두렵습니다. 그리하여 실제로는 그 자아가 그대로 살아 남아 커갈 것이 두려운 것입니다. 그렇게 되면 가르치심과 저의 사사(師事)와 세존에 대한 저의 사랑과 승단 등을 저의 자아로 만들었을지 모르기 때문입니다!」

반쯤 미소를 띠우고 동요 없는 밝고 친절한 태도로 낯선 젊은이의 눈을 들여다보더니 거의 눈에 띄지 않는 몸짓으로 작별을 고하였다.

「사문이여, 그대는 지혜롭소.」

하고 세존은 말하였다.

「친구여, 그대는 지혜롭게 말할 줄을 알고 있소. 다만 지나친 지혜로움은 경계하도록 하시오.」

불타는 떠나갔지만 그의 눈빛과 미소는 영원히 싯다르타의 기억에 새겨졌다.

그런 눈빛과 미소, 그리고 앉음새와 걸음걸이를 가진 사람은 아직 본 적이 없다고 싯다르타는 생각하였다. 자신도 그런 눈빛, 그런 미소, 그런 앉음새와 걸음걸이를 할 수 있게 되기를 바랐다. 그처럼 자유롭고, 그도록 품위 높고 은미(隱微)하게 있는 그대로 어린 아이처럼 신비로운 존재가 되고 싶었다. 그처럼 바라보고 걸을 수 있다는 것은 자아의 심부(深部)에 도달한 인간만이 할 수 있는 것이다. 그렇다, 나 자신도 자아의 심부에 도달하도록 할 것이다.

한 인간을 보았다. 그 앞에서는 눈을 내리뜨지 않을 수 없는 유일한 인간을 보았다고 싯다르타는 생각하였다. 다른 사람 앞에서, 아니 이제 어떤 사람 앞에서도 눈을 내리깔지 않을 것이다. 어떤 사람에 대해서도 그 사람의 교리가 자신을 유혹하지 못할 것이고 어떤 교리도 이제는 자신을 유혹하지 못할 것이다.

불타가 자신에게서 빼앗아 갔다고 싯다르타는 생각하였다. 자신에게서 빼앗아 갔지만 그 이상의 것을 자신에게 주었다. 불타는 자신에게서 친구를 빼앗았다. 친구는 자신을 믿고 있었지만 지금은 불타를 믿고 있다. 친구는 자신의 그림자였지만 지금은 고타마의 그림자가 되어 있다. 하지만 불타는 자신에게 싯다르타를, 나 자신을 주었다.

자각(自覺)

각자 불타와 고빈다가 남아 있는 임원(林苑)을 떠날 때, 싯다르타는 이 임원에 지금까지의 자기 생활을 두고, 자신에게서 떠나는 것이라고 느꼈다. 그는 천천히 걸어가면서 자신의 마음을 꽉 채우고 있는 이 느낌을 두루 생각해 보았다. 생각하고 또 생각해 보았다. 깊은 물 속으로 잠수하듯 이 느낌의 원인이 숨겨져 있는 밑바닥까지 빠져들어 갔다. 왜냐하면 원인을 인식하는 것이야말로 바로 사색이라고 생각했기 때문이다. 그것에 의해서만 감정은 인식이 되며, 소멸되지 않고 본질적인 것이 되어 그 안에 내재하는 것을 밖으로 내뻗치게 된다는 생각이 들었기 때문이기도 했다.

싯다르타는 천천히 걸어가면서 가만히 생각해 보았다. 자신은 이미 청년이 아니라 어른이 되었다는 것을 확인하였으며, 뱀이 묵은 껍질을 벗는 것처럼 어떤 한 가지가 자신에게서 떠났다는 것을 확인하였다. 자신의 어린 시절을 통해 시종 길동무였고, 자신의 것이었던 한 가지의 것이, 즉 스승을 가지고 교리를 들으려고 한 소원이 이제는 자신의 안에 존재하지 않는 것을 확인하였다. 자신이 걷는 길에 나타난 마지막 스승, 가장 높고 지혜로우며 신성했던 불타까지도 그는 버렸다. 불타로부터 떠나지 않으면 안 되었다. 그의 가르침을 받아들일 수가 없었던 것이다.

사색에 잠긴 그는 걸음을 늦추면서 자신에게 물었다.

『그런데 네가 교리와 스승에게서 배우려고 한 것이 무엇이었느냐? 네게 많은 것을 가르친 그들이 네게 가르칠 수 없었던 것은 무엇이냐?』

그리고 그는 깨달았다.

『자아야말로 자신이 그 의미와 본질을 배우려고 원한 것이다. 자아야말로 자신이 그것에서 벗어나려고 원한 것, 자신이 극복하려고 원했던 것이었다. 그렇지만 거기에서 벗어나 숨을 수 있을 뿐이었다. 실로 이 세상의 어떤 것도, 이 자아 만큼 자신이 살아 있고, 한낱 인간으로 다른 모든 것으로부터 분리 독립해 있으며, 자신이 싯다르타라고 하는 이 수수께끼 만큼 자신의 생각을 괴롭힌 것은 없었다. 이 세상의 모든 것 중에서 자신에 대하여, 싯다르타에 대하여 아는 바가 가장 적은 것이다.』

생각에 잠겨 천천히 걷고 있던 싯다르타는 이 생각에 사로잡혀 발걸음을 멈추었다. 그러자 곧 이 생각에서 다른 새로운 생각이 떠올랐다. 그것은 이런 것이었다.

『자신이 자신에 대하여 아무것도 모른다는 것, 싯다르타가 자신에게 있어 시종 타인이요, 미지(美知)의 존재였다는 것은 다만 하나의 원인에서 유래한 것이다. 즉, 내가 자신에 대해서 불만을 품었고 자신으로부터 도피하고 있었다! 자신은 아트만을 찾고 범(梵)을 찾았다. 자아의 알지 못하는 심층에 있는 모든 껍질의 핵심을, 아트만을, 생명을, 신성(神性)을, 궁극적인 것을 찾아내기 위해, 자아를 잘게 난도질해서 껍질을 벗겨 버리려고 하였다. 그렇지만 그 때문에 자기 자신을 잃고 말았다.』

싯다르타는 눈을 뜨고 주위를 둘러보았다. 미소가 그의 얼굴에 넘쳤다. 오랜 꿈에서 깨어났다는 깊은 감회가 그의 전신에 넘쳐흘렀다. 그는 갑자기 걸음을 재촉하였다. 무엇을 해야 하는가를 알고 있는 사람처럼 뛰기 시작하였다.

『오.』하고 그는 깊은 한숨을 내쉬며 생각하였다.

『이제 나는 싯다르타를 다시는 놓치지 않으리라 ! 이제 나는 나의 사색과 나의 생활을 아트만이나 세계의 고뇌로부터 시작하는 짓은 않을 테다. 토막난 파편 뒤에서 비밀을 찾아내기 위해 자신을 죽이거나 난도질하지는 않을 테다. 요가베다[15] 아탈바베다[16]에게서도, 고행자에게서도, 어떤 교리로부터도 가르침을 받지는 않을 테다. 자신은 자기 자신에 대하여 배우자. 자기 자신의 제자가 되자. 자신이 싯다르타의 비밀을 잘 알도록 하리라.』

그는 난생 처음 세상을 보듯 주위를 둘러보았다. 세상은 아름다웠다. 세상은 다채로웠다. 세상은 신기하고 수수께끼로 가득 차 있었다. 여기에는 파랑이 있고, 노랑이 있고 초록이 있었다. 하늘과 강이 흐르고 숲과 산들이 가만히 있었다. 모든 것은 아름답고 수수께끼로 가득 찼으며 마술적이었다. 그 한복판에서, 그 싯다르타, 자각한 사람은 자기 자신의 길을 가고 있었다. 이 모든 것, 노랑과 파랑, 강과 숲이 처음으로 눈을 통하여 싯다르타의 내부로 들어왔다. 그것은 이제 마라[17]의 마술이 아니었고, 미망(迷妄)의 베일도 아니었다. 다양함을 경멸하되 통일을 찾아 깊이 사색하는 바라문이 경멸하는 현상계(現象界)의 무의미하고 우연한 다양함은 아니었다. 푸른 것은 푸른 것이었다. 강은 강이었

15) 요가베다(瑜伽弊陀) [Yogaveala] : 요가는 『상응(相應)』의 뜻. 수행의 한 방법
16) 아탈바베다(阿達婆陀) : 일상의 기념 수법(祈念修法)에 쓰이는 제가(祭歌)를 모은 것
17) 마라(魔羅) : 수행의 방해가 되는 것

다. 싯다르타 속의 푸른 것과 강에는 신성을 지닌 하나의
것이 숨어서 살고 있었다고는 하지만 여기에는 노랑이
있고, 푸른 것이 있으며, 저기는 하늘과 숲이며, 이것은
싯다르타라고 하는 것이야말로 신성을 지닌 것의 실상이고
의미였다. 의미와 본질은 어딘가 사물의 배후에 있는 것이
아니라 그 속에, 일체의 것 속에 있었다.

『나는 얼마나 멍하고 아둔하였던가!』

하고 그는 발걸음을 재촉하면서 말하였다.

『책을 읽고 그 의미를 알고자 할 때, 사람들은 기호나
글자를 경멸하지 않고 그것을 속임수, 우연, 무가치한 껍데
기라고는 부르지 않으며, 한 자 한 자를 읽으며 연구하고
사랑한다. 그런데 세계의 책, 자기 본질의 책을 읽으려고
한 자신은 미리 예상한 의미 때문에 기호와 글자를 경멸해
왔다. 현상의 세계를 미망(迷妄)이라고 불렀다. 자신의 눈과
혀를 무가치한 우연적 현상이라고 불렀다. 하지만 그것도
과거가 되었다. 자신은 자각하였다. 자신은 정말로 자각하
였다. 오늘 비로소 태어난 것이다.』

싯다르타는 이렇게 생각하면서 마치 길가에서 뱀을 만난
듯이 갑자기 멈춰 섰다. 왜냐하면 바로 다음과 같은 생각이
불현듯 그에게 명백해졌기 때문이었다. 즉, 정말로 자각한
자, 또는 새로이 태어난 자로서 생활을 새롭게 완전히 처음
부터 시작하지 않으면 안 되는 것이다. 그날 아침, 세존이
있던 임원(林苑)을 떠나, 이미 자각했던 자기 자신에의
길을 걷기 시작했을 때, 금욕 고행(禁慾苦行)의 세월을
거친 지금, 고향의 아버지 곁으로 되돌아가는 것이 그의
의도였다. 그것이 그에게는 자연스럽고 당연한 일로 생각되
었다. 그렇지만 지금, 길가에 뱀을 만난 듯이 우뚝 멈춰
선 이 순간에 비로소 다음과 같은 깨달음에 이르게 되었

다.

『자신은 이미 과거의 자신이 아니다. 자신은 이미 고행자
도 아니요, 승려도 아니요, 바라문도 아니다. 도대체 자신은
집에 가 아버지의 곁에서 무엇을 해야 하는가? 학문을
해야 하는가? 제물 바치는 일을 해야 하는가? 명상에
정진해야 하는가? 그런 것은 모두 과거의 것이 되었다.
이제는 그런 것 모두가 자신의 길이 아니다.』

꼼짝도 하지 않고 싯다르타는 그대로 서 있었다. 한순간
그의 심장은 얼어붙었다. 그는 자기가 완전히 혼자라는
것을 깨달았을 때, 작은 짐승처럼, 작은 새나 토끼처럼
가슴 내부에서 심장이 얼어붙는 것을 느꼈다. 여러 해 동안
고향을 등지고 살았으면서도 그런 것을 느끼지 못했던
그가, 이제 그것을 느낀 것이다. 한결같이 가장 깊은 명상에
잠겨 있을 때에도 그는 아버지의 아들이요. 바라문이요,
신분이 높은 정신적인 인간이었다. 그는 지금은 다만 싯다
르타이며 자각한 자이고 그 밖의 아무것도 아니었다. 그는
깊이 숨을 들이쉬었다. 그 순간 얼어붙듯 몸을 떨었다.
그만큼 고독한 것은 없었다. 귀족 사회에 속하지 않는 귀
족, 직인(職人) 사회에 속하지 않는 직인, 저마다의 사회에
서 피난처를 찾아 그 속에서 생활을 함께하며 그들의 언어
를 쓰지 않는 귀족이나 직인은 없었다. 바라문의 사회에
끼지 못하고 그들과 생활을 함께 하지 않는 것 같은 바라
문은 없었다. 사문의 계급에서 안식처를 찾지 못하는 고행
자는 없었다. 숲속의 가장 의지할 곳 없는 은둔자라도 외토
리는 아니었다. 그도 사문들에게 둘러싸여 있었다. 그도
계급에 속하고 그것이 그의 고향이 되어 있었다. 고빈다는
승려가 되었다. 수천의 승려가 그의 형제로서 같은 옷을
입고, 같은 신앙을 가졌으며, 같은 말을 쓰고 있었다. 하지

만 싯다르타 자신은 어디에 속해 있었는가? 누구와 더불어 함께 생활할 것인가? 누구와 이야기를 나눌 것인가?

　주위의 세계가 그에게서 사라지고 그만 혼자 하늘의 별처럼 고립된 이 순간, 차갑게 낙담한 이 순간부터 싯다르타는 떠올랐다. 전보다 더 자아가 되고 단단하게 엉겨붙어서 이것이 자각의 마지막 몸서리이고, 탄생의 마지막 싸움이라고 그는 느꼈다. 다시 또 그는 발걸음을 떼어놓기 시작하였다. 빠른 걸음으로 성급히 걷기 시작하였다. 그렇다고 이제부터 집과 아버지의 곁으로 돌아가는 것도 아니었다.

싯다르타

제2부

일본에 있는 나의 사촌
W·군델트에게 바침

카마라

싯다르타는 걸어가는 발걸음마다 새로운 것을 배웠다. 세계가 변해 가고 그의 마음도 매혹되어 가고 있었기 때문이다. 태양이 숲의 산들 위에 떠오르고 저 멀리 해변의 종려나무 숲으로 지는 것을 보았다. 밤하늘에 별이 정연하게 늘어서 있는 것을 보았고, 초승달이 푸른 물 속의 거룻배처럼 떠 있는 것을 보았다. 그는 수목을, 별을, 짐승을, 구름을, 무지개를, 바위를, 잡초를, 꽃을, 시내를, 강을, 아침 풀숲에서 반짝이는 이슬을, 부옇고 푸른 아득히 높은 산을 보았다. 새들은 노래하고, 꿀벌들은 윙윙거렸으며 바람은 논 위를 은빛으로 불어가고 있었다. 그 모든 것은 항상 다양하고 다채롭게 존재하였고 항상 태양과 달이 비치고 있었다. 강은 항상 술렁거리고 꿀벌은 윙윙거리고 있었다. 하지만 옛날에는 그 모든 것이 싯다르타에게 있어 눈앞을 가리는 무상한 허망의 베일에 지나지 않았었다. 그리고 믿을 수 없는 것으로 보이고 사상으로 채워져, 그 자체는 사상에 의해 무(無)로 돌아가도록 운명지어진 것 같이 생각되었다. 그것은 본질이 아니요, 본질은 눈에 보이는 것의 피안에 있었기 때문이었다. 하지만 지금 해방된 그의 눈은 이 세상에 머물러 눈에 보이는 것을 보고 인식하며 이 세계의 고향을 찾았다. 본질을 구하지 않고 피안만을 목표로 삼지는 않았다. 세계를 있는 그대로, 구하는 것 없이 단순한 어린 아이처럼 관찰하면 세계는 아름다웠다.

달과 별은 아름다웠고 개울과 강가도 아름다웠으며, 숲과 바위, 염소와 풍뎅이, 꽃과 나비도 아름다웠다. 그런 식으로 어린 아이처럼 자각하고 그와 같이 자신과 가까운 것에 마음을 열고, 의심없이 세계를 걷는 것은 아름답고 사랑스러웠다. 머리 위로 내리쬐는 태양도 이제까지와는 다르게 불타고 있었다. 숲속의 그늘도 다르게 서늘하였고 개울과 빗물통의 물, 호박과 바나나도 맛이 달랐다. 낮도 짧고, 밤도 짧아 한 시각 한 시각이 바다 위의 돛대처럼 빨리 지나갔다. 돛대 아래에는 보물과 기쁨을 실은 배가 있었다. 싯다르타는 원숭이 무리가 숲속의 높은 가지를 타고 이동해 가는 것을 보았고 정욕에 불탄 그들의 거친 노랫소리를 들었다. 싯다르타는 숫양이 암양을 쫓아가 교미하는 것을 보았다. 갈대가 우거진 호수에서 수달이 저녁때의 허기를 못 참아 먹이를 쫓는 것을 보았다. 쫓기는 잔물고기들이 무리를 지어 팔딱거리고 번득이며 물 속에서 뛰어오르고 있었다. 난폭하게 쫓아대는 수달이 일으키는 급한 소용돌이 속에서 힘과 정열이 짙은 냄새를 확 풍겼다.

이런 모든 것은 항상 있었던 것인데도 그는 그것을 보지 못하였다. 그는 그것에 관여하지 않았다. 그런데 지금에서야 비로소 관여하였다. 그는 그것에 소속해 있었다. 그의 눈에 빛과 그림자가 흘러들었고 그의 심장에 별과 달이 흘러들었다.

싯다르타는 길을 가며 임원에서 체험한 모든 일, 거기에서 들었던 교리, 성스러운 불타, 고빈다와의 이별, 세존과의 대화를 회상하였다. 그리고 세존에게 했던 자기 자신의 한 마디 한 마디의 말을 생각해 냈다. 그때 근본적으로 자신도 알지 못했던 여러 가지의 사실을 말한 것을 깨닫고 놀라지 않을 수 없었다. 그가 고타마에게 말한 것, 즉 불타

의 보물과 비밀은 그 교리에 있는 것이 아니라, 일찍이
대오 성도(大悟成道)했을 때 체험한 것의 형용하기 어렵고
가르칠 수도 없는 일이었다. ── 그것이야말로 바로 그가
지금 체험하기 위해 길을 떠나는 것, 체험하기 시작한 것이
었다. 그는 지금 자기 자신을 체험하지 않으면 안 되었다.
물론 그는 벌써부터 자기 자신이 아트만이라는 것, 범(梵)
과 같은 영원한 것임을 알고 있었다. 그렇지만 사상의 그물
로 자기 자신을 잡으려고 했기 때문에, 여태까지 한 번도
정말로 그것을 찾아내지 못하였다. 확실히 육체는 자기
자신은 아니었다. 감각의 희롱은 그렇지가 않았다. 그처럼
사색도, 지성도, 습득한 지혜도, 결론을 끌어내고, 이미
생각했던 것으로부터 새로운 사상을 자아내는 습득된 기술
도 자기 자신은 아니었다. 아니 이 사상의 세계도 역시
이 세상에 있었다. 감각의 우연한 자아를 죽이고, 그 대신
사상과 학식의 우연한 자아를 살찌게 한다고 해도 목표에
는 도달되지 않았다. 사생도 감각도 모두 아름다운 것이어
서 양자의 배후에 궁극의 의미가 존재해 있었다. 두 가지
모두 다 가치가 있고, 교류할 가치가 있었으며, 그렇다고
둘 다 경멸하거나 과장된 평가를 할 것은 아니었다. 그곳으
로부터 가장 심오한 비밀의 소리가 들렸다. 그 소리가 추구
하라고 명령하는 것 이외의 것을 추구하는 것을 그는 바라
지 않았다. 그 소리가 거기에 멈추라고 권하는 것 이외에는
멈추는 것을 바라지 않았다. 어째서 고타마는 일찍이 가장
중요하고 거룩한 시간이라고 할 수 있을 때, 대오(大悟)
의 빛에 닿았을 때 보리수나무 밑에 앉아 있었는가? 그는
하나의 소리를 자기 마음 속의 소리를 들었던 것이다. 그
소리가 그에게 이 나무 밑에서 안식을 찾으라고 명한 것이
다. 그는 금욕, 제사, 수욕(水浴)과 기도를 택하지 않았고

음식, 수면, 꿈도 택하지 않았으며 다만 그 소리에 귀를 기울였다. 그와 같이 외부의 명령에 의해서가 아니라, 오로지 그 소리에 따르는 것, 그럴 용의가 있는 것, 그것이야말로 필요한 일이었다. 그것이야말로 꼭 하지 않으면 안 되는 일이어서 그것이외에는 아무것도 없었다.

강가에 있는 뱃사공의 초가집에서 잠을 자는 날 밤, 싯다르타는 꿈을 꾸었다. 고빈다가 고행자의 황색 승의를 입고 그의 앞에 서 있었다. 고빈다는 슬퍼보였다. 슬픈 듯이 어째서 자네는 나를 버렸느냐고 물었다. 그때에 그가 고빈다를 가슴에 끌어당겨 꼭 껴안고는 입맞춤하자, 그것은 어느 틈에 친구인 고빈다가 아니라 여자였다. 여자의 옷 속에서 풍만한 유방이 삐져 나왔다. 싯다르타는 그 가슴에 파묻혀 젖을 빨았다. 젖에서는 달콤하고 진한 맛이 났다. 여자와 남자, 태양과 숲, 짐승과 꽃, 모든 과실과 모든 쾌락의 맛이 났다. 그 젖은 취하게 하고, 의식을 잃게 하였다. 싯다르타가 잠에서 깨어나자, 파르스름한 강이 오두막집의 문틈을 통해 반짝거리고 있었고 숲속에서는 신비한 부엉이의 울음소리가 길고 우렁차게 들려왔다.

날이 밝자, 싯다르타는 그를 재워 준 뱃사공에게 강을 건네 달라고 부탁하였다. 뱃사공은 그를 대나무 뗏목으로 강을 건네 주었다. 아침 햇살 속에서 폭이 넓은 강물이 붉게 반짝반짝 빛나고 있었다.

「참 아름다운 강이요.」

하고 그는 뱃사공에게 말하였다.

「그렇지요.」

하고 뱃사공은 말하였다.

「참으로 아름다운 강이오. 나는 무엇보다도 이 강을 사랑하지요. 나는 이따금 이 강에 귀를 기울이며, 강물의 눈을

들여다보곤 합니다. 그럴 때마다 이 강에서 많은 것을 배울
수 있었지요.」

「나의 은인이여, 감사하오.」

하고 싯다르타는 강 건너에 이르자 말하였다.

「당신에게 아무것도 줄 것이 없구려. 뱃삯조차 없소.
나는 고향을 떠난 바라문의 아들로 사문에 몸담은 한 사람
이오.」

「이미 잘 알고 있었습니다.」

하고 뱃사공은 말하였다.

「나는 당신에게서 뱃삯이나 어떤 선물을 받을 생각이
없습니다. 언젠가는 이 사람에게 보답을 할 때가 있겠지
요.」

「정말로 그렇게 생각하시오?」

하고 싯다르타가 유쾌한 듯이 말하였다.

「물론이지요. 만물은 다시 온다고 하는 것도 나는 강에서
배웠습니다. 사문이시여, 당신도 다시 오게 될 것이오. 그럼
안녕히 가시오. 당신의 우정이 내가 받는 보수가 되듯,
당신이 신에게 제물을 바칠 때면 나를 생각해 주시기 바랍
니다.」

두 사람은 미소를 보내며 작별을 하였다. 싯다르타는
미소를 지으며 뱃사공의 우정과 친절을 기뻐하였다.

『그는 고빈다 같다』고 웃음을 머금으며 생각하였다.

『내가 길에서 만나는 사람은 모두 고빈다 같다. 그들은
자신이 감사받을 권리를 가지고 있으면서도 감사하는 마음
을 가지고 있다. 모두가 자기를 낮추고, 모두가 기꺼이
친구가 되며 복종하고, 별로 생각하려고 하지 않는다. 그들
은 어린 아이와 같다.』

점심때 그는 어떤 마을을 지나게 되었다. 진흙을 빚어

지은 오두막집이 즐비한 비좁은 골목에서 어린이들이 뒹굴
며 놀고 있었다. 아이들은 호박씨와 조개껍질을 가지고
놀며 고함을 지르고 맞붙어 씨름을 하다가 낯선 사문이
오자, 겁을 집어먹고 도망쳤다. 마을 끝에 이르러 개울을
건너게 되었는데, 마침 개울가에는 젊은 여자가 쪼그리고
앉아 빨래를 하고 있었다. 싯다르타가 그녀에게 인사를
하자 여자는 고개를 들고 미소지으며 그를 쳐다보았다.
그녀의 눈 속에서 흰자위가 번쩍 빛나는 것을 그는 보았
다. 그는 나그네들간의 관습이 되어 있는 축복의 인사를
하고, 큰 도시까지 갈려면 아직도 얼마나 더 가야 하느냐
고 물었다. 그러자 여자는 일어나서 그에게로 다가왔다.
그녀의 젊은 얼굴에서 젖은 입술이 아름답게 빛났다. 그녀
는 싯다르타에게 농을 걸면서 식사는 했느냐 사문은 밤이
면 혼자 숲에서 잠을 자며 여자를 가까이 하면 안 된다는
것이 사실이냐고 물었다. 그렇게 말하면서 그녀는 왼발을
그의 오른발 위에 올려놓고 성전(性典)에서 『나무타기』로
불리고 있는 형태를 남자한테 바랄 때 여자가 짓는 교태를
해 보였다. 싯다르타는 피가 뜨거워지는 것을 느꼈다. 그
때, 간밤의 꿈이 떠올랐다. 그는 여자 쪽으로 몸을 굽혀
여자의 다갈색 젖꼭지에 입을 맞추었다. 눈을 들어 바라보
니 여자의 얼굴은 욕정으로 가득 찬 미소를 짓고 있었으
며, 가늘게 뜬 눈에는 간절한 애원의 빛이 서려 있었다.

　싯다르타 역시 정욕을 느껴 성욕의 샘이 용솟음치는
것을 느꼈다. 그렇지만 여태껏 여자를 접촉해 본 적이 없는
그는 어느새 두 손은 여자를 껴안으려고 하면서도 한순간
머뭇거렸다. 그 때 그는 오싹하면서 내심(內心)의 소리를
들었다. 그 소리는 그러면 안 된다고 하였다. 그러자 미소
지은 젊은 여자의 얼굴에서 풍기던 모든 매력이 사라졌

다. 눈에 비치는 것은 암내를 내는 암컷의 촉촉히 젖은 시선뿐이었다. 그는 다정하게 여자의 뺨을 어루만져 주고는 몸을 돌려 실망한 여자를 뒤에 두고 대나무 숲속으로 표표히 사라져 갔다.

그날 해지기 전, 그는 어떤 큰 마을에 당도하였다. 사람이 무척 그리웠던 그는 말할 수 없이 기뻤다. 오랫동안 그는 숲속에서 살아왔다. 간밤에 묵었던 뱃사공의 초가집은 오랫만에 그의 몸을 가려 준 최초의 지붕이었다.

마을 어귀에 있는, 울타리로 둘러싸인 아름다운 임원(林苑) 옆에서, 나그네는 바구니를 들고 있는 한 무리의 남녀 하인들을 만났다. 네 사람이 메고 가는 화려한 가마 속에는 다채로운 차양 밑의 붉은 방석에 한 여자가 앉아 있었다. 여주인이었다. 싯다르타는 유원(遊園)의 어귀에 서서 그들의 행렬을 바라보았다. 그는 남녀 하인들을 보았으며, 그들이 들고 있는 바구니와 가마와 가마 속의 부인을 보았다. 높게 빗어올린 검은 머리 밑으로 두드러지게 밝고 부드러우면서도 현명해 보이는 얼굴, 갓따온 무화과처럼 선명하게 붉은 입술, 초승달처럼 둥글게 다듬어 그려진 눈썹, 슬기롭고 영리해 보이는 검은 눈, 초록과 금빛의 웃옷에서 빠져 나와 있는 희고 긴 목, 손목에 폭이 넓은 금팔지를 낀 가늘고 긴 두 손이 우아하게 무릎 위에 놓여 있는 것이 보였다.

더없이 아름다운 여자의 자태를 보고 싯다르타의 마음은 흐뭇하였다. 가마가 다가오자, 그는 머리를 깊이 숙여 인사를 하였다. 그리고 몸을 일으키어 지혜롭고 아름다운 여자의 얼굴을 다시 한 번 보는 순간, 그는 반달 눈썹 밑에서 슬기로운 눈빛을 읽고 그로서는 지금껏 알지 못했던 향내를 맡았다. 미소를 띤 아름다운 여자는 고개를 끄덕이는가

싶더니 그녀도, 또 그녀를 뒤따르던 하인들도 임원 안으로 사라지고 말았다.

『이것으로 조짐이 좋게 마을에 들어가는 것이다』

하고 싯다르타는 생각하였다. 그는 당장에 임원으로 들어가고픈 마음이었지만 곰곰이 다시 생각해 보았다. 입구에서 남녀 하인들이 얼마나 경멸적이며 의심스럽다는 듯한 눈초리와 금방이라도 내쫓을 듯한 태도로 자신을 빤히 쳐다보았는가를 의식하였다.

자신은 아직 사문이며, 여전히 고행자요, 거지라고 그는 생각하였다. 언제까지나 이런 모습을 하고서는 임원에 들어가지 못한다. 그렇게 생각하자 웃음이 터져나왔다.

그러고 나서 길에서 만난 첫번째 사람에게 그는 그 임원과 여주인의 이름을 물었다. 그리하여 유명한 기녀 카마라의 숲이라는 것과, 또 그녀는 임원 외에도 시내에 집을 가지고 있다는 것을 알게 되었다.

그러고 나서 그는 시내로 들어갔다. 이제 그는 한 가지 목적을 갖게 된 것이었다.

그 목적에 따라 그는 시내로 빨려들어가 골목의 인파에 휩쓸렸고, 광장에 서기도 하고 강가의 돌층계에서 쉬기도 하였다. 해질녘이 되어서 그는 어떤 이발사의 조수와 친구가 되었다. 그는 이 조수가 어떤 아치형 건물의 그늘에서 일하는 것을 보았는 데, 비슈누[18]의 신전(神殿)에서 기도하고 있는 모습을 다시 보게 되엇던 것이다. 그는 그 조수에게 비슈누와 락슈미[19]의 이야기를 들려주었다. 싯다르타는

18) 비슈누[Vishnu] : 인도교(印度敎)의 세 주신(主神)의 하나. 우주(宇宙) 유지의 신

19) 락슈미[Lakschmi] : 고대 인도 신화에서 미(美) 또는 행운의

그날 밤을 강가의 거룻배에서 자고, 다음날 아침 일찍 손님이 오기 전에 이발사의 조수에게 수염을 깎고, 머리를 자르게 하고는 빗질을 하고 고급 향유를 바르게 하였다. 그 다음에 강으로 목욕을 하러 갔다.

늦은 오후, 아름다운 카마라가 가마를 타고 임원에 다다르자, 싯다르타는 입구에 서 있다가 허리를 굽혀 인사를 하고 기녀의 인사도 받았다. 그는 일행 중 맨 뒤의 하인을 눈짓으로 불러 한 젊은 바라문이 여주인과 이야기를 나누고 싶어 한다는 것을 전해 달라고 부탁하였다. 잠시 후 하인이 되돌아와서 기다리고 있는 싯다르타를 보고 자기를 따라오라고 이르고, 말없이 그를 카마라가 긴 안락의자에 누워 있는 정자로 데리고가 여주인과 단 둘이 있게 하고는 나갔다.

「당신은 어제도 그곳에서 저에게 인사를 하시지 않았던가요?」

하고 카마라가 물었다.

「그렇소. 나는 어제도 당신을 보고 인사를 했습니다.」

「하지만 어제는 수염을 기르고, 긴 머리에 먼지를 뒤집어쓰고 계셨지요?」

「잘 보셨습니다. 보신 바 그대로입니다. 당신은 사문이 되려고 고향을 떠나 3년 동안 사문 노릇을 한 바라문의 아들 싯다르타를 본 것이오. 하지만 이제 나는 그 길을 버리고 이 도시에 왔습니다. 시내에 들어서기 전에 만난 최초의 사람이 당신이었습니다. 그 말을 하기 위해서 나는 당신을 찾은 것입니다. 오, 카마라여! 당신은 이 싯다르타가 눈을 내리깔지 않고 말을 한 최초의 여성입니다. 나는

여신.

이제 아름다운 어떤 여성을 만나도 눈을 내리깔지 않을 것이오.」

카마라는 미소를 띠고 공작의 털로 만든 부채를 만지작거리고 있었다. 그리고 물었다.

「싯다르타께서는 다만 그 말씀을 하시려고 저를 찾은 건가요?」

「당신에게 그 말을 하고 또 당신이 그처럼 아름다운 것에 감사하기 위해서입니다. 싫지 않으시다면, 나의 친구가 되고 스승이 되어 주셨으면 합니다. 나는 당신이 통달한 방면에 대해서 아무것도 모르기 때문입니다.」

그러자 카마라는 깔깔대고 웃었다.

「숲의 사문이 저에게 와서 저한테 뭔가를 배우려고 한 일은 아직 한 번도 없었던 일이에요! 긴 머리에 남루한 옷을 걸친 사문이 나에게 온 일은 아직 한 번도 없었던 일이라구요! 많은 젊은이가 저를 찾아 옵니다. 바라문의 자제도 그 중에는 있습니다. 그렇지만 좋은 옷에 고급 신발을 신고, 머리에는 향수를 바르고, 지갑에는 돈을 채워 가지고 찾아오는 거예요. 알겠어요? 저에게 오는 젊은이들은 이렇답니다.」

싯다르타는 말하였다.

「나는 벌써 당신에게서 배우기 시작하였소. 어제부터 이미 배우고 있었지요. 이제 수염을 깎았고, 머리에는 빗질을 하였으며 기름도 발랐습니다. 아직도 나에게 부족한 것이 있다면 좋은 옷과 좋은 구두, 그리고 지갑의 돈, 그런 것이 부족할 뿐이오. 비범한 사람이여, 잘 들어 보시오. 이 싯다르타는 그런 사소한 일보다도 더 힘든 일을 결심하고 성취한 사람입니다. 내가 어제 결심한 일, 즉 당신의 친구가 되고, 사랑의 기쁨을 당신에게 배우는 일을, 성취하

지 못할 까닭이 어디에 있겠소? 카마라여, 당신은 내가
이해가 빠르다는 것을 알게 될 것입니다. 당신이 내게 가르
쳐 주려는 것보다 더 힘든 일을 나는 배웠습니다. 그런데도
이대로의 싯다르타이면 충분치 않다는 것이지요? 머리에
기름을 바르고는 있지만, 옷도 구두도 돈도 없으니 말입니
다.」

카마라는 큰소리로 웃으면서 말했다.

「네. 충분치 않아요. 옷이 있어야 해요. 그것도 멋있는
옷이어야만 해요. 신발도 있어야 해요. 그것도 멋진 신발이
어야하고 지갑에는 많은 돈이 들어 있어야 해요. 저를 위한
선물도 가지지 않으면 안 돼요. 아셨습니까? 숲에서 오신
사문이여, 마음에 잘 새겨 두셨는지요?」

「잘 알아 들었소.」

하고 싯다르타가 소리쳤다.

「그같은 아름다운 입에서 홀러 나오는 말을 어찌 마음에
두지 않을 수 있겠소? 당신의 입은 갓따온 무화과의 열매
같소. 카마라여, 나의 입도 빨갛고 싱싱해 당신의 입과 잘
어울릴 것입니다. 언젠가는 알게 될 것입니다. —— 하지만
아름다운 카마라여, 말해 보시오. 사랑을 배우려고 숲에서
온 사문을 당신은 조금도 두렵다고는 생각지 않않소?」

「어째서 제가 두려워 해야 하죠? 들개가 사는 숲에서
와서 여자가 무엇인지도 아직 전혀 알지 못하는 어리석은
사문을 왜 두려워하나요?」

「오, 그러나 사문은 힘이 셉니다. 그는 아무것도 두려워
하지 않습니다. 아름다운 아가씨여, 그는 당신을 욕보일
수도 있는 것입니다. 당신을 강탈할 수도 있고, 당신에게
고통을 줄 수도 있습니다.」

「천만에. 사문이여, 저는 그런 것을 두려워하지 않아

요. 혹시라도 사문이나 바라문 중에 누군가가 와서, 자신을 거머잡고, 학문이나 신앙이나 깊은 지혜를 빼앗아 갈까봐 두려워하는 사람이 있을까요? 아니예요. 그런 것은 모두 그 사람에게만 속해 있는 것으로 그 사람이 주려고 하는 것만을 주려고 하는 사람에게만 주는 거예요. 저 역시 마찬가지예요. 그리고 사랑의 기쁨도 그런 것이지요. 카마라의 입은 아름답고 붉지만 카마라의 뜻과 달리 그 입에 키스해 보세요. 그야말로 한 방울의 달콤함도 맛보지 못할 거예요. 주려고만 한다면 얼마든지 달콤함을 줄 수 있는 그 입에서 말이에요. 당신은 이해력이 좋은 분이시니 싯다르타여, 이런 것도 배워 두세요. 사랑은 애원해서 얻을 수도, 돈으로 살 수도, 선물로써 받을 수도, 골목에서 찾아낼 수도 있지만 강탈할 수는 없어요. 그런 점에서는 당신이 생각해 낸 방법은 잘못 되었어요. 아니 당신같이 잘 생긴 젊은이가 그런 잘못된 수단을 취하게 된다면 유감스러운 일이지요.」

싯다르타는 미소를 지으며 고개를 숙였다.

「확실히 유감스러운 일이지요. 카마라여! 전적으로 당신의 말이 옳습니다. 그것은 말할 수 없이 유감된 일이지요. 당신의 입에서 줄 수 있는 한 방울의 달콤함도 나에게서 헛되이 새어나가게 해서는 안 됩니다. 그리고 내가 줄 수 있는 달콤함도 당신에게서 헛되이 새어나가서는 안 되지요. 그럼 이렇게 합시다. 싯다르타는 아직 가지고 있지 않은 것, 즉 옷과 신발과 돈을 갖게 되면, 다시 찾아 오겠습니다. 하지만 사랑스런 카마라여, 다른 사소한 조언 한 가지만 더 해줄 수 있겠소?」

「조언이라구요? 해드려야지요. 숲의 들개들 사이에서 온 가난하고 무지한 사문에게 그 누가 조언을 마다하겠어요?」

「사랑스런 카마라여, 그럼 나에게 가르쳐 주시오. 그 세 가지의 것을 가장 빠른 방법으로 손에 넣자면 어디로 가면 좋겠소?」

「이봐요, 그것은 모든 사람들이 알고 싶어하는 일이랍니다. 당신이 배우고 익힌 것으로 해야 합니다. 그것으로 돈과 옷과 신발을 얻으세요. 가난한 사람이 돈을 얻는 방법은 그것밖에 없어요. 도대체 당신은 무엇을 할 수 있는지요?」

「나는 생각할 줄을 압니다. 기다릴 줄도 알고 단식할 줄도 압니다.」

「그 밖에는 아무것도 못해요?」

「없소. 참 시를 지을 줄 압니다. 시를 지을 테니 그 대가로 키스를 한 번 해주시겠소?」

「당신의 시가 마음에 들면, 그렇게 할게요. 어떤 시인데요?」

싯다르타는 잠시 생각에 잠기고서, 다음과 같은 시를 읊었다.

녹음이 우거진 숲으로 들어서는 아름다운 카마라.
얼굴이 검게 그을린 한 사문이 입구에 서서
연꽃이 눈에 띄자 몸 굽혀 깊숙이 절하니
카마라 미소 지으며 답례를 하네.
젊은이 생각하기를 ── .
신에게 재물을 바치는 것보다
아름다운 카마라에게 재물을 바치는 것이
한결 더 아름다운 일이리라.

카마라가 기뻐하며 손뼉을 치자 금팔찌가 소리를 내고

울렸다.

「검게 탄 얼굴의 사문이여, 당신의 시는 정말 아름답군요. 그 보상으로 키스를 해드려도 아까울 것이 없어요.」

그녀는 눈짓으로 그를 가까이 오게 하였다. 그는 그녀의 얼굴 위로 자기 얼굴을 굽혀, 갓따온 무화과 열매 같은 그녀의 입술에 그의 입술을 포갰다. 카마라는 오래도록 그에게 입맞춤하였다. 이때 그녀가 어떻게 자신을 가르치는지, 그녀가 얼마나 현명한지, 그녀가 어떻게 자신을 지배하고 물리치며 유혹하는지, 그리고 최초의 키스 뒤에 이어지는 원숙한 키스들이 각기 다르면서도 질서 정연하게 자신을 기다리고 있다는 것에 대해 싯다르타는 크게 놀라지 않을 수 없었다. 심호흡을 한채 꼼짝 않고 서 있었다. 그런 한순간 알고 배울 가치가 있는 그 무엇이 넘쳐나듯 자기 눈앞에 펼쳐지는 것에 어린 아이처럼 놀라기만 하였다.

「당신의 시는 참으로 아름다워요.」

하고 카마라는 다시 외쳤다.

「제가 부자라면 금화를 드렸을 거예요. 하지만 당신은 시를 갖고 필요한 만큼의 돈을 벌기는 힘들다고 봐요. 카마라의 친구가 되려면 많은 돈이 필요하니까요.」

「카마라여! 당신은 정말 키스를 잘하는구려.」

하고 싯다르타는 더듬거리며 말하였다.

「그래요. 저는 그 재주를 갖고 있어요. 그 때문에 옷이며, 신발이며, 팔찌며, 그밖의 모든 아름다운 물건이 얼마든지 생기지요. 당신은 어때요? 생각하고 단식하고 시를 짓는 일 말고는 아무 일도 못하시나요?」

「제식(祭式) 때의 노래도 할 수 있습니다.」

하고 싯다르타는 말하였다.

「그렇지만 이제는 그런 노래는 부르지 않을 것이오. 주문(呪文)도 할 수 있지만 그것도 이제는 외지 않을 것이오. 나는 문서(文書)를 좀 읽었지요.」

「잠깐」

하고 카마라는 그의 말을 가로막았다.

「당신은 읽고 쓰기를 할 수 있어요?」

「그렇소. 할 수 있습니다. 그런 일을 할 줄 아는 사람은 아주 많지요.」

「대부분의 사람은 그것을 못하는 걸요. 저도 못해요. 당신이 읽고 쓸 수 있다는 것은 매우 훌륭해요. 무엇보다도 훌륭한 일이에요. 주문도 도움이 될 거예요.」

그 때 하녀가 달려와 귀엣말로 뭐라고 속삭였다.

「손님이 왔어요.」

하고 카마라는 큰소리로 말하였다.

「싯다르타, 어서 숨어 주세요. 당신이 여기 있는 것을 누가 보면 안 돼요. 그것을 명심하세요! 우리 내일 또 만나요.」

그녀는 하녀에게 이 믿음이 깊은 바라문에게 흰 겉옷을 주라고 분부하였다. 무슨 영문인지도 모르는 채 싯다르타는 하녀에게 이끌려 이리저리 길을 돌아서 정자에 이르자, 그녀는 그에게 겉옷을 주더니 그를 다시 나무숲속으로 인도 하였다. 그리고는 남의 눈에 띄지 않게 임원에서 떠나라고 몇 번이나 주의를 주었다.

그는 만족한 마음으로 시키는 대로 하였다. 숲에는 익숙했으므로 소리없이 울타리를 넘어 임원 밖으로 나와 둘둘 만 옷을 겨드랑이에 끼고 흐뭇한 마음으로 시내에 돌아왔다. 나그네가 묵는 여인숙 문 앞에 서서 말없이 구걸하여 떡덩이 한 조각을 받았다. 아마 내일부터는 더 이상 누구에게도 먹을 것을 구걸하지는 않을 것이라고 그는 생각하였다.

갑자기 그의 마음 속에 자부심이 불타올랐다. 그는 이제 사문이 아니었다. 구걸하는 것은 그에게 어울리지 않는 일이었다. 그는 떡덩이를 개에게 던져 주고 자기는 아무것도 먹지 않고 지냈다.

『이 세상에서 사람들이 영위하고 있는 일은 단순한 것이다.』

라고 싯다르타는 생각하였다.

『아무 어려움도 없다. 자신이 사문이었을 때는 모든 것이 어렵고 힘이 들었으며 결국에는 희망이 없었다. 지금은 모든 것이 카마라가 자신에게 가르쳐 준 입맞춤의 수업(修業)처럼 용이하다. 필요한 것은 옷과 돈뿐이고 그 밖에는 아무것도 필요치 않다. 그것은 작고 비근한 목표로 밤잠을 못 자게 하는 일도 아니다.』

힘들이지 않고 그는 시내에 있는 카마라의 집을 찾아낼 수 있었다. 다음날 그는 그곳에 나타났다.

「마침 잘됐어요.」

하고 카마라는 그를 맞으며 말하였다.

「카마스와미가 당신을 기다리고 있어요. 그는 이 도시에서 제일 가는 부자예요. 당신이 마음에 들면 그 사람이 고용해 줄 거예요. 빈틈없이 잘해 보세요. 볕에 그을은 사문님, 다른 사람을 시켜 당신의 이야기를 전하게 했어요. 그분에게 상냥하게 대하세요. 대단한 세력가예요. 하지만 너무 비굴하지는 마세요. 당신이 그 사람의 하인이 되는 것을 전 원치 않아요. 당신이 그와 대등하지 않으면 안 돼요. 그렇지 못하면 당신에게 만족할 수 없어요. 카마스와미는 늙어서 게을러지고 있어요. 그 사람의 마음에 들기만

하면, 당신에게 많은 일을 맡길 거예요.」

싯다르타는 그녀에게 고맙다는 말을 하고 웃었다. 그녀는 그가 어제 오늘 아무것도 먹지 않았다는 말을 듣자 빵과 과일을 가져오게 하여 그에게 대접하였다.

「당신은 행운을 잡았어요.」

하고 그녀는 작별하면서 말하였다.

「문이 당신을 위해 **잇따라** 열릴 거예요. 왜 그럴까요? 당신은 마력을 가지고 있나요?」

싯다르타는 말하였다.

「나는 어제 생각하는 것과 기다리는 것과 단식할 수 있다는 것을 당신에게 말했지만, 그런 것은 아무 쓸모가 없는 것이라고 당신은 생각하였소. 하지만 카마라여, 그것이 쓸모가 있다는 것을 당신도 차츰 알게 될 것이오. 숲의 어리석은 사문은, 당신들이 할 수 없는 여러 가지 일을 익히고 실행할 수 있다는 것을 알게 될 것입니다. 그제만 해도 나는 봉두 난발(蓬頭亂髮)의 거지였습니다. 어제는 벌써 카마라에게 키스를 했소. 곧 나는 상인이 되어 돈과 당신이 소중하게 여기는 모든 것을 가질 수 있게 될 것이오.」

「그럴 테지요.」

하고 그녀는 시인하였다.

「제가 없었다면 당신은 어떻게 되었을까요? 카마라가 당신을 도와주지 않았다면 당신은 어떻게 되었을까요?」

「사랑하는 카마라여!」

하고 싯다르타가 말하며 몸을 일으켜 세웠다.

「나는 당신의 임원에 들어섰을 때, 첫걸음을 내디딘 것이오. 가장 아름다운 이 여성에게서 사랑을 배우는 것이 나의 계획이었소. 이 계획을 품은 순간부터 나는 그것을 수행할 것이란 사실도 알고 있었소. 당신이 나를 도와줄 것이라는 사실도 알고 있었소. 임원의 입구에서 당신을 처음 보았을 때, 이미 그것을 알았던 것이오.」

「하지만 만약에 제가 그럴 마음이 없었다면?」

「당신은 그럴 마음이 생겼소. 자, 카마라! 당신이 돌을 물 속에 던지면 그 돌은 가장 빠른 길을 지나 지체없이 물밑으로 서둘러 가게 됩니다. 마찬가지로 싯다르타가 어떤 목표와 계획을 가지면 그와 같이 됩니다. 싯다르타는 아무 일도 하지 않습니다. 그는 기다리고 생각하며 단식합니다. 그러나 그는 돌이 물 속에 가라앉듯이 아무 일도 하지 않고 몸 하나 움직이지 않아도 세상의 사물을 꾀뚫고 갑니다. 그는 끌려가는 것이며 떨어지는 대로 맡기는 것이오. 목표가 그를 끌어당기는 것은 그 목표에 위배되는 일은 무엇 하나 마음 속으로 들여놓지 않기 때문이지요. 그것이야말로 싯다르타가 사문들 사이에서 배운 것이오. 어리석은 사람들은 마법이라고 부르며 마력의 짓으로 생각하지만 마력의 짓 같은 것은 결코 아니오. 마력 같은 건 존재하지 않습니다. 누구나 마술을 할 수 있고 누구나 목표를 달성할 수 있소. 생각할 수 있고 기다릴 수 있으며 단식할 수 있으면 말이오.」

카마라는 그가 하는 말에 귀를 기울였다. 그녀는 그의 목소리와 눈빛을 사랑하였다.

「아마 그럴지도 모르겠어요.」

하고 그녀는 나직히 말하였다.

「그러나 싯다르타가 미남이고, 그 눈빛이 여자의 마음에 들어 행운이 당신을 따르는지도 몰라요.」

입맞춤을 하고 싯다르타는 작별을 고하였다.

「나의 스승이여, 제발 그랬으면 좋겠소. 나의 눈빛이

언제나 당신의 마음에 들고 언제나 당신에게서 오는 행복
이 나를 따라 주었으면 하오.」

소인배들 곁에서

싯다르타는 상인 카마스와미에게로 갔다. 호화로운 저택이었다. 하인들이 값비싼 벽걸이 사이를 안내해 그를 한 방으로 들어가게 하였다. 거기서 그는 주인을 기다렸다.

카마스와미가 들어왔다. 민첩하고 붙임성 있는 사나이로 백발이 성성하고 눈은 빈틈 없이 신중했으며 탐욕스러운 입매를 하고 있었다. 주인과 손님은 허물없이 인사를 나누었다.

「듣기로는」

하고 주인이 먼저 말을 꺼냈다.

「당신은 바라문 출신에다 학자인 데도, 상인 곁에서 일하기를 원한다고 들었소. 당신이 일자리를 찾는 것은 곤궁한 탓인가요?」

「아닙니다.」

하고 싯다르타는 말하였다.

「곤궁한 것은 아닙니다. 여태까지 한 번도 나는 곤궁한 적이 없었습니다. 나는 사문들 곁에서 살다가 이곳에 온 것입니다.」

「사문에서 왔다면 곤궁하지 않을 턱이 없지요. 사문은 완전히 빈털터리가 아니던가요?」

「나는 빈털터리입니다.」

하고 싯다르타는 말하였다.

「당신이 생각하고 있는 것이 그런 것이라면 확실히 나는 빈털터리입니다. 그러나 자진하여 빈털터리가 되었기 때문에 곤궁하지는 않습니다.」

「그러나 빈털터리라고 한다면 무엇으로 살아갈 작정이시오?」

「나는 아직 그런 적이 없습니다. 나는 삼년 이상이나 빈털터리였지만, 무엇으로 살아갈 것인가를 생각한 적은 한 번도 없습니다.」

「그렇다면 당신은 남의 소유물에 의해 살아온 것입니다.」

「아마 그렇다고 봐야죠. 상인도 남의 소유물로 살고 있는 것입니다.」

「말씀하신 그대로입니다. 그러나 상인은 남에게서 그 소유물을 공짜로 얻지는 않습니다. 그 대가로 상품을 제공합니다.」

「사실에 있어서 모두 그런 관계에 있는 것 같습니다. 서로가 주고받고 하는 것이지요. 인생은 그런 것이 아니겠습니까?」

「하지만 실례를 무릅쓰고 말씀 드리지요. 당신은 빈털터리라고 하시면서 무엇을 주려고 하는 것입니까?」

「각자 자기가 가지고 있는 것을 줘야 하겠죠. 군인은 힘을 주고, 상인은 상품을 주며, 교사는 가르침을, 농부는 쌀을, 어부는 물고기를 줍니다.」

「과연 그렇소. 그러면 당신이 줄 것은 무엇이오? 당신이 배운 것은 무엇이며, 할 수 있는 것은 무엇이오?」

「나는 생각할 수 있습니다. 기다릴 수 있습니다. 단식할 수 있습니다.」

「그것 뿐인가요?」

「그것 뿐이라고 생각합니다.」

「그것이 무슨 쓸모가 있지요? 예컨대 단식하는 것 ──
그것이 무슨 쓸모가 있다는 겁니까?」

「크게 쓸모가 있습니다. 먹을 것이 없을 때는 단식은
인간이 할 수 있는 현명한 일입니다. 예를 들면 이 싯다르
타가 단식하는 것을 배우지 않았다면 오늘 안에 무슨 일자
리를 얻지 않으면 안 되겠지요. 당신에게서든지 어디든지
말입니다. 배고픔이 어쩔 수 없이 그렇게 만들 것입니다.
그러나 이 싯다르타는 조용히 기다릴 수 있습니다. 나는
초조함을 모릅니다. 궁핍함을 모릅니다. 오랫동안 굶주려도
그 굶주림에 대해 웃을 수 있습니다. 단식은 그런 것에
쓸모가 있습니다.」

「사문이여, 말씀하신 대로입니다. 잠시 기다려 주시오.」

카마스와미는 밖으로 나가서 두루마리를 가지고 되돌아
와서

「이것을 읽을 수 있습니까?」

하고 물으면서 싯다르타에게 건네 주었다.

싯다르타는 매매 계약이 적혀 있는 두루마리를 훑어
보고 그 내용을 낭독하기 시작하였다.

「훌륭하오.」

하고 카마스와미는 말하였다.

「이 종이에 무슨 말이든 써 주실 수 있겠소?」

그는 싯다르타에게 종이와 붓을 건네 주었다. 싯다르타는
종이에 써 주었다.

카마스와미는 읽었다.

『글을 쓰는 것은 좋은 일이다. 생각하는 것은 더욱 좋은
일이다. 현명함은 좋은 일이다. 인내하는 것은 더더욱 좋은
일이다.』

「정말 글을 잘 쓰시오.」

하고 상인은 칭찬하였다.

「여러 가지로 더 의논할 일이 있을 것 같습니다. 오늘은 우선 나의 손님으로서 우리 집에 머물러 주기 바랍니다.」

싯다르타는 감사하다는 말을 하고 그의 제의를 받아들여 상인의 집에서 살게 되었다. 옷과 신발을 가져다 주었고 하인이 매일 목욕 준비를 해주었다. 하루에 두 번 사치스런 식사가 나왔지만 싯다르타는 하루에 한 번밖에 식사를 하지 않았고, 고기도 먹지 않았으며, 술도 마시지 않았다. 카마스와미는 싯다르타에게 거래에 관한 것을 이야기해 주며 물건과 창고와 장부를 보여 주었다. 싯다르타는 새로운 사실을 많이 알게 되었다. 그는 듣기는 많이 들었어도 별로 말이 없었다. 그리고 카마라의 말을 명심하여 그는 절대로 상인의 밑자리에 서지 않고, 상인이 자기를 대등한 존재로서, 아니 대등한 존재보다 더 이상의 존재로서 대우하도록 만들었다. 카마스와미는 세심하게, 그리고 때로는 정열을 가지고 장사일을 경영했지만, 싯다르타는 그 모든 것을 장난처럼 보고 있었다. 그 장난의 규칙을 그는 상세히 알려고 힘쓰기도 했지만 그 내용에는 흥미를 느끼지 못하였다.

카마스와미의 집에 머무른 지 얼마 되지 않아서 그는 벌써 주인의 사업에 관여하게 되었다. 그렇지만 매일 지정된 시각에 그는 좋은 옷에 멋진 신발을 신고, 아름다운 카마라를 찾았으며 곧 선물까지도 가지고 가게 되었다. 그녀의 빨갛고 슬기로운 입술은 그에게 많은 것을 가르쳐 주었고 부드럽고 나긋나긋한 그녀의 손도 그에게 많은 것을 가르쳐 주었다. 사랑의 세계에 있어서 아직 어린 아이 같아 맹목적이고 싫증낼 줄을 몰랐다. 마치 깊이를 알 수 없는 늪에 뛰어들어 쾌락에 빠져드는 경향이 있는 그에게 그녀는 근본에서부터 가르쳤다. 쾌감을 주지 않고서는 쾌감을 받을 수 없다는 것, 어떤 몸짓에도, 애무에도, 접촉에도, 눈길에도, 몸의 어떤 작은 곳에도, 각각 비밀이 있으며, 그것을 불러일으키는 것이 거기에 정통한 자에게 행복을 준다는 그런 가르침들이었다. 사랑하는 사람들끼리는 사랑의 향연이 끝난 뒤에 반드시 서로 찬탄(讚嘆)하며 헤어져야 하고, 상대를 정복하는 것과 동시에 또 정복당하지 않으면 안 되며, 그리고 둘 중의 어느 쪽에도 진저리나는 거칠어진 마음이나 혹사했다거나 혹사당했다는 좋지 않은 느낌이 생겨서도 안 된다. 그렇게 그녀는 가르쳤다. 아름답고 지혜로운 예술가 곁에서 그는 황홀한 시간을 보내며 그녀의 제자가 되고 애인이 되고 친구가 되었다. 지금 그가 하고 있는 생활의 가치와 의의는 카마라의 곁에 있는 것이었지 결코 카마스와미의 장사에 있지는 않았다.

상인은 중요한 편지와 계약의 서류 작성을 그에게 맡기고 중요한 용무는 모두 그와 의논하게 되었다. 싯다르타는 쌀이나 면(棉), 주운(舟運)이나 서래에 대해서는 잘 모르고 있었지만 그의 손은 행운을 가져다 주는 손이라는 것을 곧 알게 되었으며, 침착성이나 안정감에 있어서는 카마스와미 자신을 훨씬 능가하고 남의 말에 귀를 기울이고, 낯선 사람의 마음을 꿰뚫어보는 일에 있어서도 상인인 자기보다도 훨씬 뛰어나다는 것을 알게 되었다.

「이 바라문은」

하고 그는 친구에게 말하였다.

「진짜 상인은 아니야. 상인이 되지도 않을 걸세. 그의 마음은 장사에 열중하고 있지도 않다네. 그러나 그는 저절로 성공을 거두는 그런 인간의 비밀을 가지고 있지. 그것이 타고난 행운의 별이건, 마력이건, 그가 사문들의 곁에서

배운 그 무엇이건 말일세. 언제나 그는 장사와 장난치는
것 같았고 절대로 장사에 열중하거나 지배받지 않을 뿐만
아니라, 실패를 겁내지 않고 손실을 걱정하지도 않는다네.」

상인의 친구는 그에게 이렇게 충고하였다.

「그 사람이 자네를 위해 하고 있는 장사의 이익금에서
삼분의 일을 그에게 주도록 하게. 그리고 손실이 생기면
그 삼분의 일도 그에게 부담시키게. 그렇게 하면 그는 더욱
열심히 일할 걸세.」

카마스와미는 그 충고를 따랐다. 그렇지만 싯다르타는
그런 것에 전혀 개의치 않았다. 이익이 있을 때는 태연히
자기의 몫을 챙겼고 손실이 나면 웃으며

「어, 이번에는 실패했는 걸!」

하고 말하였다.

사실 그는 장사일에 아무 관심도 없는 것 같이 보였다.
한번은 수확기를 틈타서 대량의 쌀을 매점하기 위해 어느
시골로 여행한 적이 있었다. 도착하자 쌀은 이미 다른 상인
에게 팔리고 없었다. 그래도 싯다르타는 여러 날을 그 시골
에 머물며 농부들에게 향응을 베풀고 어린이들에게는 동전
을 나누어 주는 한편, 결혼식에 초대를 받기도 하면서 아주
만족스런 마음으로 여행에서 돌아왔다. 그가 즉시 돌아오지
않고 시간과 돈을 낭비하였다고 카마스와미는 힐난하였
다.

「친구여, 꾸중을 거두시오. 잔소리를 늘어놓는다고 일이
잘되는 보장은 없소이다. 손실이 났으면, 나에게 부담시키
시오. 나는 그 여행에 크게 만족하고 있소. 나는 이번에
많은 사람을 사귀었소. 한 바라문은 나의 친구가 되었지
요. 어린이들은 내 무릎에 올라앉아 놀기도 했고, 농부들은
나에게 논밭을 보여 주었소. 아무도 나를 상인으로는 생각

지 않았다오.」

「그런 일은 모두 좋소」

하고 카마스와미는 언짢은 기분으로 언성을 높였다.

「하지만 사실에 있어서 그대는 상인인 것이오. 그것을 알았어야 했소. 아니면 그대는 다만 심심풀이 삼아 여행한 것이오?」

「그렇소.」

하고 싯다르타는 웃었다.

「분명히 말해서 나는 심심풀이 삼아 여행하였소. 그 밖에 무슨 목적이 있었겠소? 나는 그곳 사람들과 고장을 알게 되었소. 친절과 신뢰를 받았고 우정을 알게 되었소. 내가 만약 카마스와미였다면 물건 사는 일이 틀렸다는 것을 알게 된 순간 화가 치밀어 당장에 서둘러 돌아왔을 것이오. 그것으로 시간과 돈은 사실상 허비한 셈이 되었을 것이오. 하지만 그런 식으로 나는 즐거운 날들을 보낼 수 있었소. 견문을 넓히고, 기쁨을 맛보며, 화를 내거나 조급하게 구는 일로 자신과 남의 기분을 해치지 않을 수 있었소. 그래서 언제라도 내가 다시 한 번 곡물을 사기 위해서든 다른 어떤 목적으로 가게 된다면, 친분 있는 그 사람들이 친절하면서도 흔쾌히 나를 맞아줄 것이오. 그리고 지난 번에 내가 성급히 화를 내지 않은 것을 다행하게 생각할 것이오. 그러니 친구여, 편안한 마음을 가지고 잔소리를 늘어놓는 것으로 자신의 기분을 상하지 않도록 하시오! 언제라도 이 싯다르타가 당신에게 손해를 가져오는 자라고 여겨지는 날이 있으면, 한 마디만 해주시오 그러면 이 싯다르타는 자신의 길을 갈 것이오. 그때까지는 서로 마음 편히 지냈으면 하오.」

싯다르타에게 너는 카마스와미의 빵을 먹고 산다는 것을

똑똑히 깨닫게 하려고 한 상인의 시도는 허사였다. 싯다르타는 그 자신의 빵을 먹고 살았던 것이다. 아니 그보다도, 그들 두 사람 모두 다른 사람들의 빵을 먹고 살았다. 싯다르타는 카마스와미의 우려에 대해 아랑곳하지 않았다. 카마스와미는 걱정거리가 많았다. 하고 있는 일의 사업이 실패할 위험이 있을 때 수송 중의 상품이 없어질 우려가 있을 때, 채무자가 지불 불능에 빠질 기미가 보일 때 카마스와미는 걱정과 분통을 터뜨리며 이마에 주름살을 긋고 잠을 이루지 못하였지만, 그의 협력자로 하여금 그래야 할 필요가 있다는 마음이 들도록 도저히 납득시킬 수는 없었다. 언젠가 카마스와미가 싯다르타에게 그가 알고 있는 것은 모두 자기한테 배운 것이라고 하며 비난하자 싯다르타는 대답하였다.

「그런 농담으로 나를 조롱하려고 하지 마시오! 내가 당신한테서 배운 것은 한 바구니의 생선값이 얼마라든지, 빌려준 돈에 대해 이자를 얼마나 받아야 한다든지 하는 것이오. 그것이 당신의 학문이오. 생각하는 것을 나는 당신에게 배우지는 않았소. 카마스와미여, 오히려 나에게서 그것을 배우도록 해 보시오.」

사실 그의 마음은 장사 같은 것에 있지 않았다. 카마라를 위한 돈을 벌기에 장사는 좋은 것이었다. 장사는 그가 필요로 하는 것보다 훨씬 더 많은 돈을 벌 수가 있었던 것이다. 그것 말고는 싯다르타의 관심과 호기심은 오로지 인간에게 있었다. 그 인간이 하고 있는 일과 직업, 걱정, 향락, 어리석음은 이전의 싯다르타에게는 달나라의 일처럼 생소한 것들이었다. 그들 모두와 더불어 이야기하고, 더불어 살며, 그들 모두에게서 배우는 것은 더없이 쉬운 일이었지만,.그럼에도 자신을 그들로부터 갈라 놓는 무엇이 있다는 것을 그는 강하게 자각하고 있었다. 그 갈라 놓는 것은 바로 사문도(沙門道)였다. 인간이 어린이같은 방식으로 혹은 동물같은 방식으로 살고 있다는 것을 그는 느꼈다. 그런 생활 방식을 그는 사랑하면서도 동시에 경멸하였다. 그들이 수고하고, 고통받으며, 백발이 되는 것을 보았다. 게다가 싯다르타에게는 전혀 그럴 만한 가치가 없다고 생각되는 것을 위해서, 즉 돈이나 사소한 즐거움, 명예를 위해서였다. 그들이 서로 욕을 퍼붓고, 모욕하는 것을 그는 보았다. 사문이라면 미소짓고 말 것 같은 고통 때문에 슬퍼하고 한탄하며, 사문이라면 느끼지도 않았을 것 같은 결핍 때문에 고민하는 것을 그는 보았던 것이다.

이러한 인간이 그에게 가져다 주는 모든 것에 대해 그는 기탄없이 대하였다. 그는 삼베를 강매하러 오는 상인을 환영하였고, 빚을 지고서 다시 돈을 꾸러오는 채무자를 환영하였다. 궁상을 떨며 한 시간이나 이야기를 늘어놓은 거지를 환영하였다. 거지라고는 하나 사문의 절반도 가난하지 않았다. 그는, 부유한 외국의 상인을 자기의 수염을 깎아 주는 하인이나 바나나를 팔 때 잔돈을 속이는 노점 상인과 똑같이 취급하였다. 카마스와미가 걱정거리를 하소연하려고 오거나, 장사 일로 그를 비난하러 오기라도 할 때면 그는 호기심을 가지고 혼쾌하게 귀를 기울였다. 그리고 이상스럽다고 생각하면서도 그를 이해하려고 힘썼고, 부득이하다고 생각되는 범위에서 어느 정도 그의 불만을 인정해 주고는, 곧장 돌아 앉아 자기에게 볼일이 있는 다음 사람을 상대하였다. 많은 사람이 그를 찾아왔다. 많은 사람이 그와 거래를 하기 위해, 그를 속이기 위해, 그의 내심을 떠보기 위해, 그의 동정을 사기 위해, 그의 충고를 듣기 위해 그를 찾아왔다. —— 그는 충고를 해주었고, 동정과 은혜를 베풀었으며 얼마간 속아 주었다. 그의 생각은 일찍이 신들과 범(梵)에 쏟았던 것과 마찬가지로 이 모든 사람들의 유치한 행위와 그 행위에 쏟는 그들의 열의가 이제는 그가 느끼는 흥미의 대상이 되었다.

이따금 그는 가슴 속 깊은 곳에서 꺼져드는 것 같은 희미한 소리를 들었다. 그것은 거의 들리지 않을 정도로 희미하게 경고하고 희미하게 호소하였다. 그것을 느끼게 되면 그는 이런 자각을 하였다. 지금 나는 참으로 기묘한 생활을 하고 있다. 마치 어린 아이의 장난같은 짓만 하고 있다. 자신은 정말로 유쾌하고 종종 기쁨을 느끼기는 하지만, 참다운 생활은 자신과는 무관하게 자신의 옆을 스쳐서 지나갈 뿐이다. —— 공놀이를 하는 사람이 공을 가지고 놀듯이 그는 일과 인간을 가지고 놀았다. 그들을 바라보면서 그는 재미있어 하였다. 그렇지만 마음으로부터, 자기 인격의 원천으로부터 그것에 관여하는 것은 아니었다. 원천은 어딘가 그로부터 먼 곳에서 흐르고 있었다. 눈에 띄지 않는 곳을 흐르고, 이제는 그의 생활과는 아무 상관도 없었다. 몇 번이나 그렇게 생각하고 그는 깜짝 놀라기도 하였다. 그리고 다만 방관자로서 한 옆에 서 있는 것이 아니라 일상의 어린 아이같은 행위에도 정열을 가지고 관여하며 참되게 살고, 참되게 행위하며, 참되게 즐기고 살 수 있었으면 하는 바램을 가졌다.

그는 언제나 아름다운 카마라에게로 되돌아가서 사랑의 기교를 배우고 향락의 예배를 보았다. 거기서는 다른 어디보다도 주는 것과 받는 것이 하나가 되었다. 그는 카마라와 잡담을 나누고 그녀에게서 배우고, 그녀에게 충고를 하고, 그녀로부터 충고를 받았다. 일찍이 고빈다가 그를 이해한 것 이상으로 그녀는 그를 이해하였다. 그녀는 고빈다 이상으로 그를 많이 닮고 있었다.

어느 날 싯다르타는 그녀에게 말하였다.

「당신은 나와 닮았소. 당신은 대다수의 사람과 다르다오. 당신은 카마라일 뿐, 다른 어떤 것도 아니오. 당신의 내부에는 조용한 피난처가 있지. 당신은 언제라도 그 안에 들어가 그곳을 집으로 삼을 수 있소. 나도 그렇게 할 수 있다오. 하지만 그런 곳을 가진 사람은 거의 없지요. 실제는 누구나 다 그렇게 할 수 있지만 말이오.」

「모든 사람이 다 지혜로운 것은 아니니까요.」

하고 카마라가 말하였다.

「아니오.」

하고 싯다르타가 말하였다.

「문제는 그 점이 아니오. 카마스와미는 나만큼 지혜롭지만, 마음 속에 피난처를 가지고 있지 않소. 지식에 관한 능력에 있어서는 어린 아이같은 사람일지라도, 피난처를 가진 사람이 있지요. 대다수의 인간은 흩어져 떨어지는 나뭇잎과 비슷한 거요. 바람에 날려 공중에 팔랑팔랑 흩날리다가 땅에 떨어지는 것과 같지요. 그밖에 소수이기는 하지만, 별과 비슷한 사람이 있소. 그들은 고정된 궤도를 가며 어떤 바람에도 구애받지 않는 거요. 자기 자신의 내부에 법칙과 궤도를 가지고 있지요. 나는 학자와 사문을 많이 알고 있지만 그런 종류의 사람 중에서 단 한 사람만이 완전한 사람이었소. 그 사람을 잊을 수 없습니다. 그 사람은 정각자 고타마로 그 교리의 고지자(告知者)요. 수천명의 제자들이 매일 그의 가르침을 듣고 항시 그의 계율에 따르고 있는 것이오. 그러나 그들은 모두 흩어져 떨어지는 나뭇잎 같아서 자기 자신의 내부에 가르침과 법칙을 가지고 있지 않소.」

카마라는 미소 지으며 그를 찬찬히 바라보았다. 그런 다음 그녀는 말하였다.

「또 그 분의 이야기를 하시는군요. 당신은 또다시 사문의 시절로 돌아갈 것 같아요.」

싯다르타는 입을 다물었다. 두 사람은 사랑의 유희를 시작하였다. 그것은 카마라가 알고 있는 서른 가지 내지 마흔 가지 유희 중의 한 가지였다. 그녀의 몸은 범처럼, 사냥꾼의 활처럼 유연하였다. 그녀에게서 사랑을 배운 사람은 많은 환락과 비밀에 통달하기 마련이었다. 오랫동안 그녀는 싯다르타와 시시덕거렸다. 그를 유혹하고, 떼치고, 강요하고, 부둥켜 껴안고 그의 기능을 즐겼다. 마침내 그는 압도당하고 기진맥진하여 그녀 곁에 눕고 말았다.

그녀는 싯다르타 위에 몸을 구부리고 오래도록 그의 얼굴과 지친 눈을 들여다보았다.

「당신은 이제까지 제가 만났던 애인 중에서 가장 뛰어나요.」

하고 그녀는 생각해 보면서 말하였다.

「당신은 다른 사람들보다 강하고 유연하며 고분고분합니다. 저의 기교를 잘 습득했어요. 싯다르타여, 언젠가 좀더 나이를 먹게 되면, 저는 당신의 아이를 낳고 싶어요. 그렇지만 당신은 역시 사문으로 머물러 있어요. 저를 사랑하지는 않아요. 아무도 사랑하지 않는 것 같아요. 그렇지 않아요?」

「그럴는지도 모르죠.」

하고 싯다르타는 나른한 목소리로 말하였다.

「나는 당신과 마찬가지요. 당신도 역시 아무도 사랑하고 있지 않소.── 사랑하고 있다면, 어떻게 사랑을 기교로서 다룰 수가 있겠소? 아마도 우리 같은 종류의 인간은 사랑을 할 수가 없을 거요. 소인배라면 사랑할 수가 있겠지요.
그것이 그들의 비밀이니까 말이오.」

윤회(輪廻)

　　오랫동안 싯다르타는 세속과 향락 생활을 보냈지만, 그것에 빠져들 수는 없었다. 한결같이 사문 시절에 억제되어 있던 관능이 다시 되살아나 그는 사치스러움을 맛보았고, 환락과 권세를 맛보았다. 그럼에도 불구하고 그의 마음은 오랜 시간에도 여전히 사문으로 있었다. 그 사실을 현명한 카마라는 똑바로 간파하고 있었다. 그의 생활을 이끌어가는 것은 항상 사색하는 법, 기다리는 법, 단식하는 법이었다. 세속의 인간, 소인배는 항상 그에게 낯선 존재였고, 그 역시 그들에게는 낯선 존재였다.

　　세월은 흘러갔다. 안일한 생활에 휩싸여서, 세월이 흐르는 것을 거의 느끼지 못하였다. 그는 부자가 되었고 이미 오래 전부터 자기의 집과 하인을 소유하고 있었다. 교외의 강변에 별장도 소유하게 되었다. 사람들은 그를 좋아하였다. 돈과 충고가 필요할 때는 그를 찾아왔다. 그렇지만 카마라 외에는 그와 가깝게 지내는 사람은 한 사람도 없었다.

　　일찍이 청년 시절의 절정기에 고타마의 설법을 듣고, 고타마와 헤어진 뒤에 체험한, 그 높고 밝은 자각, 그 긴장된 기대, 교리도 스승도 가지지 않았던 그 고고(孤高)함, 신의 소리를 자신의 마음 속으로 들은 탄력 있는 각오. 그런 것은 차츰 추억이 되어 버렸고 미덥지 못한 것이 되고 말았다. 일찍이 가까이에 있었고, 자기 내부에서 졸졸 시냇

물 소리를 내고 흐르던 신성한 샘은 지금은 어렴풋이 멀리서 소리를 내고 있었다. 사문들 곁에서 배웠던 것, 고타마의 설법에서 배웠던 것, 바라문인 아버지에게서 배웠던 것들 중에서 긴 세월이 지난 오늘날까지도 아직 많은 것이 그의 마음 속에 남아 있었다. 절도 있는 생활, 사색의 기쁨, 명상 때 육체도 의식도 아닌 자신의 영원한 자아의 자각 등, 그런 것은 그의 내부에 많이 있었지만 하나씩 사라져 먼지에 덮여 버렸다. 도공(陶工)의 녹로가 한 번 가동되면 오랫동안 회전하지만, 서서히 기세를 잃다가 결국에 가서는 정지하듯이, 싯다르타의 영혼 속에서도 금욕의 수레바퀴, 사색의 수레바퀴, 분별의 수레바퀴는 오랫동안 회전을 계속해서 여전히 회전하고는 있었지만, 완만하게 흔들리면서 회전하며 멈춰 버릴 형편에 가까워 오고 있었다. 고사(枯死)해 가는 나무의 줄기에 습기가 스며들어 서서히 이것을 가득 채우고 썩게 하듯이, 싯다르타의 영혼 속에도 속세와 타성이 스며들어, 서서히 영혼을 무겁게 하고 지치게 하고 잠들게 하였다. 그 대신에 그의 관능이 활기를 띠며 많은 것을 배우고 많은 것을 경험하였다.

싯다르타는 거래하는 법, 남에게 권력을 부리는 법, 여자를 다루는 법을 배웠다. 아름다운 옷을 입고 하인들에게 명령하며, 향기 나는 물에서 목욕하는 법을 배웠다. 세심하게 정성을 다한 음식, 생선과 육류와 새고기를 먹고 양념과 감미류(甘味類)의 맛을 익혔으며, 사람을 칠칠치 못하게 하고 정신을 흐리게 하는 술을 마시는 법을 배웠다. 또한 주사위 놀음과 장기를 두는 법과 그리고 춤을 추는 무희들을 바라보고, 가마로 실려 다니며, 부드러운 잠자리에서 자는 것을 배웠다. 그렇지만 여전히 다른 사람들과 다르고 남보다 우월하다는 것을 자각하고 있었다. 얼마간 조소적

(嘲笑的)인 경멸을 가지고, 사문이 항상 속인에 대해 느끼는 것 같은 경멸을 가지고 사람들을 바라보았다. 카마스와미가 병을 앓을 때, 화를 내고 있을 때, 모욕당한 것 같이 느끼고 있을 때, 장사일로 근심 걱정하는 것을 볼 때 싯다르타는 언제나 비웃음을 가지고 그것을 보았다. 하지만 몇 번의 우기(雨期)와 수확기(收穫期)가 지나는 동안 서서히 자기도 모르는 사이에 그의 조소도 점점 무디어지고 우월감도 잠잠해졌다. 재산이 불어남에 따라 서서히 싯다르타 자신이 그 철부지 같고 소심한 소인배의 성질을 얼마간 지니게 되었다. 그런데도 그는 소인배들을 부러워하였다. 그는 그들과 닮아갈수록 더욱더 그들을 부러워하게 되었다. 그들이 지녔고 그에게 없는 단 한 가지의 것 때문에 그는 그들을 부러워하였다. 그들이 그 생활을 중요하게 생각하는 점에서, 그들이 기쁨이나 걱정에 집착하는 번뇌의 점에서, 그들이 항상 애욕에 빠져서 불안하고도 달콤한 행복을 맛보고 있는 점에서 그는 그들을 부러워하였다. 소인배들은 늘 자기 자신에게, 여자에게, 자기 자식에게, 명예나 돈, 계획이나 희망에게 푹 빠져 있었다. 그렇지만 그런 것을 그는 그들로부터 배우지는 않았다. 그런 어린 아이같은 기쁨이나 어리석음을 배우지는 않았다. 그가 그들에게서 배운 것은 그 자신이 경멸하는 불쾌한 기분이었다. 떠들썩한 하룻밤을 보낸 다음날 아침 늦게까지 잠자리에 드러누워 어이없이 녹초가 된 기분을 느끼는 일이 더욱 빈번해졌다. 카마스와미가 걱정거리를 늘어놓고 그를 지루하게 할 때마다 화가 나서 신경질을 부리는 경우도 있었다. 주사위 놀음에서 지게 되면, 변덕스럽게 큰 소리로 웃는 경우도 있었다. 그의 얼굴은 변함없이 다른 사람들보다 지혜롭고 정신적이었지만 웃는 일은 드물었다. 그리고

그의 얼굴에도 부유한 사람들의 얼굴에서 흔히 찾아볼 수 있는 표정, 즉 불만, 초조함, 불쾌감, 게으름, 박정함 등의 표정들을 자주 볼 수 있게 되었다. 그는 서서히 부자들의 심병(心病)을 앓기 시작하고 있었다.

베일처럼, 엷은 안개처럼, 나른함이 싯다르타의 위에 덮쳐 왔다. 그것은 서서히 날이 갈수록 조금씩 두터워지고, 달이 갈수록 어두워지며, 또한 해가 갈수록 더 무거워졌다. ── 새 옷이 세월과 더불어 낡아지고, 세월과 더불어 아름다운 빛을 잃으며, 얼룩이 지고 구겨지게 되었다. 그리고 단이 닳아 헤어지고, 여기저기 퇴색한 실밥이 드러나 보이는 것처럼 고빈다와 헤어지고서 시작한 싯다르타의 새로운 생활은 낡아져 갔고, 흐르는 세월과 더불어 빛깔과 광택을 잃었으며 주름살과 얼룩이 겹겹이 쌓이게 되었다. 환멸과 구역질이 아직 바닥 쪽에 잠재해 있기는 했지만 이미 여기저기에 보기 흉한 얼굴을 드러내면서 도사리고 있었다. 싯다르타는 그것을 깨닫지 못하였다. 그가 깨닫고 있었던 것은 일찍이 그의 내부에 자각되고 그 빛나던 시절에 때때로 그를 이끌어 준 내심의 밝고 확실한 목소리가 이제는 침묵하게 되었다는 것뿐이었다.

세속적인 것에 그는 사로잡히고 말았다. 쾌락과 욕망과 타성에다 마침내는 가장 어리석은 것으로서 싯다르타가 항상 가장 경멸하고 비웃었던 악덕, 즉 금전욕까지 그를 사로잡았다. 재산과 소유, 부(富)도 마침내 그를 사로잡았다. 그것은 그에게 있어서는 이제 하찮은 장난감이 아니라 쇠사슬이 되고 무거운 짐이 되었다. 이런 마지막의 가장 저속한 집착에 싯다르타는 기묘하고 잠시도 방심할 수 없는 길에 의해, 즉 주사위 놀이에 의해 빠져들었다. 마음속에 사문이기를 그만두었을 때부터 싯다르타는 돈과 귀중품을 건 도박에 미친 듯한 열정을 점점 더 쏟고 있었다. 전에는 그런 도박은 시정배의 관례로서 히죽히죽 웃으면서 아무렇게나 하곤 했었던 것이었다. —— 그는 모두가 두려워하는 노름꾼이 되었다. 그를 상대할 만한 사람은 얼마 없었다. 그만큼 그가 하는 노름은 액수 또한 대담하였으며 거액이었다. 그는 마음의 괴로움을 달래기 위해 노름을 하였다. 치사한 돈을 노름으로 잃고 낭비하는 것은 화가 나는 일이기도 했지만, 그에게 기쁨을 주기도 했다. 그 방법 이상으로 확실하게 조소적으로 상인의 우상인 부에 대한 경멸을 나타내 보일 수는 없었다. 이렇게 해서 그는 자기 자신을 미워하고 비웃으면서 거액을 가차없이 노름에 걸었고, 수천금의 재산을 벌어들이는가 하면, 수천금의 재산을 던져 돈과 귀중품과 별장을 날렸으며 되찾았다가는 또 잃었다. 그 불안감, 거액의 내기 돈에 주사위를 던질 때 느끼는 그 두렵고 숨막히는 불안감을 그는 사랑하였으며, 그 불안감을 되풀이하여 새로이 하고 더욱더 상승시키며 한없이 그 정도를 짙게 복돋우려고 애를 썼다. 그러한 감정 속에서만 그는 진저리나고 미지근한 맥빠진 생활에서 그나마 행복 같은 것, 도취(陶醉) 같은 것, 고양(高揚)된 것 같은 삶의 보람을 느꼈기 때문이다. 크게 손해를 입을 때마다, 그는 또다시 새로운 부를 노려 장사일에 더한층 열중했으며 더한층 가혹하게 빚 독촉을 하였다. 그는 다시 노름을 계속하고, 낭비하는 것으로, 부에 대한 자신의 경멸감을 나타내 보이고 싶었기 때문이다.

이제 싯다르타는 손해를 입으면 침착성을 잃었고, 늑장부리는 채무자에게 관대함을 잃었으며, 거지에 대한 자비심과 돈을 기부하거나 빌려 주는 일에 대한 기쁨을 잃었다. 한 번의 주사위 놀이에 천만금을 잃고도 웃어 넘기던 그가 장사일에 있어서는 점점 악착 같고 째째해지게 되었다. 심지어 밤이면 가끔 돈에 대한 꿈을 꾸기도 하였다. 이런 끔찍한 악몽에서 깨어날 때마다, 침실의 벽에 걸린 거울 속에서 늙고 추해지기만 하는 자신의 얼굴을 보고 수치심과 구역질을 느낄 때마다, 그는 더욱더 새로운 놀음을 향한 도피처를 찾았고, 환락과 술의 만취 속에 도피처를 찾았으며, 거기서부터 다시 이익과 축재의 충동에 도피처를 찾았다. 이런 무의미한 순환을 되풀하여 계속하면서 그는 지치고 늙고 병들어 갔다.

그러던 어느 날, 그는 꿈 속에서 그에게 경고하는 소리를 들었다. 카마라와 함께 그녀의 아름다운 임원에서 지낸 저녁때의 일이었다. 두 사람은 숲속의 나무 밑에 앉아서 이야기를 나누고 있었다. 카마라는 생각에 잠긴 듯한 말을 꺼냈다. 슬픔과 피로가 담겨진 말이었다. 그녀는 그에게 고타마에 관한 이야기를 해 달라고 부탁하고, 고타마의 눈이 어떻게 맑았는지, 그 입이 어떻게 조용하고 아름다웠는지, 그 미소가 어떻게 인자했는지, 그 걸음걸이가 어떻게 차분했는지에 대해 그가 하는 이야기를 싫증내지 않고 들었다. 그는 오랜 시간에 걸쳐 거룩한 불타에 관해 이야기를 들려 주지 않을 수 없었다. 카마라는 한숨을 쉬며 말하였다.

「언젠가는, 아마도 머지 않아 그 불타를 따라가게 될 거예요. 이 임원은 그분에게 바치고 그분의 교리에 귀의하게 될 거예요.」

그렇지만 곧 이어서 그녀는 싯다르타를 자극하여 아플 정도의 열정을 가지고 사랑의 유희를 벌이면서 그를 꽉 껴안았다. 눈물을 흘리고, 그를 깨물기도 하며, 이 허망하고 덧없는 향락에서 또 한 번 마지막 단물을 짜내려고 하는 것 같았다. 환락이 얼마나 죽음에 가까운가를, 싯다르타는 이처럼 야릇하게 확실히 느낀 적이 없었다. 그리고 그는 그녀의 곁에 눕자 카마라의 얼굴이 아주 가까이에 있었다. 그녀의 눈밑과 입가에서 평소와 다르게 분명히, 그는 염려스러운 글자를 읽었다. 가느다란 선과 희미한 주름살로 된 글자, 가을과 늙음을 생각나게 하는 글자였다. 이제 겨우 40대임에도 싯다르타 자신의 검은 머리 사이에 흰 머리카락이 눈에 띄었다. —— 카마라의 아름다운 얼굴에 피로감이, 그나마 즐거운 목표도 없이 먼길을 걷기만 한 피로감, 그 피로감과 함께 쇠퇴함의 조짐이 역력히 새겨져 있었다. 아직껏 숨겨져 입에 담은 적이 없는, 어쩌면 아직 의식된 적도 없는 두려움과, 늙음에 대한 두려움과, 가을에 대한 두려움과, 필연적인 죽음에 대한 두려움이었다. 언짢은 기분과 남모를 두려움을 가슴에 가득 품고 탄식하면서 그는 카마라와 작별하였다.

그날 밤, 싯다르타는 자기 집에서 무희들을 상대로 술을 마시고 놀며, 동료들에 대해 잘난 체 뽐내 보았지만 그것은 헛것에 지나지 않았다. 그래서 술을 많이 마시고 한밤중이 지나서야 잠자리에 들었다. 피로하기는 했지만 흥분되고 절망한 나머지 금방이라도 울음이 터져 나올 것만 같은 심정이었다. 한동안 잠을 청해 보기도 했지만 소용이 없었다. 이제는 도저히 견딜 수 없을 것 같은 비참함을 가눌 길이 없었다. 숲의 미지근하고 역겨운 맛, 지나치게 감미로우면서도 공허한 음악, 무희들의 너무나도 유약한 미소, 그들의 머리와 유방에서 풍기는 감미로운 냄새 등에 가득 채워진 것 같은 구역질이 가슴에 꽉 찼다. 하지만 무엇보다도 못 견디게 혐오스러웠던 것은 그 자신이었다. 자신의 머리 냄새, 자신의 입에서 풍기는 술냄새, 탄력을 잃은 피부의 권태감과 불쾌감이었다. 너무 많이 마시고 먹어 고통스러워하면서 그것을 토하고, 겨우 개운한 기분이 된 것을 기뻐하는 사람처럼 잠을 이루지 못하는 그는 넘쳐나듯이 치밀어 오르는 구역질 속에서 이런 향락, 이런 나쁜 습관, 무의미한 이런 생활 전체인 자기 자신으로부터 벗어나기를 갈망하였다. 아침 햇살이 비치기 시작하고 시내의 저택 앞길에서 사람들의 첫 기동 소리가 들려 왔을 때에야 그는 겨우 꾸벅꾸벅 졸며 어렴풋한 무의식 속에서 잠들 수 있을 것 같은 생각이 들었다. 그 짧은 시간 동안에 그는 꿈을 꾸었다.

카마라는 황금으로 만든 새장에 노래하는 희귀한 작은 새를 기르고 있었다. 싯다르타는 그 새의 꿈을 꾼 것이다. 꿈은 이러했다. 늘 아침만 되면 노래하던 이 새가 노래를 하지 않았다. 이상하게 생각하고 새장으로 다가가서 안을 들여다 보았다. 작은 새는 죽어 있었고 굳어서 바닥에 떨어져 있었다. 그는 죽은 새를 꺼내 잠시 손바닥 위에 올려놓고 흔들어 보다가 골목길에 팽개쳐 버렸다. 그 순간, 그는 굉장히 놀랐다. 이 죽은 새와 함께 모든 가치와 행복을 팽개쳐 버리기라도 한 것처럼 그는 가슴이 아팠다.

꿈에서 깨어나 벌떡 일어나자 그는 깊은 슬픔에 휩싸여 있음을 깨달았다. 가치도 없고 의미도 없는 생활을 살아왔다는 생각이 들었다. 생명이 있는 것, 뭔가 값어치 있는 것, 보존할 만한 것은 무엇 하나 그의 수중에 남아 있지 않았다. 바닷가의 난파선(難破船)처럼 그는 혼자 공허하게 서 있었다.

암울한 기분으로 그는 자기 소유인 유원(遊園)에 들어가 문을 잠그고 망고나무 밑에 앉았다. 마음 속에는 죽음 그리고 가슴 속에는 두려움을 느끼며, 가만히 앉아 자신의 내부에서 뭔가 죽고 시들어 끝장이 나는 것을 느꼈다. 그는 가만히 생각을 집중시켜, 생각해 낼 수 있는 첫날부터 지금까지의 모든 행로를 다시 한 번 머릿속에 정리해 보았다. 도대체 언제 행복을 체험하였고, 참다운 기쁨을 느낀 적이 있었던가? 확실히 여러 번 그런 것을 체험한 적은 있었다. 소년 시절, 바라문들에게서 칭찬을 받았을 때, 동년배의 아이들을 따돌리고 성구(聖句)의 암송을 할 때, 학자들과의 토론에 제물을 바치는 조수로서의 일에 우수함을 보였을 때, 그것을 체험하였다. 그럴 때, 그는 마음 속으로 『네가 부름을 받고 있는 길이 앞에 놓여 있다. 신들이 너를 기다리고 있다』고 느꼈다. 또 청년 시절, 사색의 목표가 더욱더 비약적으로 높아져서 마찬가지로 노력하는 사람들의 무리 속에서 그를 빼돌려 끌어 올렸을 때, 고통을 당하면서 범(梵)의 의미를 찾아 싸웠을 때, 새로운 지(知)에 도달할 때마다 또 다른 새로운 갈망에 부추겨졌을 때, 그런 때 갈망과 고통의 절정에서 그는 되풀이하여 『앞으로! 앞으로 너는 부름을 받고 있는 것이다!』

하고 똑같은 것을 느꼈다. 고향을 떠나 사문의 생활을 택했을 때 이 목소리를 들었다. 사문들로부터 떠나서 각자(覺者)에게 갔을 때와, 그리고 각자를 떠나서 덧없는 세속의 세계로 뛰어들었을 때에도, 그 목소리를 또 다시 들었다. 얼마나 오랫동안 이 목소리를 듣지 못한 것인가? 얼마나 오랫동안 높은 경지에 이르러 보지 못한 것인가? 얼마나 그의 길은 평범하고 살풍경하게 지나간 것인가? 얼마나 오랜 세월 높은 목표를 가지지 않고 갈망과 비약을 못하며, 변변치 못한 향락에 만족했는데도 불구하고 여태까지 한 번도 충족시키지 못하고 지낸 것인가? 그 세월을 통하여 그는 스스로 깨닫지 못하고 이들 무수한 소인배의 한 사람이 되려고 노력하며 동경해 왔다. 그럼에도 불구하고 그의 생활은 그들의 생활보다 훨씬 비참하고 빈약하였다. 그들의 목표는 그의 목표가 되지 못하고, 그들의 심로(心勞)는 그의 심로가 되지 못하였기 때문이다. 카마스와미와 같은 사람들의 세계는 그에게 있어서 하나의 유희에 지나지 않았고, 구경거리의 무희들 춤에 지나지 않았으며, 희극에 지나지 않았기 때문이다. 오로지 카마라만이 그에게는 사랑스럽고 귀중한 존재였다. —— 하지만 지금 이 시점에서도 여전히 그러는 것일까? 지금도 그는 그녀를 필요로 한 것일까? 또한 그녀도 자기를 필요로 했던 것일까? 그들은 끝없는 유희를 하고 있었던 것은 아닐까? 그런 유희를 위해 산다는 것이 꼭 필요한 것일까? 아니 필요하지 않았다. 그런 유희는 윤회(輪廻)라고 부른다. 소인배를 위한 유희였다. 한두 번이나 열 번쯤 놀기에는 다분히 재미있는 유희였다. —— 하지만 계속 되풀이하여 노는 것이라면 어떻게 될 것인가?

생각이 여기까지 미치자 싯다르타는 그 유희가 끝났음을 깨달았고, 더 이상 그것을 계속할 수 없다는 것도 깨닫게 되었다. 그는 몸서리 쳤다. 그는 자신의 내부에서 뭔가 죽었다는 것을 느꼈다.

그날 하루 종일 그는 망고나무 밑에 앉아서 아버지와 고빈다, 고타마를 그리워하였다. 한낱 카마스와미같은 인간이 되기 위해 그들로부터 떠났단 말인가? 밤이 되었지만 그냥 앉아 있었다. 눈을 들어 별을 바라보면서 그는 생각하였다.

『자신은 지금 유원(遊園)에 있는 망고나무 밑에 앉아 있다.』그리고 희미하게 미소지었다. —— 망고나무를 가지는 것, 유원을 가지는 것이 왜 필요했던가? 그것은 옳은 일이었던가? 그것 또한 어리석은 짓이 아니었던가?

그런 것과도 그는 인연을 끊었다. 그것이 그의 내부에서 죽어 버렸다. 그는 자리에서 일어나 망고나무와 유원에 작별을 하였다. 그날 종일 음식을 먹지 않았으므로 몹시 배가 고팠고, 시내에 있는 자신의 집과 거실과 침실, 음식이 놓여 있는 식탁이 생각났다. 하지만 그는 씁스레한 미소를 짓고 몸을 흔들더니 이 모든 것을 단념해 버렸다.

그날 밤, 싯다르타는 자기 집과 도시를 버리고 다시는 돌아가지 않았다. 카마스와미는 싯다르타가 도적들에게 잡혀간 줄 알고 그를 찾도록 조처하였다. 카마라는 찾으려고 하지 않았다. 그녀는 늘 그것을 예기하고 있었기 때문에 이상하게 생각지 않았다. 싯다르타는 사문이었다. 집 없는 사람이요, 순례자였다. 그녀는 마지막으로 그를 만났을 때, 이미 그렇게 되리라는 것을 강렬히 느낄 수 있었다. 그를 잃은 고통 속에서도 그녀는 그 마지막 때 그를 그처럼 열렬히 껴안고, 또 한 번 그에게 소유될 수 있었으며, 그에게 희열을 줄 수 있었던 것을 기쁘게 생각하였다.

싯다르타가 없어졌다는 최초의 소식을 접했을 때, 그녀는 창가에 있는 노래하는 희귀한 새를 기르고 있는 새장으로 다가갔다. 그녀는 새장 문을 열고 새를 날려보냈다. 그리고는 언제까지나 그 새가 날아가는 것을 지켜보며 서 있었다. 그날부터 그녀는 더는 손님을 받지 않았으며, 사람들과의 접촉도 끊었다. 그리고 얼마 안 있어 그녀는 싯다르타와 마지막 밀회를 즐길 때 임신을 하게 되었음을 얼마 후에 알게 되었다.

강변에서

싯다르타는 어느덧 시내에서 멀리 떨어진 숲속을 헤매고 있었다. 자신은 이제 되돌아갈 수 없다. 여러 해 동안 누렸던 생활은 끝났으며 구역질이 날 정도로 실컷 맛보고 빨아 먹었다고 하는 한 가지 일밖에는 염두에 없었다. 그의 꿈속에서 노래하던 새는 죽었고 마음 속의 작은 새도 죽어버리고 말았다. 그는 윤회에 깊이 빠져들어, 해면(海綿)이 물을 한껏 빨아들이듯 그는 모든 방면에서 구역질과 죽음을 빨아들이고 있었다. 그는 이제 지긋지긋해 하고 있었고 비참함과 죽음으로 가득 차 있었다. 이 세상에는 이제 그를 유혹하고 즐겁게 해주며, 위로해 줄 수 있는 것은 아무것도 없었다.

더 이상 자신에 대해 알고 싶지 않았고, 안식을 얻고 죽고 싶은 갈망뿐이었다. 벼락이라도 떨어져 자신을 죽여주었으면! 호랑이라도 나타나 자신을 잡아 먹었으면! 마취와 망각과 잠을 가져다 주고 두 번 다시 잠에서 일어나지 않게 하는 술이나 독약이 있었으면! 아직도 내가 접해보지 않은 더러움이 있을까? 내가 범해 보지 않은 죄악과 불평이 또 있을까? 아직도 내가 디뎌 보지 않은 영혼의 황무지가 남아 있을까? 살아간다는 것이 아직도 가능할까? 되풀이하여 숨을 내쉬고 들이쉬고, 허기를 느끼고, 다시 먹고, 다시 자고, 다시 여자와 잠자리를 함께 하는 것은 가능할까? 이런 순환은 이제 나로서는 이미 끝난 일이 아닐까?

싯다르타는 숲속에 있는 큰 강에 당도하였다. 일찍이 그가 젊은 시절 고타마가 있었던 도시로부터 떠나와서 뱃사공이 건네 주었던 그 강이었다. 이 강가에 이르러 그는 주저하면서 잠시 머물렀다. 그는 피로와 허기에 지쳐 있었다. 무엇 때문에 더 가야 하는가? 도대체 어디로? 무슨 목표를 향해? 아니 이미 목표는 존재하지 않았다. 이 거칠어진 꿈을 모조리 털어내 버리고, 김빠진 술을 토해 내고, 비참한 부끄러운 생활을 끝내 버리고 싶다는 괴롭고 간절한 갈망밖에는 아무것도 존재하지 않았다.

강가에는 늘어진 야자수 한 그루가 서 있었다. 그 나뭇가지에 싯다르타는 어깨를 기대어 팔을 두르고 발 아래에서 줄기차게 흐르는 푸른 강줄기를 내려다보았다. 그러다가 문득 나무를 놓고 강물 속에 빠져 버리고 싶은 충동을 느꼈다. 소름끼치는 공허감이 그를 향해 반사되었다. 그것에 대해 그의 마음 속의 공허감이 응답하였다. 확실히 그는 이제 끝장이 나 있었다. 자신을 소멸시키고 자기 생활의 실패한 형체를 박살내고 조소하는 신들의 발 앞에 던져 버리는 일뿐이었다. 이것이야말로 그가 갈망하는 크나큰 구역질, 즉 죽음이 그가 미워하는 형체의 분쇄였다. 이 싯다르타라는 개를, 이 미치광이를, 이 부패한 육체를, 이 무기력해진 오용(誤用)된 영혼을 물고기와 악어 떼들이 나를 뜯어먹고 악마들이 나를 찢어 주었으면!

그는 얼굴을 찡그리고 물 속을 응시하였다. 자신의 얼굴이 비치고 있는 것을 보고 그것에 침을 내뱉었다. 견딜 수 없는 피로감에서 그는 나무를 잡고 있던 손을 놓으며, 약간 몸을 비틀어 이것을 끝으로 물 속에 잠기기 위해 곧장 몸을 가라앉히려고 하였다. 그는 눈을 감고 죽음을 향해 가라앉았다.

　그러자 그의 영혼의 한구석에서 지친 생명의 과거로부터 하나의 소리가 반짝이듯 들렸다. 그것은 한 마디의 말, 하나의 음성에 지나지 않았지만 그는 무의식적으로 불분명하게 발성한 것이다. 그것은 바라문의 모든 기도에서 시작과 끝맺음의 말인 바로『완전한 것』또는『완성』의 뜻을 지닌 그 신성한『옴』이었다.『옴』이라는 소리가 싯다르타의 귀에 울리는 순간, 잠자던 그의 영혼이 깨어나 자신의 행위에 대한 어리석음을 깨달았다.

　싯다르타는 소스라치게 놀랐다. 그는 자신도 모르게 이런 지경이 되어 있었던가? 이처럼 그는 엉망이 되어 있었고, 그처럼 미망에 빠졌으며 모든 지식으로부터 등을 돌리고 있었다. 그래서 죽음을 원하지 않을 수 없게 되었다. 육체를 소멸시키는 것으로 안식을 얻겠다고 하는 어린 아이같은 소원이 그의 마음 속에 제멋대로 날뛸 수 있을 정도가 되었다. 지난 세월의 모든 고뇌와 깨달음 그리고 절망 속에서도 이룰 수 없었던 것을『옴』이 그의 의식에 파고드는 순간에 그는 자신의 비참함과 미망 속에서 자기를 인식한 것이다.

　『옴!』

　하고 그는 중얼거렸다.『옴!』그리고 범(梵)을 깨닫게 되었다. 생명의 불멸함과 잊고 있었던 모든 성스러운 것을 다시 깨닫게 되었다.

　하지만 그것은 아주 짧은 한순간에 지나지 않았다. 번갯불이 한 번 번쩍 하는 그 한순간의 일이었다. 싯다르타는 나무 밑동에 쓰러져 그것을 베개삼아 피로에 못이겨『옴』을 중얼거리면서 깊은 잠에 빠졌다.

　꿈도 꾸지 않은 깊은 잠이었다. 오래도록 그는 그런 잠을 자 보지 못하였다. 몇 시간 후, 잠에서 깨어나자 10년이나 지나간 것 같았다. 강물이 흐르는 소리가 희미하게 들려왔다. 자신이 어디에 있는지, 누가 자신을 이곳에 데려왔는지 생각이 나지 않았다. 눈을 뜨고 머리 위의 나무와 하늘을 보고서야 그는 자신이 어디에 있는지를 어떻게 이곳에 왔는지를 생각해 낼 수 있었다. 그렇지만 그렇게 되기까지는 오랜 시간이 걸렸다. 과거가 베일에 가려지기라도 한 듯이 한없이 멀고, 한없이 동떨어졌으며 한없이 무의미한 것처럼 생각되었다. 그가 아는 것은 단지 지금까지의 자기 생활(의식을 되찾은 순간 그는 지금까지의 생활이 아득히 먼 과거의 어떤 다른 세상의 일 자신의 전생처럼 생각되었다)을 버렸다는 것, 견딜 수 없는 혐오감과 비참한 심정으로 자신의 생명을 내던져 버리려고 하였다는 것, 하지만 강가의 야자수 밑에서 신성한 『옴』을 입에 담고 자기 자신으로 되돌아오고서 잠든 것, 그리고 지금 새로운 인간으로서 깨어나 세상을 보고 있다는 것을 의식할 뿐이었다. 그는 자신을 잠들게 했던 『옴』을 나지막한 소리로 중얼거려 보았다. 자신의 기나긴 잠 전체가 바로 오랫동안 무심했던 『옴』의 발성이고, 『옴』의 사색이며 『옴』의 형용하기 어려운 것, 완성된 것에의 몰두, 귀의와 다를 바 없었던 것처럼 생각되었다.

하지만 그것은 얼마나 영묘(靈妙)한 잠이었던가! 이제까지의 잠이 그를 그토록 상쾌하게 하고 되살아나게 했으며 젊음을 되찾게 한 적은 없지 않았던가! 자신은 정말로 죽었다가 새로운 형태로 재생한 것은 아닐까? 하지만 그것은 아니었다. 그는 자기 자신을 잘 알고 있었다. 자신의 손과 발을 알고 있었고, 자신이 누워 있는 장소를 알고 있었다. 그리고 자기 가슴 속의 자아를, 이기적이고 별난 성격의 싯다르타 자신을 알고 있었다. 그렇지만 이 싯다르타는 역시 변해 있었고 새로워져 있었다. 이상하게도 깊은 잠에서 깨어난 듯 기쁨과 호기심에 차 있었다.

싯다르타는 몸을 일으켰다. 그러자 자기와 마주 앉아 있는 한 사람이 보였다. 머리를 깎고 황의(黃衣)를 걸친 낯선 사람이었다. 싯다르타는 그 낯선 사람을 유심히 바라보았다. 그리고 머리카락도 수염도 없는 그 사람이 바로 고빈다라는 것을 알아보았다. 어린 시절의 친구, 이제는 세존 불타에게 귀의한 그 고빈다였다. 고빈다 역시 그와 마찬가지로 나이가 들어 있었지만 옛날의 모습을 그대로 지니고 있었으며, 얼굴에는 열성과, 성실과, 구도와, 고지식함이 있음을 그대로 말해 주고 있었다. 이윽고 고빈다는 싯다르타의 시선을 느껴 눈을 뜨고 그를 보았지만, 상대방이 누구라는 것을 알아보지 못하는 모양이었다. 고빈다는 그가 잠에서 깨어난 것을 보고 기뻐하였다. 그는 오랫동안 거기에 앉아서 싯다르타라는 것을 모르고 잠에서 깨어나기만을 기다리고 있었음이 분명하였다.

「잠들어 있었소.」

하고 싯다르타가 말하였다.

「그런데 당신은 어떻게 이런 곳에 오셨소?」

「잘 주무시더군요.」

하고 고빈다는 대답하였다.

「이런 곳에서 잠을 자는 것은 좋지 않소. 이런 곳에는 곧잘 뱀이 나오고 숲에 사는 짐승들이 나타나니까요. ── 나는 세존이신 고타마, 불타, 석가모니의 제자요. 편력길의 우리 일행이 이곳을 지나는 데 위험한 곳에서 잠들어 있는 당신을 보고 깨우려고 했소이다. 그런데 너무나 깊은 잠에 빠져 있는 것을 보고 나만 남아서 곁에 앉아 있었던 것이

오. 그러다가 잠자는 당신을 지키려고 했던 이 사람도 깜박
졸았던 것 같소. 피로를 못 이겨 임무를 제대로 못한 셈이
지요. 하지만 이제 당신이 깨어났으니 나는 빨리 내 일행을
뒤쫓아가야겠소.」

「사문이시여, 잠자는 나를 지켜 주셔서 감사하오.」

하고 싯다르타가 말하였다.

「당신들 세존의 제자는 친절하시군요. 그럼, 가 보시도록
하시지요.」

「떠나지요. 당신도 내내 편안하시기를 빕니다.」

「사문이시여, 고마웠소.」

고빈다는 작별의 몸짓을 하고 말하였다.

「안녕히 계시오.」

「고빈다여, 잘 가시오.」

하고 싯다르타가 말하자 승려는 멈춰 섰다.

「실례지만 당신은 어떻게 이 사람의 이름을 아시오?」

그러자 싯다르타는 입가에 미소를 띠며

「오, 고빈다여, 나는 그대를 알고 있소. 그대가 옛날 집에
있었을 때, 바라문의 학교에 있었을 때, 신들에게 제물을
바치던 시절, 사문들의 곁으로 갔을 때, 그대가 임원(林園)
의 숲에서 세존에게 귀의하던 그때까지를 알고 있소.」

「싯다르타였군!」

하고 고빈다가 큰소리로 외쳤다.

「이제야 자네를 알아보겠네. 그런데 어떻게 자네라는
것을 금방 알아보지 못하였는지 알다가도 모를 일일세.
싯다르타여, 반갑네. 자네를 다시 만나게 되어 정말 반갑
네.」

「나 역시 자네를 다시 만나게 되어 반갑네. 자네는 잠자
는 나를 지켜 주었네. 그것에 대해 다시 한번 감사하네.

하기는 나를 지켜줄 필요가 없었네마는 하여간 고맙네.
그래 자네는 어디로 가는 길인가?」

「나는 어디에도 가지 않네. 장마철이 아닌 한 우리 중들
은 항상 돌아다니네. 항상 이 마을에서 저 마을로 돌아다니
며 계율에 따라 살고, 교리를 전하고, 시주를 받으면서
길을 가네. 항상 그렇게 하고 있는 걸세. 하지만 싯다르타
여, 그대는 어디로 가는가?」

싯다르타가 말하였다.

「친구여, 나 역시 자네와 같은 처지일세. 나는 어디에도
가지 않네. 나는 이곳 저곳을 돌아다니는 중도에 있을 뿐일
세. 나는 편력하고 있네.」

고빈다가 말하였다.

「자네는 이곳 저곳을 떠돌아 다닌다고 **했지?** 난 그것을
믿네. 하지만 용서하게. 오, 싯다르타여, 자네는 이곳 저곳
을 떠돌아 다니는 사람 같지 않네. 자네는 부유한 사람들의
옷을 입고, 지체 높은 이들의 신발을 신고 있네. 향수 냄새
를 풍기는 자네 머리는 편력자의 머리도 아니고, 사문의
머리도 아닐세.」

「바로 보았네. 자네는 제대로 본 걸세. 자네의 날카로운
눈은 모든 것을 옳게 보고 있네. 하지만 나는 자네에게
사문이라고는 말하지 않았네. 나는 이곳 저곳을 떠돌아
다닌다고 했네. 사실이라네. 나는 이곳 저곳을 떠돌아 다니
고 있다네.」

「자네는 이곳 저곳을 떠돌아 다닌다고 하지만」

하고 고빈다가 말하였다.

「그런 옷과 그런 신발과 그런 머리를 하고 이곳 저곳을
떠돌아 다니는 사람은 별로 보지 못하였네. 나는 이미 여러
해를 편력하고 있지만, 자네 같은 편력자를 본적은 한 번도

없었네.」

「고빈다여, 나는 자네 말이 옳다는 것을 아네. 하지만 자네는 오늘 바로 그런 편력자를 만난 걸세. 이런 신발을 신고, 이런 복장을 한 편력자를 말일세. 친구여, 생각해 보게. 형태가 있는 것의 세계는 무상하다네. 우리의 의복, 우리의 머리 모양, 그리고 우리의 머리와 육체 그 자체는 무상한 것이라네. 말할 수 없이 무상한 것이라네. 나는 부유한 사람의 옷을 입고 있네. 바로 자네가 본 그대로일세. 이 옷을 입고 있는 것은 내가 부자였기 때문이라네. 나는 속인과 방탕아같은 머리를 하고 있네. 나는 그런 사람들의 한 사람이었기 때문이라네.」

「싯다르타여, 그렇다면 지금은 무엇이란 말인가?」

「모르겠네. 자네가 모르듯이 나 역시 알지 못한다네. 나는 편력의 도중에 있는 걸세. 난 부자였네. 하지만 지금은 그렇지 않네. 내일은 무엇이 되어 있을지 그것 역시 알지 못

「재산을 잃었는가?」

「나는 재산을 잃었네. 어쩌면 재산이 나를 잃었는지도 모르네. 재산은 나에게서 없어졌네. 고빈다여, 형체 있는 것의 수레바퀴는 빨리 회전하는 것일세. 바라문 싯다르타는 어디 있는가? 사문 싯다르타는 어디에 있는가? 부자 싯다르타는 어디에 있는가? 무상한 것은 빨리 변한다네. 고빈다여, 그건 자네도 알고 있을 걸세.」

고빈다는 의아해 하는 눈으로 오랫동안 청년 시절의 친구를 바라보았다. 그리고 귀인에게 하듯 인사를 하고는 떠나갔다.

싯다르타는 얼굴에 미소를 띠고 떠나가는 승려를 배웅하였다. 그는 성실하고 고지식한 고빈다를 변함없이 사랑하고

있었다. 그 영묘한 잠으로부터 깨어난 그 순간, 『옴』으로
가득 채워진 멋진 순간에 그는 누군가를 또한 뭔가를 어찌
사랑하지 않을 수 있었겠는가! 잠들어 있는 동안에 『옴』
을 통해 그의 내부에 생긴 불가사의한 본령(本領)은 그가
모든 것을 사랑했다는 것, 그가 본 모든 것에 대해 즐겁고
사랑에 넘쳐 있었다는 것이었다. 이전에는 아무것도, 어떤
사람도 사랑할 수 없었다는 것에 의해 그처럼 몹시 병들어
있었던 것이라고 지금에 와서야 그런 생각이 들었다.

싯다르타는 떠나가는 승려의 뒷모습을 말없이 바라보았
다. 잠은 그에게 큰 힘을 주었지만, 배고픔은 그를 몹시
괴롭혔다. 이틀간이나 아무것도 먹지 **못했**기 때문이다.
그가 배고픔에 견디는 힘을 가졌던 시기는 훨씬 전에 끝나
있었다. 슬프면서도 웃음을 띠고서 그 시절을 그는 회상하
였다. 그 무렵, 그는 카마라 앞에서 세 가지 일을 자랑한
생각을 하였다. 값지고 아무도 흉내낼 수 없는 세 가지
재주 — 단식하고 기다리고 생각할 수 있는 것이었다. 그것
은 그의 소유물이자 그의 장점이었으며, 힘이었고, 확실한
지팡이였다. 근면하고 성실했던 한 청년 시절에 이 세 가지
의 재주를 배웠다. 그 이외의 것은 아무것도 배우지 않았
다. 그런데 지금에 와서는 그것들이 그를 버린 것이다.
단식하는 것도 기다리는 것도 생각하는 것도 이제는 그의
것이 아니었다. 가장 한심스러운 것을 위해, 가장 덧없는
것을 위해, 관능적인 즐거움을 위해, 안일한 생활을 위해,
재산을 위해 이 세 가지를 포기해 버린 것이다. 사실 그는
기묘한 경로를 거쳐왔다. 이제 그는 정말로 소인배가 되어
버린 것 같은 생각이 들었다.

싯다르타는 자신의 처지를 생각해 보았다. 생각하는 것은
힘이 들었고 또 생각해 보고 싶은 마음도 없었지만 억지로

라도 생각해 보지 않을 수 없었다.

그러한 덧없기 짝이 없는 것들이 자신에게서 떠났기 때문에 이제 자신은 또 다시 옛날의 어린 시절처럼 벌거숭이가 된 채 백일하에 서 있다. 자신의 것은 아무것도 없다. 자신은 아무것도 할 수 없다. 아무런 능력도 없다. 아무것도 배운 것이 없다고 그는 생각하였다. 얼마나 기묘한 일인가? 이제는 젊지 않고 머리는 반백이 되었으며 기운도 약해지기만 하는 지금에 와서 처음부터 어린 아이로 되돌아가 다시 하지 않으면 안 된다. 그는 또 한번 미소짓지 않을 수 없었다. 정말로 그의 운명은 기묘하였다. 그는 지금 운명의 내리막 길에 있었다. 지금 다시 공허한 이 세상에 벌거벗은 채 어리석은 모습으로 서 있었다. 그렇지만 그점에 대해서 그는 조금도 슬픔을 느끼지 않았다. 그렇기는커녕 오히려 크게 웃고 싶었다. 자기 자신과 기묘하고도 어리석은 세상을 웃고 싶었다.

『너는 내리막 길을 가는 것이다.』

하고 그는 자신에게 말하며 웃었다. 그렇게 말했을 때, 그의 눈길은 강물 위에 던져지고 있었다. 강도 역시 밑으로 밑으로 끊임없이 흐르며 즐거운 듯이 노래하는 것을 그는 보았다. 그것이 그의 마음에 들었다. 그는 정다운 듯이 강물을 향해 미소지었다. 그 강물은 그가 빠져 죽으려고 한 그 강물이 아니었던가? 그것은 백년 전의 옛날 일이었던가? 아니면 꿈이었던가?

정말로 자신의 일생은 기묘했다. 기묘한 우회로였다고 싯다르타는 생각하였다. 소년 시절은 오로지 신들과 제사 지내는 일에 전념하고 있었다. 청년이 되고서는 오로지 금욕과 사색과 명상에 전념하며, 범(梵)을 추구하고 아트만 속의 영원한 것을 숭상하였다. 장년 시절은 고행자의 뒤를 쫓아 숲속에서 살며 찌는 듯한 더위와 추위에 고통받았고 굶주림을 견뎌내는 일을 수행하고 육체에 사멸(死滅)하는 법을 배웠다. 그리고 나서 불타의 가르침에서 영묘한 형태의 인식이 자신에게 다가오고 세계의 통일에 대한 지식이 자신의 혈액처럼 체내에 도는 것을 느꼈다. 하지만 불타와 그 위대한 가르침과도 자신은 또 떠나지 않으면 안 되었다. 그리고는 카마라에게서 사랑의 기쁨을 배웠으며, 카마스와미에게서는 장사하는 법을 배워 돈을 모으기도 하고 뿌리기도 하였다. 또 자신의 위장을 사랑하고, 자신의 관능을 만족시키는 법을 배웠다. 정신을 버리고, 사색하는 것을 잊고, 통일성을 잊기 위해 많은 세월을 보내지 않으면 안 되었다. 그것은 곧 서서히 우회로를 따라 어른에서 어린 아이가 되고, 사색하는 인간에서 소인배같은 인간으로 변해 온 과정이 아닌가?

여하간 이 길은 매우 좋은 것이었다. 그래도 가슴 속의 작은 새는 죽지 않았다. 그렇지만 그 길은 자신에게 어떠하였던가! 그처럼 많은 어리석음, 그처럼 많은 악덕, 그처럼 많은 미망, 그처럼 많은 불쾌함과 환멸과 비탄을 겪어야만 했던가? 그나마 그것 역시 어린 아이로 되돌아가 새롭게 시작하기 위한 것에 지나지 않았다. 하지만 그것은 그 나름대로 옳았다. 나의 마음은 그것에 대해 잘된 일이라 하고 나의 눈은 그것에 대해 웃는다. 자비를 체험하고 다시금 『옴』을 듣고, 다시 올바르게 잠자고, 올바르게 깨어나기 위해서는 절망을 체험할 수밖에 없었고 모든 생각 중에서 가장 어리석은 생각, 즉 자살할 생각에까지 전락하지 않으면 안 되었다. 자신의 내부에 다시 아트만을 찾아내기 위해 천치가 되지 않으면 안 되었다. 다시 살기 위해 죄를 저지르지 않으면 안 되었다. 이제 자신의 길은 어디로 자신을

데리고 가는 것인가? 이 길은 상궤를 벗어나 있다. 나선형
을 그리고 있다. 원을 그리고 있는지도 모른다. 그 길이
어떤 길이라도 자신은 그 길을 갈 것이다.

　이상하게도 그는 자신의 가슴 속에 기쁨이 용솟음치는
것을 느꼈다.

　도대체 어디에서 너는 이 즐거움을 얻었느냐고 그는
자신의 마음에 물었다. 자신에게 그처럼 쾌감을 준 긴 숙면
에서 왔는가? 아니면 자신이 내뱉은 『옴』이란 말에서 왔는
가? 아니면 자신이 빠져나온 것, 자신의 탈출이 수행된
것, 자신이 마침내 다시 자유를 얻고, 어린 아이처럼 푸른
하늘 아래에 서게 되었다는 것에서 왔는가? 아, 이같은
탈출 자유를 얻었다는 것은 얼마나 좋은 일인가! 여기서는
공기가 맑고 아름답고 얼마나 잘 호흡할 수 있는가! 자신
이 빠져나온 그곳에서의 모든 것이 향유, 향료(香料), 술,
포만(飽滿), 타성(惰性)의 냄새가 났다. 부자와 미식가와
노름꾼의 그 세계를 자신은 얼마나 미워했던가! 그 끔찍스
러운 세계에 그처럼 오래 머물러 있었던 자신을 얼마나
미워했던가! 그는 자신을 얼마나 증오하고, 해치고, 해독을
끼치고, 괴롭히고, 늙게 하고 악하게 만들었던가! 나는
절대로 옛날처럼 이 싯다르타가 현명한 인간이라는 자만심
은 품지 않을 것이다! 자기 자신에 대한 증오심과 어리석
은 황량한 생활에 종지부를 찍었다는 것은 잘한 일이요,
흡족한 일이요, 칭찬하지 않을 수 없는 일이었다. 싯다르
타, 나는 너를 칭찬한다. 너는 오랜 세월을 어리석게 보낸
뒤에 다시 뭔가 어떤 것을 생각해 내고 뭔가 해냈다. 가슴
속의 작은 새가 노래하는 것을 듣고 그것에 따랐다!

　이같이 그는 자신을 칭찬하고 자신에게 기쁨을 느끼며,
배고픔 때문에 꼬르륵거리는 위장에 호기심을 가지고 귀를

기울였다. 그는 한 조각의 고뇌와 비참함을 지나간 며칠 동안에 실컷 맛보고 뱉아냈으며, 절망과 죽음에 이르기까지 다 먹어 치웠다고 느꼈다. 그것으로 되었다. 그렇지 않았다면, 위안도 희망도 완전히 잃은 순간 그리고 흐르는 강물에 몸을 던져 죽을 결심을 한 그 절대 절명의 순간이 없었다면, 언제까지나 그는 카마스와미의 곁에 머물러 돈을 벌고, 돈을 뿌리고, 배를 불리고 영혼을 말라 죽게 했을 것이다. 또한 여전히 보드랍고 폭신한 담요를 깐 지옥 속에서 계속 살고 있었을 것이다. 그 절망과 심각한 혐오에 빠졌다는 것, 그럼에도 불구하고 그것에 지지 않았다는 것, 그의 내부의 작은 새와 즐거운 샘과 목소리가 아직도 살아 있다는 것, 그는 이에 기쁨을 느끼고 웃었으며, 그의 얼굴은 반백이 된 머리 아래서 빛났다.

『알아 둘 필요가 있는 모든 것을 직접 맛본다는 것은 좋은 일이다.』

하고 그는 생각하였다.

『세속적인 쾌락과 부(富)가 좋은 것이 아니라는 것은 이미 어릴 적에 배웠다. 그것은 오래 전부터 알고 있었지만 체험한 것은 이번이 처음이다. 이제는 그것을 잘 알고 있다. 생각으로만 알고 있는 것이 아니라 자신의 눈과 마음과 위장으로 알고 있다. 자신이 그것을 알게 된 것은 참으로 얼마나 다행스런 일인가!』

자신의 변화에 대해 그는 오랫동안 생각하였고 기쁨 때문에 노래하고 있는 새소리에 귀를 기울였다. 이 새는 그의 마음 속에서 죽지 않고 있었던가? 그는 자신의 죽음을 느끼지 않았던가? 아니, 뭔가 다른 것이 그의 내부에서 죽었다. 이미 오랫동안 죽기를 갈망하고 있었던 그 뭔가가 죽었다. 그것은 지난날 그가 참회의 고행을 하던 시절에

없애 버리려고 했던 것이 아니었던가? 그것은 그의 자아가
아니었던가? 그가 오랜 세월 동안 상대하여 싸웠던 하잘것
없고 불안에 찬 거만스러운 자아가 아니었던가? 몇 번이나
그를 이겼지만 없어졌는가 하면 번번이 되살아나 기쁨을
방해하고 공포심을 느끼게 한 자아가 아니었던가? 마침내
오늘 이 사랑스러운 강가의 숲속에서 죽음을 찾아낸 것은
그 하잘것없는 자아가 아니었던가? 그가 지금 어린 아이처
럼 된 것은 신뢰에 넘치고, 공포심을 갖지 않고서 기쁨에
넘칠 수 있었던 것은 그 소아(小我)가 죽었기 때문이 아니
었던가?

　이제 싯다르타는 어째서 자신이 바라문으로서 또 고행자
로서 이 자아와 헛되이 싸웠는가를 깨닫게 되었다. 너무나
많은 성구(聖句), 너무나 까다로운 제사의 규칙, 지나친
금욕, 도에 넘친 행위와 노력이 그를 방해한 것이다. 그는
언제나 자만심에 가득 차 있었다. 언제나 가장 현명한 자였
고, 언제나 가장 열심인 자연과 언제나 누구보다도 한 걸음
앞서 있었다. 언제나 지자(知者)이고, 정신적인 사람이요,
승려이거나 현자(賢者)였다. 이 승려 근성 속에 자만심
속에 그리고 이 사상 속에 그의 자아가 숨어 들어 거기에
단단히 뿌리를 내리고 자라나고 있었다. 그동안 그는 단식
과 고행에 의해 자아를 없애려고 생각하였다. 이제서야
그것을 알게 되었다. 어떤 스승도 자신을 구제할 수 없었다
고 하는 은밀한 마음의 목소리가 옳았다는 것을 그는 알게
되었다. 그런 이유 때문에 그는 속세로 들어가지 않으면
안 되었다. 향락과 권세, 여자와 돈에 빠지지 않으면 안
되었다. 그의 내부의 승려와 사문이 죽기까지 장사꾼이
되고 노름꾼, 주정꾼, 탐욕자가 되지 않으면 안 되었다.
그런 이유 때문에 그는 추악한 세월을 참고 견뎌야 했으며

마지막 순간에 이르기까지 쓰디쓴 절망에 이르기까지, 방탕아 싯다르타도, 탐욕자 싯다르타가 죽을 때까지 혐오감을 찾아 내고 황량하고 타락된 생활의 공허함과 무의미함을 참고 견디지 않으면 안 되었다. — 그는 죽었다. 새로운 싯다르타가 잠에서 깨어난 것이다. 그도 늙을 것이다. 언젠가는 죽지 않으면 안 될 것이다. 싯다르타는 허무하였다. 모든 형상은 무상하였지만, 오늘의 그는 젊었고 어린 아이였다. 기쁨에 가득 차 있는 새로운 싯다르타였다.

그는 이와 같은 생각을 하며 미소 띤 얼굴로 자신의 마음에서 나는 소리에 귀를 기울였으며, 감사하는 마음으로 윙윙거리는 벌들의 소리를 들었다. 상쾌한 기분으로 그는 흐르는 강물을 바라보았다. 물이 이처럼 상쾌하게 느껴진 적은 없었다. 흐르는 물소리와 그 모양이 이처럼 강렬하고 아름답게 들린 적도 없었다. 강은 뭔가 특별한 것, 아직 그가 모르는 것, 그가 기다리고 있는 그 뭔가를 그에게 말해 주고 있는 것 같았다. 이 강물에 싯다르타는 빠져 죽으려고 하였다. 과연 지치고 절망한 옛 싯다르타는 오늘 강물 속에 빠져 죽었다. 하지만 새로 태어난 싯다르타는 지금 이 흐르는 강물에 깊은 사랑을 느끼고 다시는 이곳을 떠나지 않을 것을 결심하였다.

뱃사공

이 강가에 머물러 있자고 싯다르타는 생각하였다. 이 강은 일찍이 싯다르타가 소인배들에게 가는 길에 건넜던 강이다. 친절한 뱃사공이 그 때 자신을 건네 주었다. 그에게 가자. 지난날 그 사람의 오두막집으로부터 자신의 길을 새로운 생활로 이끌어 주었다. 그 생활은 이제 바래지고 없어졌다. — 자신의 이번 길도 새로운 이번 생활도 뱃사공의 오두막집으로부터 발족할 수 있어야 한다.

그는 애정어린 눈으로 흐르는 강물을, 투명한 초록빛을, 강물의 신비한 파문의 투명한 선(線)을 바라보았다. 그는 깊은 물 속에서 빛나는 방울이 솟아오르고 잔잔한 물거품이 수면 위에 떠서 푸른 하늘을 비치고 있는 것을 보았다. 강은 수천의 눈을 갖고 그를 바라보았다. 초록빛 눈, 흰빛 눈, 투명한 눈, 하늘빛 눈을 갖고 그를 바라보고 있었다. 그는 얼마나 이 강물을 사랑하고 강물은 또 얼마나 그를 황홀케 했는지 모른다. 또 그는 이 강물에 대해 얼마나 감사했는지 모른다. 강 속에서 새롭게 자각한 목소리가 들렸다. 그 소리는 그에게 이 강물을 사랑하라. 이 강물 곁에 남아 있으라. 이 강물에서 배우라고 말하고 있었다. 오, 그렇다, 이 강물에서 배우자. 이 강물에 귀를 기울이자고 그는 생각하였다. 이 강물과 그 비밀을 이해하는 사람은 다른 많은 것, 그 많은 것의 비밀, 모든 비밀을 이해하게 될 것이라고 생각하였다.

그렇지만 오늘 그는 강의 비밀 중 다만 한 가지만을 보았다. 그것이 그의 영혼을 사로잡았다. 그는 보았다. 강물은 흐르고 또 흐르고 쉴새없이 흐르지만 언제나 거기에 존재하면서도 한결같이 동일하고 그럼에도 불구하고 순간 순간에 새롭게 존재하였다. 오! 이것을 파악하고, 이해하는 사람이 있다면! 그는 그것을 이해하고 파악한 것은 아니었다. 아련한 느낌, 아득한 기억, 신성한 신의 목소리를 느꼈을 뿐이었다.

싯다르타는 몸을 일으켰다. 허기진 뱃속의 요동을 더 이상 참을 수가 없었다. 강물 소리와 허기진 뱃속에서 꼬르륵거리는 소리에 귀를 기울이며, 그는 강가의 좁은 길을 따라 상류를 향해 정신없이 걷고 또 걸었다.

나루터에 당도하자 마침 나룻배가 대기하고 있었다. 지난 날 젊은 사문을 건네 준 그 뱃사공이 나룻배 위에 서 있었다. 싯다르타는 그를 알아보았고 뱃사공은 몹시 늙어 있었다.

「건네 주시겠소?」

하고 그는 물었다.

뱃사공은 지체 높은 옷차림을 한 사람이 혼자서 그것도 도보 여행을 하고 있는 것을 보고 놀라면서 나룻배에 태워 노를 젓기 시작하였다.

「당신은 참으로 좋은 생활을 택하셨소.」

하고 손님이 말하였다.

「매일 이 강가에 살면서 강 위를 왕래하는 건 틀림없이 즐거운 일일 거요.」

미소를 띠고서 사공은 노를 젓고 있었다.

「정말로 즐겁소. 당신이 말씀하신 그대로입니다. 하지만 어떤 생활이나 어떤 일도 다 즐거운 것이 아닌지요.」

「그럴지도 모르지요. 하지만 당신의 일이 부럽군요.」

「아, 당신은 곧 싫증을 내실 것입니다. 이 일은 고급 옷을 입은 사람들이 할 일이 아니지요.」

싯다르타는 웃었다.

「아까도 이 옷 때문에 나는 의심을 받았소. 사공이여, 나의 이 거추장스러운 옷을 받아 주실 수 없겠소. 사실 나는 뱃삯을 낼 만한 돈을 가지고 있지 않다오.」

「농담도 잘하십니다.」

하고 사공은 웃었다.

「농담이 아니요. 당신은 전에도 한 번 당신의 나룻배로 나를 뱃삯도 받지 않고 건네 준 적이 있었소. 오늘도 그렇게 해 주시오. 그 대신 내 옷을 받아 주시오.」

「그럼 손님께서는 옷도 없이 여행을 계속하겠다는 말씀 이시오?」

「아니요. 할 수 있다면 여행을 계속하고 싶지 않구려. 사공이여, 당신의 헌 옷이라도 내게 주고 당신의 조수로서 곁에 두어 주기 바라오. 차라리 제자가 좋을 듯 싶소. 우선 배를 다루는 법부터 배워야 할 테니까 말이오.」

한참 동안 뱃사공은 무엇을 알아 내려는 듯이 나그네를 유심히 바라보았다.

「이제야 당신이 누군지 알겠소.」

하고 마침내 그는 말하였다.

「옛적에 당신은 우리 오두막집에서 주무신 적이 있었 소. 벌써 오래 전 일이지요. 아마 이십년도 더 되었을 것이 오. 그때 나는 당신을 강 건너에 태워다 주고 서로 친한 친구처럼 작별을 하였소. 당신은 사문이 아니었던가요? 당신의 이름은 생각나지 않지만.」

「난 싯다르타라고 하오. 전에 만났을 때, 나는 사문이었소.」

「싯다르타, 정말 잘 오셨소. 난 바즈데바요, 당신은 오늘
도 내 손님이 되어 우리 오두막집에서 묵어 주시오. 그리고
어디에서 오셨는지, 그 아름다운 옷이 왜 그렇게 거추장스
러운지 그 이야기를 들려주시오.」

두 사람이 탄 배는 강 한가운데에 이르렀다. 바즈데바는
강물을 거슬러 대안에 당도하기 위해 더욱 분발해 노를
저었다. 나룻배의 뱃머리를 주시하면서 우람한 팔로 침착하
게 배를 다루고 있었다. 싯다르타는 자리에 앉아서 바라보
고 있었다. 이미 그 옛날 자신이 사문이었던 시절의 마지막
날, 이 사람에 대한 애정이 마음에 생겨났던 일을 떠올렸
다. 그는 바즈데바의 초대를 고맙게 받아들였다. 강변에
당도하자, 그는 나룻배를 말뚝에 잡아매는 것을 도왔다.
이어 사공은 싯다르타를 오두막집으로 안내하고 빵과 물을
권하였다. 싯다르타는 기꺼이 먹었다. 바즈데바가 권하는
망고의 열매도 흔쾌히 먹었다.

그런 뒤, 두 사람은 강가의 나무 밑둥에 앉았다. 해가
지고 있었다. 싯다르타는 뱃사공에게 자기의 내력과 생활을
말하고 오늘 절망했던 순간을 눈앞에 선하게 보이듯이
이야기해 주었다. 그의 이야기는 밤이 깊도록 계속되었다.
바즈데바는 열심히 경청하였다. 그의 출신과 유년 시절,
모든 학습과 탐구, 모든 기쁨과 고통 등 그 모든 것을 경청
하고 마음에 받아들였다. 그 사공의 미덕 가운데서 가장
뛰어난 미덕은 남의 이야기를 경청할 줄 아는 것이었다.
바즈데바는 한 마디도 말하지 않았지만 상대로 하여금
마음을 터놓고 이야기하도록 해주었다. 그러면서도 조용히
한 마디의 말도 흘림이 없이, 초조해 하지도 않고, 칭찬도
비난도 하지 않고, 다만 듣기만 하고 있다는 것을 상대로

하여금 느끼게 하였다. 그러한 사람에게 마음을 터놓고 자기의 생활과 탐구, 그리고 고뇌를 이야기할 수 있다는 게 얼마나 행복한가를 싯다르타는 느꼈다.

싯다르타의 이야기가 막바지에 이르러 강가의 야자수에 대하여, 깊은 절망에 대하여, 신성한『옴』에 대하여, 그리고 잠에서 깨어나 강에 대해 사랑을 강하게 느끼게 되었다는 것에 대하여 이야기하자, 사공은 주의력을 더하여 눈을 감고 온 신경을 집중하여 경청하였다.

그렇지만 싯다르타의 이야기가 끝나고 한동안 조용한 시간이 지나자, 바즈데바는 말하였다.

「내가 생각한 것 그대로였소. 강이 당신에게 이야기한 것이오. 당신에게 있어서도 강은 친구인 것이오. 당신에 대해서도 강은 이야기한 것이오. 그것은 좋은 일이오. 아주 좋은 일이오. 나의 친구 싯다르타여, 내 곁에 머물러 주시오. 내게도 전에는 아내가 있었소. 아내의 침상은 나의 침상 곁에 있소, 하지만 아내는 이미 오래 전에 죽었소. 나는 줄곧 혼자서 살아온 것이오. 이제부터는 당신이 나와 함께 살도록 하시오. 잠자리와 먹을 것은 두 사람이 쓰기에 넉넉하오.」

「고맙소.」

하고 싯다르타는 말하였다.

「당신의 호의를 고맙게 받겠소. 바즈데바여, 당신이 내 이야기를 잘 들어 준 것에 대해서도 감사하는 바이오. 남의 이야기를 잘 들을 줄 아는 사람은 드문 법이지요. 당신처럼 그것을 알고 있는 사람을 만난 적이 없었소. 그 점에 대해서도 나는 당신에게서 배워야 되겠소.」

「당신은 그것을 배우게 될 것이오.」

하고 바즈데바는 말하였다.

「하지만 내게서는 아닐 것이오. 남의 이야기를 들어 주는 법을 나에게 가르친 것은 강이었소. 당신도 그것을 강으로부터 배우게 될 것이오. 강은 무엇이든지 알고 있소. 사람은 강으로부터 무엇이든지 배울 수 있소. 그렇소. 당신은 이미 이 강물로부터 배운 것이 있소. 애써 밑으로 내려가 침잠하여 깊은 것을 추구하는 것은 좋은 일이라는 것을 배웠소. 부유하고 고귀한 싯다르타가 하잘것없는 사공이 되고 학식 많은 바라문 싯다르타가 뱃사공이 된다는 것, 그것 역시 강이 당신에게 일러 준 것이오. 당신은 다른 것도 강으로부터 배우게 될 것이오.」

오랫동안 침묵하다가 싯다르타가 말하였다.

「바즈데바여, 그 밖의 다른 것이란 무엇을 의미하는 것이요?」

바즈데바는 일어서서 말하였다.

「친구여, 밤이 깊었소. 잠을 자기로 합시다. 그 밖의 것에 대해서는 말로 할 수 없소. 당신은 그것을 배우게 될 것이오. 이미 알고 있을지도 모르지요. 두고 보면 알겠지만, 나는 학자가 아니오. 이야기를 할 줄도 모르고 생각할 줄도 모르오. 나는 다만 남의 말을 듣는 것과 사심을 가지지 않는 것을 알고 있을 뿐이오. 그 밖에는 아무것도 배운 것이 없소. 그것을 말하고 가르칠 수 있다면 아마 현자일 것이오. 다만 난 뱃사공에 지나지 않소. 나의 임무는 사람을 건네주는 일인 것이오. 수천 명의 많은 사람들을 건네주었소. 그들에게 있어서 이 강은 여행길의 장애물에 지나지 않았을 것이오. 그들은 돈과 일을 위하거나 또는 혼례나 순례를 위해 여행하였소. 강이 그들의 방해가 되었소. 뱃사공은 그 장애물을 쉽게 건네 주기 위해 여기에 있는 것이오. 하지만 수천 명 가운데의 몇 사람, 네댓 사람 정도의

114

사람에게 있어서는 이 강은 장애물이 아니었을 것이오. 그들은 강의 소리를 듣고, 그 소리에 귀를 기울였소. 강이 내게 신성하듯 그들에게도 신성한 존재가 되었던 것이오. 자 싯다르타여, 잠을 자기로 합시다.」

싯다르타는 뱃사공의 오두막집에 머물면서 배를 다루는 법을 배웠다. 나루터에서 특별히 할 일이 없을 때에는 바즈데바와 같이 논밭에서 일하거나 땔감을 모으기도 하고, 바나나를 따기도 하였다. 노를 만드는 법, 나룻배를 수리하는 법, 광주리를 만드는 법도 배웠다. 그는 배우는 일의 모든 것에 대해 기쁨을 느꼈다. 이렇게 하여 세월은 빠르게 지나갔다. 바즈데바가 그에게 가르칠 수 있었던 것 이상으로 더 많은 것을 강이 가르쳐 주었다. 그는 강으로부터 끊임없이 배웠다. 무엇보다도 강으로부터 듣는 법을 배웠다. 조용한 마음으로 영혼을 비우고 기다리는 마음으로 열정도, 욕망도, 비판도, 의견도 없이 귀를 기울여 듣는 법을 배웠다.

스스럼없이 그는 바즈데바의 곁에서 살았다. 그들은 거의 말을 나누지 않았으며 가끔 나누는 몇 마디의 말도 오랫동안 생각한 뒤에야 말을 주고 받았다. 바즈데바는 말을 좋아하는 사람은 아니었다. 그에게 말을 시키는 것은 무척 힘든 일이었다.

「당신도」

하고 싯다르타는 언젠가 그에게 물었다.

「강으로부터 시간은 존재치 않는다는 비밀을 배우셨소?」

「싯다르타여, 그렇소이다.」

하고 그는 말하였다.

「당신이 말하려고 하는 것은 이런 것일 테지요. 강이란 어디에서나 동시에 존재한다는 것, 원천에서, 강어귀에서,

폭포에서, 나루터에서, 여울에서, 바다에서, 산에서 어디서
나 동시에 존재하며, 강에는 오로지 현재가 있을 뿐 과거란
그림자도, 미래란 그림자도 없다는 것, 그런 것일 테지요?」

「그렇소.」

하고 싯다르타가 말하였다.

「그것을 깨달은 순간에 나는 자신의 생활을 바라보았
소. 그러자 이것도 강이었소. 소년 싯다르타는 장년 싯다르
타나 노년 싯다르타로부터 현실적인 것에 의해서가 아니라
그림자에 의해 떨어져 있는 것에 지나지 않았소. 싯다르타
의 전생(前生)도 과거가 아니었소. 그의 죽음과 범(梵)으로
의 부귀도 미래가 아니었소. 그 어느 것도 과거와 미래에
존재하지 않고 또한 존재하지도 않을 것이오. 모든 것은
존재하기는 하오. 하지만 본질과 현재를 가지고 있을 뿐이
오.」

싯다르타는 몹시 기쁨에 차서 말하였다. 이 깨달음이
그를 아주 행복하게 하였다. 오, 그렇다면 모든 괴로움은
시간이 아니었는가? 스스로를 괴롭히는 것도, 두려워하는
것도 시간이 아니었는가? 시간을 극복하고 시간을 생각하
지 않을 수 있게 된다면 이 세상의 모든 곤란과 장애는
제거되고 극복되지 않았겠는가? 그는 몹시 기쁜 듯이 말하
였다. 그렇지만 바즈데바는 얼굴을 빛내고 그에게 미소를
띤 채 그저 옳다는 듯 고개를 끄덕이고 있었다. 말없이
고개를 끄덕이며 싯다르타의 어깨를 어루만지고는 다시
자기의 일로 되돌아갔다.

그리고 또 어느 날, 우기(雨期)를 맞아 강물이 불어나서
세찬 소리를 내며 흐를 때, 싯다르타가 말하였다.

「친구여, 강은 정말 많은 소리를 갖고 있는 것 같군요.
왕자의 소리, 전사(戰士)의 소리, 황소의 소리, 밤에 우는

새의 소리, 산모(産母)의 소리, 탄식하는 사나이의 소리, 그리고 그 밖에도 무수한 소리를 가지고 있는 것 같지 않소?」

「그렇소.」

하고 바즈데바는 고개를 끄덕였다.

「살아 있는 모든 것의 소리가 강의 소리 속에는 있지요.」

「그렇다면 당신은 알고 있소.」

하고 싯다르타가 말을 이었다.

「강물이 갖고 있는 수천 가지의 모든 소리를 동시에 들을 수 있다면, 그때에 내는 강물의 소리는 무엇을 말하는 소리란 것을 말이오?」

행복한 듯이 바즈데바의 얼굴은 웃고 있었다. 그는 싯다르타 쪽으로 몸을 굽히고 신성한 『옴』을 그 귀에 속삭였다. 싯다르타가 들었던 것도 바로 그것이었다.

점점 그의 미소는 뱃사공의 미소를 닮게 되어서 거의 마찬가지로 밝고 행복에 넘쳐 빛났으며, 똑같이 수많은 잔주름 사이로 광채를 내고 똑같이 어린이답게 또 똑같이 늙은이답게도 되었다. 두 사람을 보는 많은 여행자들은 두 사람의 뱃사공을 보고 그들을 형제로 생각하였다. 그들은 종종 저녁때에 강가의 나무 밑둥에 나란히 걸터앉아서 말없이 강물 소리에 귀를 기울였다. 강물은 두 사람에게 있어서 강물이 아니라 생명의 소리, 존재하는 것의 소리, 영원히 생성(生成)하는 것의 소리였다. 또한 이런 일도 가끔 일어났다. 두 사람이 강물 소리에 귀를 기울이며 똑같은 것을 동시에 생각하게 되는 일이었다. 그들은 전날의 대화에 대해 그 얼굴과 운명을 잊지 못하는 한 나그네에 대해, 죽음에 대해, 그리고 그들의 유년 시절에 대해 똑같이 생각하였다. 강이 그들에게 뭔가 좋은 것을 이야기해 주면 동시에 두 사람은 똑같은 것을 생각하면서 마주 쳐다 보고 똑같은 의문에 대한 똑같은 대답을 하게 된다는 것을 무척이나 행복하게 여겼다.

이 나루터와 두 사람의 사공에게서는 뭔가 심상치 않은 분위기가 감돌고 있어 여행자들 중에 그것을 느끼는 사람 이 적지 않았다. 어떤 여행자는 두 사공 중의 어느 한 얼굴 을 물끄러미 바라본 후 자신의 생활을 이야기하기 시작하 고서는 고민을 말하고 죄지은 사실을 고백하며 위안과 충고를 구하는 일이 종종 있었다. 또 어떤 여행자는 강에 귀를 기울이기 위해 하룻밤 그들의 곁에 머물겠다고 청하 는 일도 있었다. 또한 호기심 많은 사람들이 이 나루터에는 두 사람의 현자, 또는 마술사, 또는 성자가 살고 있다는 말을 듣고, 일부러 찾아오기도 하였다. 그런 사람들은 호기 심에서 여러 가지 질문을 했지만 답을 얻지는 못하였다. 그들이 발견한 것은 마술사도 현자도 아닌 말이 없고 얼마 간 별나 보이는 멍청해진 듯한 작은 사나이에 지나지 않 은, 사람 좋은 두 노인뿐이었다. 호기심에 찾아온 사람들 은 웃으며 세상 사람이란 얼마나 어리석고 경솔하면 이런 허황된 소문을 퍼뜨릴까 하며 말을 주고 받는 것이었다.

세월은 흘러갔다. 두 사람의 어느 쪽도 그것에는 무관심 하였다. 어느 날 불타의 제자 승려들이 편력해 와서 강을 건네 주기를 청하였다. 두 뱃사공은 그 승려들로부터 그들 이 지금 위대한 스승에게로 몹시 서둘러 돌아가는 길이 며, 그 까닭은 각자(覺者)께서 위독해 곧 인간으로서의 마지막 죽음을 맞고 열반에 들 것이라는 소문이 나돌고 있다는 이야기를 들었다. 이어서 또 다른 승려들의 한 무리 가 편력해 왔다. 곧 다른 한 무리가 연달아 왔다. 승려들

뿐만이 아니라 다른 여행자나 편력자들의 대부분도 고타마의 임박해 오는 죽음에 대한 이야기만 무성하였다. 출정하는 병사들의 행렬이나 왕의 대관식 때처럼 사방에서 사람들이 무리를 지어 몰려들었다. 마치 개미 떼가 모여들 듯이 그들은 마력에 이끌려진 것처럼 위대한 불타가 죽음을 맞이하는 곳, 무언가 심상치 않은 기적이 일어난다고 하는 곳, 우주의 위대한 완성자가 죽는다고 하는 그곳으로 물밀 듯이 밀려 갔다.

싯다르타는 그 때 죽음을 맞이하고 있는, 현자이자 위대한 스승에 대해 많은 생각을 하였다. 중생을 가르쳐 수십만의 사람들을 깨우쳤고, 그 자신도 지난날 그 사람의 목소리를 들었으며, 그 사람의 신성한 얼굴을 외경의 눈을 가지고 본 적이 있었다. 그는 그리워하는 마음으로 불타를 생각하며 그 정각 성도(正覺成道)의 발자취를 눈앞에 떠올렸다. 지난날 자신이 젊었을 때 각자(覺者)에게 한 말을 생각해 내고는 미소하였다. 그것이 당돌하고 건방진 말이었다는 생각이 들자 그는 그 말을 회상하고 미소를 지었다. 이미 오래 전부터 그는 고타마로부터 떨어져 있지 않다는 것을 알고 있었다. 하지만 그의 교리를 받아들일 수는 없었다. 그렇다, 참다운 탐구자로 진실로 도(道)를 찾아내려고 하는 사람이라면 어떤 가르침도 그대로 받아들일 수는 없는 일이었다. 그렇지만 찾아낸 사람은 모든 가르침, 모든 길, 모든 목표를 받아들일 수 있었다. 그런 사람은 영원 속에 살며 신성(神聖)을 호흡하는 무수한 다른 사람들로부터 멀리하는 것은 아무것도 없었다.

그렇게 많은 사람들이 임종을 기다리는 불타를 찾아가고 있을 무렵의 어느 날, 지난날 기생 중 제일의 미녀였던 카마라도 불타를 찾아가고 있었다. 이미 오래 전부터 그녀는 과거의 생활을 청산하고 자신의 장원을 고타마의 승려들에게 바친 다음, 그 가르침에 귀의하여 순례자들의 친구이자 보호자의 한 사람이 되어 있었다. 고타마의 죽음이 임박했다는 소식에 그녀는 아들 싯다르타 소년을 데리고 검소한 차림새로 도보 여행의 길을 떠났다. 어린 아들과 같이 그녀는 강가에 이르렀다. 그렇지만 소년은 이내 지쳐버려 집에 돌아가자고 졸랐다. 또 소년은 쉬자고 보채고 먹을 것을 달라고 조르며 떼를 쓰고 울었다. 카마라는 자주 쉬어 갈 수밖에 없었다. 아이는 어머니에게 자기 고집을 내세우는 데 길들어 있었기 때문에 어머니는 아이에게 먹을 것을 주기도 하고, 달래기도 하고, 야단치기도 하였다. 아이는 왜 자기가 어머니와 같이 이런 힘들고 슬픈 편력을 하지 않으면 안 되는지 그 까닭을 알 수가 없었다. 죽음을 맞고 있다는 성자라는 웬 알지 못하는 사람을 찾아 낯선 고장으로 가야 하는지 이해할 수가 없었다. 그 사람이 죽는다는 것과 소년이 무슨상관이 있단 말인가?

그들이 바즈데바의 나루터에서 그리 멀지 않은 곳에 왔을 때, 어린 싯다르타는 또다시 어머니에게 쉬어 가자고 졸랐다. 카마라 자신도 지쳐 있었다. 소년이 바나나를 먹고 있는 동안 그녀는 땅바닥에 쭈그리고 앉아 반쯤 눈을 감고 쉬고 있었는 데 갑자기 그녀가 비명을 질렀다. 소년은 깜짝 놀라며 어머니를 보았다. 어머니의 얼굴은 새파랗게 질려 있었다. 어머니의 옷자락 밑으로는 조그마한 검은 뱀이 도망쳤다. 그 뱀이 카마라를 문 것이다.

서둘러 두 사람은 남의 도움을 받기 위해 달리기 시작하였다. 그러나 나루터 근처에 와서 카마라는 그만 쓰러지고 말았다. 이제 더는 걸을 수 없게 되었다. 소년은 비명을 지르는 한편 어머니에게 입을 맞추고 목을 껴안았다. 카마라도 아이와 함께 도와 달라고 크게 소리를 질렀다. 그 소리는 나루터에 서 있던 바즈데바의 귀에까지 들렸다. 그는 재빨리 달려와서 여자를 껴안고 나룻배로 옮겼다. 소년도 뒤따라 뛰어 왔다. 세 사람은 곧 오두막집에 당도하였다. 오두막집에서는 싯다르타가 아궁이에 불을 지피고 있는 중이었다. 그는 얼굴을 들고 우선 소년의 얼굴을 바라보았다. 그 얼굴은 싯다르타에게 지금까지 잊고 있었던 이상한 그 무엇을 상기시켜 주었다. 그리고 그는 카마라를 보았다. 정신을 잃고 바즈데바의 팔에 안겨 있었지만 카마라임을 당장에 알아보았다. 그제서야 그는 자신을 철렁하게 한 얼굴의 그 소년이 자기의 아들이라는 것을 알게 되었다.

그의 가슴이 세차게 고동쳤다.

카마라의 상처는 씻기었지만 이미 흙빛으로 변해 있었고 몸은 부어 올라 있었다. 입 안으로 물약을 부어 넣자 그녀는 겨우 의식을 회복하였다. 오두막집 안에 놓인 싯다르타의 침상에 누워 있는 그녀를 지난날 그토록 깊이 사랑했던 싯다르타가 그녀 위에서 내려다보고 있었다. 그녀에게는 꿈만 같았다. 그녀는 미소지으며 친구의 얼굴을 쳐다보았다. 한참만에야 겨우 그녀는 자신이 어떤 상황에 있는가를 깨달았으며 뱀에게 물린 기억을 되살리고는 걱정스러운 듯이 소년을 찾았다.

「아이는 당신 곁에 있으니 걱정 말아요.」

하고 싯다르타가 말하였다.

카마라는 그의 눈을 바라보았다. 그리고 이미 독으로 인해 마비된 굳어진 혀로 그녀는 말하였다.

「당신, 그 동안 많이 늙으셨군요.」

하고 그녀는 말하였다.

「머리도 하얗게 세구요. 그렇지만 전에 입었던 옷도 입지 않고, 더러운 발로 저의 장원에 들어왔던 젊은 사문과 똑같아요. 당신은 저와 카마스와미로부터 떠나간 그때보다도 지금이 훨씬 젊은 사문 시절에 가까워요. 싯다르타 당신의 눈은 젊은 사문의 눈과 똑같아요. 아, 저도 늙었어요. ── 그런데도 당신은 저를 알아보셨어요?」

싯다르타는 미소를 지었다.

「사랑하는 카마라여, 당장에 알아보았소.」

카마라는 사내 아이를 가리키며 말하였다.

「저 아이도 알아보겠어요? 당신의 자식이에요.」

그녀의 눈은 시선이 흐트러지더니 그만 감기고 말았다. 소년은 울었다. 싯다르타는 무릎에 앉히고 머리를 쓰다듬어 주면서 그대로 울도록 내버려 두었다. 어린 아이의 얼굴을 보면 그가 어린 시절에 배웠던 바라문의 기도문 생각이 났다. 천천히 노래하는 것 같은 목소리로 그것을 외기 시작하였다. 과거와 유년 시절로부터의 말들이 흘러 나오고 있었다. 그 기도문을 듣고 있는 사이에 아이는 조용해졌다가 다시 울기 시작하더니 잠들어 버렸다. 싯다르타는 아이를 바즈데바의 침상에 눕혔다. 바즈데바는 아궁이에다 밥을 짓고 있었다. 싯다르타가 그를 흘끗 보자 그도 미소로써 그 눈길에 답하였다.

「이 여자는 죽을 거요.」

하고 싯다르타가 나지막한 목소리로 말하였다.

바즈데바는 고개를 끄덕였다. 그 다정한 얼굴로 부뚜막에서 흘러나오는 불빛이 번쩍였다.

카마라는 다시 한번 의식을 되찾았다. 고통으로 인해 그녀의 얼굴은 일그러져 있었다. 싯다르타의 눈은 그녀의 입과 그녀의 창백한 뺨에서 그녀의 고뇌를 이해할 수 있었다. 조용히 주의깊게 기다리면서 그리고 그녀의 고뇌에 잠기면서 그녀의 고뇌를 이해할 것이다. 카마라는 그것을 느꼈다. 그녀의 눈길은 싯다르타의 눈을 찾았다.

그를 주시하며 그녀는 말하였다.

「이제 보니 당신의 눈은 변했어요. 정말로 변했음을 알겠어요. 그래도 당신이 싯다르타라는 것을 내가 어떻게 알았을까요? 당신은 싯다르타이면서 이전의 싯다르타가 아니군요.」

싯다르타는 잠자코 있었다. 그의 눈은 그녀의 눈을 물끄러미 들여다보고 있었다.

「당신은 소원을 이루셨지요?」

하고 그녀가 물었다.

「평화를 찾으셨나요?」

그는 미소 지으며 그녀의 손 위에 자기 손을 얹었다.

「알아요.」

하고 그녀는 말하였다.

「알아요. 알아요. 저도 평화를 찾게 될 거예요.」

「당신은 이미 평화를 찾은 거요.」

하고 싯다르타가 속삭였다.

카마라는 가만히 그의 눈을 바라보았다. 그녀는 완성된 사람의 얼굴을 보기 위해, 그 평화를 호흡하기 위해 고타마를 찾아가려고 한 사실과 그리고 싯다르타를 만난 사실도 잘 알고 있었다. 그것은 불타를 만난 것 만큼이나 잘된 일이었다. 그녀는 그런 생각을 그에게 말하고 싶었지만 혀가 이미 자기의 뜻대로 되지 않았다. 말없이 그녀는 그의 얼굴을 바라보았다. 그는 그녀의 눈에서 생명이 꺼져가는 것을 알아보았다. 최후의 고통이 그녀의 눈을 가득 채우고 흐려지게 했을 때, 그 최후의 떨림이 그녀의 전신에 번졌을 때 싯다르타의 손은 카마라의 눈을 감겨 주었다.

그는 오랫동안 그대로 앉은 채 숨진 그녀의 얼굴을 바라보았다. 오랫동안 그는 그녀의 입을, 늙고 지친 가늘어진 입을 자세히 보았다. 그리고 일찍이 젊었을 때에 그 입술을 싱싱한 무화과에 비교하였던 일을 생각하였다. 그는 오래도록 그렇게 앉아서 그녀의 창백한 얼굴과 지쳐 있는 주름살을 들여다보고 있으면서 옛날 생각으로 가슴은 벅차기만 하였다. 그리고 자신의 얼굴 역시 거기에 누워 있었다. 똑같이 창백하고 똑같이 퇴색해 있는 것이 보였다. 동시에 젊고 붉은 입술과 불타는 듯한 눈을 하고 있는 자신의 얼굴과 그녀의 얼굴도 보았다. 현재와 과거와 미래도 동시라는 감정, 영원의 감정이 그의 마음 속에 넘쳐흘렀다. 깊게, 그 어느 때보다도 깊게, 그는 그때 모든 생명의 불괴불멸(不壞不滅)과 모든 순간의 영원성(永遠性)을 느꼈다.

자리에서 일어나자 바즈데바가 그를 위해 밥을 지어놓고 있었다. 그렇지만 싯다르타는 먹지 않았다. 두 노인은 양을 키우는 외양간에 짚을 깔고 잠자리를 만들었다. 바즈데바는 자리에 눕자 마자 잠들었으나 싯다르타는 밖으로 나가서 밤새 오두막집 앞에 앉아 있었다. 강물 소리에 귀를 기울이고 과거를 돌이켜 보며 지나간 생애의 모든 시절을 더듬어 보았다. 그러다가도 이따금 일어나서 오두막집 문 쪽으로 걸어가 아이가 잘 자고 있는지 귀를 기울였다.

다음날 아침 일찍 해가 뜨기도 전에 바즈데바가 외양간에서 나와 친구 곁으로 걸어왔다.

「당신은 잠을 자지 않은 게로군.」

하고 그는 말하였다.

「바즈데바여, 그렇소. 난 여기에 앉아서 강물 소리에

귀를 기울이고 있었소. 강은 많은 것을 이야기해 주었소. 강은 위안이 되고 마음을 통일시키는 여러 가지 사상으로 나를 충족시켜 주었소.」

「싯다르타여, 당신은 불행을 경험하셨소. 하지만 살피건 대 당신의 마음 속에는 슬픔이 들어 있지는 않소.」

「그렇지요. 슬퍼할 이유가 없지 않소? 부유하고 행복했 던 난 지금은 더욱 부유하고 행복해졌소. 난 아들을 가진 것이오.」

「나 역시 당신의 아들을 기꺼이 맞겠소. 하지만 싯다르타 여, 자 일을 시작합시다. 할 일이 많소. 옛날에 나의 아내가 죽은 그 침상에서 카마라도 죽었소. 옛날에 나의 아내를 화장했던 바로 그 언덕에 카마라를 화장할 장작을 쌓도록 합시다.」

아이가 아직 잠자고 있는 동안에 그들은 장작더미를 쌓아 놓았다.

아들

아이는 훌쩍이고 울면서 어머니의 장례에 참석하였다. 싯다르타가 자신이 그의 아버지이며 이제부터는 바즈데바의 오두막집에서 같이 살자고 말해도 아이는 여전히 어두운 표정을 짓고 겁먹은 듯이 보였다. 아이는 여러 날을 죽은 어머니의 무덤 가에 앉아서 아무것도 먹지 않으려고 했으며 눈과 마음을 닫고 운명에 완강히 저항하기만 하였다.

싯다르타는 그를 돌보며 아이가 하는 대로 맡기고 아이의 슬픔을 존중하였다. 싯다르타는 아들이 그를 잘 알지 못하기 때문에 아버지처럼 사랑하지 못하는 것을 이해하였다. 그는 또한 11살의 이 아들이 응석을 부리며 자란 소년으로 어머니의 귀염둥이라는 것, 사치스러운 환경에서 자라고 맛있는 음식과 안락한 잠자리에 길들어졌으며, 하인들을 부리는 습관에 젖어서 자라났다는 것을 이해하였다. 뿐만 아니라 슬픔에 젖은 응석받이 아이가 갑자기 낯선 환경과 곤궁에 쉽사리 적응할 수 없으리라는 것도 싯다르타는 이해하였다. 때문에 싯다르타는 아이에게 아무것도 강요하지 않았으며, 아이를 위해 어떤 일이든 아끼지 않았고, 언제나 제일 맛있는 음식을 마련해 주었다. 꾸준한 인내를 가지고 다정하게 대해 주는 것으로 아이의 마음을 얻고자 마음먹었다.

소년이 처음 자기에게 왔을 때, 그는 자신을 부유하고

행복한 사람이라고 말하였다. 그렇지만 며칠이 지나도 소년
은 여전히 낯설어 하고 우울해 하였다. 그리고 건방지고
버릇없이 굴었으며, 일하기를 싫어하고 노인을 조금도
어려워하지 않았으며, 싯다르타의 과일을 훔치기까지 하였
다. 그 때문에 싯다르타는 아들이 행복과 평화를 갖고 그를
찾아온 것이 아니라 근심과 걱정을 가지고 왔다는 것을
알게 되었다. 그렇지만 그는 아이를 사랑하였다. 아이가
없는 행복과 기쁨보다 사랑의 고뇌와 걱정 쪽이 더 좋았
다.

소년 싯다르타가 오두막집에 살게 되면서 두 노인은
일을 분담하였다. 바즈데바는 다시 나룻배의 사공일을 혼자
하게 되고 싯다르타는 아들 곁에 있어야 하기 때문에 집안
일과 밭일을 맡았다.

여러 달이나 되는 시간을 들여 싯다르타는 아들이 자기
를 이해하고 자기의 사랑을 받아들여 언젠가는 그 사랑에
응해 줄 것을 기다렸다. 바즈데바도 역시 마찬가지였다.
그도 묵묵히 기다리면서 침묵을 지켰다. 그러던 어느날
소년 싯다르타가 또다시 떼를 쓰고 성질을 부려 아버지를
몹시 괴롭히며 밥공기 두 개를 깨뜨리자, 그날 저녁때 바즈
데바는 친구를 밖으로 데리고 나가서 말하였다.

「언짢게 생각하지 마시오.」

하고 그는 말하였다.

「노파심에서 당신에게 하는 말이오. 당신이 고민하고
슬퍼하는 것을 알고 있소. 당신 아들은 당신에게 걱정을
끼치고 있소. 그리고 내게도 마찬가지요. 그 어린 새는
다른 생활, 다른 보금자리에서 길들여져 왔소. 당신처럼
속세에 대한 혐오와 염증에 못 이겨 부귀와 도시를 버리고
도망쳐 나온 것이 아니오. 본의 아니게 그 모든 것을 떠나

지 않을 수가 없었던 것이오. 오, 친구여, 난 강에게 물어보았소. 자주 물어보았소. 그런데 강은 웃는 것이오. 나를 웃고, 당신을 웃는 것이오. 그리고 우리의 어리석음을 비웃었소. 물은 물을 원하고 젊음은 젊음을 원하오. 당신의 아들이 마음껏 자랄 수 있는 곳이 여기가 아닌 것 같소. 당신도 강에게 물어보시오. 강의 소리에 귀를 기울여 보시오!」

걱정스러운 듯이 싯다르타는 친구의 다정한 얼굴을 바라보았다. 그 숱한 주름살 속에 늘 변함없는 밝음이 깃들어 있었다.

「그럼 나는 그 아이와 헤어져야 한다는 말인가요?」

그는 나지막한 목소리로 부끄러운 듯이 말하였다.

「나에게 더 시간을 주시오! 나는 지금 그 아이를 얻기 위해 싸우고 있소. 그 아이의 마음을 얻으려는 것이오. 사랑과 꾸준한 인내심을 가지고 나는 그의 마음을 붙잡아 보려고 하오. 언젠가는 그 아이에게 강의 소리가 들릴 적이 있을 것이오. 나는 그렇게 해보이겠소. 그 아이도 부름을 받은 것이오.」

바즈데바의 미소는 한층 더 빛났다.

「오, 그렇소. 그 아이도 부름을 받고 있지요. 그 아이도 영원한 생명을 가지고 있소. 하지만 우리는, 당신과 나는 그 아이가 무엇을 하기 위해 부름을 받고 있는지, 어떤 길, 어떤 행위, 어떤 고뇌를 통해 부름을 받게 될지, 과연 알고 있는 것일까요? 그 아이의 고뇌는 많은 것이오. 그 아이의 마음은 오만하고 고집스럽소. 그런 인간은 끊임없이 고뇌하고, 방황하며, 끊임없이 부정한 짓을 저지르고, 죄를 짓지 않으면 안 되는 거요. 친구여, 말해 보시오. 당신은 그 아이를 교육하려고 하는 것이오? 그렇다면 아이에게 강요하는 일이 있지 않소? 아이를 때리지는 않소? 벌 주지는 않소?」

「아니요. 바즈데바여, 난 그렇게는 하지 않소.」

「그건 나도 잘 알고 있소. 부드러운 것이 굳센 것보다 오히려 강하고, 물은 바위보다 강하며, 사랑은 힘보다 강하다는 것을 당신은 알고 있기 때문에 당신은 그 아이에게 강요하지도 않고 때리지도 않으며 명령하지도 않는 것이오. 매우 좋소. 당신을 칭찬하지요. 하지만 당신이 아이에게 강요하지 않고 벌을 주지 않겠다고 생각하는 것은 착각이 아닐까요? 당신은 사랑으로 그 아이를 속박하고 있는 건 아닌가요? 당신은 그 아이에게 매일같이 수치감을 주고 있지는 않은가요? 당신의 친절과 인내로 그 아이에게 더 고통을 주고 있는 건 아닌가요? 그 오만하고 응석부리며 자란 소년에게 강요하여 바나나로 연명하게 하고, 쌀밥만 먹어도 진미로 여기는 두 노인과 같이 오두막집에서 살고 있게 하는 것은 아닌가요? 노인들의 생각은 그 아이의 생각일 수 없고, 노인들의 마음은 차분해 그 아이의 마음과는 마음씀이 다른 것이오. 그 아이는 그런 일로 강요당하며 벌을 받고 있는 것은 아닌가요?」

흠칫하고 싯다르타는 땅바닥을 보며, 나지막한 소리로 물었다.

「내가 어떻게 하면 좋다고 당신은 **생각하시오?**」

바즈데바는 말하였다.

「아이를 도시로 보내시오. 그 아이의 어머니 집으로 데려 가시오. 그곳에는 아직 하인들이 있을 것이오. 그들에게 넘겨 주는 것이 좋겠소. 하인들이 한 사람도 남아 있지 않으면 선생을 찾아 맡기시오. 가르침을 받게 하기 위해서가 아니라 다른 소년 소녀들과 같이 있게 하기 위해서요.

그 아이의 세계인 속세에 합류시키기 위해서요. 당신은 그런 생각을 해본 적이 없소?」

「당신은 내 마음을 꿰뚫어 보고 있소.」

하고 싯다르타는 슬픈 듯이 말하였다.

「나는 자주 그런 생각을 하였소. 하지만 편한 마음을 갖고 있지 않은 그 아이를 어떻게 속세에 내보낼 수 있단 말이오? 그 아이는 사치스러워지지 않을까요? 쾌락과 권력에 빠지지는 않을까요? 아버지가 저질렀던 잘못을 되풀이하지는 않을까요? 윤회의 소용돌이 속에 완전히 빠져드는 것은 아닐까요?」

뱃사공의 미소가 밝게 빛났다. 그는 다정하게 싯다르타의 팔을 잡으며 말하였다.

「친구여, 그것을 강에게 물어보면 어떻겠소? 강이 그것을 웃고 있는 걸 들어보시오! 당신은 자신이 어리석은 짓을 저지른 것은 아들에게 그런 짓을 되풀이하지 않도록 하기 위해서 그렇게 했다고 생각하시오? 도대체 윤회의 소용돌이에 빠지지 않도록 보호할 수 있겠소? 도대체 어떻게? 가르침을 통해서인가요? 기도를 통해서인가요? 또는 훈계를 통해서인가요? 당신은 그 이야기를 잊으셨소? 언젠가 여기 이 자리에서 내게 들려 준 바라문의 아들 싯다르타의 그 교훈에 찬 이야기를 당신은 아주 잊었단 말이오? 사문 싯다르타를 윤회에서, 죄악에서, 탐욕에서, 어리석음에서 지켜 준 것은 누구였소? 아버지의 신앙, 아버지가 가르친 훈계, 자신의 지식, 자신의 구도(求道)가 그를 지킬 수 있었던가요? 스스로 삶을 살고, 스스로 삶을 더럽히고, 스스로 죄를 짊어지고, 스스로 쓰라린 삶을 겪고, 스스로 자신의 길을 찾으려는 데 대해 어떤 아버지, 어떤 스승이 그를 지킬 수 있단 말이오. 이 길이 누군가에게는 면제된다

고 믿으시오? 당신이 아들을 사랑한다고 해서, 아들을
위해 고뇌와 고통과 실망을 면제해 주고 싶어한다고 해서
그렇게 해줄 수 있다고 생각하시오? 비록 당신이 열 번을
그를 위해 죽는다고 해도, 그것으로 그 아이가 걷게 될
운명의 가장 작은 부분조차도 덜어 주지는 못할 것이오.」

바즈데바가 그렇게 많은 말을 한 것은 처음 있는 일이었
다. 싯다르타는 정중히 감사하다는 말을 하고 걱정스러운
듯이 오두막집 안으로 들어갔으나 오랫동안 잠을 이룰
수가 없었다. 바즈데바가 한 말은 모두 그가 이미 생각하고
알고 있었던 일이었다. 하지만 그것은 그에게 있어서 실행
할 수 없는 하나의 지식에 지나지 않았다. 아이에 대한
그의 사랑은 그 지식보다 강하였고, 아이를 잃는 데 대한
불안 역시 그 지식보다 더 강하였다. 언제, 무엇에 대해,
그토록 그는 마음을 빼앗긴 적이 있었는가? 언제 누구에게
그토록 맹목적으로, 그토록 고통스럽게, 그토록 보람없이
게다가 그토록 행복하게 사랑한 적이 있었던가?

싯다르타는 친구의 충고를 따를 수가 없었다. 자식을
남의 손에 넘길 수 없었다. 그는 아이의 명령에 따르고
경멸당하였다. 그는 묵묵히 기다렸다. 매일같이 친절과
인내의 소리없는 싸움을 벌였다. 바즈데바 역시 묵묵히
기다렸다. 사정을 잘 알고 있으므로 우정을 가지고 느긋하
게 기다렸다.

어느 때 소년의 얼굴이 몹시 카마라를 생각나게 하자,
싯다르타는 문득 카마라가 지난날 젊었을 때에 한 말을
떠올리지 않을 수 없었다.

「당신은 사랑을 할 수 없는 사람이에요.」

하고 그녀는 그에게 말하였다. 그때 그는 그녀의 말을
시인하며 자신을 하나의 별에 비유하고 소인배들을 떨어지

는 나뭇잎에 비유했었다. 그렇지만 그는 그녀의 말 속에서 비난하는 느낌을 받았다. 사실 그는 여태까지 한 번도 다른 사람에게 빠져버리거나, 희생하거나, 이성을 잃거나, 다른 사람의 사랑 때문에 어리석은 짓을 할 수가 없었다. 그렇게 하려고 해도 그럴 수가 없었다. 그것이야말로 자신을 소인 배들과 구분짓는 크나큰 차이점이라고 그는 생각하였다. 그렇지만 지금 아들이 나타나고서는 싯다르타 자신도 완전 이 소인배가 되고 말았다. 한 인간 때문에 괴로워하고, 한 인간을 사랑하며, 또한 사랑에 열중한 나머지 그 사랑 때문에 바보가 되고 말았다. 만년에 와서 일생에 단 한 번 가장 강렬하고 야릇한 애정을 느끼고 그것에 슬프도록 괴로워하였다. 하지만 마음은 행복하였다. 얼마간은 새로워 지고 얼마간은 풍족함을 더한 것 같았다. 자식에 대한 맹목 적인 이 사랑은 번뇌이며, 극히 인간적인 것이라는 것, 그것이 윤회이고, 슬픔의 근원이며, 번뇌와 고통이라는 것을 충분히 느끼고는 있었지만, 동시에 그것이 무가치한 것은 아니라는 것과 필연적이며, 자신이 살아가는 존재의 본질에서 나왔다는 것을 느끼고 있었다. 이런 욕망도 충족 되어야 하고, 이런 고통도 맛보아야 하며, 이런 어리석은 짓도 해야만 한다는 생각이 들었다.

아들은 아버지로 하여금 그런 어리석은 짓을 저지르게 하고 비위를 맞추게 하였으며 매일같이 변덕에 굴복시켰 다. 이 아버지는 아들의 마음을 잡을 수 있을 만한 것을 가지지 못했고, 또 아들에게 두려움을 줄 만한 아무것도 가지고 있지 못하였다. 이 아버지는 좋은 사람이었다. 선량 하고 친절하며 정다운 사람이었다. 어쩌면 신심이 두터운 사람이거나 성자(聖者)였을지도 모른다. —— 그런 것은 모두 소년의 마음을 사로잡을 수 있는 성질의 것은 아니었다.

그를 초라한 오두막집에 붙잡아 두는 이 아버지가 그에게는 따분하기만 하였다. 그가 어떤 버릇없는 짓을 해도 미소를 띠고 어떤 욕을 해도 다정하게 대하며, 어떤 심술을 부려도 친절하게 대하는 것, 그것이야말로 바로 이 음험한 노인의 가증스런 흉계였다. 소년은 아버지로부터 위협받고 학대받는 쪽이 훨씬 좋았다.

소년 싯다르타의 마음이 폭발하여 드러내 놓고 아버지에게 대드는 날이 오고야 말았다. 아버지는 그에게 일을 시켰다. 땔감을 모아 오도록 시킨 것이다. 그렇지만 소년은 오두막집에서 나가지 않고, 반항적으로 버럭버럭 화를 내고서, 마룻바닥을 쾅쾅 구르며 주먹을 불끈 쥐고는 아버지에게 정면으로 증오와 경멸적인 심한 말을 폭발적으로 퍼부었다.

「당신이 직접 해오란 말이야!」

하고 그는 입에서 게거품을 뿜으면서 소리를 질렀다.

「나는 당신의 노예가 아니야! 당신은 나를 때리지 못한다는 것을 알고 있어. 당신에게는 그런 용기가 없어. 당신은 신심과 너그러움으로 끊임없이 나를 벌하며, 주눅이 들게 하려고 하는 거야. 나를 당신처럼 신심이 두텁게, 조용하게, 지혜롭게 만들자고 그렇게 하는 거야! 하지만 잘 들어. 나는 당신 같이 되기보다는 당신을 괴롭히기 위해 차라리 노상 강도나 살인자가 되어 지옥으로 가겠어! 나는 당신을 미워해. 당신은 우리 아버지가 아니야. 비록 열 번을 내 엄마의 애인이었다고 해도 당신은 내 진짜 아버지가 아니야!」

분노와 원한이 소년의 몸 안에서 부글부글 끓어올라 난폭하기 짝이 없는 갖은 욕설이 되어 아버지를 향해 쏟아져 나왔다. 그리고 소년은 밖으로 뛰쳐나갔다가 밤이 늦어서야 돌아왔다.

하지만 다음날 아침 소년은 사라지고 말았다. 뱃사공이 뱃삯으로 받은 동전과 은화를 넣어 두는 두 가지 색깔의 섬유로 짠 작은 바구니와 나룻배가 없어졌다. 그것이 강 건너 언덕에 있는 것을 싯다르타는 발견하였다. 소년은 도망친 것이었다.

「나는 그 아이의 뒤를 쫓아가야겠소.」

하며 소년의 온갖 욕설을 들은 어제 이후 비탄에 젖어 있던 싯다르타가 말하였다.

「어린 아이 혼자서는 숲을 빠져나갈 수가 없소. 그 아이는 죽게 될 거요. 바즈데바여, 강을 건너가자면 뗏목을 엮어야겠소.」

「뗏목을 엮읍시다.」

하고 바즈데바가 말하였다.

「아이가 타고 도망친 나룻배를 되찾아오기 위해서요. 아이는 그냥 도망치게 내버려 두는 게 좋겠소. 그 아이는 이제 어린 아이가 아니요. 어떻게 잘해 나갈 수 있을 거요. 그 아이는 도시로 가는 길을 찾아간 것이오. 무리도 아니지요. 그것을 잊지 마시오. 그 아이는 당신이 실행하고 실패한 일을 하고 있는 거요. 자신의 길은 제 스스로 해나가며 자기 길을 가는 것이오. 싯다르타여, 당신은 괴로워하고 있소. 하지만 당신이 괴로워하는 고통을 사람들은 웃을 것이오. 당신 자신도 언젠가는 웃게 될 것이오.」

싯다르타는 대답하지 않았다. 그는 이미 손에 도끼를 들고서 대나무로 뗏목을 엮기 시작하고 있었다. 바즈데바도 그를 도와 새끼로 뗏목을 엮었다. 그리고 두 사람은 강을 건너갔지만 멀리 하류로 밀려가서 겨우 건너편 언덕에 도착하여 뗏목을 끌어올렸다.

「어째서 당신은 여기까지 도끼를 가지고 오셨소?」

하고 싯다르타가 물었다.

바즈데바는 말하였다.

「나룻배의 노가 없어졌을지도 모르기 때문이오.」

싯다르타는 친구의 그런 생각을 짐작하고 있었다. 아이는 앙갚음을 하고 추적을 방해하기 위해 노를 강에 버리거나 부러뜨려 버렸을 것이라고 생각하는 것이 틀림없었다. 예상대로 노는 배 안에 없었다. 바즈데바는 나룻배 안을 가리키며, 미소를 띠고 친구의 얼굴을 보았다.

『아들이 당신에게 무엇을 말하고 싶어하는지 그것을 모르겠소? 아들은 추적당하는 것을 원치 않는다는 사실을 당신은 모르겠소?』

그렇지만 그는 그것을 입 밖에 내어 말하지는 않았다. 그는 노를 다시 만드는 일에 착수하였다. 그렇지만 싯다르타는 도망친 자식을 찾기 위해 길을 떠났다.

숲속을 한참 헤매고 다니던 싯다르타는 찾아보아도 헛일일 것이라는 생각이 들었다. 소년은 벌써 일찌감치 시내에 당도했거나 그렇지 않고 아직 길을 가고 있는 도중에 있다고 해도 추적하는 그에게서 모습을 감출 수 있을 것이다. 그렇게 생각하고 또다시 생각해 보니 자신은 자식의 일을 걱정하고 있지 않으며, 자식이 죽지 않았을 뿐만 아니라, 숲속에서 위험을 당하고 있지도 않다는 것을 마음 속으로 알고 있다는 것을 깨닫게 되었다. 그는 쉬지 않고 줄곧 달렸다. 이제는 자식을 구하기 위해서가 아니라 자식을 한 번 더 만나고 싶다는 욕망에서였다. ── 그는 시내가 보이는 바로 근처까지 달렸다.

시내 근처의 큰길에 당도하자 그는 아름다운 유원(遊園)의 입구에 멈춰섰다. 일찍이 카마라의 소유였던 장원으로 가마에 타고 있던 그녀를 처음 본 곳이었다. 당시의 일이 그의 마음에 되살아났다. 먼지투성이의 머리에 수염이 덥수룩하고 무일푼의 젊은 사문이 서 있는 모습이 다시 눈에 보였다. 한참 동안을 거기에 서서 열린 문을 통해 정원 안을 들여다 보았다. 황의(黃衣)의 승려들이 아름다운 나무 숲 아래를 거닐고 있는 것이 보였다.

깊은 생각에 잠기어 눈앞에 펼쳐진 광경을 바라보고 자신의 지난 생애의 역사에 귀를 기울이면서 그렇게 그는 한참 동안 서 있었다. 고개를 들어 승려들 쪽을 보자, 승려들 대신에 젊은 싯다르타와 아름다운 카마라가 높은 나무 밑을 거닐고 있는 것이 보였다. 카마라에게서 후한 대접을 받고 그녀의 첫 입맞춤에 우쭐해서 바라문 시절을 멸시하듯이 뒤돌아보았으며, 득의양양해 하며 욕망을 안고 세속의 생활을 시작한 광경이 선명하게 눈에 보였다. 카마스와미와 하인들과 연회와 노름꾼과 악사와 새장에 들어 있는 카마라의 새도 보였다. 그 모든 것이 되살아나 윤회를 호흡하고 다시 한 번 늙어 지치고, 다시 한 번 혐오감을 느끼고, 다시 한 번 자신을 없애 버리고 싶은 욕망을 느끼고 다시 한 번 성어(聖語) 『옴』에 의해 되살아났다.

장원 문 앞에 그렇게 서 있는 동안 그는 자신을 이곳까지 몰고 왔던 욕망이 어리석었다는 것, 자기로서는 자식을 도와줄 수 없다는 것, 그리고 자식에게 집착해서는 안 된다는 것을 깨닫게 되었다. 그는 도망친 아들에 대한 사랑을 상처처럼 가슴 속 깊이 느꼈다. 동시에 이 상처는 자신을 아프게 하기 위해 죽어진 것이 아니라, 이 꽃을 피우고 빛나지 않으면 안 된다는 것도 알게 되었다.

이 상처가 지금까지도 아직 꽃을 피게 하지 않고 빛나지 않는 것이 그를 몹시도 슬프게 하였다. 이곳으로 도망친 자식을 뒤쫓아 오게 한 소망의 목표 대신에 지금 거기에 있는 것은 허전한 마음뿐이었다. 슬픔에 젖어서 주저앉은 그는 자신의 마음 속에서 무엇인가 죽어가는 것을 느꼈다. 오직 공허한 마음 뿐이고 이제 기쁨이나 목표는 보이지 않았다. 그는 침울하게 앉아서 기다렸다. 그가 강가에서 배운 것은 기다리는 것과 참는 일과 귀를 기울이는 그것이었다. 그는 거리의 먼지를 뒤집어쓰고 앉아서 귀를 기울였다. 자신의 마음이 지쳐서 슬프게 고동치는 것에 귀를 기울이고 하나의 소리를 기다렸다. 여러 시간 동안 그는 웅크리고 앉아서 귀를 기울이면서 기다렸다. 이제는 환상도 보이지 않았고, 그는 허전한 마음 속으로 빠져들어갔다. 어떤 길도 보이지 않았으므로 빠져들어가는 대로 맡겼다. 상처가 쑤시기 시작하면 그는 소리없이 『옴』을 외고, 『옴』으로 마음을 채웠다. 정원 안에 있던 승려들이 그를 보았다. 그가 장시간을 웅크리고 앉아서 그 백발에 먼지를 뒤집어쓰고 있자, 한 승려가 와서 바나나 두 개를 그의 앞에 놓았으나 노인은 그것을 거들떠 보지도 않았다.

이렇게 하여 무감각해진 상태에서 그의 어깨에 닿은 손이 그를 깨어나게 하였다. 부드럽고 조심스럽게 닿은 손이 누구의 손인지 그는 당장에 알아차렸다. 그는 제 정신으로 돌아왔다. 그는 일어서서 그의 뒤를 쫓아온 바즈데바에게 인사를 하였다. 그리고 바즈데바의 다정한 얼굴과 미소로 가득 찬 잔주름과 밝은 눈을 보자, 싯다르타도 미소지었다. 바나나가 앞에 놓여 있는 것을 보고 그것을 집어 한 개는 바즈데바에게 주고 한 개는 자신이 먹었다. 그리고 그는 말없이 바즈데바와 같이 숲속을 지나 나루터로 돌아왔다. 오늘 일에 대해서는 두 사람 다 아무 말도 하지 않았다. 소년의 이름이나 소년의 도주에 대해서도 상처에 대해서도 말하지 않았다. 오두막 집에 들어서자 싯다르타는 곧바로 침상에 누웠다. 잠시 후 바즈데바가 한 공기의 야자 유액을 들고 그에게로 갔을 때, 싯다르타는 벌써 잠들어 있었다.

옴

한동안 상처는 여전히 쑤셨다. 싯다르타는 아들이나 딸을 거느린 많은 여행자들을 대안으로 건네 주어야만 했다. 그런 사람들을 볼 때마다 그는 부러워하며, 『이렇게 수천이 나 되는 많은 사람들이 더할나위없는 타고난 행복을 누리고 있다. ── 어째서 나만은 누리지 못하는 것인가? 악인이나 도적이나 강도라도 자식을 가지고 있으며, 서로가 사랑하고 있는데 나만은 그렇지 못하다.』고 생각하였다. 그는 이처럼 단순하게 지성이 없는 생각을 하였다. 그토록 그는 소인배들과 닮아 있었던 것이다.

이제 그는 전과는 다른 눈으로 사람들을 보게 되었다. 전처럼 현명하게 내려다보는 식이 아니라, 더 따뜻하고 더 강한 관심과 동정심을 가지고 보게 되었다. 평범한 부류의 여행자들, 소인배, 상인, 군인, 여자들을 배로 건네 줄 때도, 이런 사람들이 이전처럼 생소하게는 생각되지 않았다. 그는 그들을 이해하였다. 그러나 사상이나 견식(見識)에 의해서가 아니라 한결같이 본능이나 희망에 의해 이끌려지고 있는 그들의 생활을 함께 하였다. 그리고 자신을 그들과 똑같은 인간으로 느꼈다. 그는 완성의 경지에 가까이 와 있고 최후의 상처를 참고 있는 몸이기는 했지만, 이들 소인배는 자신의 형제이고, 그들의 허영이나 욕망이나 우스꽝스러운 소행도 그에게 있어서는 우스꽝스럽지 않고 이해할 수 있는 것이었으며, 사랑할 만한 것이었고 나아가서는 오히려 존경할 만한 것이 되었다. 자식에 대한 어머니의 맹목적인 사랑, 외아들에 대한 아버지의 자만에 빠진 어리석은 맹목적인 자랑, 허영에 들뜬 젊은 여자가 치장이나 감탄하는 남자의 눈을 끌려는 맹목적인 분별없는 노력, 이같은 모든 본능, 유치한 소행, 단순하고 어리석기는 하지만 지나치게 강렬하며, 강하게 살고, 강하게 자기를 관철하려고 하는 본능이나 욕망은 이제 싯다르타에게 있어서는 유치한 소행으로 여겨지지 않았다. 그런 것들 때문에 인간이 살아가고 있는 것을 그는 보았다. 그런 것 때문에 끝도 없는 짓을 하고, 여행을 하고, 전쟁을 하고, 끝도 없는 것을 괴로워하고, 끝도 없는 것을 참는 것을 보았다. 그 때문에 그는 그들을 사랑할 수 있었다. 그들의 모든 번뇌와 그들의 모든 행위에서 생명과, 존재하는 것과, 파괴할 수 없는 것과 범(梵)을 보았다. 맹목적인 힘과 강인성 때문에 사람들은 참으로 사랑스럽고 감탄할 만한 존재였다. 지자(知者)나 사색가가 그들보다 나은 점이 있다면, 단 한 가지의 사소한 것이 있을 뿐이었다. 그것은 모든 생명의 통일의식과 의식된 사상이 있다는 것뿐이었다. 그리하여 싯다르타는 가끔 이런 지식이나 사상이 과연 그처럼 지나치게 높이 평가할 만한 것인지 그나마 사색하는 소인배의 어린애 장난같은 것이 아닌지 의심하지 않을 수 없었다. 다른 모든 점에서는 세상 사람들도 현자(賢者) 같았으며, 어떤 면에서는 현자를 능가하고 있었다. 짐승들조차 어떤 경우에 있어서는 그 결단력과 강인함에 있어서 인간보다 뛰어나게 보일 적이 있는 것처럼 세상 사람들도 다를 바가 없었다.

싯다르타의 마음 속에서 도대체 지혜란 무엇인가, 자신의 오랜 탐구의 목표는 무엇인가, 하는 것에 대한 인식과 지식이 서서히 꽃을 피우고 성숙해 가고 있었다. 그것은 모든 순간에 생활의 한가운데서 통일된 사상을 생각하고 느끼며 호흡할 수 있는 영혼의 준비이며 능력이고 비술(秘)임이 틀림없었다. 그것이 그의 마음 속에서 서서히 꽃을 피우기 시작하였으며 바즈데바의 늙은 동안(童顔)에서도 그를 향해 반사되어 나왔다. 즉 조화와 세계의 영원한 완전성에 대한 인식, 미소 그리고 통일이.

그렇지만 상처는 여전히 아팠다. 싯다르타는 고통스러우면서도 절실하게 자식을 그리워하며, 애정을 마음에 키우고 고통이 자신을 좀먹도록 내버려 두고서 사랑에 대한 온갖 어리석은 짓을 저질렀다. 이 불길은 저절로 꺼지지는 않았다.

어느 날 상처가 심하게 아파오자, 싯다르타는 자식에 대한 그리운 마음을 억제치 못해 배를 타고 강을 건넜다. 시내로 가서 자식을 찾을 생각이었다. 강물은 평화롭게 소리도 없이 조용히 흐르고 있었다. 건조기였으나 강물 소리는 기묘하게 울려 왔다. 그 소리는 웃고 있었다. 아니, 강물은 분명히 웃고 있었다. 늙은 뱃사공을 껄껄대며 분명히 비웃었다. 싯다르타는 멈춰 서서 좀더 잘 들을려고 물 위로 몸을 굽혔다. 조용히 흐르는 물 속에 자신의 얼굴이 비치는 것을 보았다. 비쳐진 그 얼굴에는 기억을 일깨워 주는 것, 무언가, 무언가 잊어 버린 것이 있었다. 생각해 보니 이 얼굴은 그 옛날 그가 잘 알고 사랑하였으며, 두려워하기도 한 어떤 얼굴과 너무나 닮고 있었다. 그것은 바로 바라문인 아버지의 얼굴임을 알게 되었다. 그 옛날 청년시절에 고행자를 따라가게 해달라고 아버지에게 졸라대던 일, 아버지와 작별하던 일, 그리고 그렇게 헤어진 이후로 다시는 돌아가지 않았던 일들이 생각났다. 자신이 지금 자식 때문에 고통을 받고 있듯이 그의 아버지도 자기 때문에 똑같은 고통을 당한 것은 아닐까? 그 아버지는 벌써 오래 전에 아들을 못 보고 돌아가신 것은 아닐까? 그 자신 역시 똑같은 운명을 기다리지 않으면 안 되는 건 아닐까? 반복되는 이런 숙명적인 윤회 속의 순환은 기이하고도 어리석은 희극이 아니고 무엇이겠는가?

강은 웃었다. 확실히 웃었다. 끝까지 괴로움을 겪고도 해결되지 않았던 것은 모두가 다시 되돌아오기 마련이었다. 되풀이하여 똑같은 번뇌에 시달리기 마련이었다. 싯다르타는 다시 배를 타고 오두막집으로 되돌아오고 말았다. 아버지와 자식을 그리워하면서 강에게 비웃음을 사고, 자기 자신과 싸우며, 절망을 느끼며, 또 그에 못지않게 자신과 온 세상을 향해 큰소리로 웃어 주고 싶은 심정을 가누지 못하는 것이었다. 아, 아직도 그의 상처는 아물지 않았고, 연전히 그의 마음은 운명에 거역하고 있었으며, 아직도 그의 고뇌에서는 밝은 빛과 승리의 빛은 비치지 않았다. 그렇지만 그는 희망을 느꼈다. 오두막집으로 돌아오자 경청(傾聽)의 명수인 바즈데바에게 자신이 속마음에 간직하고 있는 생각의 전부를 모두 털어놓아야 한다는 간절한 충동을 느꼈다.

바즈데바는 오두막집 안에 앉아 바구니를 엮고 있었다. 그는 이제 나룻배를 타지 않았다. 그의 시력은 약해져 있었다. 시력 뿐만 아니라 팔도 손도 힘을 잃었다. 변함없이 아름다운 것은 기쁨과 밝고 호의에 가득 찬 그의 얼굴 뿐이었다.

싯다르타는 고령의 노인 옆에 앉아 천천히 이야기를 시작하였다. 그들이 여태까지 한 번도 이야기를 나누지 않았던 것, 즉 그때 시내로 갔던 일에 대해, 상처가 쑤시듯 아프기만 **했**던 일에 대해, 행복한 아버지들을 보면 부러워

지기만 하던 일에 대해, 그런 욕망의 어리석음을 자각한
일에 대해, 하지만 그것과 헛되이 싸우고 있는 일에 대해
그는 새삼스럽게 이야기하였다. 죄다 고백하고 뭣이든지
이야기할 수 있었다. 가장 고통스러운 일도 남김없이 이야
기하고 내보였다. 그렇게 죄다 이야기할 수가 있었다.
그는 자신의 상처를 보여주었으며, 오늘 자신이 도망쳤던
일도 이야기하였다. 시내로 갈 생각에서 어린 아이처럼
탈주자가 되고 강을 건너 간 일, 그리고는 강이 웃었다는
이야기도 하였다.

그가 그렇게 장황하게 이야기하고 바즈데바 역시 조용한
얼굴로 이야기를 들어주고 있는 동안, 이야기를 듣는 바즈
데바의 그 태도가 전에 없이 진지하다는 것을 싯다르타는
느꼈다. 자신의 고통이나 불안이 바즈데바의 마음에 흘러들
어가고 또 자신의 은밀한 희망이 거기에서부터 다시 흘러
나오고 있음을 느꼈다. 이 경청자에게 상처를 보여주는
것은 상처를 강에 담그고 차게 하여 강과 하나가 되게
하는 것과 같았다. 이렇게 계속 이야기하고 계속 참회하는
동안에 싯다르타는 자신의 이야기를 듣고 있는 것은 이제
바즈데바가 아니다. 인간이 아니라 꼼짝도 하지 않고 이야
기를 듣고 있는 이 사람은 나무가 빗물을 빨아들이듯 자기
의 참회를 빨아들이고 있다. 꼼짝도 하지 않는 이 사람은
강 그 자체이고, 신 그 자체이며, 영원한 것 그 자체라는
것을 더욱더 강하게 느끼게 되었다. 싯다르타는 자신과
자신의 상처에 대한 생각이 적어지고 있는 동안에, 바즈데
바의 본질이 달라졌다고 하는 인식에 마음을 빼앗겼다.
그것을 깊이 느끼고, 그것에 깊이 들어갈수록 모든 일이
정상이고 자연스러운 것이다. 바즈데바는 이미 오래 전에
아니, 언제나 그러했던 것이다. 다만 그 자신만이 그것을

완전히 인식하지 않았던 것이다. 아니, 그 자신이 이 사람과 별로 다를 것이 없으며 이것은 더욱더 분명하고 명백하게 되었다. 그는 자신이 지금 바즈데바를 사람들이 신을 보듯이 바라보고 있지만 그것이 영속될 수 없다는 것을 느끼고 있었다. 그는 마음 속으로 바즈데바에게 작별을 고하였다. 그래도 그의 이야기는 계속되었다.

그가 이야기를 마치자 바즈데바는 얼마간 기운을 잃은 듯하지만, 다정한 눈길을 그에게로 돌리고 아무 말도 하지 않았다. 그러나 말없는 가운데 사랑과 밝은 이해와 인식을 그를 향해 빛나게 하였다. 그는 싯다르타의 손을 잡고, 강가의 늘 가는 자리로 데리고 가서 함께 자리잡고 앉아 강을 향해 미소를 띠었다.

「당신은 강이 웃는 소리를 들었소.」

하고 그는 말하였다.

「하지만 당신은 웃음소리를 죄다 들은 것이 아니오. 귀를 기울이고 들어봅시다. 더 많은 소리를 듣게 될 것이오.」

두 사람은 귀를 기울였다. 강의 다양한 소리가 조용히 울리고 있었다. 싯다르타는 물 속을 들여다보았다. 흐르는 물 속에 여러 가지의 모습이 나타났다. 자식 때문에 슬퍼하는 외로운 아버지의 모습이 보였다. ── 아들의 모습도 나타났다. 아들 역시 젊은이의 소망에 불타는 궤도를 탐욕스럽게 돌진하는 외로운 모습이었다. 그 모습들은 각기 목표를 향하고, 그 목표에 사로잡혀 각각 괴로워하고 있었다. ── 강은 괴로워하는 소리로 노래를 불렀다. 애타게 그리워하듯이 노래를 불렀고, 애타게 그리워하듯이 목표를 향해 흐르고 있었다. 마치 그 소리는 호소하는 것 같이 들려왔다.

「듣고 있소?」

144

하고 바즈데바는 말없는 시선으로 물었다. 싯다르타는 고개를 끄덕였다.

「좀더 잘 들어보시오!」

하고 바즈데바가 속삭였다.

싯다르타는 좀더 잘 들어보려고 애를 썼다. 아버지의 모습과 아들의 모습이 어울려서 흘렀다. 카마라의 모습도 나타났다가 사라져 갔다. 고빈다의 모습도, 그 밖의 다른 모습들도 나타나 어울리고는 모두 강물이 되었다. 모두가 강물로서 목표를 향해 흘러 갔다. 그것은 동경하며 욕망에 몸부림치고 괴로워하였다. 강물의 소리는 동경에 넘쳐 울리고 불타는 듯한 괴로움과 억제할 수 없는 욕구에 넘쳐서 울렸다. 목표를 향해 한결같은 마음으로 흘러 갔다. 강물이 서두르는 것을 싯다르타는 보았다. 강물은 그 자신과 그의 부모와 그가 만난 적이 있는 모든 사람들로 이루어져 있었다. 모든 물결은 고뇌하며 목표를 향해 빠르게 흘러 갔다. 그것들은 수많은 목표를 향해, 호수를 향해, 여울을 향해, 바다를 향해 흘러 갔다. 그리하여 모든 목표에 도달했다. 어느 목표에도 새로운 목표가 이어져 생겼다. 물은 수증기가 되어 하늘로 오르고, 비가 되어 하늘로부터 떨어져 샘물과 시냇물과 강물이 되고, 또다시 새로운 목표를 향해 흘러 갔다. 그렇지만 동경하는 그 소리는 변하였다. 그 소리는 여전히 고뇌하고 탐색하듯 울렸지만 다른 소리가 끼어 있었다. 기쁨과 괴로움의 소리, 선한 소리와 악한 소리, 웃는 소리와 탄식의 소리 수백 수천의 소리가 들려왔다.

싯다르타는 귀를 기울였다. 그도 이제는 완전히 듣는 사람이 되고, 듣는 일에 몰두하였다. 완전히 마음을 비우고 오로지 듣는 데에만 심취하였다. ── 이제 그는 듣는 일에 완전히 이골이 나 있었다. 이제까지 그는 자주 강물 속의 그 모든 소리를 들었지만 오늘은 새롭게 들렸다. 그는 이미 많은 소리를 구별할 수 없었다. 흐느껴 우는 소리에서 즐거운 소리를, 어른의 소리에서 어린 아이의 소리를 구별할 수가 없다. 그 모든 소리는 한데 얽혀 있었다. 그리움의 탄식 소리와 지자(知者)의 웃음소리, 분노의 울부짖음과 죽어 가는 사람의 신음소리, 그것은 모두 한데 얽혀 있었다. 모든 것이 서로 얽히고 섥켜 수천 가지로 뒤얽혀 있었다. 모든 목소리, 모든 목표, 모든 동경, 모든 고뇌, 모든 쾌감, 모든 선과 악, 그 모든 것이 한데 뒤섞인 것이 세계였다. 모든 것이 합쳐진 것이 현상(現象)의 강과 삶의 음악이었다. 싯다르타가 천 가지 소리인 그 강물 소리를 주의깊게 들을 때, 고뇌에도 웃음소리에도 귀를 기울이지 않고 들을 때, 그의 영혼이 무언가 한 소리에 얽매이지 않고 자아를 그 속에 투입함이 없이 모든 것을, 그 전체를, 통일을 들을 때, 천 가지 소리의 위대한 노래는 단 한 마디의 말, 즉 완성을 뜻하는 말 『옴』으로 이루어져 있었다.

「듣고 계시오?」

하고 바즈데바의 눈길은 또 물었다.

바즈데바의 미소가 밝게 빛났다. 그의 늙은 얼굴의 주름살 전체 위에 미소가 빛나는 것같이 떠올라 있었다. 강의 소리 전체 위에 『옴』이 떠 있는 것 같이 친구의 얼굴을 바라보면 그 미소가 밝게 빛났다. 그러자 이번에는 싯다르타의 얼굴에도 똑같은 미소가 밝게 빛났다. 그의 상처가 꽃을 피운 것이며, 그의 고뇌가 빛을 발하고 그의 자아가 통일 속으로 흘러 들어갔다.

그 순간, 싯다르타는 운명과 싸우는 것을 그만두고 고뇌하는 것도 그만두었다. 그의 얼굴에는 깨달음의 명랑함이 꽃을 피웠다. 이제는 어떤 의지도 거역하지 않는 깨달음,

완성을 알고 생성의 강물과 삶의 흐름과 일치한 깨달음, 더불어 괴로워하고, 더불어 즐거워하고, 흐름에 몸을 맡기고 통일에 귀속된 깨달음이었다.

바즈데바는 강변의 자리에서 일어나 싯다르타의 눈을 보고 거기에 깨달음의 명랑함이 빛을 발하고 있는 것을 보자, 늘 그렇듯이 신중하고 다정하게 싯다르타의 어깨를 어루만지며 말하였다.

「친구여, 나는 이 순간이 오기를 기다렸던 것이오. 이제 이 순간이 왔으니 나는 떠나야겠소. 오랫동안 나는 이 순간을 기다렸소. 오랫동안 나는 뱃사공 바즈데바였소. 이제 그 일도 할 만큼은 하였소. 잘 있으라, 오두막집이여. 잘 있으라, 강이여. 잘 있으시오, 싯다르타여!」

싯다르타는 떠나가는 사람 앞에 깊이 허리를 굽혔다.

「나는 알고 있었소.」

하고 그는 나지막한 소리로 말하였다. 당신은 숲으로 들어가려는 것이지요?」

「나는 숲속으로 들어가겠소. 통일의 세계로 들어가겠소.」

하고 바즈데바는 빛을 발하면서 말하였다.

빛에 싸여 떠나가는 그를 싯다르타는 배웅하였다. 깊은 기쁨과 진지함을 가지고 그는 떠나는 이의 뒷모습을 지켜보았다. 그 걸음걸이가 평화로 넘치고 그 머리가 빛으로 넘쳤으며 그 모습이 모두 빛으로 넘쳐 있는 것을 보았다.

고빈다

어느 때, 고빈다는 휴양(休養) 기간 중 다른 승려들과 같이 기생 카마라가 고타마의 제자들에 선사한 임원에 머물고 있었다. 그는 거기서 늙은 뱃사공의 이야기를 들었다. 하루쯤 가면 되는 거리에 있는 강가에 살며 많은 사람들로부터 현자로 존경받고 있는 뱃사공이었다. 고빈다는 여행을 계속하게 되었을 때, 그 뱃사공을 만나고 싶다는 생각에서 나루터를 지나는 길을 택하였다. 그는 평생을 계율에 따라 살았으며, 젊은 승려들로부터는 덕망 높은 고승으로 존경을 받기는 했지만, 마음 속에는 불안이 가시지 않았고 구도하는 마음이 꺼지지 않고 있었기 때문이었다.

고빈다는 강까지 와서 노인에게 강을 건네 달라고 부탁하였다. 그리하여 대안에서 나룻배를 내릴 때 노인을 보고 말하였다.

「당신은 우리 승려들과 순례자들을 위해 좋은 일을 많이 하고 계시오. 당신은 이미 우리 같은 많은 사람을 배로 건네 주셨소. 사공이여, 당신도 정도(正道)를 찾으려고 하는 구도자가 아니시오?」

싯다르타는 늙은 눈에 미소를 띠면서 말하였다.

「스님이시여, 당신은 자신을 구도자라고 부르시는가요? 당신은 이미 고령에 이르고 있는 데도 고타마의 수행승(修行僧) 승복을 입고 계시면서도 그렇게 겸손하게 말씀하시는 겁니까?」

「그렇소. 나는 늙은 몸이오.」

하고 고빈다가 말하였다.

「하지만 구도하는 일을 그만두지 않고 있소. 앞으로도 구도하는 일은 절대로 그만두지 않을 생각이오. 이것이 자신을 위한 현명한 일임을 믿고 있소. 당신도 구도해 온 분 같소이다. 존경하는 이여, 한말씀 나에게 들려 주실 수 없겠소?」

싯다르타가 말하였다.

「스님이시여, 내가 당신에게 할 말이 무엇이 있겠소? 당신은 너무 지나치게 찾기만 하는 게 아닐까요? 구도에만 전념하기 때문에 찾지 못하고 있는 게 아닐까요?」

「그게 무슨 말씀이시오?」

하고 고빈다가 물었다.

「구도할 때는」

하고 싯다르타가 말하였다.

「그 사람이 구도하는 것만을 본다는 것이 되기 쉬우니까요. 그 사람은 항상 구도하는 것만을 생각하게 되고, 하나의 목표를 가지고 그 목표에 사로잡혀 있으므로 아무것도 찾아내지 못하며, 아무것도 마음 속에 받아들이지 못한다는 것이 되기 쉬우니까요. 구도하는 것은 목표를 가지는 것이지요. 스님이시여, 발견한다는 것은 자유로운 것, 마음을 열고 있는 것, 목표를 가지지 않는 것이오. 스님이시여, 당신은 정말로 구도하는 사람인 것 같소. 당신은 목표를 추구하고 눈앞에 있는 많은 것을 보지 않으니까요.」

「무슨 말씀인지 잘 모르겠소. 그게 무슨 뜻이오?」

하고 고빈다가 물었다.

싯다르타가 말하였다.

「당신은 이미 여러 해 전에 한 번 이 강에 온 적이 있었소. 그리고 강가에서 누워 자는 사람을 보고, 곁에 앉아 그 사람을 지켜본 적이 있었소. 하지만 오, 고빈다여, 자네는 잠자고 있는 사람이 누군지 알아보지 못하였소.」

마술에 걸린 듯이 깜짝 놀란 승려는 뱃사공의 눈을 주시하였다.

「자네는 싯다르타군.」

하고 그는 주저주저한 목소리로 물었다.

「이번에도 알아보지 못할 뻔하였네! 싯다르타여, 정말 반갑네. 자네를 또 만나게 되어 정말 기쁘네! 친구여, 자네는 많이 변했네. —— 그러면 자네는 뱃사공이 된 것인가?」

허물없이 싯다르타는 웃었다.

「그렇다네, 뱃사공일세. 고빈다여, 사람은 많이 변하는 법일세. 그리고 사람은 여러 가지의 옷을 입지 않으면 안 되는 경우가 적지 않은 법일세. 나도 그런 사람 중의 한 사람일세. 참으로 잘 왔네. 고빈다여, 오늘 밤은 나의 오두막집에서 묵고 가게.」

고빈다는 그날 밤을 오두막집에 머물고 전에 바즈데바가 쓰던 침상에서 잠을 자게 되었다. 그는 젊은 시절의 친구에게 이것저것 많은 것을 물었다. 싯다르타는 자신이 살아 온 인생에 대한 것을 여러 가지 이야기해 주지 않을 수 없었다.

다음날 아침 다시 길을 떠나야 할 시간이 되자, 고빈다는 다소 머뭇거리며 이렇게 말하였다.

「싯다르타여, 길을 떠나기 전에 한 가지 더 묻고 싶은 것이 있다네. 자네는 어떤 교리를 가지고 있는가? 자네는 신앙이나 지혜를 가지고 그것에 따르면서 자네의 생활과 행위에 도움을 받는 건 아닌가?」

싯다르타는 말하였다.

「친구여, 자네도 알 걸세. 젊은 시절 숲속의 고행자들 곁에서 살았을 그 당시 나는 교리와 스승을 믿지 못하고 그것을 등지게 되었네. 그것은 지금도 변함이 없다네. 하지만 나는 그 이후로 많은 스승을 가지기는 했네. 아름다운 기녀가 오랫동안 나의 스승이 되기도 하고, 또한 부유한 상인과 몇 사람의 노름꾼도 나의 스승이었네. 어떤 때는 편력중인 불제자도 나의 스승이었네. 숲속에서 잠들어 있는 나를 보자 그는 편력하던 길을 멈추고 내 곁에서 나를 지켜 주었지. 나는 그에게서도 배웠네. 언제나 그에게 나는 감사하고 있다네. 하지만 내가 가장 많은 가르침을 받은 것이 강이었고 선배 사공 바즈데바였네. 그는 몹시 단순한 사람으로 사색가는 아니었지만, 불타 고타마처럼 필연의 이치를 알고 있었네. 그는 완전한 사람이며 성인이었네.」

고빈다는 말하였다.

「오, 싯다르타여! 자네는 변함없이 빈정거리기를 좋아하는 것 같네. 나는 자네가 하는 말을 믿네. 그리고 자네가 어떤 스승에게서도 배우지 않았다는 것을 알고 있네. 하지만 비록 교리는 아니더라도 자네 자신의 것이며 자네의 삶을 의지하는 어떤 사상이나 어떤 인식을 스스로 발견한 것이 아닌가? 그것에 대해서 뭔가 이야기해 준다면 나는 진심으로 기쁘겠네.」

싯다르타가 말하였다.

「그렇다네. 나도 때로는 사상을 가져보았고 인식을 가져보기도 했다네. 사람이 생명을 마음 속에 느끼듯이 나 역시 이따금 한 시간이나 하룻동안 지식을 마음 속에 느낀 적이 있네. 그것은 여러 가지 사상이기는 했지만, 그것을 그대에게 전달한다는 것은 나로선 어려운 일일세. 고빈다여, 지혜는 전달할 수 없다고 하는 것이 내가 발견한 사상의 하나일세. 현자가 전달하려고 애쓰는 지혜에 대한 말은 항상 어리석게 들리는 법일세.」

「농담을 하는 건가?」

하고 고빈다가 물었다.

「농담이 아닐세. 나는 내 자신이 발견한 것을 말하고 있는 것일세. 지식은 전달할 수 있지만, 지혜는 전달할 수 없는 것일세. 지혜를 찾아낼 수는 있고 그 지혜에 의해 살아갈 수도 있다네. 지혜에 힘을 입을 수도 있고 지혜로 기적을 행할 수도 있네. 하지만 지혜를 말하고 가르칠 수는 없네. 이것이야말로 내가 청년 시절에 어렴풋이 느꼈던 것이고 나를 스승으로부터 멀리하게 한 것일세. 나는 하나의 사상을 발견했네. 고빈다여, 자네는 그것을 또다시 농담이나 어리석은 말로 여길 테지만, 그야말로 내가 찾아낸 최고의 사상인 것일세. 그것은 모든 진리에 대해서 그 반대도 똑같이 진실이라는 것이네. 즉 하나의 진리는 항상 일면적(一面的)인 경우에만 표현될 수 있고 말로 나타낼 수가 있다는 것이네. 사상으로써 생각되고 말로써 나타낼 수 있는 것은 모두 일면적이고 반쪽이네. 모든 것은 전체가 못 되고 통합이나 통일이 못 되네. 세존 고타마가 세계에 대해서 설교했을 때, 그는 그것을 윤회와 열반, 미망과 진실, 고뇌와 해탈로 나누지 않으면 안 되었던 걸세. 달리는 어떻게 할 수 없는 것이네. 가르치려고 하는 사람에게 있어서는 다른 방법이 없네. 하지만 세계 자체가 우리의 주위와 내부에 존재하는 것은 절대로 일면적이 아니네. 어떤 인간이나 어떤 행위가 전면적으로 윤회이거나 전면적으로 열반일 수는 없다네. 또한 인간은 전면적으로 신성하거나 전면적으로 죄인일 수는 없다네. 그렇게 보이는 것은 시간이 존재하는 것이라는 미망에 사로잡혀 있기 때문이네. 고빈다여, 시간은 실재하는 것이 아닐세. 나는 그것을 수없이 경험했다네. 시간이 실재하는 것이 아니라고 한다면, 세계와 영원, 고뇌와 행복, 악과 선 사이에 있는 것같이 보이는 사소한 간격도 역시 하나의 착각에 지나지 않는 것일세.」

「어째서 그런가?」

하고 고빈다는 불안한 듯이 물었다.

「친구여, 잘 들어보게! 자네나 나나 다 죄인일세. 현재는 죄인일세. 하지만 이 죄인은 언젠가는 또 범(梵)이 될 것일세. 언젠가는 열반에 이르게 될 것이고 부처가 될 것일세. 그런데 그 『언젠가』라는 것이 미망이고 비유에 지나지 않네! 미망이고 비유에 지나지 않네. 죄인은 불성(佛性)에 이르는 도상(圖上)에 있는 것은 아닐세. 발전 속에 있는 것도 아닐세. 우리의 생각으로는 사물을 그렇게 생각할 수밖에 없지만, 사실이 그렇다네. —— 아니 죄인 속에 지금 이 시각에 이미 미래의 부처가 있는 것일세. 그의 미래는 모두 이미 죄인 속에 있네. 자네는 죄인 속에서 자네 자신 속에서, 일체 중생(一切衆生) 속에서 형성되어 가고 있는 가능한 숨겨진 부처를 공격하지 않으면 안 되네. 고빈다여, 이 세상은 불완전하지 않다네. 완전한 것에 이르기 위해 서서히 길을 가고 있는 것도 아니라네. 아니, 이 세상은 순간순간이 완전한 것일세. 모든 죄는 이미 자비를 그 속에 가지고 있네. 모든 어린 아이는 이미 제 자신 속에 노인을 지니고 있고, 모든 젖먹이는 죽음을, 죽음에 임박해 있는 사람들은 누구나 영원의 삶을 제 자신 속에 가지고 있네. 어떤 인간이라도 타인이 어디까지 가고 있는가를 보는 것은 불가능한 일이네. 강도나 노름꾼 속에서 부처가 도사리고 있으며 바라문 속에서 강도가 도사리고 있네. 깊은 명상 속에는 시간을 지양하고 과거에 존재했던 모든 것, 현존하는 모든 것, 앞으로 존재할 모든 것을 동시적인 것으로 보는 가능성이 있네. 거기서는 모든 것이 선이고 완전하며 범(梵)인 것이네. 그 때문에 존재하는 것은 내게는 선으로 보이네. 죽음은 삶으로, 죄악은 신성한 것으로, 지혜로운 것은 어리석은 것으로 보이네. 일체는 그래야만 하는 것이네. 일체는 다만 나의 동의(同意), 나의 호의, 사랑이 담긴 이해를 필요로 할 뿐이네. 그렇게 하면 모든 것은 나에게 있어서 선이 되고 나를 손상시키는 일은 절대로 없네. 나는 내 육체와 영혼으로 이런 체험을 **했다네**. 그 때문에 나는 죄악을 절실히 필요로 했고, 환락을 필요로 했으며, 물질에 대한 노력과 허영과 극도로 수치스런 절망을 필요로 하였네. 그리하여 저항을 포기할 줄 알게 되었고, 세상을 사랑할 줄 알게 되었으며, 이 세상을 나의 공상의 세상이나 희망하는 세상과 비교함이 없이 있는 그대로의 세상으로 놓아 두고 그 세상을 사랑하며 기꺼이 그것에 순응하는 법을 배웠다네. ── 오, 고빈다여, 이것이 바로 내가 도달한 사상의 몇 가지라네.」

싯다르타는 몸을 굽혀 땅바닥에서 돌 한 개를 집어들고 손바닥에서 가볍게 만지작거렸다.

「이것은 돌일세.」

하고 그는 돌을 만지작거리면서 말하였다.

「이것은 일정한 시간이 지나면 아마 흙이 될 것이네. 그리고 그 흙에서 식물이 자라나거나 아니면 동물이나 인간으로 생겨날 것일세. 이전 같으면 나는 이렇게 말했을 것이네.『이 돌은 다만 돌에 지나지 않는다. 가치가 없어 미망의 세계에 속한 것이다. 하지만 돌은 변화의 윤회를 걸치는 동안에 인간의 정신이 될지도 모른다. 그렇기 때문에 나는 이 돌에서 가치를 부여한다.』이전의 나라면 아마이렇게 말했을 것이네. 하지만 오늘에 와서는 난 이렇게생각하네. 『이 돌은 돌이다. 동물이기도 하고 신이기도하며 부처이기도 하다. 내가 이것을 존중하고 사랑하는것은 이것이 언젠가 이런저런 것이 될지도 모르기 때문이아니라, 아주 옛날부터 항상 그런 모든 것이었기 때문이다.』── 이것이 돌이고 지금 현재 내게 돌로 보인다는 바로그 이유 때문에 나는 이것을 사랑하고 글 무늬와 우묵한곳의 모든 것에서, 누런빛에서, 잿빛에서, 딱딱함에서, 두드리면 저절로 나는 울림에서, 그 표면의 마름과 습함의 정도에서, 돌의 가치와 의미를 찾는 걸세. 기름 같은 감촉의돌도 있고 비누 같은 감촉의 돌도 있네. 잎사귀 같은 돌도있고 모래 같은 돌도 있네. 이렇게 제각기 특수한 방식으로『옴』을 외고 있네. 어느 것이나 범(梵)일세. 하지만 동시에똑같은 돌이어서 기름 같기도 하고, 비누 같기도 하다네.바로 그 점이 나의 마음에 들며 내게는 이상하게 여겨지고숭배할 가치가 있는 것처럼 보이는 걸세. ── 하지만 더이상 그것에 대해서는 말하지 않겠네. 말은 신비스런 의미를 손상하기 쉬운 법일세. 한 번 입에 담게 되면, 그 의미가 어느 정도 달라지게 되어 약간은 잘못 받아들여지고또 약간은 어리석은 소리가 되는 법일세. ── 물론 그것역시 좋은 일이며 나의 마음에 썩 드네. 어떤 사람에게는보물이고 지혜로운 것이지만 다른 사람에게 있어서는 어리석은 말처럼 들린다고 하는 것에도 나는 크게 동감하네.」

고빈다는 묵묵히 듣고 있었다.

「어째서 자네는 돌에 비유하여 말하는 건가?」

하고 그는 잠시 후 좀 주저하는 듯 말했다.

「별다른 저의는 없었네. 어쩌면 나는 다름 아닌 돌이든 강이든, 우리가 관찰하고 배울 수 있는 이것들 모든 것을 사랑한다고 말하려고 했을지도 모르네. 고빈다여, 나는 한 개의 돌을 사랑할 수가 있네. 한 그루의 나무와 한 조각의 나무껍질도 말일세. —— 그것은 물체일세. 사람은 물체를 사랑할 수가 있네. 하지만 말(言)을 사랑할 수는 없네. 그 때문에 가르침은 나완 상관이 없네. 가르침은 딱딱함도 유연함도 없고 색깔도 모서리도 없으며 향기도 맛도 없네. 가르침은 말밖에 가지지 않네. 자네가 평화를 찾아내는 걸 방해하는 것도 아마 그것일 수 있네. 바로 말이 많다는 것이네. 고빈다여, 해탈도 덕도, 윤회도 열반도 단순한 말에 지나지 않기 때문이라네. 열반이라고 하는 것 같은 물체는 존재하지 않네. 열반이란 말이 존재할 뿐이네.」

고빈다가 말하였다.

「친구여, 열반은 말일 뿐만 아니라 그것은 사상일세.」

싯다르타가 말을 이었다.

「사상이라 —— 그럴지도 모르네. 자네에게 고백하지만 나는 사상과 말 사이에 큰 구별을 인정할 수가 없다네. 있는 그대로 말하자면 나는 사상을 그다지 중요시하지 않네. 나는 물체 쪽을 중요시하고 있네. 예를 들면 이 나룻배에서 한 사람이 나의 선배이고 스승이었네. 많은 세월 동안 다만 강을 믿고, 다른 것은 아무것도 믿지 않았던 성자였네. 그는 강이 그에게 말하는 소리를 알아듣고는 그 소리에서 배웠네. 그 소리가 그를 키우고 가르쳤네. 그에게 있어 강은 신으로 생각되었네. 오랜 세월 동안 어떤 바람도, 어떤 구름도, 어떤 새도, 어떤 투구벌레도, 존경하는 강과 똑같이 신성(神性)을 지니고, 강물처럼 많은 것을 알며 가르칠 수 있다고 하는 것을 모르고 있었네. 하지만

156

이 성자가 숲속으로 떠나갔을 때, 그는 모든 것을 알고 있었네. 스승도 책도 없었지만 오로지 강을 믿고 있었기 때문에 자네나 나보다 더 많은 것을 알게 된 것이네.」

고빈다가 말하였다.

「그러나 자네가 『물체』라고 부르는 것은 실재가 있는 것이라고 할 수 있는가? 그것은 미망의 기만이나 형상(形象), 환영에 불과한 것이 아닌가? 자네가 말하는 돌, 나무, 강 — 그것들은 도대체 실재하는 것이라고 할 수 있는가?」

「그것도 별로 나는 개의치 않네. 물체가 환영이라면, 나 역시 환영이고, 환영이 아니라고 하면 나 역시 환영이 아닐세. 물체는 항상 나의 동류(同類)라고 할 수 있네. 물체가 나의 동류라는 것, 그것이야말로 나에게 있어서 사랑스럽고 소중히 여기게 하는 걸세. 그 때문에 나는 물체를 사랑할 수 있네. 이 가르침에 자네는 웃을 테지만, 오, 고빈다여, 사랑이야말로 모든 것 중에서 중요한 것이라고 나는 생각되네. 세계를 통찰하고 설명하는 것은, 위대한 사상가가 할 일일 것이네. 하지만 내가 오로지 바라는 것은 세계를 사랑할 수 있는 것, 세계를 경멸하지 않는 것, 세계와 자신을 미워하지 않는 것, 세계와 자신과 만물을 사랑과 찬탄(讚嘆)과 외경(畏敬)을 가지고 바라볼 수 있는 것일세.」

「그것은 이해하겠네.」

하고 고빈다가 말하였다.

「하지만 세존께서는 그 점을 환각(幻覺)으로 인식하셨다네. 그분께서는 호의와 위로와 동정과 관용을 명하지만, 사랑을 명하지는 않네. 그분은 우리의 마음을 사랑에 의해 지상의 것에 얽매이는 것을 금한 것일세.」

「그것은 알고 있네.」

하고 싯다르타가 말하였다. 그의 미소는 황금빛으로 빛났다.

「고빈다여, 그것은 알고 있네. 하지만 다시 잘 생각해 보게. 우리는 의견의 덤불 속에서 말다툼으로 말려 들어가고 있는 것일세. 사랑에 대한 나의 말이 외견상으로는 고타마의 말씀과 모순된다는 사실을 부인하지는 않겠네. 그렇기 때문에 나는 말이라는 것을 그다지 믿지 않는 것이네. 이러한 모순이 착각이란 것을 알고 있기 때문일세. 나는 고타마와 일치하고 있다는 것을 알고 있네. 고타마가 어찌 사랑을 모르실 리가 있겠는가? 모든 인간 존재의 무상함과 허무함을 알고 계시며, 더욱이 중생을 그토록 사랑하셨기에 그들을 도와 주고 가르치는 일에 길고 괴로운 생애를 바치신 그분이 어찌 사랑을 모르실 리가 있겠는가? 자네의 위대한 스승인 그분인 경우에도 물체가 말보다 더 소중한 것이라고 생각하네. 그분의 행위와 생활은 그분의 설교보다 중요하네. 그분의 손짓은 의견보다 중요하네. 설교나 사색에 의해서가 아니라, 행위와 생활 속에서만 나는 그분의 위대하심을 보는 걸세.」

오랫동안 두 노인은 침묵을 지키고 있었다. 얼마 후 고빈다는 작별을 고하면서 말하였다.

「싯다르타여, 자네의 사상에 대해서 그 일단을 말해 준 것에 고맙네. 부분적으로 기묘한 사상이어서 나로서는 당장에 전부를 이해할 수 없었네. 그것이 어떻든 자네에게 고마움을 가지네. 앞으로 평온한 나날을 보내게 되기를 바라네.」

하지만 그는 마음속으로 은근히 생각하였다. 『이 싯다르타는 기묘한 사람이다. 그는 이상한 사상을 말하고 있다.

그의 가르침은 어리석게 들린다. 불타의 순수한 가르침은 그렇지 않았다. 보다 명료하고 순수하며 더 이해하기 쉬웠다. 그것에는 기묘한 것, 어리석은 것, 우스꽝스러운 것은 하나도 내포되어 있지 않았다. 그렇지만 손과 발, 눈, 이마, 호흡과 미소, 인사하는 모습이나 걸음걸이는 그의 사상과는 다르게 보인다. 우리의 세존 고타마가 입적하신 이후, 이 사람이야말로 성자라고 느낄 수 있었던 인물은 한 번도 만난 적이 없다. 그런데 다만 이 싯다르타만은 성자라고 생각되었다. 그의 가르침이 기묘하고 그의 말이 어리석게 들리기는 해도 그의 눈빛과 손, 그의 피부와 머리카락 등 그의 모든 것은 순수함, 안온함, 명랑함, 유화함, 신성함을 발하고 있다. 그것은 지존께서 입적하신 이후 다른 사람에게서는 한 번도 찾아볼 수 없었던 것이었다.」

고빈다는 이렇게 생각하고 마음에 반발을 느끼면서도, 사랑에 이끌리어 다시 한 번 싯다르타에게 고개를 숙였다. 조용히 앉아 있는 사람 앞에 그는 공손히 절을 한 것이다.

「싯다르타여,」

하고 그는 말하였다.

「우리는 노인이 되었네. 서로 이 모습으로 또 만나기는 어려울 것일세. 자네는 평화를 찾은 것처럼 보이네. 나는 평화를 찾지 못했음을 고백하네. 존경하는 친구여, 한 마디만 더 말해 주게. 내가 알아듣고 이해할 수 있는 무슨 말을 해 주기 바라네. 길을 떠나는 나를 위해 무슨 말을 해주게. 싯다르타여, 나의 길은 험난하고 어둡기만 한 것일세.」

싯다르타는 말없이, 언제나 변함없는 조용한 미소를 띠고 그를 바라보았다. 고빈다는 불안과 동경이 담긴 눈빛으로 가만히 주시하였다. 그의 눈빛에는 고뇌와 영원한 갈망과 영원히 찾지 못하게 될 고뇌의 흔적'이 서려 있었다.

싯다르타는 그것을 보고 미소 지었다.

「내게로 몸을 굽히게!」

하고 나는 가만히 고빈다의 귀에 속삭였다.

「내게로 몸을 굽히게! 더 가까이! 좀더 가까이! 고빈다여, 나의 이마에 입맞춤 해 주게!」

고빈다는 의아스럽게 생각하면서도 커다란 사랑과 예감에 이끌려 그의 말에 따랐다. 그가 싯다르타에게 바싹 굽히고 그 이마에 입술을 대자, 그에게는 뭔가 심상치 않은 일이 일어났다. 고빈다의 머릿속에는 아직 싯다르타의 이상한 말이 맴돌았고, 시간을 초월하여 열반과 윤회를 동일한 것으로 생각하려고 필사의 노력을 기울이고 있었으며, 또한 친구의 말에 대해 거역하면서도 친구에 대한 엄청난 사랑과 존경으로 갈등을 일으키고 있었다. 그런 그에게 이러한 일이 일어난 것이다.

이미 그의 친구 싯다르타의 얼굴은 보이지 않고, 그 대신 수많은 다른 얼굴들이 보였다. 수많은 얼굴의 긴 행렬, 강물처럼 흐르는 수백 수천의 얼굴이 보였다. 그것이 나타났다가는 사라지는 것이었지만, 모두가 동시에 거기 있는 것 같이 보였다. 그 모두가 끊임없이 변하여 새로운 얼굴들이 되었다. 하지만 그 모두가 싯다르타였다. 물고기의 얼굴도 보였다. 한없이 고통스러운 듯 입을 벌린 잉어의 얼굴과, 눈이 흐려진 거의 죽어가고 있는 물고기의 얼굴이 보였다. 붉고 주름살투성이 얼굴로 찡그리고 보채는 갓 태어난 아기의 얼굴도 보였다. —— 살인자의 얼굴이 보였다. 그 살인자가 칼로 사람을 찌르는 모습이 보였다. 동시에 그 살인자가 결박당하고 꿇어앉아 형리의 칼을 맞고 목이 떨어지는 것도 보였다. 남녀의 육체가 벌거숭이로 광란의

공방을 하고 있는 것도 보였다. 사지를 뻗은 시체가 차갑고
공허하게 쓰러져 있는 것도 보였다. —— 멧돼지, 악어, 코끼
리, 황소, 새 등 짐승의 머리도 보였다. —— 그는 신들도
보였다. 크리슈나[20] 신과 아그니[21] 신도 보였다. —— 그는
그 모든 형상과 얼굴들이 무수한 관계를 가지고 서로 도와
주며, 사랑하고, 미워하며, 멸망시키고, 새로 탄생시키는
것도 보았다. 그 어느 것이나 죽음에 대한 의지였으며,
무상(無常)에 대한 절실한 고백이었다. 그럼에도 불구하고
그 어느 것도 죽지는 않고 변화할 뿐이었다. 끊임없이 새롭
게 태어나고 끊임없이 새로운 얼굴을 갖게 되었다. 그렇지
만 하나하나의 얼굴 사이에는 시간이 존재하고는 있지
않았다. —— 이러한 모든 형상과 얼굴들은 정지하고, 흐르
고, 생성하고, 떠돌아다니고 뒤엉켜 흘러가는 것이었다.
그 모든 것을 무언가 끊임없이 엷은 것, 두둥실한 것, 그러
면서도 존재하는 것이 덮고 있었다. 엷은 유리나 얼음처럼
투명한 막처럼, 물로 된 껍질이나 가면의 형태처럼. 그
가면이 미소하였다. 그것은 고빈다가 방금 입술을 댄 싯다
르타의 미소하는 얼굴이었다. 이리하여 고빈다는 보았다.
가면의 이 미소, 흘러가는 형상 위에 떠도는 통일의 미소,
무수한 생사를 초월한 동시성(同時性)의 미소, 싯다르타의
이 미소는 그 자신이 수없이 외경의 마음을 가지고 본
고타마, 즉 불타의 미소와 전적으로 똑같았다. 항상 변함없
이 고요하고 기품이 있으며, 측량할 수 없는 미소, 자비한

20) 크리슈나[Krishna] : 비슈누 신의 여덟 번째 화신(化神). 영웅신
   (英雄神).

21) 아그니(阿耆尼) [Agni] : 암흑을 물리치고 부정(不淨)을 태워
   없애며, 가정 및 사자(死者)의 수호신으로 받들어 짐.

것도 같고 비웃는 것도 같은 지혜로운 불타의 수천 가지
그 미소였다. 완성자는 이같이 미소한다는 것을 고빈다는
알고 있었다.

시간이라는 것이 존재하는지, 자신의 관찰이 찰나적인
것인지, 수백 년에 걸친 것인지, 그것도 모르고, 그것이
싯다르타인지 고타마인지, 너와 내가 존재하는 지도 모르
고, 가슴 속 깊이 신의 화살을 맞아 상처를 입고도 그 상처
의 아픔이 주는 감미로움에 취하고 황홀하여 고빈다는
한동안 그대로 그가 조금 전에 입맞춤했던 싯다르타의
고요한 얼굴 위에 몸을 굽힌 채 있었다. 그 얼굴은, 얼마
전까지 모든 형상, 모든 생성, 모든 존재의 무대였던 그
얼굴은 천태만상의 깊은 신비가 그 표면에서 막이 내려진
후에도 아무런 변화가 없었다.. 그는 고요히 미소하였다.
그윽하고 온화하게 미소하였다. 몹시 다정하면서도 조소적
인 각자(覺者) 고타마가 미소했을 때와 똑같았다.

고빈다는 머리를 깊숙이 숙였다. 웬지 알 수 없는 눈물이
그의 늙은 얼굴 위로 흘러 내렸다. 더없이 깊은 사랑과,
더없이 겸손한 존경의 감정이 마음 속에서 불길처럼 타올
랐다. 꼼짝도 하지 않고 앉아 있는 사람 앞에, 그는 깊숙이
땅바닥까지 머리를 숙였다. 그 사람의 미소가 그에게, 그가
일생 동안 사랑한 적이 있는 모든 것, 그에게 있어서 언젠
가 일생 동안에 귀중하고 신성했던 모든 것을 생각나게
하였다.

수레바퀴 밑에서

제1장

거간꾼이면서 대리점 주인이기도 한 요세프 기벤라트 씨는 그가 사는 읍내의 다른 사람들에 비해 두드러지게 뛰어난 점도 없었고 별다른 특이한 점을 가지고 있는 사람도 아니었다. 다른 사람들과 마찬가지로 풍채가 건장한데다 장사 수완이 매우 좋은 사람이었다. 금전을 소중히 여기기는 했으나 도리에 어긋난 짓은 하지 않았다. 그리고 비록 작기는 하지만 뜰이 있는 집을 가지고 있었고, 조상 대대의 산소가 있는 묘지도 있었다. 신앙에 대해서는 어느 정도 진보적이어서 현대적으로 개방되기도 했으며, 하나님이나 손윗사람에 대해서는 적당한 존경심을 잃지 않았다. 또한 읍내 사람들과의 예의 범절에는 다소 지나치게 했다. 술은 꽤 마시는 편이었지만 여태까지 정도를 넘게 취한 적은 한 번도 없었다. 때로는 미심쩍은 일도 있긴 했으나 법에서 허용하는 범위를 넘은 적은 단 한 번도 없었다. 가난한 사람들에 대해서는 건달이라고 욕했고 부유한 사람에 대해서는 졸부라고 헐뜯었다. 그는 읍민회(邑民會)의 회원으로 매주 금요일마다 『독수리 회관』에서 겨루는 볼링 경기에 참가했다. 또 빵 굽기 대회라든지 어떤 시식회(試食會) 같은 데도 빠지는 일이 없었다. 일을 할 때는 값싼 여송연을 피웠으나 식후와 일요일에는 질좋은 것을 피웠다.

그의 내적(內的) 생활은 세상 일반 사람들의 그것과 다를 바 없었으며 얼마간 지니고 있었던 감상적인 정서 같은 것은 오래 전에 먼지투성이가 되어 버렸고, 고작 남은 것이라곤 인습적이고 촌스러운 가정적인 생각과 자식 자랑, 혹은 가난한 사람에 대한 변덕스러운 동정심 같은 것뿐이었다. 그의 정신적인 능력이라고 하면 천성적으로 타고난 융통성이 없는 교활성과 타산성을 벗어나지 못한 것이었다. 그의 독서는 신문을 읽는 정도가 고작이었고, 예술에 대한 욕구를 충족시키기 위해서는 해마다 읍내에서 베풀어지는 소인극(素人劇)과 가끔 보는 서커스 구경을 하는 수준이었다.

어떤 이웃 사람과 그의 이름이나 주택을 바꾸어 놓았다고 해도 별다른 사람이 되지는 않았을 것이다. 그의 마음 밑바닥에는 일종의 시기심이 언제나 들끓고 있었는데, 그같은 것은 읍내의 여느 남자들과 다를 바 없는 것으로 모든 것에 뛰어난 힘과 인물에 대한 끊임없는 시기며 모든 비범한 것, 자유로운 것, 세련된 것, 정신적인 것에 대한 질투에서 생겨난 본능적인 적의감이었다.

그에 대한 이야기는 이 정도로 하자. 이런 단조로운 생활과 그 자신이 의식하지 못하는 비극을 서술한다는 것은 심각한 풍자가만이 잘할 수 있는 것이다. 이 사람에게는 한스 기벤라트라는 외아들이 있었는데, 그에 관해서 이야기를 하려는 것이다.

한스 기벤라트는 의심할 여지없이 타고난 재능을 가진 아이였다. 딴 아이들과 어울려 달리기를 해도 얼마나 영리하고 출중한지는 단박에 알 수가 있었다. 슈바르츠발트의 작은 읍내에서 아직까지 그런 인물이 없었다. 좁은 고장을 벗어나 밖으로 눈을 돌린다든지 활동을 했던 사람이 이 고장에서는 일찍이 태어난 적이 없었다. 이 소년의 진지한 눈이나 총명하게 생긴 이마, 의젓한 걸음걸이가 어디에서 생겨났는지 아무도 알 도리가 없었다. 어쩌면 어머니로부터 물려받았는지도 모른다는 생각이 들지만 그 어머니는 오래 전에 죽었으며 그녀가 생존해 있었을 때 눈에 띌만한 것이 있었다면 일년 내내 병약해서 신음하던 일뿐이었다. 아버지 또한 별로 문제가 되지 않았다. 이렇게 보면 과거 팔구백 년 동안에 유능한 읍민을 많이 배출했으나 뛰어난 재주를 가진 사람이라든지 천재 같은 사람이 한 번도 나온 적이 없는 오래된 이 작은 읍(邑)의 하늘에서 신비로운 불꽃이 떨어진 셈이리라.

현대적으로 훈련된 예민한 관찰자라면 병약했던 어머니는 연공(年功)을 쌓은 가문을 상기하고, 지력(知力)의 비대가 쇠퇴하기 시작하는 징후라고 할지도 모른다. 그렇지만 이 읍내에는 다행히도 그런 종류의 예민한 관찰자는 살고 있지 않았다. 관리들이나 학교 선생들이 아니면 젊고 약삭빠른 사람들만이 신문의 사설을 통해 그러한『현대적 인간』의 존재를 어렴풋이 알고 있을 뿐이었다. 이곳에서는 차라투스트라의 말을 알지 못해도 교양인으로 행세하며 살아갈 수 있었다. 그들의 부부생활은 대체로 견실하고 행복했으며, 생활 전체가 개선되기 어려운 진부한 습관을 갖고 있었다. 부족함없이 편하게 살고 있는 읍민들 중에는, 과거 이십년 사이에 직공에서 공장주가 된 사람도 적지 않았으나, 그들은 관리 앞에서는 모자를 벗고 예의를 지키며 교제하지만 자기들끼리만 있는 자리에서는 관리들을 가리켜 식충이니 말단 서기니 하며 비웃었다. 그럼에도 불구하고 묘한 것은 그들의 최고 야심이 가능한 한 자기 자식을 공부시켜 관리로 출세시키려고 하는 것이었다. 하지만 유감스럽게도 그것은 거의가 예외없이 이룰 수 없는 아름다운 꿈에 지나지 않았다. 그들의 자녀들은 대개 라틴 어 초급 학교에서조차도 힘겨워서 몇 번이나 낙제를 면하기가 어려운 지경이었다.

한스 기벤라트의 재질에 대해서는 의심할 여지가 없었다.

선생들이나 교장도, 이웃 주민들도, 읍내의 목사도, 동급생
도, 모두가 이 소년의 예민한 두뇌를 인정했으며 특별한 존
재로 여겼다. 따라서 그의 장래는 확실하게 결정된 것이나
다름이 없었다. 왜냐하면 슈바벤의 여러 주에서는 재주가 있
는 아이라도 부모가 부자가 아닌 한 단 하나의 좁은 길이 있
을 뿐이기 때문이다. 그것은 주(州)에서 실시하는 시험을
거쳐 신학교에 들어가고, 이어서 튀빙겐 대학에 진학한 다음
목사나 교사가 되는 길이었다. 해마다 사오십 명의 시골 소
년들이 이 평탄하고 안전한 길을 택했다. 겨우 견진 성사(堅
振聖事)만을 받고 과도한 공부로 야윈 학생들이 고전(古典)
어학 중심의 여러 학문 분야를 관비로써 서둘러 배운 뒤, 팔
구 년이 지나면 대개의 경우 전반보다 훨씬 긴 세월 동안 인
생행로의 후반기에 들어서서 국가로부터 받은 은전을 변상
해야만 하는 것이다.

　몇 주일 뒤에 또 주(州)의 시험이 실시될 예정이었다. 해
마다 국가가 지방의 수재를 선발하는 이같은 주의 시험을
『헤카톰베』라고 불렀는데, 그 기간 동안은 소도시나 시험을
보게 되는 수도를 향해 마을들로부터 많은 가족의 탄식과 기
원(祈願)이 집중된다.

　한스 기벤라트는 이 작은 읍으로부터 치열한 경쟁에 보내
지는 유일한 후보자였다. 그것은 커다란 명예였으나, 절대로
무상으로 얻어지는 것은 아니었다.

　매일 네시까지 계속되는 수업 시간에 이어서 교장 선생으
로부터 그리스 어 과외 수업을 받아야 했다. 그러고 나서 여
섯시에는 목사님이 친절하게 라틴 어와 종교학 복습을 돌봐
주었다. 게다가 일주일에 두 번씩 저녁 식사 후의 한 시간은
수학 선생에게서 지도를 받았다. 그리스 어에서는 불규칙 동
사 다음으로 불변사(不變詞)에 의해 표현되는 문장 결합의

변화에 주로 중점을 두었고, 라틴 어에서는 문체를 간단 명료하게 하는 것과, 특히 여러 가지 시형상(詩形上)의 자세한 점을 익히는 것이 중요했으며, 수학에서 주로 역점을 둔 것은 복잡한 비례법이었다. 이것은 선생도 자주 강조한 바와 같이 얼핏 생각하기에 앞으로의 연구나 생활에는 가치가 없는 것처럼 보이지만, 그것은 어디까지나 표면상으로만 그렇게 보이는 것에 지나지 않았을 뿐, 실제로는 매우 중요했다. 그것은 논리적인 능력을 기르고, 명쾌하고 냉정하며 정확한 모든 사고의 기초를 기르는 것이기 때문에 주요 과목보다 중요했다.

하지만 한편으로 두뇌의 부담이 너무 지나쳐 지력의 연마에 치우친 나머지 정서를 등한시하고 고갈시키는 일이 없도록 하기 위해서, 한스는 매일 아침 공부를 시작하기 전에 견진 성사를 받는 소년들의 성서 수업에 나가는 것을 허락받았다. 거기에서는 부렌츠의 교리 문답서를 사용하여 감격적인 문답을 암기 낭송케함으로써, 젊은이의 마음에 종교적인 생명의 신선한 기운을 불어넣어 주는 것이었다.

그러나 유감스럽게도 한스는 이 휴식 시간을 스스로 단축시켜 모처럼의 혜택을 잃고 말았다. 그 까닭은, 그는 그리스 어나 라틴 어의 단어나 연습 문제를 적은 종이 쪽지를 문답서 속에다 몰래 끼워놓고, 거의 한 시간 내내 이러한 세속적인 학문에 몰두하고 있었기 때문이다. 그렇지만 그의 양심은 그렇게 둔감하지 않아, 그러는 중에도 조바심하며 침착성을 잃고 은근한 불안감을 끊임없이 맛보아야 했다. 감독 목사가 그의 옆으로 다가오거나 그의 이름을 부르는 일이 있기라도 하면 그때마다 그는 지레 겁을 먹고 놀라며 몸을 움츠렸고, 대답해야 할 경우에는 이마에 땀방울이 송글송글 맺히고 가슴은 두근거렸다. 그렇지만 대답은 발음에 있어서까지 나무랄 데 없이 정확하여 목사님은 매우 감탄했다.

쓰고 암기하고 복습하고 예습하기 위한 과제는 수업 시간마다 쌓이기 때문에 밤늦게까지 조용한 램프불 아래서 처리하지 않으면 안 되었다. 가정의 평화로운 분위기 속에서 하는 공부가 매우 능률적이라고 평소 담임 선생이 말했으므로, 매주 화요일과 토요일은 대개 열시까지 그런 공부가 계속되었으나 다른 날은 열한시, 열두시, 때로는 더 늦게까지 계속되었다. 아버지는 석유가 너무 낭비된다고 좀 언짢게 여기긴 했으나 아들의 공부하는 모습을 흐뭇하고 자랑스럽게 바라보곤 하였다. 한가한 시간이 있을 때나 우리 생활의 칠분의 일을 차지하는 일요일에는 학교에서 읽지 못하는 몇몇 작가의 저서를 읽든가 문법의 복습을 충분히 하는 것 등을 열심히 권장하고 있었다.

『물론 적당히 해나가야지. 일주일에 한두 번은 산책할 필요가 있다. 그것은 아주 효과가 있는 것이야. 날씨가 좋으면 책을 가지고 교외에 가는 것도 좋아……. 바깥의 상쾌한 공기 속에서는 쉽고 재미있게 외울 수 있다는 것을 알게 될 거야. 아무튼 고개를 들고 유쾌하게 해나가야지.』

그래서 한스는 그 후 될 수 있는 대로 고개를 높이 쳐들고 산책도 공부에 이용했다. 그리하여 수면이 부족한 얼굴, 거무스름한 그늘이 생긴 피로한 눈을 하고 살금살금 겁먹은 듯이 돌아다녔다.

「기벤라트는 어떨는지요, 합격하겠지요?」

하고 담임 선생이 어느 날 교장 선생에게 물었다.

「합격할 거요. 합격하고말고요.」

하고 교장은 기쁜 듯이 소리쳤다.

「그 애 만큼 영리한 아이는 좀 드물어요. 잘 관찰해 보시오. 그 애의 행동 하나하나는 정신 그 자체가 뭉쳐진 것 같단 말이오.」

마지막 일주일 동안에 정신력 그 자체만으로 버티고 있음이 눈에 띌 정도로 대단했다. 귀엽고 가냘픈 얼굴에 안정을 잃은 움푹 들어간 눈이 흐릿한 빛을 발하고 있었고, 고운 이마에는 재능을 말해 주는 주름살이 바르르 떨고 있었다. 가뜩이나 가늘고 야윈 팔과 손이 보티첼리를 연상케 하며 지친 우아함을 지닌 채 처져 있었다.

마침내 시험 날이 닥쳐왔다. 다음날 아침 한스는 아버지와 함께 슈투트가르트로 가서 주에서 시행하는 시험을 치르고, 신학교(神學校)의 좁은 수도원 문에 들어설 자격이 있는가의 여부를 판가름해야만 된다. 그는 조금 전에 교장 선생에게 작별 인사를 드리고 돌아왔다.

그토록 무서웠던 교장 선생은 전에 없이 인자한 얼굴로

「오늘 밤은 더이상 공부해서는 안 된다. 그러겠다고 약속해라. 내일은 단연코 원기 좋게 슈투트가르트로 가야만 한다. 이제부터 한 시간만 산책하고 나서 일찍 자거라. 젊은 사람은 충분히 잠을 자야 한다.」

한스는 틀림없이 많은 주의 사항을 듣게 될 것으로 겁을 먹고 있었는데, 이처럼 다정하게 대해 주자 뜻밖이라는 생각과 안도의 표정으로 한숨 돌리면서 교문을 나섰다. 키르히베르크의 커다란 보리수는 늦은 오후의 따가운 햇살을 받아 허약한 듯이 빛나고 있었고, 시장 앞 광장에서는 두 개의 큰 분수가 소리를 내면서 반짝반짝 빛나고 있었다. 불규칙하게 늘어선 지붕 위로 근처의 검푸른 전나무 더미가 넘겨다 보였다. 소년에게는 그런 모든 것이 이미 오랫동안 보지 못했던 것처럼 여겨졌다. 어느 것이나 매우 아름답고 매혹적으로 생각되었다. 머리가 아팠지만 오늘은 더이상 공부하지 않아도 되는 것이었다.

그는 어슬렁어슬렁 읍 광장과 오래된 읍사무소를 지나고 시장 골목을 통해 대장간 옆을 지나서 낡은 다리까지 이르렀다. 거기서 잠시 동안 서성대다가 이윽고 폭이 넓은 난간에 걸터앉았다. 그는 몇 달 동안이나 매일 이곳을 지나면서도 다릿가의 작은 고딕 식 예배당도, 강도, 수문(水門)도, 둑도, 방앗간도, 눈여겨보지를 못했다. 수영을 하는 강변도, 버드나무가 우거진 시냇가 풀밭도 무심코 그냥 지나쳤던 것이다. 그곳은 가죽 공장들이 줄지어 서 있었고, 시내는 호수처럼 깊고 푸르렀으며, 활처럼 늘어진 버드나무의 가느다란 가지가 그 잔잔한 수면에 닿을 듯 말 듯 드리워져 있었다.

한스는 지금, 자신이 얼마나 자주 이곳에서 반나절 또는 하루 종일을 보냈는가를 회상해 보았다. 또 얼마나 자주 이곳에서 수영을 하고, 잠수를 하고, 노를 젓고, 낚시질을 했던가를 회상했다. 아, 그 낚시질! 하지만 그것도 지금은 거의 잊혀져 버린 것이다. 지난해 시험 때문에 낚시질이 금지되었을 때 그는 만사 생각할 겨를도 없이 설움이 복받쳐 소리내어 엉엉 울기까지 했었다. 낚시질, 그것은 오랜 세월 동안 학교 생활을 통해 가장 즐거운 일이었다. 듬성듬성 서 있는 버드나무의 그늘에 앉아 있으면 물레방앗간 쪽에서 물소리가 가까이 들려왔다. 깊고 고요한 수면에 어른대는 빛의 반짝임, 부드럽게 흔들리는 긴 낚싯대에 고기가 물려 끌어올릴 때의 흥분, 파닥파닥 뛰는 차갑고 터질 것만 같은 고기는 잡았을 때의 뭐라고 말할 수 없는 기쁨!

그는 싱싱한 잉어를 여러 번 낚아 올린 적도 있었다. 은빛 황어와 맛좋은 석반어, 자그맣지만 아름다운 피라미 같은 것도 낚았다. 그는 오랫동안 수면을 내려다보고 있었다. 파란 녹색의 강 한 구석을 바라보면서 서글픈 생각에 잠겼다. 생각하면 아름답고 마음껏 자유로웠던 어린 시절의 즐거움은 먼 옛날 일이 되고 말았다. 그는 무의식적으로 호주머니에서 빵 한 조각을 꺼내어 잘게 부수고는 물 속에 던져서 그것들이 가라앉으면 고기떼에게 덥석 먹히는 것을 바라보았다. 처음에는 작은 고기들이 몰려와서 욕심부리며 작은 덩어리를 먹고는 큰 덩어리가 먹고 싶은지 주둥이로 콕콕 쪼았다. 그러는 동안 약간 큰 백어가 조심스럽게 천천히 다가왔다. 그 넓고 검은빛을 띤 등은 물 밑바닥과 분명하게 구별이 되지 않았다. 이 고기는 신중하게 빵 덩어리 주위를 맴돌더니 별안간 크고 둥근 입을 벌려 그것을 꿀꺽 삼켜버렸다. 느릿느릿하게 흐르는 수면에서는 습기차고 후덥지근한 냄새가 풍겨 왔고, 흰구름 두서너 조각이 희미하게 푸른 수면에 드리웠고, 물방앗간에서는 둥근 물레바퀴가 삐걱거리며 소리를 냈으며, 두 도랑을 낮게 흘러내리던 물줄기는 시원한 소리를 내며 합쳐지고 있었다. 소년은 지난 일요일에 있었던 견진 성사가 생각났다. 그날 의식이 거행되는 동안 모두가 감동되어 있을 때, 그는 그리스 어의 동사를 암기하고 있는 자신을 깨닫고 흠칫 놀랐던 것이었다. 그 다른 경우에도 요즘 생각하고 있는 것이 혼선하여 수업 중에도 눈앞에 놓인 공부 대신에 까딱하면 지나간 일들이나 앞으로 있을 공부에 대해 생각하는 일이 자주 있었다. 하지만 시험은 잘 될 것이다!

그는 멍한 기분으로 자리에서 일어섰으나, 어디로 가야 한다는 생각도 없었다. 그때 누군가가 억센 손아귀로 그의 어깨를 잡았으므로 그는 소스라치게 놀랐다. 하지만 그의 어깨를 잡고 그에게 말을 건넨 사람은 친절했다.

「이봐 한스, 잠시 같이 걸을까?」

그는 구둣방의 플라크 아저씨였다. 전에도 한스는 이따금 저녁때면 한 시간 정도 이 아저씨의 구두가게에서 보내기도 했으나, 오랫동안 찾아가지 못해서 이젠 옛일이 되고 말았다. 한스는 함께 걸으면서도 신앙심 깊은 이 경건과 신자의 말을 그다지 주의 깊게 듣지 않았다. 플라크 아저씨는 시험에 관한 이야기를 하면서 한스의 성공을 빌며 격려해 주었다. 그렇지만 아저씨가 하는 말의 본의는 그런 시험이란 것은 대단한 것이 아니며, 잘못될 수도 있다는 것을 가르쳐 주려 하는 것 같았다. 낙제를 했다고 해서 부끄러울 것은 없으며, 아무리 실력있는 사람이라도 낙제를 하는 수도 있다. 만약에 한스가 그런 경우를 당한다면, 신은 모든 사람에게 각자 그에게 알맞은 길을 걷도록 마련해 준 것이라고 생각해 주기 바란다는 것이었다.

한스는 이 아저씨에 대해 다소 마음에 꺼림직한 점이 있었다. 그 아저씨의 착실하고 믿음직스러운 태도에 존경심은 갔으나 때로는 기도를 하는 신자들을 조롱하는 듯한 농담을 듣고는 별로 좋게 생각지 않으면서도 마음에도 없는 장단을 맞추어 웃은 적이 있었다. 게다가 날카로운 질문이 두려워서 꽤 오래 전부터 지레 겁을 먹고 구두가게를 피해 왔던 자신의 비겁함을 부끄럽게 여겼다. 한스가 선생들의 자랑이 되고 자기 자신도 얼마간 우쭐해지면서부터 플라크 아저씨는 그를 자주 우습게 바라보며 골려 주려고 애썼다. 그렇지만 그 때문에 소년의 마음은 모처럼 호의를 가지고 이끌어 주려는 사람으로부터 다시 멀어져 갔다. 그것은 한스가 혈기 왕성한 나이인데다 자기 신념을 흔드는 일에 대해서는 민감했기 때문이었다. 지금도 그는 아저씨의 말을 들으면서 함께 걷고 있기는 했으나 그가 자신에 대해 얼마나 염려하고 또 그 친절한 마음씀이 어떻다는 것을 알지 못하고 있었다.

크로넨 골목에서 두 사람은 목사를 만났다. 구둣방 주인은 형식적으로 쌀쌀하게 인사를 하고는 서둘러 걸음을 재촉했다. 왜냐하면 이 목사는 새로운 것을 좋아하는 사람으로서 부활을 믿지 않는다는 소문이 나돌고 있었기 때문이었다. 목사는 한스와 함께 걷기 시작했다.

「기분이 어떠냐? 이젠 안심해도 되겠지?」

「네, 괜찮습니다.」

「잘해야 한다. 모두가 너에게 기대를 걸고 있거든. 라틴어에서는 특히 좋은 성적을 받을 것으로 믿으니 말이다.」

「하지만 만약 낙제라도 한다면 어쩌죠?」

하고 한스는 자신없는 목소리로 말했다.

「낙제라니? 낙제 같은 건 있을 수 없는 일이야. 전혀 있을 수 없는 일이다. 그런 것은 기우에 지나지 않아.」

목사는 몹시 놀라서 멈춰 섰다.

「혹시 그렇게 된다면…… 하고 생각했을 뿐입니다.」

「그런 일은 있을 수 없어, 암, 없고말고. 그런 걱정일랑은 부질없는 일이야. 그럼, 아버지께 안부 전해라. 기운을 내는 거야.」

한스는 목사와 헤어지고 나서 구둣방 아저씨를 찾아보았다. 그 아저씨는 무슨 말을 했던가? 라틴 어 같은 건 그다지 중요하지 않으며 마음씨만 올바르게 쓰고 하나님만 잘 공경하면 된다고 말했으나 말로 하는 것은 쉬운 일이지. 그리고 목사님은……. 만약 낙제하면 두 번 다시 목사님 앞에 나타날 수가 없다.

그는 맥없이 집으로 돌아와서 가파르게 경사가 진 작은 뜰로 들어섰다. 거기에는 이미 오래 전부터 사용하지 않은 낡은 헛간이 있었는데, 그는 이전에 그 앞에다 판자로 토끼장을 만들어 삼년 동안이나 토끼를 길렀었다. 하지만 지난 가을 시험 때문에 토끼는 몰수당하고 말았고, 위안거리를 삼을 만한 취미나 오락 같은 것은 가질 틈도 없었다.

　이미 오랫동안 뜰 안에 발을 들여놓은 적이 전혀 없었다. 텅빈 판자 칸막이는 손을 댈 수 없게 되었고 벽 구석에 놓인 종유석(鍾乳石) 덩어리는 허물어졌으며, 조그만 나무 물레바퀴가 수도관 옆에 찌부러져 나뒹굴고 있었다. 그는 그런 것들을 깎고 맞추면서 즐거워하던 시절을 회상했다. 그것은 이년 전의 일이었으나 아주 먼 옛날 일처럼 생각되었다. 그는 조그마한 물레바퀴를 집어들고서 억지로 구부려 엉망으로 망가뜨리고는 울타리 너머로 내던졌다. 이런 것은 모두 없애 버려라. 이미 오래 전부터 무용지물이 되고 있는 것이다. 그때 문득 학교 친구인 아우구스트가 머리에 떠올랐다. 아우구스트는 물레방아를 만들거나 토끼장을 고치거나 할 때 도와 주었던 친구였다. 두 사람은 이곳에서 돌팔매질을 하거나 고양이를 쫓기도 하고, 천막을 치기도 했으며, 오후 간식으로 당근을 먹기도 하며, 저녁 늦게까지 시간 가는 줄도 모르고 놀았던 것이다. 하지만 그 후 자신은 열심히 공부하지 않으면 안 되었고, 아우구스트는 일년 전에 학교를 그만두고 기계공 견습생이 되었다. 그러고 나서 두 번 얼굴을 보았을 뿐이었다. 물론 아우구스트도 지금은 한가한 시간이 없다.

　구름의 그림자가 골짜기 위를 바쁘게 지나쳐 갔고, 해는 벌써 산등성이에 다가와 있었다. 소년은 순간, 아무렇게나 몸을 내던지고 소리내어 울고 싶은 충동에 사로잡혔다. 하지만 소년은 그 대신에 마구간에서 손도끼를 들고 나와 야위고 가냘픈 팔을 휘둘러 토끼장을 산산조각으로 부숴버렸다. 판자조각이 사방으로 흩어지고 못은 쇳소리를 내면서 구부러졌다. 작년 여름에 마련해 두었던 좀 썩은 토끼밥이 튀어나오자 소년은 그런 모든 것들을 아무렇게나 팽개쳤다. 그렇게 하면 토끼와 아우구스트, 그리고 그밖의 어린 시절에 가졌던 추억에 대한 그리움을 죄다 떨쳐버릴 수 있을 것처럼.

「얘야, 어떻게 된 일이냐? 뭣하는 거야?」

하고 아버지가 창문으로 몸을 내밀고 소리쳤다.

「불쏘시개용인 걸요.」

그 이상 아무런 대답도 하지 않고, 한스는 손도끼를 내던지더니 안뜰에서 골목으로 뛰어나갔다. 그런 다음 강기슭을 향해 상류 쪽으로 달려갔다. 양조장 옆에 두 개의 뗏목이 묶여 있었다. 그는 전에도 종종 뗏목을 타고 몇 시간이고 강을 떠내려가곤 했었다. 무더운 여름날 오후, 물이 재목 사이에서 철썩철썩 튀어오르는 뗏목을 타고 내려가면 통쾌하기도 하고 졸음이 오기도 했다. 그는 한가로이 흔들리고 있는 재목에 뛰어올라 포개어 쌓인 버드나무 위에 드러누워 『뗏목이 움직이고 있다. 초원과 마을밭과 시원한 숲의 가장자리를 지나 다리와 수문 밑을 빠져나와 뗏목은 혹은 빠르게 혹은 느릿하게 물 위를 흘려내려가는 것이다. 나는 지금 그 위에 누워 있는 것이다. 모든 것이 옛날처럼 그대로 이 카프베르크에서 토끼풀을 뜯고, 강가에서 낚시질을 했을 무렵, 두통도 걱정도 없었던 당시로 돌아왔다.』하고 생각하려고 애썼다.

그는 지치고 울적한 얼굴로 저녁 식사 때가 되어서야 집으로 돌아왔다. 아버지는 내일로 닥친 슈투트가르트에서의 수험 여행 때문에 무턱대고 흥분하여 책을 가방에 넣었느냐. 검정옷은 준비가 됐느냐. 기차 안에서 문법책을 읽어볼 생각은 없느냐. 기분은 좋으냐는 등의 질문을 몇 번이고 되풀이해서 묻곤 했다. 한스는 짜증 섞인 짧은 대답을 했을 뿐, 제대로 식사도 못하고 서둘러 잘 때의 인사말을 했다.

「한스야, 잘 자거라. 푹 자두어야 한다. 내일 아침 여섯시에 깨워 주마. 사전은 잊지 않았겠지?」

「걱정마세요. 사전을 잊을 리가 있겠어요? 안녕히 주무세요.」

한스는 자그마한 자기 방에서 불도 켜지 않고 오래도록 일어나 있었다. 오늘 이 시각까지 이 방은 시험 준비로 법석을 떠는 동안 그가 누린 유일한 혜택이었다. 좁은 방이기는 했지만 자신의 방으로 여기에 있으면 자기가 주인이 되어 어느 누구에게도 방해를 받지 않았다. 이곳에서 그는 피로와 졸음, 두통과 싸우면서 밤늦도록 실러나 크세노폰, 문법과 사전, 그리고 수학 문제 등과 씨름하며 골머리를 앓았다. 끈기와 경쟁심이 강하며 공명심에 불타 있었으나, 절망적인 기분이 될 때도 적지 않았다. 동시에 빼앗긴 어린 시절의 놀이 이상으로 값진 시간을 여기서 맛볼 수도 있었다. 그것은 득의의 자기도취와 우쭐한 기분에 넘친 꿈같은 형언할 수 없는 시간이었다.

그럴 때 그는 비몽사몽간에 학교도, 시험도, 그 외의 모든 것을 초월하여 보다 높은 세계를 동경하는 것이었다. 그럴 때면 자기는 볼에 살이 찐 마음씨 고운 다른 친구들과는 아주 다른 뛰어난 사람이 되어 언젠가는 틀림없이 속세와는 동떨어진 높은 곳에서 의기 양양하게 그들을 굽어보게 될 것이라는 우쭐한 행복감에 젖었다. 그는 지금도 이 방에는 자유롭고 시원한 공기가 감돌고 있기라도 한 듯 깊숙이 숨을 들이쉬고는 침대에 걸터앉아 꿈과 희망과 어렴풋한 생각에 잠기면서 두세 시간을 멍하니 보냈다. 이윽고 영롱하게 빛나던 눈망울이 과도한 공부로 부석부석해져 피로와 의무감으로 차츰 감겨지기 시작했다. 그러고 나서 다시 한 번 눈을 크게 떴으나, 몇 번 깜박거리자 아주 감겨 버리고 말았다. 창백해진 소년의 얼굴은 야윈 어깨 위에 수그러지고 가냘픈 두 팔은 축 늘어졌다. 소년은 옷을 입은 채 잠들고 말았다. 어머니

처럼 부드러운 졸음의 손길이 격앙된 소년의 심장의 고동을
진정시켜 주었고, 고운 이마의 작은 주름살을 지워 주었다.

　이제까지 한 번도 없었던 일인데 교장 선생이 이른 아침
시간인데도 정거장까지 나와 주었다. 기벤라트 씨는 검정색
프록코트를 입고 있었으나 흥분과 기쁨과 자랑스러움 때문
에 잠시도 가만히 서 있지를 못했다. 그는 교장 선생과 한스
의 주위를 신경질적으로 부산하게 맴돌며 역장이나 역원으
로부터 안전한 여행과 아들의 시험이 성공적이기를 빈다는
인사를 받았다. 그리고 자그마하고 딱딱한 여행 가방을 왼손
에 들기도 하고 오른손에 들기도 하면서 우산을 겨드랑이에
끼었는가 하면 다시 무릎 사이에 끼우고 하다가 몇 번인가
떨어뜨리곤 했다. 그러면 그럴 때마다 가방을 내려놓고 우산
을 집어들었다. 아마도 개중에는 그가 왕복 기차표를 가지고
슈투트가르트로 가는 것이 아니라 미국에라도 가는 모양이
라고 다른 사람들은 생각했을 것이다. 한스는 매우 침착한
것처럼 보였으나 남모르는 불안으로 숨이 막힐 지경이었다.

　기차가 멎자 사람들이 올라탔다. 교장 선생은 손을 흔들
었고, 아버지는 여송연에 불을 붙였다. 이윽고 아래 골짜기
사이로 읍내와 시내가 사라져갔다. 두 사람에게 있어서 여행
은 고통이었다.

　슈투트가르트에 도착하자, 아버지는 갑자기 활기를 띠고
쾌활했으며 상냥하고 사교가라도 된 듯이 했다. 어쩌면 며칠
간 도시에 온 시골의 촌뜨기다운 기쁨 때문에 그런 활기를
북돋게 된 것이리라. 그렇지만 한스는 점점 더 말이 없어지
고 한층 불안해졌다. 그는 거리를 바라보며 깊은 중압감을
느꼈다. 낯선 얼굴들, 사람을 위압적으로 오만하게 내려다보
는 요란하게 장식된 건물과, 가물가물하리만큼 긴 도로와 거
리를 왕래하는 마차, 거리의 소음, 이 모든 것들이 그에게 위

압감을 주었고 두려움을 주었다. 두 사람은 아주머니뻘 되는
집에 숙소를 잡았다. 그러나 소년은 그곳에서 낯선 방이나
아주머니의 지나칠 정도의 친절과 수다, 그리고 아버지의 쉴
새 없는 장황한 격려의 설교를 들어야만 했기 때문에 소년은
완전히 우울한 기분이 되어 버렸다. 그는 마치 이방인처럼
어찌할 바를 모르고 방 안에 웅크리고 멍청하게 앉아 낯선
주위, 즉 아주머니의 도회풍 의상이나 큰 무늬를 그린 양탄
자며 탁상 시계, 벽의 그림 등을 보거나 창 너머의 소란스러
운 거리를 내다보면서 그는 완전히 버려지고 만 것 같은 기
분이 되었다. 집을 떠난 지 이미 오랜 시간이 흘러간 것 같았
고 애써 배운 것들도 일시에 모두 잊어버린 것 같은 기분이
들었다.

　오후에 그는 다시 한 번 그리스 어의 불변사를 복습할 생
각이었는데 아주머니가 산책을 나가자고 제안했다. 그 순간
한스의 마음 속에는 초원의 푸르름과 숲의 바람소리 같은 것
이 홀연히 떠올라 기꺼이 아주머니의 그 제의를 받아들였다.
그렇지만 곧 그는 이 대도시에서의 산책은 시골과는 다른 오
락의 하나임을 알게 되었다.

　아버지는 시내에 방문할 일이 있었기 때문에 한스는 아주
머니와 둘이서만 산책을 하기로 했다. 그런데 집을 나서기도
전에 충계 중간에서 아주 비참한 일이 생겼다. 뚱뚱하고 거
만하게 생긴 어떤 부인과 맞닥뜨린 것이다. 그러자 아주머니
는 허리를 굽혀 그 부인 앞에서 인사를 했다. 그러자 그 부인
은 갑자기 대단한 말솜씨로 말하기 시작했다. 이야기는 선
채로 십오분 이상이나 계속되었고 한스는 층계 난간에 몸을
기대고 서 있었다. 그러자 그 부인이 데리고 있던 조그마한
개가 그를 보고 짖어대며 으르렁거렸다. 그리고 또한 뚱뚱보
부인은 코안경 너머로 몇 번이나 그의 위아래를 훑어보았으

므로 한스는 자기 자신에 대한 말도 하고 있음을 어렴풋이나마 짐작할 수 있었다. 아주머니는 겨우 거리에 나서자 느닷없이 어떤 가게 안으로 들어가더니 좀처럼 나오지 않았다. 그 동안 한스는 초조하게 거리에 서서 기다리다가 지나가는 사람들에게 옆으로 밀쳐지기도 하고 거리의 개구쟁이들로부터 놀림을 당하기도 했다. 아주머니는 가게에서 나오자 한스에게 넓적한 초콜릿 하나를 주었다. 그는 초콜릿을 좋아하지 않았지만 공손하게 감사하다는 인사를 하고 받았다. 다음 길 모퉁이에서 그들은 철도마차를 탔다. 거기서부터 만원이 된 차는 쉴 새 없이 방울을 울리면서 여러 군데의 거리를 지나서 마침내 가로수가 서 있는 공원에 당도했다. 거기에는 분수가 물을 내뿜고 있었고, 울타리를 두른 화단에는 꽃이 피어 있었으며 인공으로 만든 작은 연못에는 금붕어가 놀고 있었다. 그들은 산책하는 사람들 틈에 끼어 이리저리 밀리며 거닐었다. 많은 사람들의 얼굴, 우아한 옷차림, 그밖의 여러 가지 색상의 자전거, 환자용 손수레, 유모차 등이 눈에 띄었고, 시끄러운 소리가 들려 왔으며 들이쉬는 공기는 미적지근하고 먼지투성이인 것 같았다. 이윽고 그들은 다른 사람들과 나란히 벤치에 자리를 잡았다. 아주머니는 아까부터 거의 쉬지 않고 이야기를 하더니 자리에 앉아 한숨을 내쉬고 한스에게 다정스러운 미소를 지으며 여기서 초콜릿을 먹으라고 말했다. 하지만 그는 먹고 싶지 않았다.

「사양하는 거니? 그러지 말고 먹어. 자, 먹어요.」

그래서 한스는 초콜릿을 꺼내서 잠시 동안 은박지를 만지작 거리다가 마침내 초코릿을 조금씩 떼어 입에 넣었지만 아무리 생각해도 초콜릿을 먹고 싶은 생각이 없었다. 하지만 그것을 아주머니에게 말할 용기는 없었다. 한스가 초콜릿 한 조각을 먹고 있을 때 아주머니는 혼잡한 사람들 속에서 아는 사람을 발견하고 달려나가면서 말했다.

「여기에 앉아 있어라. 곧 돌아올 테니.」

한스는 안도의 숨을 내쉬고는 이 기회를 이용하여 초콜릿을 잔디밭 안 쪽으로 던져 버렸다. 그러고 나서 박자를 맞춰 다리를 흔들며 많은 사람들을 바라보고 있으려니까 한심스러운 생각이 들었다. 그래서 그는 불규칙 동사를 외기 시작했다. 그런데 어찌된 일인지 전혀 외워지지가 않는 것이었다. 내일이 주의 시험날인데 아주 깨끗하게 잊고 있었다.

아주머니가 돌아왔다. 올해는 주의 시험 지원자가 백열여덟 명이라는 소식을 듣고 왔다. 합격자 수는 불과 서른여섯 명뿐이라는 말을 듣자 소년은 완전히 기운을 잃고 돌아오는 도중 한 마디도 입을 열지 않았다. 한스는 집에 돌아오자 머리가 아파서 아무것도 먹고 싶지 않았다. 몹시 기가 죽어 있었으므로 아버지는 호되게 꾸짖었고 아주머니는 형편없는 아이라고 생각했다. 밤에 그는 숨막힐 듯한 깊은 잠 속에서 무서운 꿈에 시달렸다. 그는 백열여덟 명의 수험생과 함께 시험장에 앉아 있었다. 시험관은 고향의 읍내 목사를 닮은 것 같기도 했다. 시험관은 한스 앞에다 초콜릿을 무더기로 쌓아 놓고는 먹으라고 했다. 한스가 울면서 그걸 먹고 있는 동안에 다른 수험생들은 차례차례로 일어나서 작은 문으로 나가는 것이었다. 모두가 각자 몫의 초콜릿을 먹어 버렸는데도 한스의 것만은 눈 아래에서 점점 더 불어나 책상과 의자 위에 가득 쌓여 그를 질식시키려고 하는 것만 같았다.

다음날 아침 한스가 시험에 늦지 않으려고 시계에서 눈을 떼지 않고 커피를 마시고 있을 무렵, 고향의 읍내에서는 많은 사람들이 그의 일을 걱정하고 있었다. 우선 구둣방의 플라크, 그는 아침 수프를 들기 전에 기도를 드렸다. 가족들과 직공과 두 사람의 견습공이 식탁에 둘러앉았다. 그는 늘 하는 아침 기도에 오늘은 다음과 같은 문구를 덧붙였다.

「주여! 오늘 시험을 보는 한스 기벤라트 학생을 지켜주시옵고, 그를 축복하고 강인하게 해주시옵소서. 훗날 주님의 거룩한 이름을 올바르게 알리는 깨우친 사람이 되게 하옵소서.」

읍내의 목사는 한스를 위해 특별히 기도는 하지 않았으나 아침 식사 때 부인에게 말했다.

「드디어 기벤라트가 시험을 치는 날이요. 그 아이는 언젠가 남다른 사람이 되어 틀림없이 주목받는 사람이 될 테니 두고 보시오. 그렇게 되면 라틴 어 공부를 도와준 것이 손해가 되지 않을 거요.」

담임 선생은 수업을 시작하기 전에 학생들에게 말했다.

「자, 마침내 슈투트가르트에서 주(州)의 시험이 시작된다. 우리는 기벤라트의 성공을 빌자. 하기야 그에게는 그런 일은 필요없겠지. 너희들 같은 게으른 놈들은 열 명이 한데 뭉쳐도 어림도 없을 테니까.」

학생들 역시 거의 모두가 이곳에 없는 한스에 대해 생각을 하고 있었다. 특히 한스의 합격 여부에 대해 내기를 걸고 있던 많은 사람들은 더욱 그러했다.

진심에서 우러나오는 기원과 깊은 동정심은 아무리 먼 거리라도 쉽게 넘어서 전달되는 것이기에 한스도 고향에 있는 사람들 모두가 자기에 대해서 생각하고 있다는 사실을 감지할 수 있었다. 한스는 두근거리는 가슴을 안고 학교 조교의 지시대로 따르는데도 겁을 먹고 아버지를 따라 시험장에 들어섰다. 그러면서 마치 고문실(拷問室)에 들어서는 듯 교실을 꽉 메운 창백한 소년들을 수줍은 듯 들여다 보았다. 그러나 교수가 들어와서 조용히 하라고 명하고 라틴 어의 문체(文體) 연습 원문을 받아쓰게 하자, 한스는 비로소 한숨을 돌리면서 매우 문제가 쉽다고 생각하고 즐겁다고 해도 과언이 안 될 만큼 좋은 기분으로 거침없이 초고를 구상하고는 이어 신중하면서도 깨끗하게 정서했다. 그는 제일 먼저 답안지를 제출한 학생 중의 한 사람이었다.

그러고 나서 그는 아주머니의 집으로 돌아가는 길을 잘못 들어 무더운 도시의 거리를 두 시간이나 헤매었으나 다시 되찾은 마음의 평정은 그다지 흐트러지지는 않았다. 도리어 아주머니나 아버지로부터 얼마 동안 더 떨어져 있다는 사실이 기쁠 정도였다. 게다가 낯설고 시끄러운 도시의 거리를 걷고 있으려니, 무모한 모험가와도 같은 기분이 들었다. 애써서 길을 묻고 물어 겨우 집에 당도하자 빗발치는 질문 공세를 받아 잠시도 쉴 수가 없었다.

「어떻더냐? 어떤 식이었니? 잘 되었느냐?」

「쉬웠어요. 그런 것이라면 오학년 때 이미 해석할 수 있었던 거였어요.」

하고 그는 자랑스러운 듯이 말했다.

그는 몹시 배가 고팠기 때문에 열심히 먹어댔다. 오후는 아무 할 일도 없었다. 아버지는 한스를 데리고 친척과 친구들을 찾아다녔다. 그 중의 한 집에서 검정옷을 입은 내성적인 소년을 만났는데, 그도 똑같이 입학 시험을 보기 위해 괴핑겐에서 왔던 것이었다. 소년들은 둘만 남게 되자 서먹서먹하면서도 호기심을 갖고 서로 얼굴을 바라보았다.

「라틴 어 문제는 어땠니? 쉽다고 생각지 않니?」

하고 한스가 물었다.

「아주 쉬웠어. 하지만 바로 그것이 함정이야. 쉬운 문제일수록 가장 틀리기가 쉬운 법이거든. 방심하니까 말야. 거기에 감추어진 함정이 있었을 거야.」

「그럴까?」

「물론이지. 시험관도 그렇게 어리석지는 않으니까.」

한스도 약간 놀라며 같은 생각에 잠겼다. 그러고 나서 조심스럽게 물었다.

「원본을 가지고 있니?」

소년은 노트를 가지고 와서 함께 문제를 빠짐없이 살펴보았다. 괴팅겐의 소년은 라틴 어에 정통한 것처럼 보였다. 그는 적어도 한스가 아직 전혀 들어본 적이 없는 용어를 두 번이나 사용했다.

「내일은 무슨 과목이지?」

「그리스 어와 작문이야.」

그러고 나서 괴팅겐의 소년은, 한스네 학교에서는 수험생이 몇 명이나 왔느냐고 물었다.

「나 혼자뿐이야.」

하고 한스는 말했다.

「뭐야? 우리 괴팅겐에서는 열두 명이나 왔어. 그 중에 영리한 아이가 세 명 있는데 그들 중의 한 명이 일등을 차지할 것으로 모두가 기대하고 있어. 작년에도 일등을 괴팅겐의 학생이 차지했으니까. 그런데 낙제하면 김나지움(7년제의 문과 고등학교)에 갈거니?」

그런 이야기는 전혀 거론된 적이 없었다.

「모르겠어……. 아니, 가지 않을 거야.」

「그래? 난 이번에 낙제해도 어차피 상급 학교로 가게 되어 있어. 어머니가 낙제하면 울름으로 보내준다고 했으니까.」

그 말을 듣자, 한스는 그 소년이 자기보다 뛰어난 아이라는 생각이 들었다. 그러고 보니 아주 영리하다는 세 학생을 포함한 열두 명의 괴팅겐의 학생들도 그를 불안하게 했다. 이렇게 보면 도저히 합격될 가망이 없었다.

집에 돌아오자 책상에 앉아 mi로 끝나는 동사를 다시 한 번 조사해 보았다. 라틴 어에 대해서는 자신을 가지고 있었기 때문에 그는 불안하지 않았다. 그리스 어에 대해서는 일종의 독특한 기분을 갖고 있었다. 그는 그리스 어가 좋았을 뿐만 아니라 거기에 열중하긴 했지만 그것은 다만 읽기 위한 것뿐이었다. 특히 크세노폰은 아주 아름답고 감동적인 문제라고 여겼다. 모든 것이 밝고 사랑스러운 힘찬 울림이었으며, 경쾌하고 자유스러운 정신으로 이루어져 있었고 게다가 이해하기도 쉬웠다. 하지만 문법이나 독일어를 그리스 어로 번역해야만 될 경우에는 엇갈린 문법상의 규칙과 형태의 혼동에 빠졌으며, 그전에 그리스 어의 알파벳도 읽지 못했던 그 과목을 처음 배울 당시와 거의 똑같은 공포감을 이 외국어에 대해 느끼는 것이었다.

다음날은 과연 그리스 어 시험이 있었고, 이어서 독일어의 작문이 있었다. 그리스 어의 문제는 상당히 긴 데다가 결코 그리 쉬운 문제가 아니었고 독일어 작문의 테마는 다루기 힘들었으며, 자칫 틀리기 쉬운 염려가 있었다. 열시경부터 넓은 시험장은 후덥지근했다. 한스의 펜은 그다지 좋은 것이 아니어서 그리스 어의 답안지를 정서해 내기까지는 종이를 두 장이나 버렸다. 작문 시험 때는 옆자리의 뻔뻔스러운 학생이 질문을 쓴 종이 쪽지를 한스에게 내밀며 옆구리를 쿡쿡 찌르면서 대답을 재촉하는 바람에 몹시 난처했다. 같이 앉은 학생과 이야기하는 것은 금지되어 있었으므로, 이를 어기는 사람은 가차없이 퇴장을 당하는 형편이어서 한스는 두려움에 떨면서 그 종이 쪽지에 『방해하지 말아줘』하고 써주고는 등을 돌려 버렸다. 심한 무더위였다. 감독 교수는 끈기있게 한결같은 걸음걸이로 방 안을 왔다갔다하면서 잠시도 쉬지 않고 있었으나 몇 번씩 손수건을 꺼내 흐르는 땀을 닦았다. 한스는 견진 성사 때의 두터운 옷을 입고 있었기 때문에 식은땀이 나고 머리가 아팠다. 그래서 한스는 시험을 망쳤다는 기분으로 결함 투성이의 답안지를 제출했다.

식사 때, 그는 한 마디도 말하지 않고, 무슨 말을 물어도 어깨를 움츠릴 뿐 죄인 같은 얼굴을 하고 있었다. 아주머니는 여러 가지로 위로해 주었으나 아버지는 흥분한 나머지 언짢아해 했다. 식사가 끝나자 아버지는 아들을 옆방으로 데리고 가서 꼬치꼬치 캐물었다.

「시험을 잡쳤어요.」

하고 한스는 말했다.

「어째서 조심하지 않았니? 차분한 마음을 가지고 할 수도 있잖아? 어리석은 녀석 같으니라구.」

한스는 잠자코 있었으나, 아버지가 나무라기 시작하자 그도 화를 내며 말했다.

「아버지는 그리스 어 같은 건 조금도 모르시잖아요?」

가장 난처했던 것은 두시에 구두 시험을 치르러 가야만 하는 것이었다. 그는 그것을 가장 두려워하고 있었다. 찌는 듯한 무더운 거리를 걷고 있는 동안 그는 완전히 비참한 기분이 되었다. 고통과 불안과 현기증 때문에 눈을 뜨고 있을 수 없을 정도였다.

큰 녹색 책상을 마주하고 있는 세 명의 시험관 앞에 그는 십분간 앉아서, 두서너 개의 라틴 어 문장을 번역하고 묻는 질문에 대답해야 했으며, 그리고 나서 또 10분간 다른 세 명의 시험관 앞에 앉아서 그리스 어를 번역하고 여러 가지의 질문을 받았다. 끝으로 시험관은 그리스 어의 불규칙 과거형 하나를 물었는데 한스는 대답하지 못했다.

「가도 좋아요. 저기 오른쪽 문으로!」

그는 걸어나가다가 출입구에서 과거형을 생각해 내고는

멈춰 섰다.

「밖으로 나가요 !」

하고 시험관은 소리쳤다.

「밖으로 나가라니까. 아니, 불만이라도 있는가?」

「그렇지 않습니다. 질문하셨던 과거형이 방금 생각이 나서요.」

그는 방 안을 향해 큰소리로 과거형을 외쳤다. 그리고는 시험관 중의 한 사람이 웃는 것을 보고는 화끈거리는 머리를 안으면서 그 방을 뛰쳐 나왔다. 그리고 나서 그는 질문과 자기가 한 대답을 생각해 내려고 애썼으나 모든 게 뒤죽박죽이 되어 버렸다. 다만 커다란 녹색 책상의 표면과 프록코트 차림의 나이든 세 사람의 엄숙한 표정과 거기에 펼쳐져 있던 책과 그 위에 놓여진 자신의 떨리는 손만이 되풀이해서 눈에 아른거릴 뿐이었다. 『아, 나는 어떤 대답을 해버렸다는 것인가?』

거리를 걷고 있던 한스는 여기에 온 지가 벌써 몇 주일이 지나서인지 돌아갈 수 없게 된 것 같은 기분이 들었다. 그리고 고향집 뜰의 광경과 전나무의 푸른 산들과 강가의 낚시터 등이 아주 멀리 떨어져서, 오랜 옛적에 본 적이 있는 것처럼 생각되었다. 『아, 오늘 안으로 집으로 돌아갈 수 있었으면…….』이곳에 머물러 있어도 이젠 아무런 소용도 없다. 어차피 시험은 망치고 만 것이다.

그는 우유빵을 하나 샀다. 그리고 아버지에게 변명하는 것이 싫어서 오후 내내 거리를 돌아다녔다. 그가 마침내 집으로 돌아오자 모두들 그를 걱정하고 있었다. 그는 매우 지쳐 있어 안스럽기 그지 없었으므로 달걀 수프를 먹인 다음 잠자리에 들게 했다. 내일은 또 수학과 종교 시험이 있었다. 그것만 끝나면 집으로 돌아갈 수가 있는 것이다.

　다음날 시험은 아주 잘 치뤘다. 어제는 중요한 과목에서 실패는 했지만 오늘 모든 것이 잘 되었다는 건 씁쓸한 아이러니로 느껴졌다. 그러나 이젠 아무래도 좋다. 마침내 집으로 돌아갈 일만 남았을 뿐이다.

　「시험은 끝났습니다. 이젠 집으로 돌아가도 됩니다.」

　하고 그는 돌아오자마자 아주머니에게 말했다.

　아버지는 오늘 하루 더 이곳에 있자고 했다. 모두 칸슈타트로 가서 그곳 온천 공원에서 커피를 마시자는 것이었다. 그렇지만 한스가 너무나 간곡히 돌아갈 것을 애원하자 아버지는 오늘 안으로 혼자서 돌아가도 좋다고 허락을 했다. 한스는 기차역까지 배웅을 받았으며 기차표를 받자 아주머니로부터 작별의 키스와 먹을 것을 받았다. 그러고 나서 완전히 지친 그는 아무런 생각도 없이 기차에 흔들려서 푸른 구릉(丘陵) 지대를 누비며 집으로 향했다. 검푸른 전나무의 언덕이 나타나기 시작했을 때, 소년은 비로소 구원을 받은 것 같은 희열의 감정에 휩싸였다. 늙은 하녀와 자신의 작은 방과 교장 선생과 야트막한 정든 교실과 그밖의 모든 것들이 즐겁게 기다려졌다. 다행히도 정거장에는 덥적거리기 좋아하는 사람이 한 사람도 없어서 남의 눈에 띄지 않고 조그만 짐을 들고 집으로 재빨리 돌아갈 수 있었다.

　「슈투트가르트는 좋던가요?」

　하고 늙은 하녀 안나가 물었다.

　「좋았느냐고요? 시험이 좋은 것인 줄로 알아요? 돌아온 것이 기쁠 뿐이에요. 아버지는 내일 돌아온대요.」

　그는 신선한 우유를 한 잔 마시자 창 밖에 매달려 있던 수영 팬츠를 집어들고 뛰어나갔다. 그렇지만 다른 사람들이 우글대는 수영장 초원에는 가지 않았다.

　그는 읍내에서 멀리 떨어진 바게로 갔다. 그곳엔 우거진 수풀 사이로 깊은 물이 천천히 흐르고 있었다. 그는 옷을 벗고 우선 손을 담근 다음, 발을 조심스럽게 더듬거리며 물 속으로 들여 놓았다. 몸이 좀 떨렸으나 이윽고 휙 몸을 날려 물 속으로 뛰어들었다. 약한 물줄기를 거슬러 천천히 헤엄을 치고 있자니 지난 며칠간의 땀과 불안이 그의 몸에서 씻겨져 가는 것만 같았다. 그의 연약한 몸이 물에 잠겨 있는 동안에, 그의 마음은 서늘해지고 새로운 기쁨으로 넘쳐 아름다운 고향을 실감할 수 있었다. 그는 빠르게 혹은 천천히 그리고 쉬기도 하면서 헤엄을 쳤는데, 기분이 좋은 차가움과 피로에 둘러싸이는 것을 함께 느꼈다. 그는 하늘을 보고 누워 하류로 떠내려 가면서 금빛의 원을 그리며 떼지어 나는 날파리들의 윙윙거리는 소리에 귀를 기울였다. 또한 해질 무렵이 가까워 오자 작은 제비들이 하늘을 날쌔게 가로질러 가는 것을 보았다. 벌써 산 너머로 기운 태양이 하늘을 장미빛으로 붉게 물들이고 있었다. 그는 옷을 주워 입고 꿈을 꾸는 듯한 기분으로 어슬렁어슬렁 집으로 돌아올 때에는 어느덧 골짜기는 완전히 그늘져 있었다.

돌아오는 도중에 상인 작크만의 뜰을 지나게 되었다. 그곳에서 한스는 아주 어렸을 때 두세 명의 아이들과 함께 설익은 자두를 훔친 적이 있었다. 그런 추억을 떠올리며 하얀 전나무의 목재들이 널려 있는 킬히너 토목 공사장 옆을 지나갔다. 이전에 그 재목 아래에서 항상 낚싯밥으로 쓰일 지렁이를 찾았던 곳이다. 그 다음에 검사관 게슬러의 작은 집 옆도 지나갔다. 이년 전 스케이트를 탈 때, 한스는 그 집 딸 엠마와 가까워지고 싶은 충동을 느꼈던 것이다. 엠마는 이 읍내의 여학생 중에서 가장 예쁘고 우아했다. 나이도 그와 비슷한 또래였다. 그 무렵, 그는 엠마와 한번이라도 이야기를 나누든지 악수를 했으면 하는 것을 한결같이 열망했으나 그것은 끝내 실현되지 못하고 말았었다. 그가 다소 지나치게 수줍어 했기 때문이었다. 그 후 엠마는 기숙사가 있는 학교에 들어가고 말았으므로 이젠 그녀의 얼굴도 잘 기억하고 있지 않았다. 그렇지만 이런 어릴 적 일이 아주 먼 곳에 있기나 한 것처럼 지금 또다시 한스의 머리에 떠올랐다. 그런데도 그것은 지금까지 경험한 일보다도 강한 색채와 이상스럽게도 가슴을 설레게 하는 향기를 가지고 있었다. 역시 그 무렵의 일이지만 저녁때면 그는 나쉴트의 집 리제와 함께 문간의 통로에 앉아서 감자 껍질을 벗기면서 여러 가지의 이야기를 듣기도 했던 것이다. 또한 일요일이면 아침 일찍 둑 아래에서 마음 속으로 겁을 먹으면서도 바지를 높이 걷어올리고 민물 새우와 고기를 잡느라고 일요일의 나들이옷을 버려 나중에 아버지한테 매를 맞은 일도 있었다. 그리고 그 시절은 기이한 일과 이상한 사람들이 많았다. 그것을 그는 벌써 오랫동안 완전히 잊고 있었다. 목이 굽은 구둣방 아저씨 쉬트로마이어 씨가 자기 아내를 독살한 것이 확실하다는 이야기도 있었다. 그리고 약간 엉뚱한 벡크 씨, 그 사람은 지팡이와 점심 보자기를 들고 주 전역을 떠돌아 다니고 있었는데, 예전에는 돈부자로 한 대의 마차와 네 마리의 말을 소유하고 있었기 때문에 『씨』라는 존칭으로 불렸다. 한스는 이제 그러한 사람들에 관해서는 이름 이외에는 아무것도 기억하지 못하여, 이 어두컴컴한 작은 골목의 세계가 자기와는 인연이 먼 것으로 막연히 느끼고 있었다. 그렇다고 해서 그 대신으로 다른 활기찬 일이나 추억거리가 될 만한 것이 생긴 것도 아니었다.

다음날도 역시 휴가가 남아 있었기 때문에 한스는 낮까지 늦잠을 자면서 자유스러운 기분을 마음껏 즐겼다. 점심때가 되자 아버지를 마중하러 나갔다. 아버지는 아직도 슈투트가

르트에서 맛본 여러 가지의 즐거움으로 가득 차 행복스럽게
보였다.

「합격하게 되면 무엇이든 원하는 것을 해줄 테니. 잘 생각
해 두어라.」

하고 아버지는 기분좋은 얼굴로 말했다.

「틀렸어요. 떨어질 것이 뻔해요.」

하고 소년은 한숨을 내쉬었다.

「말도 안 돼. 어째서 그런 말을 하는 거냐? 내 마음이 변
하기 전에 무엇이든 원하는 것을 말해 두는 것이 좋을 거
다.」

「방학이 시작되면 다시 낚시질을 가고 싶어요. 가도 되
죠?」

「좋고말고. 단 시험에 합격하면 말이다.」

다음날은 일요일이었지만 소나기가 억수같이 내렸다. 한
스는 여러 시간을 자기 방에 틀어박혀서 책을 읽거나 생각에
잠기기도 했다. 다시 한 번 슈투트가르트에서의 시험 성적을
세밀히 구체적으로 생각해 보았다. 그리고는 언제나 그렇지
만 절망감에 휩싸여 더 좋은 답안을 작성할 수 있었을 텐데
하는 결론에 도달하는 것이었다. 이젠 절대로 합격될 가망은
없을 것이라고 생각했다. 무슨 한심스러운 두통인가! 차츰
어떤 불안이 더해져 그는 가슴이 답답해지기만 했다. 마침내
무거운 걱정에 사로잡혀 그는 아버지에게로 건너갔다.

「저, 아버지.」

「왜 그러느냐?」

「좀 여쭤볼 말씀이 있어요. 아까 말씀드렸던 낚시질은 그
만두려고 해요.」

「뭐야? 도대체 무엇 때문에 이제 와서 그런 말을 하느
냐?」

「전…… 전 묻고 싶었어요. 어쩌면…….」

「다 말해 보렴. 쓸데없는 농담 집어치우고 속시원히 말해 보렴, 무엇 때문에 그러는 것이냐?」

「혹시라도 낙제하면 제가 김나지움에 입학해도 되는지요?」

기벤라트 씨는 어이없는 얼굴을 했다.

「뭐야? 김나지움에 가겠다구?」

그는 별안간 호통을 쳤다.

「누가 그 따위 생각을 가지도록 했느냐?」

「아무도 아녜요. 전 그저 그렇게 생각을 했을 뿐이에요.」

소년의 얼굴에서 단말마의 괴로움을 읽을 수 있었으나 아버지는 그것을 눈치채지 못했다.

「자, 자, 그만두자!」

하고 아버지는 화가 나는 듯이 웃으면서 말했다.

「터무니없는 짓이다. 김나지움에 가다니. 내가 상업 고문관이라도 되는 걸로 생각하는 거냐?」

아버지가 심하게 거절했기 때문에 한스는 단념하고 맥없이 물러갈 수밖에 없었다.

「철없는 녀석! 그런 일이 있을 법한 노릇인가? 이번에는 김나지움에 가겠다니. 바보 같은 놈. 당치도 않은 그릇된 생각이지.」

한스는 반 시간 동안 창가에 걸터앉아서 깨끗이 닦은 마룻바닥을 바라보면서, 정말로 신학교도 김나지움도 공부도 할 수 없게 되면 어떻게 할 것인가 하는 생각에 잠겼다. 아마도 견습공으로서 치즈 가게나 사무실에 들어가서 일생을 평범하고 가엾은 사람이 되어 끝마치게 될 것이다. 그는 그런 사람들을 경멸하고 있었으며, 어떤 일이 있어도 그런 사람들보다는 더 뛰어난 사람이 되려고 했었다. 귀엽고 영리해 보이는 학생다운 얼굴은 일그러지고, 분노와 슬픔으로 가득 찬 우거지상이 되었다. 그는 미친 듯이 뛰어오르고, 침을 내뱉으며, 거기에 놓였던 라틴 어의 발췌 독본을 집어들어 힘껏 벽을 향해 내동댕이쳤다. 그리고는 빗속으로 뛰어나갔다.

월요일 아침, 일찍이 그는 학교에 갔다.

「어떻더냐?」

하고 교장 선생은 물으며 손을 내밀었다.

「어제 오리라고 생각했었는데……. 그래, 시험은 어떻게 되었느냐?」

한스도 고개를 숙였다.

「아니, 어찌된 일이냐? 실패한 거냐?」

「그런 것 같습니다.」

「어쨌든 조금만 참아 보려무나.」

교장 선생은 위로해 주었다.

「아마 오늘 오전 중으로 슈투트가르트에서 통지가 올 것이다.」

오전은 몹시 지루했다. 더군다나 아무런 소식도 오지 않았다. 점심때에도 가슴 속에 치미는 무엇 때문에 한스는 거의 아무것도 먹을 수가 없었다.

오후 두시에 교실로 가자, 담임 선생이 먼저 와 있었다.

「한스 기벤라트!」

하고 선생은 큰소리로 불렀다.

한스는 앞으로 걸어나갔고 선생은 손을 내밀었다.

「기벤라트, 축하한다! 너는 주의 시험에 이등으로 합격했다.」

교실은 쥐죽은 듯이 조용해졌다. 문이 열리고 교장 선생이 들어왔다.

「축하한다. 자, 뭐라고 한 마디 말해 봐.」

소년은 너무나도 뜻밖의 일이라, 기쁨 때문에 완전히 굳어서 입을 열 수가 없었다.

「아니, 왜 아무 말도 하지 않느냐?」

「이럴 줄 알고 있었다면.」

하는 말이 저도 모르게 그의 입에서 튀어나왔다.

「아주 일등을 해버리는 건데.」

「자, 집에 돌아가거라.」

하고 교장 선생은 말했다.

「아버님께 알려 드려라. 이제는 학교에 나오지 않아도 된다. 그렇잖아도 일주일만 지나면 방학이니까.」

현기증이 날 것 같은 기분으로 소년은 거리에 나섰다. 서 있는 보리수와 햇살이 내리쬐고 있는 광장이 눈에 띄었다. 모든 것이 여느 때와 다름없었으나, 전보다 더 아름답고 의미 깊고 즐거운 듯이 보였다. 그는 합격했던 것이다. 더구나 이등이었던 것이다. 최초의 격한 기쁨이 지나가자, 그의 마음은 뜨거운 감사의 생각으로 가득찼다. 이제는 읍내 목사님을 피해서 다닐 필요가 없으며 드디어 하고 싶은 공부도 할 수 있게 된 것이다. 게다가 치즈 가게나 사무실에 들어가 점원이 되는 것을 두려워할 필요도 없었다.

그리고 이제야말로 낚시질을 갈 수 있는 것이다. 한스가 집에 돌아오자 때마침 아버지는 현관 입구에 서서 그를 기다리고 있었다.

「어찌된 일이냐?」

하고 아버지는 아무렇게나 말했다.

「대단한 일이 아녜요. 이젠 학교에 오지 않아도 된다고 했어요.」

「뭐냐? 도대체 무슨 말이냐?」

「저는 이제 '신학교 학생이니까요.」

「그래? 합격했다는 거냐?」

한스는 고개를 끄덕였다.

「좋은 성적이더냐?」

「이등이었어요.」

그것은 내로라 하던 아버지도 예기치 못한 일이었다. 그는 완전히 할 말을 잊고 아들의 어깨를 연달아 두드리며 웃고는 머리를 흔들었다. 그리고는 무슨 말을 하려고 입을 열었으나, 아무 말도 하지 않고 그저 머리만 흔들 뿐이었다.

「장한 일이다.」

하고 마침내 그는 소리쳤다. 그리고는 또 한 번

「장한 일이다.」

하고 기쁨을 감추지 못했다.

한스는 집 안으로 뛰어들어가 층계를 오르고 다락방으로 갔다. 아무도 사용하지 않는 다락방의 벽장을 열고 그 속을 뒤져 여러 가지 상자와 끈다발과 코르크 등을 끄집어냈다. 그것은 그의 낚시 도구였다. 이제는 무엇보다도 먼저 좋은 낚싯대를 찾아내어 잘라야만 했다. 그는 아버지에게로 내려갔다.

「아버지, 주머니칼을 좀 주세요.」

「무엇에 쓸려구?」

「낚싯대를 잘라야 해요. 고기 낚을…….」

아버지는 호주머니에 손을 넣었다.

「자.」

하고 그는 웃음 띤 얼굴로 크게 말했다.

「자, 이 마르크다. 네 칼을 사도록 해라. 하지만 한프리트에게 사지 말고 건너편 날붙이 대장간에 가서 사려무나.」

한스는 곧바로 대장간으로 달려갔다. 대장간 아저씨는 시험에 대해서 묻고는 기쁜 소식을 듣자 특별히 좋은 칼을 내

주었다. 하류의 브뤼엘 다리 아래쪽에는 아름답고 낭창낭창한 오리나무와 개암나무가 무성하게 서 있었다. 한스는 그곳에서 오랫동안 고른 끝에 튼튼하고, 탄력이 있는 나무랄 데 없는 좋은 가지를 베어 급히 집으로 돌아왔다.

그는 빨갛게 상기된 얼굴로 눈을 번득이며 낚시 도구를 준비하기 시작했다. 그것은 그에게 있어 낚시질 이상으로 즐거운 일이었다. 그는 오후 늦게까지 그 일에 몰두했고 저녁때는 이층에 틀어박혀 있었다. 흰색, 갈색, 녹색의 실을 선별하고, 정성스럽게 살펴가며 오래된 매듭을 잇기도 하고 헝클어진 것을 풀기도 했다. 여러 가지 모양과 크기의 코르크와 찌를 검사하거나 새로 깎기도 하고, 각기 다른 무게의 작은 납덩이를 두들겨 둥글게 하거나 금을 넣고 실의 저울추를 달기도 했다. 그 다음은 낚시 바늘을 챙겼다. 그것은 간수해 둔 것이 아직도 조금 있어서 그것을 나누어 일부는 네 겹의 검정 바느질 실과 악기의 장선(腸線)에, 나머지는 잘 꼰 말총에 단단히 잡아맨다. 그 일은 저녁때가 되어서야 모두 끝났다. 이것으로 한스는 일곱 주 동안의 긴 방학 동안 지루하지 않게 보낼 수 있게 된 것이다. 낚싯대만 있으면 그는 매일 아침부터 밤까지 혼자 강가에서 지낼 수 있었기 때문이다.

제2장

　여름 방학은 이렇지 않으면 안 된다. 산 위에는 용담빛 같은 푸른 하늘이 떠 있고 가끔씩 줄기찬 장대비가 간간이 내릴 뿐, 몇 주일이나 눈부시게 뜨거운 날이 계속되었다. 강은 많은 사암(沙岩)과 전나무 그늘과 좁다란 골짜기 사이를 흐르고 있었으나 물이 따뜻해져 있었으므로, 저녁 늦게까지도 멱을 감을 수가 있었다. 작은 도시 주변에는 말린 풀과 베어 놓은 풀 냄새가 감돌고 있었다. 좁고 긴 보리밭은 누런 금갈색으로 물들어 있었고 여기저기의 개울가에는 하얀꽃이 피는 독미나리 같은 풀이 사람의 키만큼이나 높이 자라고 있었다. 그 꽃은 삿갓 같은 모양이었고, 거기에는 작은 딱정벌레들이 쉴 새 없이 가득 꾀어 있었는데 그것의 가운데 줄기를 자르면 속이 빈 크고 작은 피리가 되었다.

　수풀가에는 솜털 같은 노란꽃이 현란하게 열을 지어 있었고, 부처꽃과 바늘꽃이 날씬하면서도 강한 줄기 위에 흔들리면서 골짜기 비탈을 온통 자홍색으로 덮고 있었다. 전나무 아래에는 이상야릇하게 생긴 키 큰 빨간 디기탈리스가 엄숙하면서도 아름답게 높이 솟아 있었다. 그 근생엽(根生業)에는 은빛의 보드라운 털이 있어 폭이 넓고, 줄기가 질기며, 꽃받침 위의 꽃은 위쪽으로 나란히 늘어서 있으며 아름다운 주홍색이었다. 그 옆에는 갖가지 종류의 버섯이 자라고 있었다. 그것들은 윤이 나는 붉은 파리잡이버섯, 두텁고 넓적한 우산버섯, 붉은 가지가 많은 싸리버섯, 이상스럽게 생긴 술패랭이꽃도 있었으며 그리고 좀 색다르게 빛깔이 없고 병적으로 두터운 석장초(石杖草) 등이었다. 그리고 숲과 풀밭 사이의 잡초가 우거진 경계에는 억센 금작화가 진황색으로 빛나고 있었다. 또 가늘고 긴 연한 보라빛의 석남화가 피어 있으며 그 다음이 초원이었다. 그곳은 벌써 두 번째의 풀베기를 앞에 두고 황새냉이, 원추리, 샐비어, 체꽃 등이 다채롭게 우거져 있었다. 활엽수림 속에서는 되새가 끊임없이 지저귀고, 전나무 숲에는 노르끄레한 빛깔의 다람쥐가 나뭇가지를 뛰어다니고 있었다. 길가와 담 주위, 말라 버린 도랑에는 초록색의 도마뱀이 기분좋게 숨을 쉬며 몸뚱이를 번쩍거리고 있었다. 매미의 노랫소리가 풀밭을 넘어서 아주 멀리까지 싫증낼 줄을 모르듯 울려 퍼졌다.

읍내는 이때가 되면 농촌다워진 느낌을 짙게 풍겼다. 건초차(乾草車)와 마른 풀 냄새, 큰 낫을 가는 소리가 거리와 대기를 가득 채웠다. 만약 두 개의 공장이 없었더라면 완전히 시골에 있는 느낌이 들었을 것이다.

휴가의 첫날 아침, 한스는 애타는 듯이 안나 할멈이 일어날 때를 기다렸다가 부엌으로 따라들어가 커피가 끓기를 기다렸다. 그는 불 지피는 일을 도와 주고 주발에서 빵을 집어와서 신선한 우유로 식힌 커피를 재빨리 마시고는 빵을 호주머니에 집어넣고 밖으로 달려나갔다. 그는 왼편의 철도 쪽에서 멈춰 서서는 바지 호주머니에서 둥근 양철 깡통을 꺼내어 열심히 메뚜기를 잡아 거기에 채우기 시작했다. 기차가 지나갔으나 그렇게 빨리 달려가지는 않았다. 그곳은 선로가 가파른 오르막이 되어 있었으므로 느릿하게 달렸다. 창을 활짝 열어 놓은 기차는 몇 안 되는 승객을 태우고 증기와 연기를 한가로이 길게 내뿜면서 달려갔다. 한스는 그 기차를 보내고 하얀 연기가 소용돌이치고는 이내 이른 아침의 맑게 갠

하늘로 사라지는 광경을 물끄러미 바라보았다. 얼마나 오랫동안 이 모든 것을 그는 보지 못하고 지냈던 것인가! 그는 숨을 깊이 들이마시며 심호흡을 했다. 잃었던 아름다운 시간을 지금 곱으로 되돌리고, 아무 걱정도, 불안도 없이 다시 한번 어린 소년 시절로 돌아가려고 하는 것처럼.

메뚜기를 담은 깡통과 새 낚싯대를 들고서 다리를 건너 뒤쪽 야채밭을 가로질러 물이 가장 깊은 웅덩이를 향해 걸어가는 동안, 한스의 가슴은 은근한 환희와 낚시질에 대한 기대로 가슴이 두근거렸다. 그곳은 버드나무로 가려서 아무에게도 방해받지 않고 낚시질을 할 수 있는 장소였다. 그는 실을 늘여서 작은 납덩이를 달고 살찐 메뚜기를 무자비하게 낚시에 꿰어 멀리 강 한가운데로 힘껏 던졌다. 오래 전부터 익혀온 놀이가 시작되었다. 조그마한 붕어가 떼 지어 몰려들어 미끼를 떼어먹으려고 야단이었다.

미끼는 곧 먹혀 버려 두 번째의 메뚜기가 꿰졌다. 그리고 또 하나, 이어서 네 번째, 다섯 번째, 그는 정성을 들여 조심스럽게 미끼를 달아맸으며 마지막으로 좀더 무거운 납덩이를 실에 달았다.

드디어 제법 큰고기가 미끼를 건드렸다. 그 고기는 미끼를 살짝 끌어당기다가는 놓고 다시 또 건드렸다. 그리고는 덤벼들어 물었다. 익숙한 낚싯꾼이라면 실과 낚싯대를 통해 전해오는 느낌으로도 곧 알 수 있을 것이다. 한스는 일단 한번 휙 잡아 채고는 조심스럽게 끌어당기기 시작했다. 고기는 물려 있었다. 모습을 드러내자 그것이 황어임을 알 수 있었다. 담황색으로 빛나는 넓적한 몸뚱이와 세모진 머리와 유달리 아름다운 살빛 지느러미를 보고 쉽사리 분간할 수가 있었다. 무게는 어느 정도나 갈까? 하지만 그것을 미처 짐작하기도 전에 황어는 필사적으로 날뛰며 겁을 먹고 수면 위로 몇 번 몸을 뒤척이다가 도망쳐 버렸다. 한스는 고기가 물 속에서 서너 번 맴돌다가 은빛의 섬광처럼 물 속 깊이 사라져 가는 것을 보았다. 어설프게 미끼에 물렸던 것이다.

그는 더더욱 고기를 낚는 흥분과 열정의 도가니로 빠졌다. 그의 시선은 날카롭게 물에 잠긴 가느다란 갈색의 낚싯줄에 쏠렸고 그의 볼은 홍조를 띠며 동작은 활기차고 민첩하며 정확했다. 두 번째의 황어가 물려 끌어올렸고 이어서 자그마한 잉어가 물렸다. 단지 작은 것이 유감이었다. 그 다음에 연달아 모래무지 세 마리가 물렸는데, 고기는 특히 아버지가 좋아하는 것이었기 때문에 한스를 무척이나 즐겁게 했다. 이것은 기껏 손바닥만한 크기로 비늘이 작고 기름진 몸뚱이를 가진데다 두툼한 머리에는 익살스런 하얀 수염까지 달렸으며, 눈은 작고 하반신은 날씬하게 생겼다. 길이는 한 뼘 정도고 빛깔은 녹색과 갈색의 중간색으로 땅에 올려놓으니 강청색(鋼靑色)을 띠었다.

그러는 사이 해는 높이 솟아오르고, 왼편에서는 물거품이 눈처럼 하얗게 빛났으며, 수면 위에는 따뜻한 미풍이 불어 잔물결이 일었다. 바라다보니 물크베르크 산 위에 손바닥 크기만한 눈부신 조각 구름이 두서넛 두둥실 한가롭게 떠 있었다. 날은 몹시 무더웠다. 푸른 하늘 한가운데에 고요히 떠 있는 조각 구름은 눈부셔서 오랫동안 쳐다볼 수 없을 정도로 빛을 발하고 있었다. 그런 구름만큼 맑게 갠 한여름날의 무더위를 잘 나타내주는 것은 없다. 그런 구름이 없다면 무더위가 어느 정도인지도 실감할 수 없으리라. 푸른 하늘이나 번쩍번쩍 빛나는 수면도 더위를 실감나게 하지 못하나 둥글게 뭉친 새하얀 한낮의 구름을 보면, 사람들은 갑자기 태양의 찌는 듯한 뜨거움을 느끼고 응달을 찾아 땀에 젖은 이마를 손으로 가리는 것이다.

한스는 차츰 낚시 끝에 그다지 신경을 쓰지 않게 되었다. 좀 피곤해지기 시작했다. 게다가 어차피 한낮에는 고기가 낚이지 않는 것이 상쾌했다. 고기 중에서는 은빛 황어가 가장 나이를 먹었는데 큰놈이라도 한낮에는 햇볕을 쬐려고 위쪽으로 떠오른다. 그놈들은 크고 검게 열을 지어 꿈꾸듯 수면에 닿을락말락하게 상류를 향해 헤엄쳐 가다가는 때때로 뚜렷한 이유도 없이 갑자기 놀라는 것이다. 그러므로 이런 시각에는 그것들이 낚시에 걸리지 않는다.

한스는 낚싯줄을 버드나무 가지 너머로 물 속에 드리운 채 땅바닥에 앉아 초록색의 수면을 내려다 보았다. 서서히 고기들이 위로 떠올라 검은 등이 차례로 수면에 나타났다. 따뜻한 기운에 이끌려 넋이 나간 듯 천천히 헤엄쳐 나가는 고기떼들. 물이 따뜻해서 기분이 좋은 모양이다. 한스는 신을 벗고 발을 물 속으로 담갔다. 물의 미지근한 감촉이 느껴졌다. 그는 낚아올린 고기를 바라보았다. 고기는 커다란 물뿌리개 속에 가만히 떠있다가 이따금씩 가볍게 파닥거릴 뿐이었다. 얼마나 아름다운 고기들인가. 움직일 때마다 흰색, 갈색, 초록색, 은빛, 무광택의 황금빛, 그밖의 빛깔이 비늘과 지느러미 사이로 반짝거리며 빛났다.

주변은 완전히 고요에 잠겨 다리를 건너가는 마차소리조차 거의 들리지 않았다. 덜그덕거리는 물레방아의 소리도 여기서는 아주 희미하게 들릴 뿐이었다. 단지 수문에 부딪쳐 하얗게 거품을 일으키는 물소리만이 평화롭고 시원하게 자장가처럼 들리고 뗏목이 이어진 곳에 물이 부딪쳐 빙빙 도는 낮은 소리가 있을 뿐이었다.

그리스 어도 라틴 어도 문법도 문체론도 산수나 암기도, 오랫동안 안정을 잃고 안달한 지난 일년간의 고통스럽던 불안도 죄다 졸음이 오는 무더운 이 한때의 시간 속에 조용히 잠겨 버렸다. 한스는 좀 머리가 아팠으나 여느 때처럼 심하지는 않았다. 이제는 옛날처럼 냇가에 앉을 수도 있는 것이다. 그는 수문에 부딪쳐 부서지는 거품을 보다가 눈을 가늘게 뜨고 낚싯줄이 있는 쪽을 살펴보았다. 옆의 물뿌리개 속에서는 낚아올린 고기들이 헤엄치고 있었다. 형언할 수 없는 즐거움이 온몸을 감쌌다. 이따금 자기는 주의 시험에 합격한 것이다, 그것도 이등이 된 것이다라고 하는 생각이 불쑥 머리에 떠오르면, 맨발로 물을 철썩거리거나 바지 호주머니에 두 손을 집어넣고 휘파람을 불기 시작했다. 그는 사실 휘파람을 제대로 잘 불지는 못했다. 그것은 옛날부터의 괴로움이며, 그 때문에 학교 친구들로부터 몹시 놀림을 받았었다. 그는 이빨 사이로 나지막한 소리를 낼 수 있을 뿐, 남에게 들려주려는 것이 아니었기 때문에 그것으로 만족했다. 게다가 지금은 아무도 듣는 사람이 없다. 다른 친구들은 지금쯤 교실에 앉아서 지리(地理)의 수업을 받고 있을 것이다. 한스 혼자만이 쉬면서 한가로이 지낼 수 있는 것이다. 그는 모든 친구들을 앞질러 그들은 지금 그의 아래에 있는 것이다. 그는 아우구스트 외에는 친구도 없었고, 그들이 싸움이나 장난을 재미있어 하지도 않았으므로 그들의 놀림감이 되었다. 하지만 지금은 멍청한 아이들이나 모자란 아이들은 그를 부러움과 감탄의 눈초리로 바라보게 된 것이다. 그들에 대한 그의 감정이 지나치게 경멸적이라고 느끼자 잠시 휘파람을 중단했다. 그러고 나서 낚싯줄을 감아올려 보니, 낚시에는 미끼가 하나도 남겨져 있지 않았으므로 웃지 않을 수 없었다. 깡통에 남은 메뚜기를 놓아 주자, 메뚜기들은 잠시 비틀거리다가 이내 풀 속으로 기어들어 갔다. 가까운 가죽 공장에서는 점심 시간이었다. 한스도 점심을 먹으러 돌아갈 시간이었다.

점심을 먹을 때는 거의 말을 하지 않았다.

「몇 마리나 잡았느냐?」

하고 아버지가 물었다.

「다섯 마리요.」

「호, 그래? 하지만 어미 고기는 잡지 않도록 주의해라. 그렇게 하지 않으면 머지 않아 고기 새끼가 없어질 테니까 말이다.」

이야기는 더이상 계속되지 않았다. 몹시 무더웠다. 식후에 바로 먹감으러 가지 못한다는 것이 유감이었다. 왜 안 된다는 거지? 몸에 해롭다구. 해로울 것이 뭐가 있단 말인가! 한스 자신이 더 잘 알고 있었다. 그는 안 되는 줄 알면서도 여러 차례 간 적이 있었다. 하지만 이제는 절대로 그런 짓을 하지 않는다. 그런 못된 짓을 하기에는 이미 어른이 되어 있었다. 놀라운 것은 시험을 치를 때 그는 『당신』이라는 존대말을 듣지 않았던가.

결국 뜰의 전나무 밑에서 한 시간 가량 누워서 지내는 것도 나쁘지 않다는 생각이 들었다. 그늘은 충분했다. 책을 읽을 수도 있었고 나비들을 바라볼 수도 있었다. 그래서 그는 두시까지 그곳에서 뒹굴고 있었다. 조금만 더 있었더라면 잠들어 버릴 뻔했다. 이제부터는 수영이다. 수영장 근처 풀밭에는 어린 소년들 두세 명만 있을 뿐이었다. 큰 아이들은 아직 학교에 있었다. 한스는 그것을 마음 속으로 유쾌하게 생각했다. 그는 침착하고 여유있게 옷을 벗고, 물 속으로 들어갔다. 그는 뜨거운 것과 시원한 것을 번갈아 즐길 줄을 알고 있었다. 잠깐 헤엄치고는 잠수하여 물을 세게 튀기기도 하고 강가에 배를 대고 드러 눕기도 했다. 그리고는 금방 말라붙은 피부에 따갑게 내리쬐는 햇살을 느꼈다. 어린 소년들은 존경하는 마음으로 그의 둘레에 살며시 모여들었다. 그렇다. 그는 유명한 인물이 되어 있었던 것이다. 실제로 그는 다른 소년들과는 다른 모습을 하고 있었다. 햇볕에 탄 가느다란 목덜미에 화사한 머리칼이 우아하게 늘여졌으며 얼굴은 지적(知的)이고 눈은 영롱해 보였다. 그렇지만 다른 부분은 야위어 손발은 가늘고 허약했으며 가슴과 등에는 늑골을 셀 수 있을 정도였다. 허벅다리에는 거의 살이 없는 것과 다름없었다.

그는 거의 오후 내내 햇볕과 물 속을 번갈아 뛰어다녔다. 네시 지나서 그의 반 애들이 와자지껄하게 떠들면서 급히 달려왔다.

「야, 기벤라트! 재미좋구나.」

한스는 기분좋은 듯이 몸을 쭉 폈다.

「응, 나쁘진 않은데.」

「신학교에 가는 것은 언제야.」

「구월이 되어서야. 지금은 휴가야.」

모든 아이들은 그를 부러워했다. 뒤쪽에서 악담하는 소리가 들려오고 누군가가 다음과 같은 구절을 읊었을 때에도 한스는 전혀 아무렇지 않았다.

    슐츠 집안의 리자베트
    이내 몸도 그런 신세가 되고 싶구나!
    그 아이는 대낮에도 자고 있건만
    나는 그렇게 하지 못하네.

그는 그런 노래를 듣고도 그저 웃을 뿐이었다. 그러는 동안 사내애들은 옷을 벗었다. 한 아이는 단숨에 물 속으로 뛰어들었고, 다른 아이들은 먼저 조심스럽게 몸을 먼저 적셨다. 전에 잠깐 동안 풀밭에 드러눕는 아이도 있었다. 잠수를 잘하는 아이는 자주 칭찬을 받았고, 겁쟁이들은 뒤에서 물 속으로 떠밀려져 사람 살리라고 비명을 질렀다. 아이들은 서로 쫓고 달리고 헤엄치면서 물가로 나와 일광욕을 하고 있는 아이에게 물을 끼얹으며 놀았다. 첨벙거리는 물소리가 끽끽대는 소리로 떠들썩했다. 수면에는 온통 흰 몸뚱이, 물에 젖은 보드라운 몸들이 햇빛에 반짝이며 광채를 냈다.

한스는 한 시간이 지나자 그 자리를 떠났다. 뜨뜻미지근한 저녁때가 되면 또다시 고기가 물리기 때문이다. 그는 저녁 늦게까지 다리 위에서 낚시를 했으나 전혀 낚이지가 않았다. 고기들은 먹고 싶은 듯이 그 근처로 몰려들었으나 미끼를 쪼기만 했지 물지는 않았다. 낚시 끝에는 찌가 달려 있었으나 지나치게 크거나 너무 약한 모양이었다. 그는 후에 다시 한 번 시험해 보리라 마음먹었다.

저녁 식사 때 집으로 돌아온 한스는 많은 친지들이 축하를 해주면서 그에게 그날의 주보(週報)를 보여 주었다. 그것에는 공보(公報)라는 제목 아래 다음과 같은 기사가 기재되어 있었다.

『금번 당 읍에서는 초급 신학교의 입학 시험에 단 한 명의 후보로 한스 기벤라트를 보냈던 바 방금 이등으로 합격했다는 기쁜 소식을 접했다.』

그는 주보를 접어서 호주머니에 집어넣은 채 아무 말도 하지 않았으나 넘치는 자랑스러움과 기쁨으로 가슴이 터질 것만 같았다. 잠시 후 그는 또 낚시질을 하러 갔다. 이번에는 미끼로 치즈 조각을 가지고 갔다. 치즈는 고기가 좋아하는 것이어서 어두워져도 고기에게 잘 보이는 것이다.

낚싯대를 놓아 두고 아주 간단한 줄낚시 도구만을 가지고 갔다. 그것은 한스가 가장 즐기는 낚시질이었다. 낚싯대도 낚시찌도 없는 실만을 손에 쥐고 낚기 때문에, 낚시 도구 전체가 실과 바늘만으로 이루어져 있다. 다소 힘이 들었지만

훨씬 재미가 있다. 미끼가 조금만 움직여도 마음대로 조절할
수 있고, 고기가 슬쩍 건드리거나 물어도 이내 반응이 온다.
실룩실룩 움직이는 실에 의해 마치 고기를 눈앞에 보고 있기
라도 하는 것처럼 상태를 엿볼 수 있었다. 물론 이런 낚시질
에는 수련이 필요했으며 가락이 기민해야 하고 탐정처럼 주
의를 기울여야만 했다.

좁게 굽이쳐 돌아간 골짜기에는 황혼이 일찍 찾아들었으
며 다리 아래 물은 검고 조용했다. 아래편 방앗간에는 벌써
불빛이 새어나오고 이야기소리와 노랫소리가 다리와 골목
위로 들려왔다. 바람은 좀 무더웠고 거무스름한 고기가 쉴
새 없이 공중으로 뛰어올랐다. 이런 밤에는 이상하게도 고기
들이 흥분하여 이리저리로 휙휙 달리거나 허공으로 튀어오
르거나 낚싯줄에 부딪치기도 하며 무턱대고 미끼에 돌진하
기 때문에 한스는 치즈 조각이 없어질 때까지 작은 잉어를
네 마리나 낚아 올렸다. 그는 이것을 내일 목사님에게 가져
가기로 마음먹었다.

따사로운 바람이 골짜기 아래로 불어왔다. 상당히 어두웠
으나 하늘은 아직 밝았다. 어두워져 가는 작은 읍내 전체에
서 교회의 탑과 성(城)의 지붕만이 검고 선명하게 밝은 하
늘에 우뚝 솟아 있었다. 어딘가 먼 곳에서 소나기가 내리는
지 이따금씩 아주 멀리서 천둥소리가 울려왔다.

한스는 열시에 잠자리에 들자, 머리와 팔 다리가 기분좋
을 정도로 피곤해서 이미 오랫동안 맛보지 못했던 졸음이 몰
려왔다. 오래 계속되는 아름답고 자유로운 여름날, 한가로이
수영과 낚시질과 몽상을 하고 지내는 나날이 그의 마음을 안
정시켜 주고 유혹하듯 그를 기다리고 있었다. 다만 한 가지,
일등이 되지 못한 것을 그는 분하게 생각했다. 아침 일찍 한
스는 낚아 온 고기를 전하려고 읍내 목사님 집 현관에 서 있

었다. 목사님이 서재에서 나왔다.

「오, 한스 기벤라트, 잘 있었나? 축하한다. 정말 축하한
다. 그런데 거기 가지고 있는 것은 뭐지?」

「고기 몇 마리를 가지고 왔습니다. 어제 제가 낚았습니
다.」

「그렇냐? 좀 보자. 정말 고맙다. 자, 어서 들어오너라.」

한스는 낯익은 서재로 들어섰다. 그곳은 목사의 방 같지
가 않았다. 화분의 꽃 내음도 담배 냄새도 나지 않았다. 엄청
난 장서는 어느 것을 보아도 모두 새것처럼 보여 깨끗하게
색칠하여 윤이 나는 금박이의 등을 가렸으므로, 보통 목사의
장서에서 보는 것 같은 낡고 헐어 좀먹은 구멍투성이로 곰팡
이 반점이 있는 그런 책은 아니었다. 자세히 살펴본 사람이
라면 잘 정리된 장서의 책명에 의해 새로운 정신을 읽을 수
있을 것이었다. 즉 사멸해가는 시대의 예스러운 존경할 만한
사람들 속에서 살고 있는 것과는 다른 정신을 말이다. 벵겔,
외팅거, 쉬타인호퍼와 같은 목사의 장서의 자랑이 되는 황금
표지의 서책 중에는 뫼리케에 의하여 〈고탑(古塔)〉 속에서
아름답고 감동적인 찬송을 노래한 작가들은 원래부터 거기
에 없었거나 현대작가의 저작속에 자취를 감추어 거기에서
는 찾아볼 수가 없었다. 요컨대 잡지철이나 테이블, 그리고
종이가 흩어져 있는 큰 집필 책상, 이 모든 것이 학자답고 엄
숙해 보였다. 여기서는 무척이나 많은 연구가 행해지고 있다
는 인상을 받았고 실제로도 그러했다. 물론 설교나 교리 문
답, 성서 강의 등을 위해서라기보다는 학술 잡지를 위한 연
구나 논문, 자신의 저서를 위한 예비적인 연구작업이었다.
몽상적인 신비주의(神秘主義)나 예감에 찬 명상은 여기서는
다루지 않았다. 과학의 심연(深淵)을 넘어서, 사랑과 동정을
가지고 메마른 민중의 영혼을 맞아들이는 소박한 심령의 신

학(神學)도 물론 없었다. 그 대신 이곳에서는 성서의 비판이 맹렬히 행해져 『역사적 그리스도』가 추구되었다. 역사적 그리스도는 근대의 신학자에 의해 입에 신물이 날 만큼 논해지기는 했으나 미꾸라지처럼 손가락 사이를 빠져 나가 붙잡을 데가 없었다.

신학에 있어서도 이와 별다른 점이 없었다. 예술이라 해도 좋을 신학이 있으며, 일면 과학이라 해도 좋을 신학도 있으며, 또한 적어도 그러기 위해 노력하는 신학도 있다. 그것은 예나 지금이나 다름이 없어서 과학적인 사람은, 새로운 피대(皮袋)를 위해 묵은 술을 잊어버렸고, 예술적인 사람은 가지가지 피상적인 오류를 범하면서도 많은 사람들에게 위안과 기쁨을 주었던 것이다. 그것은 비판과 창조, 과학과 예술 사이의 끝없는 싸움이었다. 그 싸움에 있어서는 항상 전자가 옳았던 것이나, 그것은 아무에게도 도움이 되지 않았다. 이와 달리 후자는 끊임없이 신앙과 사랑, 위안과 미(美)와 불멸감(不滅感)의 씨를 뿌려 언제나 좋은 바탕을 발견하여 왔다. 삶은 죽음보다도 강하고, 신앙은 의혹보다도 강하기 때문이다.

비로소 한스는 높은 책상과 창문 사이의 작은 가죽 소파에 앉았다. 목사님은 매우 친절했다. 마치 동연배처럼 신학교와 그곳에서의 생활, 그리고 공부에 관해서 이야기해 주었다.

「신학교에서 네가 맨 처음 부딪칠 새로운 일 중에서 가장 중요한 것은 무엇보다 성서와 그리스 어의 세계에 들어가는 일이다. 그것을 거쳐야만이 새로운 세계가 열리는 것이거든. 그러기 위해서는 공부도 많이 해야 되지만 거기에 따르는 기쁨도 역시 매우 크단다. 처음에는 그 언어가 힘들겠지만 그것은 우아한 그리스 어가 아니라 새로운 정신에 의해 만들어진 새롭고 특수한 어법(語法)이다.」

한스는 긴장해서 듣고 있었으나 참다운 학문에 접근해 가는 것을 자랑스럽게 느꼈다. 목사님은 말을 이었다.

「틀에 박힌 교육을 받기 때문에 이 새로운 세계의 매력도 다소는 상실될는지도 모른다. 게다가 신학교에서는 우선 헤브루 어에 전력을 집중해야만 된다. 네가 할 마음이 있다면 이 방학 중에 조금이라도 기초를 시작하는 것이 좋을 거야. 개학이 되면 다른 학과에 시간과 노력을 더해야 할 테니까 말이다. 누가복음을 두세 장을 읽어두면 자연스럽게 외울 수 있을 게다. 사전은 내가 빌려 주겠다. 그것으로 매일 한두 시간만 조금씩 해보는 거야, 물론 그 이상은 좋지 않아. 너는 지금 무엇보다도 먼저 휴식이 필요하니까 말이다. 하지만 이것은 하나의 제의일 뿐이야. 모처럼의 즐거운 휴가 기분을 망치게 하고 싶지는 않거든.」

한스는 말할 것도 없이 동의했다. 누가복음의 강의는 그의 자유로운 푸른 창공에 떠도는 가벼운 구름처럼 느껴졌다. 그것을 거절하는 것이 쑥스럽게 여겨졌다. 더욱이 휴가 중에 새로운 언어를 배운다는 것은 공부라기보다는 확실히 재미있는 일이었다. 그렇지 않아도 신학교에서 배우게 되는 많은 새로운 것에 대해 그는 은근한 두려움을 품고 있었는데, 특히 헤브루 어에 대해서는 더욱 그러했다.

그는 유쾌한 기분으로 목사님의 집을 물러나와 낙엽송이 우거진 길을 따라 숲속으로 들어갔다. 자그마한 불안감은 이미 사라져 버렸다. 오히려 목사님의 제의를 곰곰이 생각하면 할수록 그것은 바람직한 것으로 생각되었다. 왜냐하면 신학교에 가서도 다른 아이들보다 뛰어나려면 더한층 공부해야 한다는 것을 알고 있었기 때문이다. 그리고 그는 단연코 다른 아이들보다 뛰어나야 한다고 마음먹었다. 도대체 무엇 때문에 이런 마음이 들까? 자신도 알 수 없는 일이었다. 삼년 동안 그는 모든 사람들의 주목의 대상이 되었으며, 선생들도, 목사님도, 아버지도, 그를 고무하고 격려하며 숨쉴 틈도 주지 않고 공부를 시켰다. 뿐만 아니라 특히 교장 선생이 더 극성이었지만 매년 학기마다 그는 타의 추종을 불허하는 우등생이었다. 그는 차츰 제 스스로도 수석을 차지하는 것은 물론 자기와 어깨를 겨루는 자를 허용하지 않는다는 것을 자랑으로 여기게 되었다. 뿐만 아니라 시험에 대한 어리석은 걱정도 이제는 이미 지나간 일이 되고 말았다.

물론 휴가를 가질 수 있다는 것이 가장 즐거운 일이었다. 자기 외에는 산책하는 사람도 없는 아침의 숲은 각별히 더 아름다웠다. 전나무가 기둥처럼 줄지어 서서 끝없이 넓은 터전에 청록색의 둥근 지붕을 이루고 있었다. 전나무 밑의 잡초는 거의 없었으며 다만 여기저기에 굵은 산딸기의 수풀이 무성할 뿐이었다. 그 대신 키 작은 월귤의 그루터기와 에리카가 자라고 있는 사방 몇 십리나 되는 넓은 지역에는 부드러운 모피 같은 이끼 지대가 펼쳐진다. 이슬은 이미 말라버렸고 곧게 뻗은 나무 줄기 사이로 아침 숲속의 독특한 무더움이 감돌고 있었다. 그것은 태양의 열과 이슬에서 풍기는 수증기와 이끼 냄새, 나무 진, 전나무의 잎사귀와 버섯 등의 냄새가 뒤범벅된 것으로 가벼운 마취제처럼 그의 오관(五官)에 스며들었다. 한스는 이제 위에 벌렁 누워 빽빽이 달려 있는 검은 딸기를 따먹었다. 이곳 저곳에서 딱따구리가 나무를 쪼고, 질투심이 강한 뻐꾸기 울음소리가 들렸다. 거무스름한 전나무 가지 사이로 티끌 한 점 없는 짙고 산뜻한 남빛 하늘이 보이고 멀리 가득히 늘어선 수천 수만의 곧은 나무들이 엄숙한 갈색의 성벽을 이루고 있었다. 나무 틈으로 여기저기에서 비치는 금빛 햇살은 이끼 위에다 점점 짙은 빛을 던져 따스하게 느껴졌다.

한스는 사실 적어도 뤼첼러 호프나 사프란 초원까지 긴 산책을 할 생각이었으나 지금은 딸기를 먹으면서 느긋한 기분에 취해 하늘을 바라보았다. 이처럼 피로해지는 것이 자기 스스로도 이상스럽게 여겨졌다. 이전에는 서너 시간쯤 걸어도 끄떡없었는데……. 그는 기운을 내어 좀더 멀리까지 걸어보려고 몇 백보 걸었으나 그 정도에서 자신도 모르게 이끼 위에 누워서 쉬고 있었다. 그는 그렇게 드러누운 채 눈을 가늘게 뜨고, 나무 줄기와 가지 사이의 녹색 땅바닥을 멍하니 바라보았다. 이 공기는 어쩌면 이다지도 나른함을 주는가 하고.

점심때 집에 돌아오자 그는 또 머리가 아프기 시작했고 눈도 아팠다. 숲의 언덕길에서는 견딜 수 없을 만큼 태양이 눈부셨다. 그는 오후의 두세 시간을 불쾌한 기분으로 할일 없이 집에서 보냈다. 수영을 하러가서야 겨우 기운을 차릴 수 있었는데 어느덧 목사님 집에 갈 시간이 되고 말았다.

그는 도중에서 구둣방 주인 플라크 아저씨를 만났다. 작업장 창가에 있는 세발 의자에 앉아 있던 구둣방 아저씨가 한스를 불러들였다.

「어디를 그렇게 다급히 가는 거지? 도무지 볼 수가 없구나.」

「지금 전 목사님한테 가야 해요.」

「또? 시험은 끝나지 않았니?」

「하지만 지금은 다른 일로 가는 거예요. 신약 성서를 배우기로 했어요. 말하자면 신약 성서는 그리스 어로 씌어져 있지만 제가 지금까지 배운 것과는 전혀 다른 그리스 어로 씌어 있어서 그것을 배워야 하거든요.」

구둣방 아저씨는 모자를 목덜미까지 눌러쓰고 명상가 같은 넓은 이마에 굵은 주름살을 지으면서 깊은 한숨을 쉬었다.

「한스.」

하고 그는 나지막한 목소리로 말했다.

「너에게 하고 싶은 말이 있다. 지금까지는 시험 때문에 말 참견을 하지 않고 있었지만 이제는 더이상 참을 수가 없구 나. 그 목사는 믿음이 없는 사람이란 것을 알아야 한다. 목 사는 너에게 성서는 틀렸고 거짓말을 하고 있다고 가르칠 것 이 틀림없겠지만 만약 네가 목사와 함께 신약 성서를 읽으면 너도 모르는 사이에 신앙을 잃고 말 것이야.」

「플라크 아저씨, 그렇지만 전 그리스 어를 배우는 것뿐인 걸요. 신학교에 가면 어차피 배워야만 되니까요.」

「너까지 그런 말을 하는 거냐? 하지만 성서를 공부하는 데도 믿음이 깊은 선생에게 배우는 것과 하나님을 믿지 않는 선생에게서 배우는 것과는 큰 차이가 있는 법이지.」

「그건 그렇지만 목사님이 정말로 하나님을 믿지 않는지에 대해서는 모르잖아요.」

「믿지 않고말구. 한스, 유감스럽게도 그것은 사실이란 다.」

「그러면 어떻게 하면 좋죠? 간다고 약속한 걸요.」

「그렇다면 당연히 가야지. 하지만 자주 가지는 말아라. 그 리고 혹시 목사가 성서는 인간이 만든 것으로서 거짓말도 있 으며 성령의 계시가 아니라는 따위의 말을 하거든 나한테로 오너라. 그래서 그 일에 대해서 함께 이야기해 보자. 알겠 지?」

「네. 그렇게 해요. 플라크 아저씨, 하지만 그런 일은 없을 거예요.」

「이제 곧 알게 될 거야. 내가 한 말을 명심하도록 해라.」

목사님은 아직 집에 돌아와 있지 않아서 한스는 서재에서 기다려야만 했다. 금박을 입힌 책명들을 바라보고 있으려니 구둣방 아저씨의 말이 생각났다. 목사님이나 새시대의 목사 전체에 대해서 구둣방 아저씨 같은 말을 하는 것을 지금까지 여러 번 들은 적이 있었는데, 비로소 이제는 자기 자신이 그런 일에 끌려 들어가게 된 것을 느끼자 그는 긴장과 호기심이 일었다. 그러나 그에게 있어서 그런 일은 구둣방 아저씨의 경우처럼 그렇게 중대하지 않았고 두려운 일로도 생각되지 않았다. 오히려 거기에 옛날부터 내려오는 큰 비밀이 있어 규명해 볼만한 가치가 있을 것 같았다. 처음 학교에 들어가 몇 년 동안은 신의 존재라든가 영혼의 소재, 혹은 악마나 지옥 등에 대한 의문이 때때로 그를 자극하여 엉뚱한 사색에 잠기게 했으나 최근 이삼 년 동안은 공부에만 열중했기 때문에 그러한 의문은 거의 사라져 버렸었다. 그의 학교에서 가르치는 그리스도에 대한 믿음은 구둣방 아저씨의 대화에서 이따금 개인적인 생명을 불러일으키는데 지나지 않았다. 그러나 구둣방 아저씨와 목사님을 비교하면 한스는 웃지 않을 수 없었다. 다년간의 고생 끝에 얻어진 구둣방 아저씨의 강한 믿음은 소년에게는 이해가 되지 않았다. 그리고 또한 플라크 아저씨는 현명하기는 했으나 단순하고 편파적이며, 믿음에만 얽매어 있었기 때문에 많은 사람들로부터 비웃음을 사고 있었다. 구역 예배를 보는 신자들의 모임에서 그는 엄격한 심판자와 성서의 권위있는 해석자로서의 역할을 맡았다. 또 여기저기의 마을에서 예배를 드리고 돌아다녔으나, 그밖의 일에서는 보잘것없는 직인(職人)에 지나지 않았고 다른 사람들과 마찬가지로 평범한 무학자였다. 이와는 반대로 목사님은 인간으로서나 설교자로서 붙임성 있고 말을 잘 했을 뿐만 아니라, 부지런하고 엄격한 학자이기도 했다. 한스는 경이로운 마음에 싸여 책장을 쳐다보았다.

　목사는 오래지 않아 돌아와서는 프록코트를 벗고, 가벼운 검정 평복으로 갈아입고 한스에게 그리스 어 누가복음을 건네주며 읽으라고 했다. 그것은 라틴 어를 공부할 때와는 아주 달랐다. 두 사람은 짧은 몇 줄의 문장을 읽은 다음 한 자 한 자 면밀히 번역을 해나갔다. 그러고 나서 목사는 자세한 예를 들어가며 교묘한 능변으로 이 언어가 가진 독특한 정신을 설명하고, 이 성서의 정립된 시기와 내력을 말해 주었다. 목사는 단 한 시간만에 소년에게 학습과 독서에 대해서 완전히 새로운 관념을 심어 주었다.

　구절 하나하나와 단어 하나하나에 어떤 수수께끼와 문제가 숨어 있으며, 이 의문 때문에 옛날부터 얼마나 많은 학자, 명상가, 연구가들이 노력을 해왔는지에 대한 것을 한스는 어렴풋이나마 짐작할 수가 있었다. 그 자신도 이 한 시간 동안에 그런 진리 탐구가들의 대열에 낀 것 같은 기분이 들었다.

　한스는 사전과 문법책을 빌려다가 집에 와서도 밤새워 공부를 했다. 그는 지금 참다운 학문에의 길을 걷기 위해서는 얼마나 많은 공부와 지식의 산을 넘어야만 되는가를 생각했다. 그리하여 그는 결코 도중에서 포기하지 않고 꼭 해내고야 말겠다고 마음 속으로 굳게 다짐했다. 그러는 동안 구둣방 아저씨에 대한 일은 잊고 있었다.

　며칠 동안 그는 이 새로운 학문에 몰두했고, 매일 밤 목사님 집을 찾아갔다. 날이 갈수록 참다운 학문은 아름다움을 더하고 어려워졌으며 동시에 노력할 만한 보람이 있는 것처럼 여겨졌다. 그는 이른 아침에 낚시질을 했고, 오후에는 수영하러 갔을 뿐 그 이외에는 거의 외출하지 않았다. 시험에 대한 불안과 합격 때문에 잠자고 있던 공명심이 다시 눈을 떠서 그를 쉬지 못하도록 한 것이다. 동시에 최근 수개월 동안 빈번하게 느꼈던 독특한 감정이 또다시 머릿속에서 움직이기 시작했다. 그것은 고통이 아니라, 빠른 맥박처럼 격심하게 흥분된 힘이 성급하게 개가를 올리려는 활동이며, 곧장 앞으로 나아가려는 욕망이었다.

그 후에도 두통이 있었으나 그 미묘한 열이 계속되는 동안에 독서와 공부는 폭풍우처럼 진전되었다. 그렇게 되니, 전에는 수십분 걸리던 크세노폰의 가장 어려운 문장도 이제는 쉽게 읽을 수 있었으며, 사전을 전혀 찾지 않고도 몇 페이지나 줄줄 즐겁게 읽어 내려갔다. 이같이 부추켜진 학구열과 지식욕이 자랑스러운 자신감과 결부되어, 그는 학교와 선생과 수학(修學) 시절은 이미 뛰어넘어 지식과 능력의 정상을 향해, 독특한 궤도를 밟고 있는 듯한 심정이 되곤 했다.

또한 그런 기분에 사로잡히는 것과 동시에 기묘하게 선명한 꿈이 따르는 졸음이 엄습해 왔다. 밤중에 가벼운 두통을 느껴 잠에서 깨어나면 더이상 잠들 수 없게 되었다. 앞으로 나아가려는 초조감에 사로잡혔다. 그리고 자기가 다른 친구들보다 얼마나 앞섰으며, 선생들이나 교장 선생이 일종의 존경과 감탄을 가지고 자신을 바라보고 있다는 생각을 하면 우월감에 사로잡히기도 했다.

교장 선생으로서는 그가 불러일으킨 아름다운 공명심을 이끌어가고, 또 그것이 자라는 것을 본다는 것은 깊은 만족이었다. 선생이란 것은 무정하고 화석(化石) 같으며 영혼을 상실한 틀에 박힌 인간이라고 말을 해서는 안 된다. 뿐만 아니라 아이들은 아무리 자극을 받아도 쉽게 눈뜨지 않던 재능이 싹트고, 소년이 나무칼이나, 팔매질이나, 활쏘기, 그밖의 어린이다운 장난스런 짓을 버리고 앞으로 나아가려는 노력을 시작할 때, 그리고 공부의 진지함으로 해서 그의 품행이 단정해지고 거의 금욕적인 사람이 된다. 그러면 그의 얼굴은 나이보다 성숙해지고 그의 시선이 보다 깊고 목적 의식이 뚜렷해진다. 이런 때의 모습들을 보면 교사의 영혼은 기쁨과 자랑스러움으로 파안대소를 하는 것이다. 교사의 의무와 국가로부터 위임된 직분은 어린 소년들의 내면에 도사린 거친 힘과 자연의 욕망을 억제하고 제거하여, 국가로부터 인정된 조용한 중용의 이상을 심어 주는 데 있다. 지금은 행복한 시민이나 성실한 관리가 된 사람일지라도 학교가 애썼던 그런 노력이 그들에게 가해지지 않았더라면, 분방하고 무모한 혁신자가 무위한 사념(思念)만을 일삼는 몽상가가 된 사람도 적지 않았을 것이다. 어떤 소년의 내면에는 무언가 거칠고 난폭한 것과 야만적인 면이 있게 마련이어서 그것들이 먼저 분쇄돼야만 된다. 그리고 소년의 내면에 도사리고 있는 위험스러운 불꽃이 먼저 꺼져 버렸고 그렇지 않으면 밟아 끄지 않으면 안 된다. 자연이 만든 그대로의 인간은 무언가 헤아릴 수 없고 예측할 수 없는 불안한 것이며 위험스러운 존재이다. 그것은 미지의 산에서 흘러내려오는 분류(奔流)이며, 길도 질서도 없는 원시림이어서 우선적으로 개척되고 정리되어야 한다. 이처럼 학교도 태어난 그대로의 인간을 붕괴시켜 굴복케 하고, 힘으로 제어하지 않으면 안 된다. 학교의 사명은 윗사람에 의해 시인된 원칙에 따라 자연 그대로의 인간을 사회의 유용한 일원으로 만들고, 마침내는 병영(兵營)의 주도 면밀한 훈련에 의해 최후의 완성을 보게 될 여러 가지의 성질을 깨우치게 하는 일이다.

어린 기벤라트는 얼마나 훌륭하게 성장한 것인가! 할일없이 거리를 나다니거나 장난치는 일은 거의 혼자서 그만두고 말았고, 학업 중에 분별없이 웃는 일은 이미 오래 전에 없어졌다. 흙장난질이나 토끼 기르기, 그렇게 즐겨 하던 낚시질도 어느 틈엔가 자취를 감추어 버렸다.

어느 날 밤, 교장 선생이 직접 기벤라트의 집을 방문했다.

그 영광에 기뻐하는 아버지를 정중히 대하고서 교장 선생은 한스의 방으로 들어갔다. 그는 누가복음을 공부하는 소년의 모습을 보고는 아주 친절하게 말을 붙였다.

「기벤라트, 벌써부터 공부를 시작한 것을 보니 참으로 기특하구나. 그런데 왜 한 번도 찾아오질 않았지? 매일 기다리고 있었지 뭐냐.」

「가려고 했지만.」

하고 한스는 죄송한 듯 말했다.

「좋은 고기라도 가지고 가려고 했어요.」

「고기? 무슨 고기 말이냐?」

「네, 잉어 같은 것 말이에요.」

「오, 그렇냐? 아직도 낚시질을 하느냐?」

「네, 아버지께서 허락해 주셨거든요. 그러나 잠깐이에요.」

「흠, 그래. 재미있느냐?」

「네, 아주 재미있어요.」

「좋아. 매우 좋은 일이야. 휴가 때 쉬는 것은 당연하지. 그렇지만 틈틈이 공부해 볼 마음은 없느냐?」

「있어요. 교장 선생님! 하고 싶어요.」

「하지만, 너 자신이 하고 싶은 마음이 없다면 억지로 시키고 싶지는 않다.」

「물론, 하고 싶은 마음이 있어요.」

교장 선생은 두세 번 깊이 심호흡을 하고는 수염을 만지면서 의자에 앉았다.

「참, 한스야.」

하고 교장 선생은 말했다.

「내가 걱정하는 것은 말이다. 시험 성적이 아주 좋으면 그 후에 자칫하면 성적이 갑자기 나빠지는 수가 있단다. 신학교에 가면 새로운 과목을 많이 배우지 않으면 안 된다. 게다가 휴가 중에 미리 예습을 해 오는 학생도 많이 있을 거야. 특히 시험 성적이 별로 좋지 않았던 아이들에게 그런 경우가 많지. 그러한 학생들이 갑자기 두각을 나타내게 되고, 휴가 중에 영광에 취해 안일해 있던 아이들을 밀어내 버리는 것이다.」

교장 선생은 또 한숨을 쉬었다.

「이곳 학교에서는 언제나 쉽게 수석을 차지할 수 있었으나, 신학교의 학생들은 또 다르단다. 모두가 천재가 아니면 매우 근면한 아이들 뿐이지. 그러한 아이들을 놀면서 앞지를 수는 없는 노릇이야. 알겠느냐?」

「네, 명심하겠습니다.」

「그래서 이 휴가 중에 앞으로 배울 내용을 좀 공부해 두면 어떨까 한다. 물론 적당히 하는 거야. 너에게는 충분히 휴가를 즐길 권리도 의무도 있으니까 말이다. 하지만 하루에 한 시간이나 두 시간쯤 공부하는 것은 오히려 너에게 좋으리라고 생각한다. 그렇지 않으면 자칫 탈선하기 쉽고 다시 본궤도에 올라 순조롭게 되기까지는 여러 주일이 걸릴 테니 말이다. 어떻게 생각하느냐?」

「저는 벌써부터 그렇게 할 마음을 가지고 있었습니다. 교장 선생님만 보살펴 주신다면…….」

「좋다. 신학교에서는 헤브루 어 다음으로 특히 호메로스가 새로운 세계를 열어 줄 거야. 그러니까 지금부터 확실한 기초를 닦아 놓으면, 호메로스를 읽어도 이해할 수 있고 훨씬 재미있을 것이다. 호메로스의 말은 고대 이오니아의 방언으로서 운율법(韻律法)과 같이 아주 독특한 데가 있단다. 그래서 이 문학의 진수를 맛보려면 매우 철저하게 공부를 해둘 필요가 있지.」

물론 한스는 이 새로운 세계에도 기꺼이 들어갈 생각이 있었으므로 최선을 다할 것을 약속했다.

하지만 그 뒤가 두려웠다. 교장 선생은 기침을 하고 정답게 말을 이었다.

「사실대로 말하면 수학도 두세 시간 했으면 좋지 않을까 생각한다. 물론 너는 수학도 서툴지는 않지만 이제까지 공부한 수학은 네가 그렇게 잘하는 과목은 아니었어. 신학교에서는 대수(代數)와 기하를 시작해야 한다. 두세 과목이라도 미리해 두는 쪽이 좋을 게다.」

「알겠습니다, 교장 선생님.」

「우리집에는 여느 때처럼 언제 와도 좋다. 네가 훌륭하게 되는 것은 곧 나의 명예가 되는 일이기도 하지. 하지만 수학에 대해서는 수학 선생의 개인 지도를 받도록 아버지께 청해 보도록 해라. 일주일에 세 시간이나 네 시간이면 족할 게야.」

「알겠습니다, 교장 선생님.」

공부는 또다시 활발히 진행되어 갔다. 한스는 가끔 한 시간이라도 낚시질을 하거나 산책을 하게 되면 양심의 가책을 받았다. 헌신적인 수학 선생은 한스가 늘 하는 수영 시간을 공부 시간으로 택했다.

이 대수(代數) 시간은 아무리 공부해도 재미있다는 생각이 들지 않았다. 한창 무더운 오후 시간에 수영하러 가는 대신에 수학 선생의 무더운 방에 가서 모기가 윙윙거리는 탁한 공기 속에서 피로한 머리를 싸안고 목쉰 소리로 A 플러스 B, A 마이너스 B를 암송하는 것은 너무나도 고통스러운 일이었다. 그리고 무엇인가 마비시키는 듯한 극도로 강압적인 것이 공중에 감돌고 있는 것 같았다. 그것이 나쁜 날에는 암담한 절망으로 변할지도 몰랐다. 아무튼 수학은 묘한 것이었다. 그는 절대로 수학을 이해 못하는 둔한 학생은 아니었다. 때때로 훌륭한 풀이와 답을 찾아내기도 했고 자신도 그것을 기쁘게 생각했다. 수학에는 변칙이나 속임수가 없고, 문제를 떠나서 불확실한 샛길을 서성거릴 필요가 없다는 점이 한스는 마음에 들었다.

같은 이유로 그는 라틴 어도 매우 좋아했다. 이 언어는 명료하고 확실하여 의심할 여지가 없었기 때문이다. 하지만 수학에서는 가령 답이 모두 맞았다고 해도 그 이상은 아무것도 있을 수 없었다. 수학 문제를 풀고 배우는 것은 국도를 걷는 것 같은 느낌이 들었다. 끊임없이 앞으로 전진하면 매일 뭔가 전날까지 몰랐던 것을 알 수 있게 되지만 갑자기 넓은 경치가 펼쳐지는 그런 맛은 결코 없었다.

교장 선생 집에서 하는 공부는 얼마간 활기가 있었다. 물론 읍내 목사님은 신약 성서의 변질된 그리스 어를 갖고서도, 교장 선생이 호메로스의 생생하고 참신한 시어를 가르쳐 줄 때 이상으로 훨씬 매력 있고 훌륭함을 느끼게 해주었지만 결국 호메로스는 호메로스였다. 최초의 곤란을 극복하면 바로 그 배후에서 뜻하지 않은 즐거움이 나타나 걷잡을 수 없을 정도로 자꾸만 자신을 이끌어갔다. 가끔 한스는 신비적인 아름다운 울림을 내는 난해한 시구(詩句)를 앞에 하고 가슴에 벅찬 초조와 긴장으로 몸을 떠는 일도 자주 있었다. 그리하여 재빨리 사전을 찾아보면 조용하고 명랑한 화원을 열어주는 열쇠를 찾아낼 수 있었던 것이다.

다시 과제가 생겼다. 어떤 문제에 물고 늘어져 밤늦게까지 책상 앞에 앉는 일도 여러 번이었다. 아버지는 아들이 이처럼 공부하는 모습을 자랑스럽게 지켜보고 있었다. 그의 둔한 머릿속에는 자기가 막연한 존경심을 가지고 우러러보는 높은 곳으로 자기의 줄기에서 난 가지 하나가 곧장 자라오는 것을 보는 어리석고 범용(凡庸)한 인간들이 갖는 이상이 희미하게나마 깃들고 있었다.

방학의 마지막 주일이 되자 교장 선생과 읍내 목사님은 갑자기 눈에 띄도록 부드럽고 이해심 많은 태도를 보였다. 두 사람은 학과 공부를 중지시키고 한스를 산책시키며 원기를 회복하여 힘차게 새로운 행로에 들어서는 것이 얼마나 중요한가를 역설하기도 했다.

한스는 낚시질을 두세 번 갔지만 자주 두통을 느끼면서 이제는 벌써 담청색의 초가을 하늘을 비추고 있는 강기슭에 그냥 멍청히 앉아 있기만 했다. 도대체 그 당시는 어째서 그처럼 여름 방학을 즐거움으로 삼고 기다렸는지에 대해 이상하게 생각됐다. 이제는 오히려 여름 방학이 지나고, 생판 다른 생활과 공부가 시작되는 신학교에 들어가는 것이 기뻤다. 고기 같은 것에는 신경을 쓰지 않았기 때문에 그는 더이상 낚시질을 하지 않았다. 그리고 아버지로부터 한 번 놀림을 당한 뒤로는 아예 낚시질을 그만두고 낚시 도구들을 다락방 상자에다 넣어버렸다.

앞으로 방학이 며칠 남지 않게 되자, 한스는 갑자기 몇 주일 동안이나 구둣방의 플라크 아저씨를 찾지 않았다는 생각이 떠올랐다. 이제라도 찾아가 봐야겠다고 마음먹었다. 저녁때였다. 구둣방 아저씨는 어린 아기를 무릎에 한 아이씩 앉히고 거실의 창가에 앉아 있었다. 창문은 열려 있었으나 가죽과 구두약 냄새가 온통 집 안에 배어 있었다. 한스는 멈칫멈칫하면서 자기 손을 아저씨의 거칠고 두툼한 손등 위에다 자신의 손을 얹었다.

「그래, 어떻느냐?」

하고 아저씨는 물었다.

「목사한테서는 열심히 공부했느냐?」

「네, 매일 가서 많이 배웠어요.」

「도대체 무엇을 배웠는데?」

「주로 그리스 어이지만 그밖에도 여러 가지를 배웠어요.」

「그래서 우리 집에는 올 마음이 없었던 게로구나.」

「플라크 아저씨! 오고 싶었어요. 그렇지만 올 시간이 없었어요. 목사님에게서 매일 한 시간, 교장 선생님에게 두 시간, 수학 선생님에게는 일주일에 네 번씩은 꼭 가야만 했으니까요.」

「방학 중인데도 말이냐? 그것은 말도 안 되는 소리다.」

「나는 몰라요. 선생님들이 그렇게 하라고 말씀하셨어요. 게다가 공부하는 것이 제겐 그리 힘든 일이 아니니까요.」

「그럴지도 모르지.」

하고 플라크 아저씨는 한스의 팔을 잡고 이렇게 말했다.

「공부하는 것도 좋기는 하겠지만 이 팔은 뭐냐? 얼굴도 몹시 핼쑥해졌구나. 아직도 두통이 나느냐?」

「이따금씩 그래요.」

「바보같은 말을 하는군. 한스 그건 죄악이야. 너만한 나이에는 밖에 나가서 충분히 운동하고 휴식을 취해야만 된단다. 무엇 때문에 있는 방학이냐? 설마 방 안에 쪼그리고 앉아 공부만 계속하는 것은 아닐 테지? 너는 앙상한 뼈만 남았구나.」

한스는 웃었다.

「하기야, 넌 해낼 거야. 하지만 지나치면 아니한 것만 못하단다. 목사한테서 배운 공부는 어떻더냐? 그가 무엇을 가르치더냐?」

「여러 가지를 가르쳐 주셨지만 전혀 나쁜 것은 아니었어요. 아주 박식해요.」

「성서를 모독하는 말은 하지 않더냐?」

「아뇨, 한 번도 그런 말은 하지 않았어요.」

「그건 좋구나. 하지만 이것만은 말해 두겠다. 영혼을 더럽히기 보다는 육체를 더럽히는 것이 훨씬 낫다는 것을 말야. 넌 앞으로 목사가 되려고 하는데, 그것은 귀중하고도 어려운 일이다. 그러기 위해서는 너희들과 같은 젊은 어중이떠중이와는 다른 인간이 필요한 것이야. 아마도 너는 틀림없이 인간으로서 언젠가는 구하고 가르치는 사람이 될 것이다. 나는 그것을 진심으로 원하고 그것을 위해 기도를 하겠다.」

그는 일어서서 두 손을 소년의 어깨 위에 힘있게 올려 놓았다.

「한스야, 잘 가거라. 올바른 길을 걸어가도록 해라. 주님께서 네게 축복을 내려주시고 지켜주시기를! 아멘.」

그 엄숙한 기도와 표준어의 문구가 소년의 마음을 아프게 짓눌렀다. 읍내 목사님과 작별할 때, 그런 식으로는 하지 않았었다.

준비와 작별 인사로 며칠은 분주하게 지나갔다. 무언가 불안스러웠다. 침구, 의복, 내의, 책 따위를 넣은 상자는 이미 부쳐졌다. 손가방도 다 챙겼다. 어느 맑은 날 아침에 아버지와 아들은 마울브론을 향해 출발했다. 고향을 떠나 낯선 학교에 들어가는 것은 어찌 되었든 괴로운 일이 아닐 수 없고, 게다가 마음을 조이는 듯한 기분이었다.

제3장

주의 서북쪽 변두리, 숲이 우거진 구릉지대와 조용한 몇 개의 작은 호수 사이에 시트 교단(教團)의 마울브론 대수도원이 자리잡고 있다. 넓고 아름다운 낡은 건물이 튼튼하게 잘 보존되어 있었고, 내부나 외관도 훌륭했기 때문에 살아보고 싶은 충동을 일으켰다. 건물은 수백 년 동안 터전이 잡혀 차분하고 아름다운 푸르른 숲에 둘러싸인 주위와 고상하고 우아할 만큼 조화를 잘 이루었다.

수도원을 찾는 사람은 높은 담 사이로 열려 있는 그림 같은 문을 통해 넓고 고요한 정원으로 들어서게 된다. 그곳에는 분수가 물을 뿜고 있고 또 오래 묵은 나무가 엄숙히 서 있다. 양쪽에는 낡은 실팍한 석조 건물들이 우람하게 서 있다. 그 안에는 큰 본당의 정면이 있고 후기 로마네스크 풍의 현관은 말할 수 없이 장엄하고 사람의 마음을 끄는 사랑스러운 아름다움을 지니고 있어 패러다이스로 불려지고 있다. 본당의 위풍당당한 지붕 위에는 바늘처럼 뾰족한 유머러스한 조그마한 철탑이 얹혀져 있다. 어째서 그것에 종이 매달려 있어야 하는지 이유는 알 수 없는 일이다. 잘 보존되어 있는 회랑(回廊)은 그 단체가 아름다운 건물이지만 그 일부에 접해 있는 우아한 예배당은 마치 하나의 주옥 같다. 성직자들의 식당은 힘차고 고아한 십자형 둥근 천장을 이루고 있는 근사한 방이다. 또 기도실, 대화실, 평교도 식당, 수도원장의 거처 등과 두 개의 교회당이 한데 이어져 있다. 그림 같은 담

벽, 발코니, 들창문, 조그마한 뜰, 물레방아, 주택 등이 중우한 고대건축을 산뜻하고 밝게 장식하고 있다. 널따란 앞뜰은 텅 비어 있고 조용했으며 조는 듯이 나무 그늘에 잠겨 있다.

점심 시간이 지난 오후 한 시간 동안은 좀 활기를 띠는 것 같다. 그 시각에는 젊은 학생들의 한 무리가 수도원 안에서 나온다. 넓은 뜰에 흩어지는 그들에 의해 조금이나마 사람의 움직임, 서로 부르는 소리, 말소리, 웃음소리를 들을 수 있다. 공차기를 하는 학생도 있으나, 그 시간이 지나면 금방 담장 안으로 사라져 버리고 사람의 그림자 하나 보이지 않게 된다. 이 뜰에서 사념에 잠기는 사람이 적지 않다. 바로 이곳이야말로 생활의 기쁨을 충분히 맛볼 수 있는 적당한 장소이며 생명이 있고 축복을 가져올 수 있는 사람들이 성장할 수 있는 곳임이 틀림없다. 이런 곳은 성숙된 선량한 사람들이 즐거이 사색하고 아름답고 훌륭한 작품을 만들어 낼 수 있는 곳이라고 생각하는 사람도 있을 것이다.

깊은 이해심을 가지고 정부는 언덕과 숲의 뒤편에 은폐되어 속계(俗界)를 떠나 있는 이 훌륭한 수도원을 신교의 신학교 학생들을 위해 제공해 주었다. 아름답고 고요한 환경을 감수성 많은 어린 학생들의 가슴에 제공하기 위해서이며 동시에 이곳에 있으면 어린 학생들은 마음을 산만하게 하는 도시와 가정 생활의 영향에서 벗어날 수 있고, 분주한 생활의 해로운 환경으로부터 보호받게 되는 것이다. 그것에 의해 소년들에게 수년간 헤브루 어와 그리스 어의 연구를 다른 참고과목과 함께 진지한 생활의 목표로 삼게 하고, 젊은 영혼의 온갖 갈망을 맑고 정신적인 연구와 향수(享受)에 집중시킬 수 있는 것이다. 거기에는 또한 기숙사 생활이 자아를 촉진시키며 공동체 의식을 길러주는 중요한 요소가 된다. 신학교 학생들은 관비로 생활하고 공부할 수 있다. 그대신 정부는

학생들이 특별한 정신의 소유자가 되도록 보살피고 있다. 그
정신에 의해 그들은 후에도 언제든지 신학교의 학생이었을
수 있다. 그것은 일종의 교묘하고 확실한 표시가 되며 자발
적인 예속의 의미 깊은 상징이 되기도 한다. 때때로 도주하
는 난폭자를 제외하고는 슈바벤의 신학교 학생들은 일생 동
안 그 면모를 분명히 보존해 나가게 된 인간이란 제각기 다
르며, 또 자기가 자란 환경이나 처지가 저마다 다른 것이다.
그것을 정부는 학생들에 대해서 일종의 정신적인 제복 또는
법복(法服)에 의해 합법적이고 근본적으로 동일하게 만들어
버린다.

수도원의 신학교에 입학할 때, 어머니가 생존해 있는 학
생은 그날을 감사하는 마음과 흐뭇한 감동어린 미소로 평생
을 두고 회상하는 것이다. 한스 기벤라트는 그런 경우가 아
니라 아무런 감동도 없이 그 장면을 지나쳐 버렸으나 수많은
낯선 다른 어머니들을 바라보며 어떤 특별한 인상을 받았다.

대침실(大寢室)로 불리고 있는 옷장이 붙은 넓은 복도에
는 상자와 바구니가 흩어져 있었다. 부모가 따라온 소년들은
자질구레한 소지품을 꺼내어 정리하고 있었다. 각자에게는
번호가 붙은 옷장과 책꽂이가 배정되었다. 아들과 부모들은
바닥에 꾸부리고 앉아서 짐을 풀었고 그 사이를 조교가 왕후
(王侯)처럼 걸어다니면서 때때로 친절한 조언을 해주었다.
모두가 짐을 풀어서 꺼낸 옷을 펼치고, 내의를 개고, 책을 쌓
고, 구두와 실내화를 늘어 놓았다. 준비물은 대체로 모두가
비슷했다. 꼭 가져와야만 할 지참물이나 필수불가결한 속옷
의 수 등 신변에 필요한 도구 같은 것은 사전에 지정되어 있
었다. 뿐만 아니라 이름이 새겨 있는 놋쇠 대야가 나왔다. 그
리고 세면장에 해면이나 비눗갑, 빗과 칫솔 같은 것이 함께
놓여졌다. 그러고 나서 식기를 가지고 왔다.

소년들은 모두가 몹시 바빴고 흥분해 있었다. 아버지들은 미소를 짓고 거들어 주거나 몇 번이나 회중 시계를 들여다보기도 했다. 그들은 몹시 따분해 하고 자꾸 돌아가려고 했다. 그 반대로 어머니들은 늘 그래왔듯이 모든 일을 도맡아했다. 의복이나 내의를 하나하나 손에 들고 구김살을 폈으며, 혁대를 똑바로 하면서 정성껏 정리하며 될 수 있는 대로 가지런하고 편리하게 옷장 안에 나누어 넣었다. 훈계와 주의, 그리고 애정도 그것과 같이 흘러들어갔다.

「새 내의는 특별히 깨끗하게 간수해야 한다. 삼 마르크 오십 페니나 주고 구입한 것이다.」

「내의는 다달이 철도편으로 보내라. 급할 때는 우편으로 보내고 검정 모자는 일요일에만 쓰도록 해라.」

뚱뚱하고 태평하게 생긴 어머니가 높은 상자 위에 앉아서 아들에게 단추 다는 법을 가르쳐 주고 있었다.

「집에 돌아오고 싶으면 자주 편지를 해라. 크리스마스까지는 그리 멀지 않았으니까.」

하고 말하는 소리가 어딘가에서 들렸다. 아직 꽤 곱고 젊은 어머니가 가득히 채워진 아들의 옷장을 바라보며 내의며 상의와 하의를 애무하듯 손으로 어루만지다가 어깨가 넓고 볼이 토실토실한 아들을 쓰다듬기 시작했다. 아들이 부끄러워하고 꾸물꾸물 웃으면서 어머니의 손을 물리치고는 어리광스럽게 보이지 않으려는 듯 두 손을 바지 호주머니 속에 집어넣었다. 작별은 아들보다 어머니에게 있어서 더욱 힘든 것 같았다.

다른 소년들은 그 반대였다. 그들은 바쁘게 움직이는 어머니를 멍하니 어찌할 바를 모르고 바라보며 다시 어머니와 함께 집으로 돌아가고 싶어하는 모습이었다. 어느 소년을 보아도 이별의 두려움과, 치미는 사랑과, 그리움이 낯선 사람

들에 대한 수줍음과, 체면을 유지하려고 하는 순진한 남자다
움의 기품과 맹렬히 싸우고 있었다. 사실 소리를 내어 울고
싶어하는 심정이면서도 소년들 속에는 일부러 느긋한 얼굴
을 하고 태연한 체 하는 아이도 있었다. 어머니들은 그것을
보고 더러는 미소를 짓는 사람도 있었다.

거의 모든 소년이 짐꾸러미의 상자에서 필수품 외에 작은
사과 봉지와 훈제(薰製) 소시지와 비스킷 등과 별 쓸모없는
사치스런 물건들을 작은 바구니에서 얼마간 꺼내기도 했다.
그 중에는 스케이트를 가지고 온 아이도 많았다.

특히 눈에 띈 것은 교활하게 생긴 작은 소년이 햄을 잔뜩
가지고 온 것이었는데, 그나마 그것을 조금도 감추려고 하지
않았다. 어느 아이가 집에서 직접 왔는지, 혹은 이곳에 오기
전까지 다른 학교나 기숙사에 있었는지, 하는 것은 쉽게 분
간할 수 있었다. 하지만 후자의 학생들에게서도 흥분과 긴장
을 엿볼 수 있었다.

기벤라트 씨는 짐을 푸는 아들을 거들어 맵시있고 요령있
게 척척 처리했다. 다른 사람들보다 빨리 끝냈기 때문에 한
스와 함께 하는 일 없이 지루하게 큰 침실에 멍하니 서 있었
다. 하지만 어디를 둘러보아도 훈계하는 아버지와 위안이나
주의를 주는 어머니, 그리고 그것을 애달프게 듣고만 있는
아들들의 모습이 눈에 띄었으므로 그도 한스를 위해서 장래
의 생활에 대한 기념으로 무슨 금언이라도 들려 주는 것이
좋겠다고 생각했다. 그는 오랫동안 머리를 짜내며 말이 없는
아들 곁을 천천히 고심하면서 서성거렸다. 그러다가 갑자기
분발하여 장중한 문구의 명언을 몇 마디 늘어 놓았다. 이에
깜짝 놀란 한스는 그저 조용히 듣고 있었으나 옆에 서 있는
한 목사님이 아버지의 설명을 재미있어 하며 미소짓고 있는
것을 보았으므로 부끄러워서 아버지를 옆으로 끌어당겼다.

「그럼 알았지? 가문의 명예를 드높이도록 하는 거지? 그리고 윗사람의 말도 잘 지키도록 하겠지?」

「네, 물론 알고 있어요.」

하고 한스는 말했다.

아버지는 말을 마치고 후유 하고 안도의 숨을 돌렸다. 그는 말할 수 없이 지루해 했다. 한스는 꽤 질려 있었다. 가슴이 죄어드는 호기심을 갖고 창 너머로 조용한 회랑을 내려다보자, 그 예스러운 은둔적인 기품과 안정감이 이층에서 지껄여대는 발랄한 떠들썩함과 기묘한 대조를 이루고 있었다. 그리고 그는 또한 바쁘게 보이는 아이들을 조심조심 바라보았다. 그 중에서 안면이 있는 아이는 하나도 없었다.

슈투트가르트에서 알게 된 수험 친구는 괴핑겐에서 공부한 라틴 어 통이었는데 한스의 눈에 띄지 않는 것을 보면 시험에 합격하지 못한 것 같았다. 그 일에 대해서는 별로 신경을 쓰지 않고 장래의 동급생들을 관찰했다. 어느 소년들의 준비물은 종류와 수에 있어서 비슷했으나, 그래도 도시의 아이와 시골 아이, 유복한 아이와 가난한 아이는 쉽게 분간할 수 있었다. 물론 부유한 사람들의 자식이 신학교에 오는 일은 드물었다. 그것은 부모의 자부심, 또는 한층 깊은 견해에 기인되는 경우도 있지만 아이의 천분에 의하는 것도 있었다. 그래도 여전히 많은 교수들과 상당히 높은 지위에 있는 사람들이 자기 자신의 수도원 시절을 그리워하여 자식을 마울브론으로 보냈다. 그래서 마흔 명의 신입생이 입은 검정 상의는 옷감의 질이나 모양에 여러 가지 차이를 발견할 수 있었다. 그 이상으로 소년들은 버릇이나 태도에 있어서 서로가 달랐다. 손발이 거칠거칠한 슈바르츠발트 출신, 연한 금발로 입이 큰 다혈질의 고지대 출신, 느긋하고 명랑한 태도를 가진 홀가분한 저지대 출신, 뾰족한 구두를 신고 세련되었다고는 하나 심한 사투리를 쓰는 맵시있는 슈투트가르트 출신도 있었다. 한창 젊음에 넘치는 소년들 오분의 일이 안경을 쓰고 있었다. 슈투트가르트 출신으로 허약해 보이건만 우아하다고 할 수 있는 한 소년이 빳빳한 고급 펠트 모자를 쓰고 기품있게 행동했으나, 그 색다른 장식이 이미 첫날부터 학생들 중 난폭한 아이들에게 후일의 조소와 짓궂은 학대의 욕망을 돋군 사실을 보인 자신은 전혀 모를 일이었다.

옆에서 지켜보고 있는 사람이라도 통찰력을 가진 사람이라면, 겁먹고 있는 이 한 떼의 소년들이 각 주(州)의 소년들 중에서 특별히 선발된 뛰어난 인재들이라는 사실을 인정할 수 있을 것이다. 주입식 교육을 받고 왔다는 것을 바로 알 수 있는 평범한 소년들과 함께 영리한 소년도 있으며 반발심이 강하고 개성이 돋보이는 소년도 적지 않았다. 그들의 반들반들한 이마 깊숙이에는 보다 높은 생활이 아직도 반쯤 꿈속에 잠들어 있는 것 같이 보였다.

그 가운데 모르긴 몰라도 한두 사람은 그 빈틈없는 완고한 슈바벤 형의 두뇌의 소유자도 있을 것이다. 이러한 형의 두뇌 소유자는 시간이 지나가는 동안 때때로 커다란 세계의 한가운데를 뚫고 들어가 다소 메마른 그들의 완고한 사상을 새로운 체계의 중심으로 삼기도 하는 것이다. 그것은 슈바벤의 고장이 극히 가정 교육이 잘 되어 있는 신학자를 세상에 내놓았을 뿐만 아니라 전통적으로 철학적 사색의 능력이 있음을 자랑으로 여기고 있기 때문이다. 실제로 지금까지 이 철학적 사색은 명망 높은 예언자 또는 이단의 학설을 내는 사람을 많이 배출했다. 그리하여 이 비옥한 주(州)는 정치적인 큰 전통에 있어서는 훨씬 뒤떨어져 지금은 얌전한 새로서 예리한 부리를 갖춘 북방의 독수리 프로이센에 의지하고 있으나, 적어도 신학과 철학의 정신적인 영역에서는 변함없이 확실한 영향을 미치고 있다. 동시에 이 주민들 중에는 옛날부터 아름다운 형태와 몽환적인 시를 즐기는 마음이 깃들어 있어서 그것이 때때로 상당한 시인을 배출하는 것이다. 물론 요즈음은 그다지 귀히 여기지 않는다.

시에 있어서도 북방에 사는 동포들이 우세를 차지하고, 남쪽 말은 촌스럽고 천하다고 하며, 한층 예리한 말을 가지고, 때로는 흙 냄새를, 때로는 베를린의 우아함을 노래하며, 우리의 시가 지니고 있는 맛을 확실히 훨씬 능가하는 가락을 내는 것이다. 유감스럽게도 그것에 거슬러 교만한 베를린 사람들의 아직도 아주 젊은 아취(雅趣)를 헐뜯는 일은 여기서나 딴 데서도 불가능한 일이다. 우리도 제각기 그 영역을 인정하자. 우리 슈바벤 사람들에게는, 조용한 숲 위에 태고적 광채를 띠는 유물이 꿈꾸는 오래된 호엔슈타우펜 성을, 북방 사람에게는 매끄러워 티끌도 남아 있지 않게 하는 차도(車道)가 번쩍번쩍 빛나는 대포 곁을 통하고 있는 호엔초란 성을 인정하자. 왜냐하면 각각 장점은 있는 것이다.

마울브론 신학교의 시설과 관습에는 외면적으로 보면 슈바벤적인 것은 아무것도 느껴지지 않았다. 오히려 수도원 시절부터 남아 있는 라틴 어의 명칭과 나란히 여러 가지 고전적인 예식이 새로이 부과되어 있다. 학생들이 할당받은 방은 포룸, 헬라스, 아테네, 스파르타, 아크로폴리스라는 이름으로 불리어졌다. 그 가운데 제일 작은 마지막 방이 게르마니아로 불리고 있었던 것은 가능한 한 게르만적인 현재에다 로마적이고 그리스적인 환상을 부여하는 이유가 있음을 나타내려고 하는 것 같이 생각됐다. 그렇지만 그것조차도 외면적인 것에 지나지 않았고 실제로는 헤브루 어적인 이름이라야 더욱 어울렸을 것이다. 그래서 유쾌한 우연이었는지는 모르나 아테네의 방은 도량있고 웅변적인 학생이 아니라 하필이

232

면 성실하고 따분한 몇 사람의 학생을 수용했으며, 스파르타의 방에는 무사 기질의 학생이나 금욕가가 아니라 적은 수이지만 쾌활하고 활동적인 학생들이 들게 되었다. 한스 기벤라트는 아홉 명의 학생들과 함께 헬라스 방에 들게 되었다.

그날 밤 처음으로 아홉 명의 학생들과 함께 싸늘한 텅 빈 방으로 들어가 자신의 좁은 침대에 드러눕자 뭐라고 말할 수 없는 묘한 기분이 들었다. 천장에는 큰 석유 램프가 걸려 있었는데 그 빨간 불빛에서 모두가 옷을 벗었다. 램프는 열시 십오분에 조교의 손에 의해 꺼지고 그들은 나란히 자리에 누웠다. 침대 두 개 사이마다 옷을 얹을 수 있는 작은 의자가 있었고 기둥 옆에는 아침 종을 치는 끈이 매달려 있었다. 두서너 명의 소년들은 벌써 친해졌는지 조심조심 몇 마디씩 귓속말로 소곤대고 있었으나 그것도 이내 잠잠해졌다. 다른 아이들은 서로 낯이 설기 때문에 각자가 좀 우울해진 기분으로 몸 한번 뒤척이지 않고 누워 있었다. 잠든 아이는 깊은 숨소리를 냈으며, 잠결에 팔을 움직이는 아이가 있어서 리넨의 홑이불이 버석버석 소리를 내기도 했다. 잠을 자지 않고 있는 아이는 아주 조용히 누워 있었다.

한스는 오래도록 잠을 이루지 못했다. 옆의 학생들의 숨소리에 귀를 기울이고 있으니까 잠시 후에 건너편 침대에서 이상하게 신경이 쓰이는 소리가 들려왔다. 가만히 보니 거기에 누워 있는 소년이 이불을 머리 위로 뒤집어 쓴 채 울고 있는 것이었다. 멀리서 울려오는 듯한 나지막한 흐느낌은 한스의 마음을 이상하게 흥분시켰다. 자신은 그다지 향수를 느끼지 않았으나 역시 고향에 두고 온 집의 조용한 작은 방이 그리웠다. 거기에다 불안한 새로운 일들과 여러 아이들에 대한 소심한 두려움이 더해졌다. 한밤중에까지 잠을 자지 않고 있는 학생은 아무도 없었다. 수놓아진 베개에 볼을 대고서 아이들은 나란히 자고 있었다. 슬픔에 잠긴 아이도, 고집센 아이도, 쾌활한 아이도, 내성적인 아이도, 똑같은 단잠에 빠져서 모든 것을 잊고 있었다. 오래된 뾰족한 지붕과 탑, 발코니와 고딕 식의 첨탑과 흉벽, 아치모양의 회랑 위에 퇴색한 반달이 떠올랐다. 달빛은 선반과 문지방 위에 비쳤으며, 고딕 식의 창문과 로마네스크 식의 문 위로 흘러 회랑에 있는 분수의 커다랗고 고상하고 우아한 수반(水盤) 속으로 스미면서 옅은 금빛으로 떨고 있었다. 노란빛을 띤 두세 가닥의 달빛과 빛의 반점(班點)이 세 개의 창문을 뚫고 헬라스 방 침실까지 비쳐 들었다. 그리하여 그 옛날 수도사들의 꿈을 지켜본 것처럼 잠자고 있는 소년들의 꿈을 정답게 지켜보고 있었다.

다음날, 기도실에서는 엄숙한 가운데 입학식이 거행되었다. 교사들은 프록코트를 입고 서 있었고 교장 선생이 식사를 낭독했다. 학생들은 의자에 앉아서 감개 무량한 듯 상반신을 앞으로 구부리고 있었으나, 가끔 멀리 뒤쪽에 앉아 있는 부모들을 뒤돌아보려고 흘끔거리기도 했다. 어머니들은 생각에 잠겨 미소를 띠고서 자식들을 바라보았으며, 아버지들은 똑바로 앉아서 엄숙하고 단호한 표정으로 교장 선생의 식사를 듣고 있었다. 그들의 가슴은 자랑스러움과 아름다운 희망으로 부풀어 있었다. 그러나 오늘 자신들의 아들을 금전적인 이익과 바꾸어 나라에 팔았다고 생각하는 사람은 아무도 없었다. 끝으로 학생들은 한 사람씩 호명되어 줄 앞으로 나와 교장 선생으로부터 맹세의 악수로써 영접되어 의무를 부여받았다. 이것으로 그들은 그 자신이 잘못을 저지르지 않는 한 국가로부터 종신토록 보살핌을 받고 직업을 제공받게 되는 것이다. 그것이 손쉽게 이루어지는 것이 아니라고 생각한 사람은 아버지들과 마찬가지로 한 사람도 없었을 것이다.

부모에게 작별을 고해야 하는 순간은 훨씬 엄숙하고 뼈아프게 느껴졌다. 부모들은 더러는 걸어서, 더러는 우편마차로, 더러는 서둘러서 주선한 여러 가지 탈것으로 뒤에 남은 자식들의 시야로부터 사라져 갔다. 손수건이 보다 더 오랫동안 부드러운 구월의 미풍 속에서 나부끼고 있었다. 마침내 떠나가는 사람들은 숲속으로 사라졌다. 자식들은 조용히 명상에 잠겨 근심스러운 듯이 수도원으로 돌아왔다.

「드디어 부모님들은 떠나갔구나.」

하고 교수는 말했다.

그 다음에 각 방의 아이들끼리는 서로 얼굴을 익히기 시작하게 되고 어느새 자연스럽게 벗이 되었다. 그들은 잉크병에 잉크를 넣고, 램프에 석유를 채우고, 책과 노트를 정리하여, 새 방을 거처하기 좋고 아늑하게 만들려고 노력했다. 그러는 동안 서로 호기심을 가지고 바라보며 이야기를 시작하고 고향과 출신학교를 서로 물으면서 함께 몹시 땀을 흘린 입학시험에 대한 것을 회상했다. 각자의 책상 주위에는 서로 이야기를 나누는 무리가 생겼고 여기저기에서 젊음에 넘치는 싱싱하고 높은 웃음소리까지도 일어났다. 저녁때가 되자 방을 같이하는 아이들은 항해의 마지막 선객들보다도 더 친숙한 사이가 되어 있었다.

한스와 함께 헬라스의 방에 살게 된 아홉 명의 학우들 중에 네 명은 특이한 학생들이었다. 나머지는 대체로 중간을 넘어선 정도였다. 먼저 슈투트가르트의 대학교수 아들 오토 하르트너는 타고난 재주꾼이었으며, 침착하고 배짱이 있는 데다 태도에 있어서도 나무랄 데가 없었다. 거기에다 풍채가 훌륭하고 옷차림도 단정했으며 믿음직스러운 착실한 거동으로 같은 방 학우들의 눈길을 끌었다.

그리고 고지대의 자그마한 시골 면장의 아들로 카를 하멜이란 아이가 있었다. 이 소년을 알기까지는 약간 시간이 걸렸다. 그것은 그가 모순투성이고 타고난 그의 성격이 껍질 속에서 좀처럼 밖으로 나와 타협하지 않았기 때문이다. 때로는 격정적이고 분방하게 난폭해지지만 그것도 오래 계속되지는 않았고 이내 자신의 껍질 속으로 들어가 버렸다. 그래서 그는 조용한 관찰자인지 음험한 사람인지는 알 수 없었다.

슈바르츠발트의 좋은 가문의 출신인 헤르만 하일너는 그렇게 복잡하지는 않았으나 돋보이는 아이였다. 그가 시인이고, 문학에 재질이 있다는 것은 첫날에 이미 알려졌다. 그는 주의 시험에서 작문을 육각운(六脚韻)으로 지었다는 소문도 있었다. 그는 말도 많았고 활기에 넘쳤으며 화술도 능했다. 또한 아름다운 바이올린을 가지고 있었다. 그리고 감상과 신선함과 젊은 사람답게 있는 그대로의 순박성이 섞여 있는 점이 대체로 그의 기질이었으나, 그것을 표면에 노출시키지는 않았다. 그렇지만 그다지 눈에 띄지는 않았으나 무언가 깊은 것을 내면에 지니고 있었다. 더군다나 심신이 다 함께 나이 이상으로 성장해 있었으며, 이미 자기의 궤도를 모색하기 시작했다.

하지만 헬라스 방에서 가장 괴짜는 에밀 루치우스였다. 연한 금발의 음험한 꼬마둥이었으나, 나이 든 농부처럼 끈기 있고 근면하며 바싹 말라 있었다. 몸매와 얼굴이 아직 성숙되지 못했음에도 불구하고 소년 같은 인상을 주지 않고, 더는 변화할 여지 같은 건 없는 것처럼 여러 가지 점에서 어른스러운 점을 가지고 있었다. 첫날에 이미 다른 아이들이 지루해 하고 떠들어대며 이곳 생활에 익숙해지려고 노력하고 있을 때, 그는 태연 자약하게 문법책을 펴 놓고 앉아서 엄지손가락을 양쪽 귀에 틀어박고, 마치 잃었던 세월을 되돌리지 않으면 안 된다는 듯이 무턱대고 공부만 했다.

비뚤어진 이 조용한 아이의 잔꾀를 모두가 서서히 밝혀내고 보니, 그가 매우 교활한 구두쇠이며 이기주의자라는 것을 발견했다. 그가 이러한 악덕에 완전히 틀이 잡혀 있었던 것이 도리어 일종의 존경, 적어도 관용을 가지고 대접받는 결과를 가져왔다. 그는 실로 빈틈없는 절약법과, 돈 버는 방법을 알고 있어서 그러한 그의 잔꾀는 차츰 사람들에게 알려져 모두 경탄하게 되었다. 그 중 가장 최근의 일은 아침 기상 때에 이루어졌다. 루치우스는 세면장에 제일 먼저 가거나 맨 마지막에 나타나 다른 아이의 수건을 사용했다. 그리고 가능하면 비누도 다른 아이의 것을 쓰고 자기 것은 아껴 썼다. 그래서 그의 수건은 언제나 두 주일이나 때로는 그 이상으로 오래 쓸 수 있었다. 그렇지만 모든 수건은 일주일마다 마른 것으로 바꾸지 않으면 안 되었다. 매주 월요일에 수석 조교가 그것을 검사했기 때문이다. 그래서 루치우스는 월요일 아침이면 새 수건을 자기 번호의 못에 걸어 두었다가 점심 시간에는 그것을 다시 깨끗하게 접어 상자에다 간수하고, 그 대신 깨끗하게 썼던 수건을 다시 그 자리에 걸어 놓았다. 그의 비누는 딱딱해서 거의 거품이 일지 않았으나 몇 달을 두고 썼다. 그렇다고 해서 에밀 루치우스가 조금도 너절한 모습을 하고 있는 것은 아니며, 항상 말쑥한 차림으로 연한 금발을 정성껏 빗어서 곱게 가리마를 타고 지냈으며 겉옷은 깨끗이 손질하고 있었다.

루치우스는 세면장에서 곧장 아침 식사를 하러 갔다. 아침 식사에 나오는 것은 보통 커피 한 잔, 사탕 한 개, 밀빵 한 조각이다. 대부분의 소년은 그것으로는 충분하지가 않았다. 젊은이들은 여덟 시간을 자고 난 뒤에는 몹시 배가 고파지는 게 보통이다. 하지만 루치우스는 그것으로 만족하고 매일 사탕 한 개를 먹지 않고 아껴뒀다가 일 페니에 사탕 두 개, 노트 한 권에 사탕 스물 다섯 개라는 식으로 반드시 살 사람을 찾아냈다. 그는 값비싼 석유를 절약하기 위해, 다른 아이의 램프 빛으로 공부한 것은 말할 것도 없는 일이다. 그렇다고 그가 가난한 집의 아들은 아니었다. 지극히 편한 환경에서 태어났다. 원래 아주 가난한 집안의 아이들은 저축이라든가 절약한다든지 하는 것을 모르는 게 보통이다. 그들은 언제나 가지고 있는 것 만큼 써버리고 남길 줄을 모른다.

에밀 루치우스는 그런 방법으로 물건의 소유나 획득할 수 있는 것에 대해서는 무엇이든 손을 뻗쳤을 뿐만 아니라 정신적인 세계에 있어서도 될 수 있는 한 득을 보려고 애썼다. 더욱이 그는 매우 영리하였기 때문에 정신적인 소유물이라는 것은 모두 상대적인 가치밖에 없다는 것을 잊지 않았다. 그래서 미리 열심히 공부해 두면 다음 시험에서는 틀림없이 효과를 거둘 수 있는 과목만을 택해서 충실히 공부하고, 다른 과목에 있어서는 욕심을 부리지 않고 중간 성적으로 만족했다. 배우는 것과 하는 일을 그는 언제나 동급생의 성적만을 표준으로 삼았고 두 배의 지식으로 이등이 되기보다는 절반의 지식으로 첫째가 되는 것을 그는 바랐다. 그래서 저녁때 같은 아이들이 여러 가지 오락과 유희와 독서에 골몰하고 있을 때, 조용히 공부하고 있는 그의 모습을 볼 수가 있었다. 다른 아이들이 떠들고 있는 것은 전혀 그에게 방해가 되지 않았다. 그러기는커녕 그는 이따금 부러워하는 마음이 없는 만족한 시선으로 떠들어대고 있는 모두를 바라보기도 했다. 만약에 모두가 공부하고 있었다면 그의 노력은 아무런 득이 되지 않았기 때문이다.

어쨌든 그는 근면한 노력가였기 때문에 이러한 여러 가지 간사함과 잔꾀는 악의로 해석하는 사람이 없었다. 그렇지만 무릇 극단으로 치닫고, 지나치게 욕심을 부리는 사람들의 범주를 벗어나지 못하고 그도 또한 얼마 되지 않아 어리석은 짓을 저지르기에 이르렀다. 수도원의 수업은 전부 무료이므로 그는 이것을 이용하여 바이올린 수업을 받을 생각을 하게 되었다. 약간의 기초 지식이 있는 것도 아니고, 타고난 재질이 있는 것도 아니며, 그렇다고 음악을 즐길 마음이 있었던 것도 아니었다. 단지 그는 바이올린도 결국 라틴 어나 수학과 마찬가지로 배우면 되는 것으로 생각하고 있었다. 음악이란 것은 훗날에 도움이 되며 인간을 즐겁고 기분좋게 한다는 말을 듣고 있었다. 거기에다 학교의 바이올린을 사용할 수 있으므로 어차피 돈이 들지 않는 일이었다.

음악 교사인 하스는 루치우스가 찾아와서 바이올린을 배우고 싶다고 말했을 때 머리털을 곤두세우고 화를 냈다. 왜냐하면 그는 첫 음악 시간 이래 루치우스를 잘 알고 있었기 때문이다. 음악 시간에 루치우스가 부른 노래 솜씨는 동급생 일동을 무척이나 즐겁게 해주었으나, 교사인 그에게 절망감을 안겨주었던 것이다. 그는 루치우스에게 바이올린을 단념시키려고 노력했다. 그렇지만 그 점에서는 교사인 그가 오해를 한 셈이었다. 루치우스는 얌전하고 겸손하게 미소지으며 자기의 정당한 권리를 내세우고 게다가 음악에 대한 자기의 흥미를 억제할 수 없는 것이라고 설명했다. 그래서 그는 연습을 바이올린 중 가장 나쁜 것을 건네 받고 일주일에 두 번 수업을 받으며 매일 반 시간씩 연습하게 되었다. 하지만 최초의 연습 시간 후에 같은 방 아이들은 이것이 처음이자 마지막이 되고, 이 견딜 수 없는 신음소리는 더이상 듣지 않게 해주기를 바란다고 부탁했다. 그런 일이 있은 후로 루치우스는 수도원 안이 시끄럽도록 바이올린을 켜면서 연습하기 위한 조용한 구석을 찾아 다녔고, 곳곳에서 또 줄을 잡아당기기도 하고 끽끽 소리를 내기도 하며, 이상한 소리로 근방의 학생들을 괴롭혔다. 시인 하일너는 이것을, 학대받은 낡은 바이올린이 벌레먹은 구멍에서 일제히 절망적인 비명을 지르며 용서해 달라고 애원하는 것이라고 말했다. 조금도 진보하지 않으므로 화가 난 선생은 안달이 나서 퉁명스럽게 굴었다. 루치우스는 더욱더 맹연습을 했다. 지금까지 의기 양양했던 그의 타산적인 소매상인 같은 낯짝에도 고통스러운 헛수고의 주름살이 잡혀지게 되었다. 마침내 선생이 전혀 가망이 없다고 선언하며 수업을 거절하자 무엇이든지 탐욕스럽게 배우려고 혈안이 되어 있는 루치우스는 피아노를 택했으나 그것도 몇 달 동안 애쓴 보람도 없이 결국 기진맥진하여 얌전히 단념하고 말았다. 그 사정은 정말 비극적이었다. 그렇지만 후에 음악 이야기가 나오면 그도 이전에는 피아노와 바이올린을 배운 적이 있었으나 사정이 있어서 유감스럽게도 이 아름다운 예술로부터 차츰 멀어지게 되었다는 것을 은근히 내비치는 것이었다.

이렇게 하여 헬라스의 방은 기묘한 동창생에 의해 흥겨워하는 기회가 많았다. 문학 소년인 하일너도 자주 우스꽝스러운 장면을 연출했고, 카를 하멜은 잘 빈정거리는 아이로 재치가 넘치는 관찰자임을 자처하고 있었다. 그는 다른 아이들보다 한 살 위여서 다소 남다른 데가 있었으나 존경받을 만한 행동을 하지는 않았다. 그는 변덕스러워 거의 일주일마다 싸움을 걸어 자기의 체력을 시험해 보려는 욕구를 느꼈다. 그럴 때 그는 난폭을 넘어 잔인하기까지 했다.

한스 기벤라트는 경악심을 갖고 그것을 방관하면서 선량하고 얌전한 동창생으로서 조용히 자기 길을 걷고 있었다. 그는 부지런했는데 그것은 루치우스에 못지 않았다. 그리고 하일너를 제외하고는 동창생의 존경을 받았다. 하일너는 자

유 분방함을 그의 기치로 삼아 때때로 한스를 미련한 공부벌
레라고 비웃었다. 저녁때 침실에서 맞붙어 싸움을 하는 것은
결코 드문 일은 아니었다. 대체로 급속한 성장을 하는 연령
에 있는 소년들은 서로가 융합되어 있었다. 모두는 애써 어
른다운 행동을 하려고 하였으며, 선생들이『자네들』이라 부
르는 호칭도 자신들의 학문적인 엄숙함과 우아한 태도 때문
에 그러는 것이라고 인정하려 했다. 그리하여 갓나온 라틴
어 학교를 적어도 풋내기 대학생이 김나지움을 되돌아보는
것처럼 교만하게 측은함을 가지고 돌아보았다. 그렇지만 때
때로 이 얄팍한 품위를 부수고 본바탕의 무분별이 튀어나와
그 특성을 발휘하려고 했다. 그럴 때면 넓은 방에 무지한 독
설과 소년들 특유의 쌍스러운 욕지거리가 난무했다.

　이런 분위기가 학교의 교장이나 교사들에게 있어서는 많
은 학생들이 공동생활을 시작하고 수주일이 지난 후 화학적
화합물이 침전하는 것과 흡사한 광경을 보는 것은 큰 교훈이
되는 귀중한 경험일 것이 틀림없다. 그것은 마치 액체에 떠
서 움직임이 없는 탁한 먼지나 찌꺼기가 한데 뭉쳐지는가 하
면 또 풀려서 다른 형태가 되고, 끝내는 몇 개의 고체가 되는
것과 같은 것이다. 최초의 수줍음이 정복되고, 모두가 서로
충분히 알게 되면서부터 이들의 물결은 움직이고 모색이 시
작된다. 한데 어울리는 패거리가 생기고 우정과 반감이 확실
하게 나타났다. 같은 고향의 친구와 출신학교 동창끼리 결합
되는 경우는 드물었고, 대개는 새로 사귀게 된 아이들과 가
까워진다. 도시의 아이는 농촌의 아이에게, 산지(山地)의 아
이는 낮은 지대의 아이에게라는 식으로 잠재해 있는 충동에
따라 다양성과 보충을 찾았다. 어린 소년들은 불안정한 감정
으로 서로를 탐색했다. 그들 중에는 평등한 의식과 동시에
독립을 갈망하는 욕구가 나타났다. 거기에 비로소 많은 소년

의 어린이다운 졸음 속에서 개성 형성의 싹이 눈뜨기 시작한
것이다. 글로는 쓸 수 없을 만한 애착과 질투의 사소한 장면
이 벌어지고, 그것이 발전되어 우정의 계기가 되거나 공공연
히 서로 다투는 적의가 되기도 했다. 이윽고 각각의 이러한
경우에 우애가 두터운 사이가 되기도 하고 의좋게 산책하는
사이가 되기도 했으며, 때로는 심한 격투와 주먹다짐이 되는
것 같은 결과를 초래하기도 했다.

한스는 이러한 움직임에 외면적으로는 관련을 갖지 않았
다. 카를 하멜이 분명하게 격렬히 우정을 표시해 왔을 때, 한
스는 놀라서 뒷걸음쳤다. 바로 그 후에 하멜은 스파르타 방
의 아이와 친해졌고 한스는 혼자 남겨졌다. 그 어떠한 강렬
한 정이 우정의 나라를 행복스럽게 정다운 색채로 예쁘게 물
들여져 지평선에 나타내어 보였다. 그리하여 한스를 은근한
힘으로 그곳에 끌고 갔으나 일종의 수줍음이 그를 놓아 주지
않았다. 어머니가 없는 엄격한 소년 시절을 보냈기 때문에
애착심이라는 천성이 위축되어 버린 것이다. 만사에 표면적
으로 열정적인 것을 나타내는데에 그는 공포심을 가지고 있
었다. 거기에다 소년다운 자부심과 꺼려해야 할 공명심이 한
몫 끼고 있었다.

그는 루치우스하고는 달랐다. 그가 지향하는 것은 진정한
지식이었으나 그도 루치우스와 마찬가지로 공부를 방해하는
것은 죄다 멀리하고자 애쓰고 있었다. 그래서 부지런하게 책
상에 달라붙어 있었으나, 다른 아이들이 우정을 즐기고 있는
것을 보면 그는 질투와 동경으로 고민했다. 카를 하멜은 바
람직한 친구가 아니었으므로 만약 다른 아이가 와서 한스를
강력히 끌어당기려고 했다면 그는 기꺼이 따라갔을 것이다.
내성적인 처녀처럼 누군가 자기보다 강한 용기가 있는 사람
이 자기를 찾아서 억지로라도 끌고 가 무조건 행복하게 해주

었으면 하고 가만히 앉아서 기다리고 있었다.

　이러한 일과 함께 수업, 특히 헤브루 어의 수업에 바빴기 때문에 처음 한동안은 소년들에게 시간이 매우 빠르게 느껴졌다. 마울브론을 둘러싸고 있는 많은 자그마한 호수나 연못에는 퇴색해가는 늦가을의 하늘과 잎이 시들어가는 물푸레나무, 떡갈나무, 자작나무 등의 긴 황혼이 투영(投影)되었다. 아름다운 숲속을 초겨울의 찬 바람이 신음소리를 내기도 하고 환성을 지르기도 하며 휘몰아치고 있었다. 벌써 몇 번이나 가벼운 서리가 내리기도 했다.

　서정적인 헤르만 하일너는 같은 소질의 친구를 얻으려고 애쓰다 허사가 되고 말았기 때문에 이제는 매일의 외출 시간이면 혼자서 숲속을 배회했다. 그가 특별히 즐겨 찾는 숲속의 호수는 갈대밭으로 둘러싸여, 시들어 가는 활엽수의 수관(樹冠)에 덮인 우울한 갈색의 늪이었다. 애수가 서린 이 아름다운 숲의 한 구석이 공상가 하일너를 강하게 사로잡았다. 이곳에서 그는 황홀한 기분으로 조용한 물 속에 나뭇가지로 원을 그리거나 레나우의 《갈대의 노래》를 읽기도 했다. 또한 나지막한 늪가 갈대 숲속에 누워서 죽음이라든지 소멸이라든지 하는 가을다운 제목에 대해 생각하기도 했다. 그렇게 하고 있으면 낙엽소리나 잎이 떨어진 나뭇가지의 술렁거림이 우울한 화음을 이루었다. 그러면 그는 자주 자그마한 검은 수첩을 호주머니에서 꺼내 연필로 한 구절이나 두 구절을 적어 놓는 것이었다.

　시월 하순의 어느 날, 어둠침침한 점심 시간에 한스 기벤라트가 혼자 산책하며 그 장소에 왔을 때에도 하일너는 시를 쓰고 있었다. 그는 이 소년 시인이 덫을 놓는 작은 발판에 앉아서 수첩을 무릎에 얹고 명상에 잠겨 끝이 뾰족한 연필을 입에 물고 있는 모습을 보았다. 책 한 권이 펼쳐진 채로 옆에 놓여져 있었다. 한스는 조용히 그에게로 다가섰다.

「이봐, 하일너! 뭘하니?」

「호메로스를 읽고 있어. 기벤라트, 여긴 웬일이야?」

「그렇지 않을 거야. 네가 뭘하고 있는지 나는 이미 알고 있어.」

「그래?」

「물론이지. 시를 짓고 있었지?」

「그렇게 생각하니?」

「물론이야.」

「자, 여기에 앉아.」

기벤라트는 하일너와 나란히 널빤지 위에 앉아서 두 발을 늘어뜨리고, 여기저기에 갈색 잎들이 한 잎 한 잎 조용히 차가운 공중을 선회하다가 이내 소리없이 내려와 수면에 떨어지는 것을 바라보았다.

「이곳은 쓸쓸하지?」

하고 한스는 말했다.

「응, 그렇구나.」

둘은 위를 향해 반듯이 누웠기 때문에 깊은 가을의 주위를 생각나게 하는 축 늘어진 나뭇가지를 볼 수는 없었지만 그대신 조용하게 구름의 섬들이 여기저기에 떠 있는 푸른하늘을 볼 수 있었다.

「얼마나 아름다운 구름이냐!」

하고 한스가 기분좋게 그것을 바라보면서 말했다.

「그렇구나, 기벤라트.」

하일너는 한숨을 쉬었다.

「저런 구름이 되었으면…….」

「그렇게 된다면?」

「그렇게 되면 하늘을 달릴 수 있을 거야. 숲이며 마을이며

244

국경을 넘을 수도 있을 거구 말야, 아름다운 배처럼. 너는 아직 배를 본 적이 없니?」

「없어, 하일너. 하지만 너는?」

「있어. 너는 그런 것을 전혀 모르는구나. 공부다, 노력이다 하면서 악착스럽게 그런 것만 하니까 그렇지!」

「그럼, 넌 나를 바보 같은 놈으로 생각하니?」

「그렇게 말하지는 않았어.」

「네가 생각하고 있는 것처럼 그렇게 바보는 아니야. 하지만 배 이야기나 계속해 봐.」

하일너는 돌아누우려다 하마터면 물 속에 빠질 뻔했다. 그는 이번에는 배를 땅에 대고 엎드려서 양손으로 턱을 감쌌다.

「라인 강에서.」

하고 그는 말을 이었다.

「방학 때 배를 보았어. 한 번은 일요일이었는데, 배 안에서 음악이 들려왔어. 밤이라 장식한 전등의 불빛이 물 위에 비치고 있었지. 우리는 음악을 쫓아서 강을 따라 내려간 거야. 모두들 라인 와인을 마시고 소녀들은 하얀 옷을 입고 있었어.」

한스는 귀를 기울이고, 아무 말도 하지 않았으나 눈을 감자 빨간 불을 켜고 배가 음악을 연주하면서 하얀 옷을 입은 소녀를 태우고 여름 밤을 달려가는 모습이 아른거렸다.

하일너는 이야기를 계속했다.

「지금과는 전혀 달랐어. 여기에 온 사람 중에는 그런 것을 아는 사람은 없을 거야. 모두가 답답하고 비굴한 놈들 뿐이야. 무턱대고 악착같이 공부만 할 뿐이지. 헤브루 어의 알파벳보다 고상한 것은 아무것도 없거든, 너도 같은 놈이지.」

한스는 잠자코 있었다. 이 하일너는 아주 별난 소년이었

고 공상가이자 시인이었다. 한스는 이제까지 몇 번이나 하일
너에게 놀란 적이 있었다. 그는 누구나가 다 알고 있듯이 아
주 조금밖에는 공부하지 않았다. 그럼에도 불구하고 상당히
박식하고 그럴싸하게 대답할 줄을 알고 있었다. 하지만 그
지식을 경멸했다.

「예를 들어 우리는 호메로스를 읽고 있으나.」

하며 그는 계속해서 비웃었다.

「오디세이아가 요리책이나 되는 것처럼 읽고 있어. 한 시
간에 두 구절을 읽고서 한 자 한 자 되씹다가는 구역질이 나
도록 그것을 되풀이하거든. 그렇게 하고서는 시간이 끝날 때
는 항상 이렇게 말을 하지. 『이 시인이 얼마나 미묘한 표현
법을 쓰고 있는가를 알겠지요? 이것으로 제군들은 시적(詩
的) 창작의 비밀을 엿볼 수 있었던 것입니다.』하고 말하지.
그러나 그것은 불변사나 과거형에 질식해 버리지 않도록 그
주위에 소스를 쳤을 뿐이야. 그러한 방법이라면 내게 있어서
호메로스 전체도 무가치한 거야. 도대체 고대 그리스의 것이
우리와 무슨 관계가 있다는 거야? 우리들 가운데 누군가 한
사람이라도 조금만 그리스적으로 생활하려고 시도해 보려고
한다면 당장 쫓겨나고 말 텐데 말야. 그러면서도 우리의 방
을 헬라스라고 부르지. 정말 우스운 이야기야. 어째서 휴지
통이나 노예의 우리나 실크햇이라고 부르지 않는 거야? 고
전적인 것이라고 하는 것은 모두 시시한 속임수야.」

그는 허공에다 침을 뱉었다.

「넌 아까 시를 짓고 있었지?」

이번에는 한스가 물었다.

「응.」

「무엇에 대해서?」

「이 호수와 가을에 대해서야.」

「보여줄 수 있니?」

「아니야, 아직 완성되지 않았어.」

「그럼, 완성되면은?」

「응, 그땐 보여주겠다.」

둘은 일어나 천천히 걸어서 수도원으로 돌아왔다.

「저것 봐, 너는 벌써 저 아름다움을 깨닫고 있어.」

하고 두 사람이 패러다이스 옆을 지날 때 하일너가 말했다.

「예배당, 아치형의 창문, 회랑, 식당, 고딕 식과 로마네스크 식의 건축물들은 손으로 만들어진 것이야. 그나마 이런 매력은 무엇에 소용되고 있는 것인가? 목사가 되려는 서른여섯 명의 가련한 소년에게 소용이 되고 있는 것이지. 국가에는 돈이 남아도는 모양이야.」

한스는 오후 내내 하일너에 대해서 생각하지 않을 수 없었다. 어떤 인간인 것일까? 한스가 알고 있는 걱정이나 소원 같은 건 하일너에게는 전혀 존재하지 않았다. 그는 자신의 생각과 말을 가지고 한층 더 화끈한 자유로운 생활을 하고 있었다. 색다른 고뇌를 갖고, 자기의 주위를 죄다 경멸하고 있는 것 같이 보였다. 그는 낡은 기둥과 담벽의 아름다움을 이해하고 있었다. 또한 자기의 영혼을 시구에 반영시키고 공상의 힘으로 비현실적인 자기만의 독특한 생활을 만들어 내는 신비스러운 기묘한 솜씨를 보여주고 있었다. 그리고 그는 활동적이고 자유분방했으며 한스가 일년 이상이나 걸려서 겨우 한 마디 할 수 있는 농담을 매일같이 쏟아내고 있었다. 동시에 그는 우울하고 자기의 슬픔을 남의 진기하고 귀중한 것이 되기라도 한 것처럼 즐기고 있는 듯이 보였다.

그날 저녁때, 하일너는 그의 엉뚱하고 두드러진 성질의 일부분을 방 전체에게 보여주었다. 같은 방 학생인 오토 벵

거라는 입이 싼 허풍선이가 하일너에게 싸움을 걸어온 것이
다. 잠깐 동안 하일너는 조용히 놀려 주며 잠자코 있었으나
나중에는 약이 올라 상대방의 따귀를 치며 달려들었다. 그리
하여 두 사람은 심하게 얽혀 서로 싸우며 키가 없는 배처럼
부딪치기도 하고, 반원을 그리기도 하고, 주춤거리기도 하
고, 물러서기도 하고, 벽으로 밀려나기도 하고, 의자를 뛰어
넘고 마룻바닥을 뒹굴기도 하며 헬라스의 온 방 안을 헤맸
다. 두 사람 다 말없이 헐떡거리면서 푸푸 게거품을 뿜었다.
방 아이들은 비평가라도 된 듯한 얼굴을 하고 방관하고 있었
다. 그리고 한 덩어리가 된 그들을 피해 발이며 책상이며 램
프를 밀쳐놓으며 재미있는 듯 마른침을 삼키며 결과가 어떻
게 될 것인가를 기다리고 있었다. 몇 분 후 하일너는 겨우 몸
을 일으켜 서서 숨을 가쁘게 쉬고 있었다. 그는 참담한 모습
이었다. 눈에 핏발이 서고 셔츠의 깃은 찢겼으며 바지의 무
릎에는 구멍이 뚫려 있었다. 상대는 다시 그에게 달려들려고
했으나, 그는 팔짱을 끼고 선 채 깔보듯이 말했다.
　「나는 이제 싸우지 않겠다. 때리고 싶으면 때려.」
　오토 뱅거는 욕설을 퍼부으며 물러섰다. 하일너는 책상에
기대고 서서 램프를 돌리고, 바지 주머니에 양손을 찔러넣고
는 무엇인가 생각하는 모습이었다. 갑자기 그의 눈에서 눈물
이 뚝뚝 떨어지더니 이윽고 주르르 흘러내렸다. 그것은 의외
의 일이었다. 운다고 하는 것은 신학교 학생이 할 수 있는 일
중에서 가장 수치스러운 일이었기 때문이다. 그런데도 그는
그것을 전혀 숨기려고 하지 않았다. 그는 방을 나가지 않고
창백해진 얼굴을 램프 쪽으로 돌리고는 조용히 서 있었다.
또한 그는 눈물을 닦기는커녕 양손을 바지 주머니에서 빼려
고도 하지 않았다. 다른 학생들은 그의 주위에 서서 심술궂
은 호기심을 가지고 바라보고 있었다. 그때 하르트너가 앞으

로 나서서

「이봐, 하일너, 부끄럽지도 않아?」

하고 말했다.

울고 있던 하일너는 깊은 잠에서 깨어난 사람처럼 조용히 주위를 둘러보았다.

「부끄러우냐고 했어? 너희들에게 말이냐?」

하고는 그는 큰소리로 멸시하는 듯이 말했다.

「부끄럽지 않아.」

그는 얼굴을 닦고 화가 나는 듯이 엷은 웃음을 띠우며 램프를 끄고 방에서 나갔다.

한스 기벤라트는 그러는 동안 시종 자리를 떠나지 않고 그저 놀라움과 두려움을 갖고 하일너 쪽을 엿보고 있었다. 십오 분쯤 지나고서 그는 결심하고 모습을 감춘 친구 뒤를 뒤쫓아갔다. 하일너는 추위가 뼛속까지 스며드는 차갑고 캄캄한 침실의 낮은 창문턱에 앉아서 꼼짝 않고 회랑을 내려다보고 있었다. 뒤에서 바라보니 그의 어깨와 가늘고 뾰족한 머리가 이상하게 엄숙하고 어른스러워 보였다. 한스가 다가가서 창 옆에 멈춰 서도 하일너는 움직이지 않았다. 한참 후에야 겨우 그는 한스 쪽으로 얼굴을 돌리지도 않은 채 목쉰 소리로 말했다.

「뭐냐?」

「나야.」

하고 한스는 주저주저 하면서 말했다.

「무슨 일이냐?」

「아무 일도 아냐.」

「그래? 그렇다면 나가 줘.」

한스는 불끈해서 정말로 나가려고 했다. 그러자 하일너는 그를 붙들었다.

「잠깐 기다려 줘.」

「그렇게 말하려고 했던 건 아니야.」

두 사람은 서로 얼굴을 마주 보았다. 이렇게 두 사람이 서로의 얼굴을 진지하게 본 것은 이때가 처음이었다. 이 소년다운 미끈한 표정 뒤에 각각 특성을 지닌 독특한 인간 생활과 영혼이 깃들고 있다는 것을 마음 속에 그려 내려고 했다.

헤르만 하일너는 천천히 팔을 펴서 한스의 어깨를 붙잡고 서로의 얼굴이 아주 가깝게 되기까지 한스를 끌어당겼다. 그리고서 한스는 갑자기 상대방의 입술이 자기의 입술에 닿는 것을 느끼고 무어라고 말할 수 없이 깜짝 놀랐다. 그의 심장은 일찍이 느낀 적이 없는 가슴 답답함에 고동쳤다. 이렇게 어두운 침실에 함께 있는 것과 갑작스럽게 키스를 당한 것은 어떻게 보면 모험적이고 신기하면서도 어딘지 모르게 위험한 일이었다. 이 현장을 붙잡힌다면 얼마나 무서운 일일까 하고 그는 생각했다. 왜냐하면 조금 전에 하일너가 울었던 일보다도 이 키스는 다른 아이들에게는 훨씬 우스꽝스럽고 수치스러운 일로 생각되리라고 그는 분명히 느꼈기 때문이다. 그는 아무 말도 하지 못하고 다만 피가 확 머리 위로 올라 오는 것만 같았다. 그래서 가능하면 빨리 도망치고 싶었다.

이것을 본 어른이 있었다면 이 조촐한 정경과 수줍은 우정의 표시에 어색한 내성적인 애정과 진지한 두 소년의 가느다란 얼굴에 아마도 은밀한 기쁨을 느꼈을 것이다. 두 사람 다 귀엽고 전도 유망한 소년이고 아직 반쯤은 어린이다운 순진성을 갖추고 있었으나, 이미 반은 청년기의 수줍음을 지닌 아름다운 강인성을 간직하고 있었기 때문이다.

차츰 젊은이들은 공동 생활에 순응해 갔다. 서로에 대해 알게 되었고, 각자가 서로에 대한 지식과 관념을 얻으며 수많은 우정이 그들 사이에 맺어졌다. 짝을 지은 친구들 중에는 함께 헤브루 어의 단어를 외는 아이들이 있는가 하면 함께 그림을 그리거나 산책을 하기도 하고 실러를 읽는 아이들도 있었다. 라틴 어를 잘하는 대신 수학이 서투른 아이는 라틴 어가 서투른 대신 수학을 잘 하는 아이와 어울려 학습 효과를 올리려고 했다. 그리고 또 우정의 기초를 계약과 물물 교환이라는 방법에 두고 있는 학생도 있었다. 예를 들면 크게 부러움을 타는 햄을 가진 소년이 쉬탐하임 출신의 원예가의 아들이 자기와 유무 상통(有無相通)한 짝임을 발견하게 된 것이다. 그 소년은 자기의 상자 속에 멋진 사과를 가득 채워 두고 있었는데 햄을 가진 소년이 어느 날 그것을 먹고 있다가 목이 말랐기 때문에 사과를 가진 아이에게 햄을 줄테니 사과 하나를 달라고 부탁했다. 그래서 함께 앉아서 신중하게 이야기한 결과 햄이 없어지면 즉시 보충된다는 것, 사과 임자도 봄이 지나고서도 얼마 동안은 아버지가 저장한 사과를 얻어 먹을 수 있다는 것이 밝혀졌다. 이리하여 견실한 관계가 성립되고 그것은 열정적으로 맺어진 많은 성적인 결합보다도 오래 지속되었다.

고립을 면치 못하고 있는 아이는 아주 소수였다. 루치우스는 그 소수의 한 사람이었다. 예술에 대한 그의 탐욕적인 사랑은 이 무렵 아주 절정에 달해 있었다.

서로 걸맞지 않은 짝들도 있었다. 가장 조화되지 않은 짝은 헤르만 하일너와 한스 기벤라트였다. 그것은 부담없는 사람과 고지식한 사람, 시인과 노력가 같은 사람의 결합이었다. 두 사람은 가장 영리하고 소질이 뛰어난 소년으로 손꼽히고 있었으나, 하일너는 천재라고 하는 반 조롱적인 평판을 받고 있는 반면, 한스는 모범 소년이라는 말을 듣고 있었다.

그렇지만 모든 아이들은 그다지 두 사람에게 마음을 쓰지 않았다. 각자가 자기 자신의 교우 관계에 바빴고 자기 일에만 몰두하고 있었다.

그렇지만 이러한 개인적인 흥미와 경험을 위해 학교가 등한시되지는 않았다. 학교는 오히려 커다란 악장(樂章)이고 리듬이었다. 그것에 비하면 루치우스의 음악도 하일너의 시작(詩作)도 모든 교우 관계나 말다툼도, 때때로 있는 맞붙어 싸우는 것도 보수적인 변조(變調)나 사소한 개개의 여흥으로써 장난하는 것에 지나지 않았다. 학생들은 무엇보다도 헤브루 어가 힘들었다. 여호와의 기묘한 태고의 말은 시들고 메말랐으면서도 신비적으로 살아있는 나무처럼 이상스럽게 수수께끼처럼 소년들의 눈앞에 우뚝 솟았다. 이상하게 자란 나뭇가지는 그들의 눈을 부릅뜨게 했으며 진기한 색깔과 향기가 있는 꽃은 사람들을 놀라게 했다. 그 가지와 움푹 패인 곳의 백리 속에는 수천년 묵은 영혼들이 소름끼치게 혹은 다정하게 깃들여 있었다. 기괴하고 무섭게 생긴 용이라든지, 자연스럽고 사랑스러운 옛날 이야기라든지, 아름다운 소년과 조용한 눈을 가진 소녀, 혹은 억센 여인네들과 함께 주름살투성의 메마른 노인의 머리 같은 것들이 한가로운 루터의 성서 속에서는 구약 성서의 연무(烟霧)로 엷게 가려서 멀리 꿈처럼 울려 퍼졌던 것이, 지금 이 생소한 참다운 말 속에서는 피와 음성과 낡아져 가슴 답답하기는 하나 강하고 끈질긴 신비스러운 생명을 획득했다. 적어도 하일네에게는 그렇게 생각되었다. 그는 구약 성서의 첫 다섯 권 전부를 매일 매시간마다 원망하기는 했으나 단어는 모두 외고 있어서 틀리지 않고 읽을 수 있도록 참을성 있게 공부하는 많은 아이들보다도 그 속에서 더 많은 생명과 영혼을 찾아내고 또 흡수했다.

그와 함께 신약 성서는 한층더 미묘하고 쉽게, 그리고 깊

이 이해되었다. 그 말은 그렇게 오래되거나 깊고 풍부하지는
않았으나 한층 섬세하고 싱싱한 열정이 있는 것과 동시에 환
상적인 정신으로 충만되어 있었다.

그리고 오디세이아, 거기에서는 힘차고 균형잡힌 가락을
느낄 수 있었다. 마치 강하게 균형이 잡혀 흘러가는 하얗고
둥근 수정(水精)의 팔과도 같은 시구(詩句) 속에서는 몰락
한 행복스러운 윤곽의 선명한 생명의 기록과 예감이 떠오르
는 것이었다. 그것은 때로는 힘찬 윤곽의 꾸밈없는 필치로
꼭 붙잡을 수 있을 것 같았고, 또 때로는 두세 마디의 말과
구(句) 속에서 약간의 꿈이나 아름다운 예감으로 번쩍이고
나오는 것이었다.

이것에 비하면 역사가 크세노폰이나 리비우스는 그 빛을
빼앗기고 말았다. 아니, 그 빛을 빼앗겼다고까지는 할 수 없
어도 미미한 빛으로서 거의 반짝임을 잃고 옆에 서 있는 것
에 지나지 않았다.

한스는 모든 일이 그의 친구들에게 있어서는 자신과 어떻
게 다른가를 알고는 무척 놀랐다. 하일너에게 있어서 추상적
인 것은 존재하지 않았다. 그가 마음 속에 그려보고, 공상의
색채를 가지고 그려낼 수 없을 만한 것은 존재하지 않았다.
그것이 되지 않을 경우에는 무엇이든지 싫증을 내고 내팽개
쳐 버렸다. 그러므로 수학은 그에게 있어서 음험한 수수께끼
를 짊어진 스핑크스였다. 그의 냉정하고 심술궂은 눈초리는
산 제물이 된 것을 꼼짝 못하게 해버리는 것이었다. 하일너
는 이 괴물을 멀찍이 피하고 있었다.

하일너와 한스의 우정은 별난 관계였다. 그것은 하일너에
게 있어서는 오락이고 사치이자 편리한 것이고, 혹은 또 변
덕스러운 것이기도 했으나, 한스에게 있어서는 때로는 자랑
을 가지고 지키는 보물이었고 때로는 견딜 수 없는 큰 부담

이었다. 그때까지 한스는 저녁때의 시간을 항상 공부에 이용하고 있었다. 지금은 거의 매일같이 하일너와 고통스러운 공부에 싫증이 나면, 한스에게 와서 책을 빼앗고 자기 상대가 되게 했다. 한스는 이 친구를 많이 사랑하고 있었으나, 나중에는 친구가 오는 것은 아닐까 하고 매일 밤 벌벌 떨며, 제한된 공부 시간에 뒤지지 않도록 갑절이나 열심히 서둘러 공부를 하기도 했다. 하일너가 이론적으로 한스의 근면한 태도를 공격하기 시작한 것은 한스에게 있어서는 더한층 고통이었다.

「그건 품팔이꾼이나 할 짓이야.」

하고 말하는 것이었다.

「너는 어떤 공부도 좋아하지만 하고 싶어서 하는 것이 아니야. 다만 선생님과 아버지가 무서워서야. 일등이나 이등을 하면 뭘 해? 나는 이십등이지만, 그렇다고 해서 너희들같이 열심히 공부하는 아이들보다 멍청하지는 않아.」

한스는 하일너가 교과서를 본다는 사실을 알고는 무척 놀랐다. 그는 언젠가 한번 책을 교실에 두고 왔기 때문에 다음 지리 시간의 예습을 하기 위해 하일너의 지도책을 빌린 적이 있었다. 그때 놀라운 것은, 그는 어느 페이지에나 연필로 까맣게 칠해 놓고 있다는 것이었다. 피레네 반도의 서해안은 그로테스크한 옆 얼굴이 그려져 있었다. 코는 폴토에서 리스본에 이르고, 피니스테레 갑(岬) 지방은 곱슬곱슬하게 말아 올린 머리카락으로 과장되었고 성(聖) 반상 지방은 얼굴 전체의 수염을 멋지게 비틀어진 끝이 되어 있었다. 어느 페이지를 넘겨도 그런 식이었고, 지도의 뒷면 백지에는 만화와 대담한 우스꽝스러운 시가 씌어져 있었다. 게다가 잉크의 얼룩도 드물지 않았다. 한스는 자기 책을 신성시하여 마치 보물처럼 취급해 오고 있었다. 그래서 이러한 대담성을 반은 신성을 더럽히는 행위, 반은 범죄적이기는 하나 영웅적인 행위로 생각했다.

선량한 기벤라트는 그의 친구에게 있어서 기분좋은 장난감이 아니면 일종의 기르는 고양이에 지나지 않는 것처럼 보였을지도 모른다. 한스 자신이 때때로 그렇게 느꼈다. 그렇지만 하일너는 한스가 필요했기 때문에 애착을 가지고 있었다. 그는 누군가 자기 마음을 털어놓을 수 있는 사람, 자기와 하는 말을 경청해 주는 사람, 자기를 감탄해 주는 사람을 갖지 않고는 견딜 수 없었다. 학교나 생활에 대해서 혁명적인 이야기를 할 경우에는 조용히 그리고 열심히 경청해 주는 사람이 필요했고 동시에 또 우울한 때는 자기를 위로해 주는 사람, 그 사람의 무릎을 자기가 베고 누울 수 있는 사람이 필요했다. 일반적으로 그러한 성질의 사람은 다 그렇듯이, 이 젊은 시인도 근거가 없는 다소 어리광스러운 우울증의 발작에 시달렸다. 그 원인의 일부는 어린 마음의 은근한 고민이었고, 일부는 여러 가지의 힘과 아련한 생각이나 욕망 등의 아직 그 방향을 모르는 불안이었고, 일부는 어른이 될 때의 이유없는 어두운 충동이었다. 그럴 때, 그는 동정을 받고 애무를 받고 싶어하는 병적인 욕구를 가졌다. 이전에 그는 어머니한테 응석을 부리며 자란 아이였으나 아직 여성의 사랑을 알 만큼 성숙되지 못하였으므로 지금은 온순한 친구가 그의 위안자가 되었다.

저녁때면 그는 몹시 풀이 죽어서 자주 한스에게 오는 일이 있었다. 그리하여 공부를 하고 있는 한스를 유혹하여 함께 침실로 가자고 재촉하기도 했다. 그 차가운 홀 안을, 혹은 어두워져가는 높은 기도실 안을 두 사람은 나란히 왔다갔다하기도 하고 또는 추위에 떨면서 창가에 걸터앉기도 했다. 하일너는 하이네를 읽는 서정적인 소년의 방식으로 갖가지 감상적인 탄식을 올리는가 하면 다소 어린애다운 비애의 구름 속에 휩싸이기도 했다. 그때마다 한스로서는 잘 이해가 되지 않았으나, 그래도 역시 가슴에 느끼는 것을 받았고, 때로는 그 기분이 전염해 오는 적도 있었다. 이 감수성이 예민한 시인은 특히 흐린 날에 발작을 일으키는 일이 많았다. 더욱이 늦가을의 비구름이 하늘을 컴컴하게 하고, 감상적인 달이 구름에 가리어 흐릿한 엷은 베일과 구름의 틈바구니 사이로 내다보면서 궤도를 그리고 가는 저녁때면 비탄과 신음소리가 절정에 달했다. 그러면 그는 오시안식의 기분에 잠기고, 몽롱한 우수 속으로 녹아 들어갔다. 그것이 한숨이 되고 말이 되고 시가 되어 죄도 없는 한스에게 퍼부어졌다.

이러한 딱한 비극적인 장면에 시달리고 고통을 받으면서 한스는 악착같이 남은 시간에 열심히 공부에 매달렸다. 그렇지만 공부는 차츰 어려워지게 되었다. 옛날의 두통이 다시 되살아난 것을 그는 더는 의심하지 않았으나, 피로해서 하는 일 없이 시간을 보내는 일이 잦아지고, 꼭 필요한 것만을 하기 위해서도 제 스스로 자신을 채찍질하지 않을 수 없게 된 것은 그를 몹시 걱정스럽게 했다. 괴짜에 대한 우정 때문에 기진맥진해지고, 자기의 성격 가운데 아직 순결한 부분이 병들게 되었다는 것을 그는 어렴풋이 느끼게 했으나 상대가 음울하고 눈물이 많아지면 많아질수록 가엾게 보였다. 그리고 친구에게 있어서 자기가 없으면 안 된다고 하는 의식은, 한스의 우정을 더욱 깊게 하는 것과 동시에 그를 더욱 득의 양양하게 만들었다.

게다가 그 병적인 우울증은 지나치게 건강치 못한 충동의 돌발에 지나지 않으며, 그가 정말로 감탄하고 있는 하일너의 본성에 속하는 것이 아님을 잘 알고 있었다. 하일너가 자작한 시를 낭독하거나 시인의 이상에 대해서 말하거나, 혹은 실러나 셰익스피어의 독백을 열정적으로 몸짓을 섞어가며 낭송할 때, 그는 한스에게 모자란 마력에 의해 공중을 떠돌고, 초인적인 자유와 불타는 것 같은 열정을 가지고 움직이며 호메로스의 천사와 같이 날개 돋친 발을 가지고 한스나 친구들 틈 사이에서 떠돌며 사라져가는 듯이 생각되었다. 이제까지 이 시인의 세계가 한스에게 있어서는 거의 알지 못했으며 중대한 것으로도 생각되지 않았다. 지금 그는 비로소 아름답게 흘러 나오는 말, 박진감이 있는 비유, 홀딱 반해 버릴 것 같은 운율 등의 현혹적인 힘을 거역할 수 없을 것으로 느껴졌다. 새롭게 열린 이 세계에 대한 한스의 존경은 친구에 대한 감탄과 융합하여 일체 불가분(不可分)의 감정이 되었다.

그러는 동안에 날씨가 거칠어지기 쉬운 음산한 십일월이 되었다. 램프를 켜지 않고 공부할 수 있는 것은 몇 시간에 불과했다. 어두컴컴한 밤에는 폭풍이 거세게 소용돌이치며 산더미 같은 구름을 어두운 고지로 몰아붙여서 울부짖는 듯이, 혹은 싸우는 듯이, 오래된 견고한 수도원의 건물 주위에 부딪쳤다. 나뭇잎은 이미 완전히 떨어져 남아 있지 않았다. 다만 그 많은 나무들 중에서도 우람하고 울퉁불퉁한 나무 줄기가 많은 떡갈나무만이 모든 다른 나무보다도 어수선하게 마치 불평하는 것 같이 마른 나뭇가지를 흔들어대고 있었다. 하일너는 완전히 음울해져서 요즈음은 한스 옆에 오지 않고, 홀로 외딴 연습실에서 즐겨 바이올린을 켜대기도 하고 친구들에게 싸움을 걸기도 했다.

어느 날 저녁때 하일너가 연습실에 가자 빈틈없는 루치우스가 악보대 앞에서 연습하고 있었다. 하일너는 화가 나서 밖으로 나갔다가 삼십분이 지난 후에 다시 왔다. 루치우스는 여전히 연습하고 있었다.

「이제 그만 해도 되잖아?」

하고 하일너는 밉살스러운 말을 늘어 놓았다.

「다른 사람도 좀 연습할 수 있게 해줘. 그렇잖아도 서투른 너의 바이올린 연주는 지겹단 말야.」

루치우스는 양보하려고 하지 않았다. 하일너는 화가 치밀었다. 루치우스가 매우 침착하게 다시 바이올린을 켜기 시작하자, 그는 악보대를 발로 걷어차 엎어 버렸다. 악보는 방 안의 사방으로 흩어지고 악보대는 루치우스의 얼굴을 내리쳤다. 루치우스는 몸을 굽혀서 악보를 주었다.

「교장 선생님에게 일러바칠 테다.」

하고 그는 단호하게 말했다.

「맘대로 해.」

하고 하일너는 분격해서 소리쳤다.

「일러바치는 김에 엉덩이도 채였다고 하는 것이 좋을 거야.」

그는 당장 다가서서 걷어차려고 했다.

루치우스는 잽싸게 몸을 피하고 출구로 달려갔다. 하일너는 뒤쫓았다. 심한 추격 소동이 벌어졌다. 복도와 넓은 방을 지나서 층계와 현관을 지나고 수도원의 가장 멀리 떨어진 건물까지 갔다. 그곳에는 조용하고 우아한 교장의 사택이 있었다. 그 서재의 문 바로 앞에서 하일너는 겨우 루치우스를 붙잡을 수 있었으나 이미 노크를 해 버리고 난 다음이었다. 열려진 문 안에 들어선 마지막 순간에 루치우스는 하일너에게 채여 문을 닫을 여유도 없이 신성 불가침인 교장의 방 안으로 폭탄처럼 뛰어들었다.

그것은 이제까지 듣지도 보지도 못했던 일이었다. 다음날 아침, 교장은 청년의 탈선에 대해서 엄한 훈시를 했다. 루치우스는 내심 얌전하게 갈채를 보내며 듣고 있었고, 하일너는 감금형을 언도 받았다.

「수년 이래로…….」

하고 교장 선생은 하일너에게 호통쳤다.

「이곳에서는 이러한 벌이 내려진 적이 없다. 십년이 지나도 이 일을 잊지 않게 하겠다. 다른 학생에 대해서는 이 하일너를 본보기로 삼도록 해라.」

학생 일동은 벌벌 떨면서 하일너 쪽을 훔쳐보았다. 하일너는 파랗게 질린 얼굴을 하고 반항적인 태도로 우뚝 선 채 교장의 시선을 피하지 않았다. 많은 아이들은 마음 속으로 하일너에게 감탄했다. 그렇지만 훈계가 끝난 후에 모두가 떠들썩하게 복도로 밀려나왔을 때, 그는 나병 환자처럼 홀로 따돌려지게 되었다. 지금 그의 편이 되려면 용기가 필요했다.

한스 기벤라트도 하일너의 편에 서지 않았다. 그렇게 하는 것이 자기의 의무임을 잘 알고 있었다. 그리고 그는 자기의 비겁함을 생각하고 괴로워했다. 그는 자신의 몰인정함과 수치심으로 방 안에 틀어박혀 얼굴을 잘 들지도 못했다. 그는 하일너를 방문하고 싶은 마음에 사로잡혀 남몰래 그것이 가능하다면 실컷 희생을 치루어도 좋다고 생각했다. 그러나 무거운 처벌을 받은 학생은 수도원에서 상당히 오랫동안 낙인을 찍힌 것이나 다름없었다. 말할 필요도 없이 처벌을 받은 학생은 그 후 특별한 감시를 받는다. 그리고 그와 어울리는 것은 위험한 일이며 좋지 않은 평판이 따랐다. 국가가 학생들에게 베푼 은혜에 대해서는 당연히 엄격한 규율을 가지고 보답하지 않으면 안 된다. 그것은 이미 입학식의 긴 훈시 속에서 말했던 것이어서 한스도 그것은 알고 있었다. 그는 우정의 의무와 공명심과의 싸움에서 지고 말았다. 그의 이상은 무어라고 해도 모든 아이들 중에서 한층 뛰어나고, 시험에서 명성을 떨쳐 한몫을 하는 것이지 낭만적인 위험한 역을 맡는 것은 아니었다. 이리하여 그는 괴로워하면서 방 구석에 틀어박혀 있었다. 아직은 뛰어나가서 용기를 보일 수가 있었으나 그것은 시시각각으로 곤란해지게 되었다. 그리하여 어느 틈엔가 그의 배신은 행동으로 나타났다.

하일너는 충분히 그것을 알고 있었다. 열정적인 그는 모두가 자기를 피하고 있음을 눈치챘다. 그리고 그것도 당연하다고 생각했다. 그렇지만 한스에게만은 신뢰를 가지고 있었다. 지금 그가 느낀 고통과 분노에 비하면 지금까지의 종잡을 수 없는 개탄은 자기 자신에게도 공허하고 우스꽝스럽게 여겨졌다. 그는 잠시 기벤라트의 옆에 멈춰 섰다. 창백하고 깔보는 듯한 얼굴을 하고 그는 나지막한 소리로 말했다.

「기벤라트, 너는 비열한 놈이야. 흥, 이 빌어먹을 놈.」

그렇게 말하고서는 그는 나지막하게 휘파람을 불면서 두 손을 바지호주머니에 찌르고 물러갔다.

젊은이들에게 있어서 달리 여러 가지 생각할 일과 할 일이 있다는 것은 좋은 일이었다. 이 사건이 있은 며칠 후 갑자기 눈이 내렸다. 그리고는 하늘은 맑게 개이고 추운 겨울 날씨가 이어졌다. 눈싸움과 스케이트를 할 수 있었다. 크리스마스와 방학이 다가왔다는 것을 문득 깨닫게 되고 그것에 대해서 이야기를 주고받기 시작했다. 하일너의 일은 전혀 문제가 되지 않았다. 그는 조용히 반항적으로 머리를 똑바로 쳐들고 뻔뻔스러운 얼굴로 돌아다녔다. 누구하고도 말을 하지 않고 열심히 시구를 수첩에 적어 넣었다. 수첩에는 검정 초를 먹인 표지가 붙어 있고 『수도자의 노래』라는 표지가 붙어 있었다.

떡갈나무, 느티나무, 개암나무, 버드나무 등에는 서리와 얼어 붙은 눈이 미묘하고 이상한 모양을 하고 매달려 있었다. 연못에는 투명한 얼음이 추위 때문에 서걱서걱 소리를 내었다. 회랑의 안뜰은 조용한 대리석의 정원같이 보였고, 축제 기분의 들뜬 흥분이 방마다 넘쳐흘렀다. 크리스마스를 기다리는 즐거움은 두 사람의 근엄한 교수에게까지도 일맥 상통한 정다움과 들뜬 흥분을 떠오르게 했다. 선생들과 학생들 중에는 크리스마스의 무관심할 수 있는 사람은 없었다. 하일너가 화를 내고 심술을 부리던 얼굴이 어느 정도 부드러워지기 시작했고, 루치우스는 방학 때 어떤 책과 어떤 구두를 가지고 갈 것인가 하고 궁리하고 있었다. 집에서 오는 편지에는 가슴을 울렁거리게 하는 아름다운 일들이 적혀 있었다. 평소에 원하던 것을 묻기도 하고 빵 굽는 날을 가르쳐 주기도 하고 머지 않아 불시에 놀라게 해주겠다는 일을 암시하기도 하고 만나게 될 날의 기쁨을 알리기도 했다.

방학에 고향으로 돌아가는 여행을 하기 전에 학생들, 특히 헬라스 방의 아이들은 조촐하나마 명랑한 기분에 휩싸였다. 어느 날 저녁, 가장 큰 헬라스의 방에서 행해질 크리스마스 축하 파티에 선생들을 초대하기로 의견이 모아졌다. 축사와 낭송, 피리의 독주, 바이올린 이중주가 준비되었다, 그렇지만 아무래도 한 가지는 익살스러운 상연물을 프로그램에 넣지 않으면 안 되었다. 여러 가지로 상의하여 안을 내기도 하고 물리치기도 했으나, 좀처럼 결정을 지을 수 없었다. 그때 카를 하멜이 아무런 생각없이 에밀 루치우스의 바이올린 독주가 가장 유쾌할 것이라고 말했다. 그것에 관심이 집중되었다. 부탁하기도 하고 여러 가지 약속으로 꾀기도 하고 협박하기도 해서 가련한 음악가를 납득시켰다. 정중한 초대장과 같이 선생들에게 보내진 프로그램에는 특별 프로로써 다음과 같이 씌어 있었다. 『고요한 밤, 바이올린을 위한 가곡, 궁정 명악사(名樂士) 에밀 루치우스의 연주.』

궁정 명악사의 칭호가 붙어진 것은 멀리 떨어진 음악실에서 연습한 덕분이다.

교장, 교수, 조교수, 음악 교사, 수석 조교 등이 축하에 초대되어 참석했다. 루치우스가 하르트너에게서 빌린 옷자락이 있는 검정 예복을 입고 멋을 부린 차림으로 점잖은 미소까지 띠우며 등장하자 음악 선생의 이마에는 땀이 배어 나왔다. 그의 인사에서부터 이미 웃음을 자아내지 않을 수 없었다. 가곡 『조용한 밤』은 그의 손가락 아래서 오싹해지는 탄식과 신음하는 것 같은 애처로운 고통의 노래가 되었다. 그는 두 번을 처음부터 다시 시작했으며 멜로디를 가르기도 하고 짧게 끊어놓기도 했다. 발로 박자를 맞추며 추운 겨울날의 나무꾼처럼 열심히 연주를 하기도 했다.

분노한 나머지 새파랗게 질려 있는 음악 선생을 돌아보고 교장 선생은 유쾌한 듯이 고개를 끄덕였다.

루치우스는 가곡을 세 번이나 되풀이하여 시작하고 이번에도 막히자 바이올린을 내리며 청중을 향해 변명을 시작했다.

「잘 되지 않습니다. 그렇지만 저는 지난 가을부터 바이올린을 켜기 시작했을 뿐입니다.」

「잘했다, 루치우스.」

하고 교장 선생은 소리쳤다.

「우리는 너의 노력에 감탄한다. 그런 식으로 계속 연습해라. 험난한 길을 거쳐서 별에 다다르는 것이니까.」

십이월 이십 사일은 아침 세시부터 어느 침실에서나 활기를 띠고 떠들썩했다. 창에는 멋진 나뭇잎 모양의 두터운 성에가 끼어 있었고 세면실의 물은 얼어 붙어 있었다. 수도원의 안뜰에는 살을 에는 듯한 매서운 한풍이 불었다. 그렇지만 아무도 그것에 신경쓰는 사람은 없었다. 식당에서는 커다

란 커피 주전자가 김을 뿜고 있었다. 그로부터 얼마 되지 않
아서, 외투며 목도리를 두룬 학생들은 까맣게 떼를 지어 은
빛으로 반짝이는 들을 지나고 조용한 숲을 벗어나 멀리 떨어
져 있는 정거장을 향해 걸어갔다. 모두가 떠들썩하게 이야기
를 주고 받으며 농도 하며 큰소리로 웃기도 했으나 각자의
마음 속에는 소망이나 즐거운 기대로 가득 차 있었다. 널리
주 전체에 걸쳐서 도시나 시골 할 것 없이 외로운 집의 따뜻
하고 화려하게 장식된 방에서 부모 형제들이 자기를 기다리
고 있다는 것을 그들은 알고 있었다. 대부분의 아이들에게
있어서는 크리스마스에 먼 곳으로부터 귀향하는 것은 이것
이 처음이었다. 그들은 사랑과 자랑으로 기다려지고 있다는
것을 잘 알고 있었다.

눈에 덮인 숲의 한가운데에 있는 작은 역에서 , 모두들 혹
심한 추위에 떨면서 기차를 기다렸다. 여태껏 이제까지 한마
음이 되어 모두가 즐겁게 마음을 터놓은 적은 없었다. 하일
너만은 혼자서 침묵을 지키고 있었으며, 기차가 오자 다른
아이들이 승차하는 것을 기다렸다가 혼자만 다른 칸에 탔다.
다음 역에서 바꿔 탈 때에, 다시 한 번 더 그를 보았으나 부
끄러움과 후회의 순간적인 애정은 곧 귀향의 흥분과 기쁨 속
으로 사라지고 말았다.

집에서는 아버지가 만족스러운 듯이 싱글거리고 있었고
선물이 가득 놓여진 책상이 그를 기다리고 있었다. 하기야
진짜 크리스마스는 기벤라트의 집에는 없었다. 노래도, 축제
의 감격도, 어머니도, 전나무도 없었다. 한스의 아버지는 명
절을 축하하는 방법을 알지 못했다. 하지만 그는 아들을 자
랑스럽게 여기고, 이번에는 선물하는 데 돈을 아끼지 않았
다. 한스는 이러한 크리스마스에 익숙해 있었기 때문에 아무
것도 부족하다고는 생각지 않았다.

　모두들 한스의 건강이 안 좋고 너무 야위었으며 얼굴이 지나치게 창백하다고 생각했다. 대체 수도원의 음식이 그렇게 빈약하냐고 물었다. 이것에 대해 한스는 열심히 부정하며 건강은 좋으나 다만 자주 두통이 있을 뿐이라고 단언했다. 그점은 읍내 목사가 자기도 젊었을 때는 그같은 두통에 시달렸다고 하며 한스를 위로해 주었다. 그것으로써 모든 일이 해결되었다.

　강은 미끈하게 얼어 있었다. 명절일에는 스케이트를 타는 사람으로 가득 찼다. 한스는 새 옷을 입고 신학교 학생의 녹색 모자를 쓰고서 거의 하루 종일 밖에 있었다. 그는 이전의 동급생들로부터 빠져 나와서 사람들이 부러워하는 훨씬 높은 세계로 나아가고 있었다.

제4장

경험에 의하면 신학교 학생들 중에서 한 사람 내지 몇 명의 학생이 사년간의 수도원 생활 동안에 없어지는 것이 예사이다. 때로는 죽는 사람이 생겨서 찬송가와 같이 장사를 지내기도 하고 친구들의 시중을 받으며 고향에 보내지기도 한다. 그리고 때로는 탈주하는 사람도 있고 특별한 죄로 인해 퇴교당하는 사람도 있다. 또한 아주 드물게는 상급생에게만 생기는 일인데, 어떤 곤란한 입장에 놓인 소년이 청춘의 고민에서 권총이나 투신에 의해 간단하고 어두운 도망 길을 찾는 일도 있었다.

한스 기벤라트의 학년에서도 두서너 명의 학생들이 그만두게 될 형편에 있었다. 그나마 이상한 우연에 의해 그것이 모두 헬라스의 방에 속하는 아이들이었다.

헬라스 방 아이들 가운데 힌두라는 별명을 가진 힌딩거라는 금발의 얌전한 작은 소년이 있었다. 그 소년은 종교적으로 고립된 양복점 주인의 아들이었다. 그는 조용한 학생으로 그만둔 뒤에야 비로소 약간의 평판이 떠돌았으나 그것도 대수로운 일은 아니었다. 절약가인 궁정 명악사 루치우스의 옆자리에 있던 그는 루치우스와 가깝게 지냈고 조심스럽게 다른 아이들보다는 그와 많이 사귀고 있었다. 그 이외에는 친구를 갖고 있지 않았다. 그가 그만둔 후에야 비로소 헬라스 방 아이들은 온순하고 선량한 친구로서, 또한 파란 많은 방의 한 지렛목으로 힌딩거의 존재를 좋아하고 있었다는 것을 깨닫게 되었다.

일월의 어느 날, 그는 연못으로 스케이트를 타러 가는 아이들 틈에 끼어 있었다. 힌두는 스케이트를 갖고 있지 않았으며 한 번 구경을 하려고 생각했을 뿐이었다. 하지만 곧 추워졌기 때문에 몸을 녹이기 위해 연못 주위를 서성대다가 달음질을 쳐서 들판 앞쪽으로 떨어져 있는 작은 호숫가에 이르렀다. 그곳은 약간 따뜻한 물이 힘차게 솟아나오고 있었기 때문에 겨우 살얼음이 얼었을 뿐이었다. 그는 갈대를 헤치고 그곳으로 들어갔다. 그는 몸이 작고 가벼웠으나 그만 호숫가에 빠지고 말았다. 잠시 동안 허위적거리며 소리를 질렀으나 아무도 알아차리지 못한 채 어둡고 차가운 물 속으로 가라앉고 말았다.

두시에 오후 수업이 시작했을 때에야 겨우 그가 없어진 것을 알게 되었다.

「힌딩거는 어디 갔지요?」

하고 조교가 물었다.

아무도 대답하지 않았다.

「헬라스 방을 찾아 봐요.」

하지만 그곳에도 없었다.

「지각한 모양이군. 그가 없어도 시작하기로 합시다. 칩십사 페이지 일곱째 줄을 펴도록, 이런 일은 두 번 다시 없기 바랍니다. 여러분은 시간을 지키지 않으면 안 됩니다.」

세시가 되어도 힌딩거는 여전히 나타나지 않았으므로, 선생은 걱정이 되어 교장 선생에게 학생을 보내서 알렸다. 교장 선생은 즉시 교실로 달려와 중대한 질문 몇 가지를 하고는 곧 열 명의 학생에게 조교수와 열 명의 학생들을 따르게 하여 찾으러 내보냈다. 남은 학생들에게는 받아쓰기 연습을 시켰다.

네시에 조교수는 노크도 하지 않고 교실로 들어와서는 귓속말로 교장 선생에게 나지막하게 보고했다.

「조용히!」

하고 선생은 명령했다. 학생들은 꼼짝도 하지 않고 의자에 앉아서 마른침을 삼키며 선생을 주시했다.

「제군의 학우 힌딩거는.」

하고 교장은 목소리를 낮추고 말을 이었다.

「연못에 빠진 것 같다. 제군도 그를 찾는 데 협조해야만 한다. 마이어 교수가 제군을 지휘할 테니 일일이 그의 명령을 따르고 제멋대로 행동해서는 안 된다.」

놀란 학생들은 교수를 선두로 수군거리면서 따라나갔다. 거리에서는 몇 명의 어른이 밧줄과 널빤지와 막대기를 가지고 서둘러 일행에 끼었다. 몹시 추웠으며 해는 벌써 저물어 가고 있었다.

마침내 빳빳하게 굳어진 작은 소년의 시체가 발견되고, 눈에 덮인 갈대 위에서 들것에 실렸을 때는 이미 완전히 날은 저물어 있었다. 학생들은 겁에 질린 새처럼 불안해 하며 주위에 둘러서서 시체를 바라보고 시퍼렇게 얼어붙은 손가락을 문질렀다. 선두에 운반되어 가는 익사한 친구 뒤를 따라 묵묵히 눈 덮인 들판을 걷기 시작했을 때, 비로소 그들의 억눌렸던 가슴은 갑자기 전율로 휩싸여 어린 사슴이 적의 냄새를 맡을 때처럼 무서운 죽음의 공포를 느꼈다.

추위와 슬픔으로 떨고 있는 몇 사람의 일행 중에서 한스 기벤라트는 우연히 지난날의 친구였던 하일너와 나란히 걷고 있었다. 두 사람은 들판의 고르지 못한 울퉁불퉁한 길에서 발이 걸려 넘어지는 순간 자기들이 나란히 걷고 있다는 것을 동시에 깨달았다. 죽음에 직면하여 심한 마음의 충격을 받고 한동안 모든 이기심 같은 것이 허무하다는 것을 깊이 느꼈던 탓인지, 아무튼 한스는 불쑥 친구의 창백해진 얼굴을 가까이이에서 보자 무어라 말할 수 없는 깊은 고통을 느끼고, 갑작스런 충동에 사로잡혀 하일너의 손을 잡으려고 했다. 그러나 하일너는 화가 나는 듯이 손을 빼고 불쾌한 듯이 눈을 돌리고는 곧 자리를 바꾸어 맨 뒷줄로 사라져 버렸다.

모범 소년 한스의 가슴은 고통과 부끄러움으로 미어지는 것 같았다. 얼어붙은 들판을 비틀거리면서 걷고 있는 동안 추위로 파랗게 된 뺨 위로 눈물이 쉴 새 없이 흘러내리는 것을 억제할 수 없었다. 그는 사람에게는 잊어버릴 수 없고 또 어떤 후회도 보상할 수 없는 죄나 태만이 있다는 것을 깨달았다. 선두의 높이 치켜든 들것 위에 실려 있는 것은 양복점 주인의 어린 아들이 아니라 친구 하일너이며, 성적이나 시험이나 월계관이 아니라 양심의 깨끗함 또는 더러움만을 표준으로 삼는 다른 세계로 한스의 불충실에 대한 고통과 분노를 함께 싣고 가는 것처럼 느껴졌다.

그러는 사이에 일행은 큰길로 나섰다. 그곳에서 수도원은 가까웠다. 수도원에서는 교장을 선두로 선생님 일동이 죽은 힌딩거를 맞았다. 힌딩거가 살아 있었다면 그러한 명예를 생각하는 것만으로도 도망쳐 버렸을 것이다. 선생들은 언제나 죽은 학생을 살아 있는 학생 대하는 것과는 전적으로 다른 눈으로 보는 법이다. 죽은 학생을 대하면, 선생들은 평소에는 언제나 아무런 생각 없이 상처를 주었던 하나의 생명이나 청춘의 고귀함이 돌이키기 어렵다는 것을 잠시나마 강하게 느끼는 것이다.

그날 밤도 그리고 다음날도 온종일 눈에 띄지 않는 시체의 존재가 마술 같은 작용을 해서 모든 행위와 언어를 부드럽게 하고 진정시켜 엷은 비단으로 감싸고 있었다. 그래서 그 짧은 시간 동안에는 싸움도 분노도 소란도 웃음도 잠시 물의

268

표면에서 사라져 파문 하나 일지 않고, 얼핏 보기에 죽어 없
어진 것처럼 쥐죽은 듯이 만들어 버리는 물의 요정같이 자취
를 감추었다. 두 사람이 만나서 익사한 소년의 이야기를 할
때에는 반드시 정확하게 이름을 불렀다. 죽은 사람에 대해서
는 힌두라는 별명은 실례가 되는 것으로 생각되었다. 살아
있는 동안에는 눈에 띄지 않아서 관심을 끌지도 못하고 학생
들 속에 파묻혀 지낸 조용한 힌두가 지금은 그 이름과 죽음
으로써 커다란 수도원 전체를 가득 채우고 있었다.

　이틀 뒤에 힌딩거의 아버지가 도착했다. 그는 아들이 눕
혀 있는 방에 두세 시간 혼자 있었다. 그러고 나서 교장에게
서 차 대접을 받은 다음 여관에서 그날 밤을 묵었다.

　그 다음날 장례식이 있었다. 관은 침실에 놓여져 있었다.
알고이의 양복점 주인은 그 곁에 서서 묵묵히 관을 바라보고
있었다. 그는 전형적인 양복점 주인 타입으로 몹시 야위었고
날카로웠다. 녹색을 띤 검정 프록코트를 입고 통이 좁은 초
라한 바지를 입었으며, 손에는 큐벨 사격 회원 시절의 낡은
예모(禮帽)를 들고 있었다. 그의 작고 섬세한 얼굴은 싸구려
촛불이 바람 속에서 가물거리는 것처럼 우수에 휩싸여 있어
보였다. 그는 교장과 교수들에 대한 존경심으로 줄곧 송구해
하고 있었다.

　마침내 관을 메는 사람이 관을 들어 올리려고 하는 순간
슬픔에 잠긴 양복점 주인은 한걸음 앞으로 걸어나와서 당황
해 하고 머뭇머뭇한 애정의 몸짓으로 관의 뚜껑을 만졌다.
그러고 나서 눈물을 억제하며 어찌할 바를 모르듯이 커다랗
고 조용한 방 한가운데에 겨울의 고목나무처럼 서 있었다.
그것이 너무나 쓸쓸하고 애절한 듯 풀이 죽은 모습이었으므
로 보고 있는 것이 애처로웠다. 목사가 그의 손을 잡으며 바
싹 다가섰다. 그는 이상스럽게 휘어진 예모를 머리에 쓰고,

관 바로 뒤를 따라 층계를 내려서고 수도원의 뜰을 지나서 낡은 문을 빠져나가 눈이 쌓인 들판을 가로질러 낮은 묘지의 담을 향해 걸어갔다. 무덤 옆에서 찬송가를 불렀을 때, 대부분의 학생들은 지휘하는 음악 선생의 손을 보지 않고, 작은 양복점 주인의 쓸쓸한 모습만을 보고 있었기 때문에 음악 선생은 화를 냈다. 양복점 주인은 슬픔에 잠겨 휘몰아치는 눈 속에 서서 머리를 숙여 목사와 교장과 학생 대표의 조사를 들었으며, 합창하는 학생들을 향해 멍하니 고개를 끄덕이는가 하면 때때로 웃옷 소매에 간수하고 있던 손수건을 왼손으로 만지작거렸으나 그것을 꺼내지는 않았다.

「저 사람 대신 우리 아버지가 저 자리에 선다면 어찌했을까 하고 나는 마음 속에 그려보지 않을 수 없었다.」

하고 나중에 오토 하르트너가 말하자 모두들 이구 동성으로

「정말이지 나도 그렇게 생각했어.」

하고 말했다.

장례식이 끝난 뒤, 교장 선생이 힌딩거의 아버지와 함께 헬라스 방으로 들어왔다.

「너희들 중에서 죽은 학생과 특별히 친하게 지낸 학생이 있느냐?」

하고 교장은 방 안을 둘러보며 말했다. 처음에는 아무도 나서지 않았다. 힌두의 아버지는 불안하고 안타까운 듯이 젊은 학생들의 얼굴을 보았다. 그때 루치우스가 걸어나왔다. 힌딩거 씨는 그의 손을 잠시 동안 꼭 쥐고 그대로 서 있었다. 하지만 아무 말도 못하고, 곧 겸연쩍게 고개를 끄덕이고는 나가 버렸다. 그리고서 그는 떠났다. 온종일 눈 덮인 들판을 기차로 달리지 않으면, 집에 돌아가서 아들 힌딩거가 얼마나 쓸쓸한 곳에 잠들어 있는가를 아내에게 이야기할 수 없었기

때문이었다.

수도원에서는 곧 이상한 분위기도 사라졌다. 선생들은 또 야단치기 시작했고, 문을 여닫는 손도 난폭해졌다. 없어진 헬라스 방의 한 소년에 대한 일은 거의 망각되어 버렸다. 그 비참했던 연못가에 오랫동안 서 있었기 때문에 감기가 들어 병실에 누워 있는 학생도 있었고 솜털 슬리퍼를 신고 목도리를 두르고서 뛰어다니는 학생도 있었다. 한스 기벤라트는 다리나 목이 상하지는 않았으나 불행한 그 날 이후로 훨씬 침통해지고 나이가 든 것처럼 보였다. 무엇인가 그의 마음 속에 변화가 일어난 것이었다. 소년이 청년으로 된 것이다. 그의 마음은 이를테면 다른 나라로 옮겨져, 그곳에서 불안스럽고 안정되지 않은 채 아직도 자신이 머무를 곳을 찾지 못하고 있었다. 그것은 죽음에 대한 공포심도 아니고, 선량했던 힌두에 대한 애도 탓도 아니었다. 다만 하일너에 대한 갑작스럽게 깨달은 죄의식 속에서 문득 눈을 떴기 때문이었다.

하일너는 다른 두 학생과 함께 병실에서 따끈한 차를 마시고 있었다. 그래서 힌딩거의 죽음에서 받은 자신의 인상을 정리하고 훗날 시를 쓰는 데 이용할 수 있도록 해둘 시간적 여유를 얻었다. 그렇지만 그것도 그에게 있어서 대수로운 일은 아닌 것 같았다. 그는 오히려 병으로 수척해진 얼굴을 하고 함께 앓고 있는 친구들과도 거의 말을 하지 않았다. 감금의 벌을 받고부터는 부득이 고독할 수밖에 없었으며, 그는 감수성이 예민하고 언제나 말벗 없이는 견디지 못하던 마음이 상처를 입어 거칠어지게 되었다. 선생들은 그를 혁명적인 불평 분자로서 엄중히 감시를 하고, 학생들은 그를 피했으며 조교들은 얄궂은 친절심을 갖고 그를 대했다. 그러나 그가 벗삼는 셰익스피어나 실러나 레나우는 그를 억눌러 그가 복종하고 있는 신변의 현실 세계와는 다른 보다 힘찬 멋진 세

계를 보여주었다, 그의 『도자의 노래』는 처음에는 은둔자적
인 우울한 음조를 띠고 있는 것에 불과했으나 차츰 수도원이
나 선생이나 동급생에 대한 실랄한 증오로 가득 찬 시구로
바뀌게 되었다. 그는 고독 속에서 시큼한 순교자의 쾌감을
맛보았고 이해되지 않는 것에 만족을 느꼈으며 가차없이 모
멸적인 『도자의 노래』 속에서 작은 유베날리스(역자·60세
가 되기까지 세상에서 인정을 받지 못한 로마의 풍자 시인)인 체
했다.

장례를 치른 후 일주일이 지나서 두 친구가 완쾌되었으나
하일너는 아직 혼자 병실에 누워 있었을 때, 한스가 병문안
을 왔다. 한스는 수줍어하면서 인사를 하고, 의자를 침대 옆
으로 끌어당겨 거기에 앉아 환자의 손을 잡으려고 했다. 그
러나 환자는 언짢은 듯 벽 쪽으로 돌아 눕고서 몹시 못마땅
한 표정을 지었다. 그렇지만 한스는 물러서지 않았다. 그는
잡은 손을 꼭 쥐고 이전의 친구 얼굴을 억지로 자기 쪽에 돌
리려고 했다. 하일너는 화를 내고 입을 비쭉거렸다.

「도대체 어쩌자는 거야?」

한스는 손을 놓지 않았다.

「내 말을 들어줘.」

하고 그는 말했다.

「나는 그때 비겁하게도 너를 버렸어. 하지만 너는 내가 어
떤 생각을 하고 있는지 알고 있을 거야. 신학교에서 상위 성
적을 차지하고 가능하다면 일등이 되겠다고 하는 것이 나의
굳은 결의였어. 그것을 너는 빌어먹을 공부라고 했어. 나에
대해서 확실히 그 말은 맞아. 그렇지만 그것이 내가 할 수 있
는 유일한 이상이었어. 나는 그때까지 그것보다 더 나은 것
을 알지 못했던 거야.」

하일너는 눈을 감고 있었고, 한스는 아주 낮은 목소리로

말을 계속했다.

「하일너, 정말 미안해. 네가 다시 한 번 내 친구가 되어 줄 지 않을지는 모르지만 부디 나를 용서해 줘.」

하일너는 침묵한 채 눈을 뜨지 않았다. 그의 마음 속의 정 답고 밝은 요소는 모두 친구를 향해 웃음짓고 있었으나, 그 는 요즘 무뚝뚝한 고독자의 역할에 익숙해 있었다. 적어도 얼마 동안은 그 가면을 벗지 않고 있었다. 한스는 그래도 기 가 꺽이지 않고 있었다.

「꼭 부탁한다, 하일너! 나는 이 이상 너의 주위를 서성대 는 것보다 꼴찌가 되는 것이 낫다고 생각해. 너만 좋다면 우 리는 다시 친구가 되어 다른 아이들은 상대하지 않아도 좋다 는 것을 보여주자.」

그러자 하일너는 한스의 손을 힘차게 쥐면서 눈을 떴다.

이삼 일이 지나자 하일너도 완쾌되어 병실을 나왔다. 수 도원 안에서는 두 사람이 다시 맺어진 우정에 대해서 적지 않게 말이 많았으나 두 사람에게 있어서는 그때부터 이상한 날들이 시작되었다. 특별히 이렇다할 만한 체험 같은 건 없 었으나 결합해 있다고 하는 일종의 독특한 행복감과 은밀한 무언의 양해로 가득 차 있었다. 예전과는 얼마간 달라진 것 이 있었다. 몇 주일을 떨어져 있는 동안 두 사람을 변하게 만 들어 버렸다. 한스는 깊은 애정과 따뜻함과 부드러우며 열광 적으로 되어 있었고 하일너의 태도는 한층 힘차고 사나이다 운 태도가 되어 있었다. 두 사람은 그 동안 서로 떨어져서 그 리워하고 있었기 때문에 그들의 재결합은 커다란 체험처럼 생각되었고, 귀중한 선물처럼 여겨졌다.

조숙한 두 소년은 우정 속에 첫사랑이 갖는 미묘한 신비의 일단을 가슴 두근거리는 수줍음을 가지고 무의식적이나마 이미 맛보고 있었던 것이다. 거기에다 두 사람의 결합은 성숙한 남성의 쓴맛이 나는 매력을 가지고 있었는데 그것은 쓴맛이 나는 약초로서 친구들 전체에 대한 반항심을 가지고 있었다. 모든 아이들에게 있어서 하일너는 친하게 지낼 수 없는 사나이였고, 한스는 이해할 수 없는 사나이였다. 그 무렵 모든 아이들 사이의 우정은 천진난만한 소년의 장난에 지나지 않았다.

한스는 그 우정에 대해 깊고 행복한 마음으로 집착하면 할수록 그에게 있어서 학교는 역겨워지게 되었다. 새로운 행복감은 신선한 포도주처럼 그의 피와 사상 속에서 부글부글 끓어올랐으며, 그와 동시에 리비우스도 호메로스도 그 중요성과 빛을 잃고 말았다. 선생들은 지금까지 모범적인 학생이었던 기벤라트가 의문스러운 인간으로 변하고 요주의 인물인 하일너의 나쁜 감화에 물든 것을 보고 놀랐다. 선생들이 가장 두려워하는 것은 그렇지 않아도 청년의 발효가 시작되는 위험한 연령일 때에 조숙한 소년에게 나타나는 이상한 현상이었다. 그렇지 않아도 그들에게 있어서 하일너는 원래부터 어쩐지 기분 나쁜 천재적인 기질을 가지고 있었다.

천재와 교사들 사이에는 옛날부터 움직일 수 없는 깊은 골이 있다. 천재적인 인간이 학교에 들어온다는 것은 교수들에게 있어서는 골치거리였다. 천재라고 하는 자는 교수를 존중하지 않으며 열네 살 나이에 담배를 피우기 시작하고, 열다섯에 사랑을 하고, 열여섯 살에 술집에 가고, 금지된 책을 읽고, 대담한 작문을 쓰고, 선생들을 이따금 비웃는 듯이 바라보며, 교무일지에는 선동가와 감금(監禁) 후보자로 기록되는 그런 불량배인 것이다. 그래서 담임선생은 자기가 맡은 학급에 한 사람의 천재를 가지기보다는 확실성이 보장되는 열 명의 열등생을 갖는 편이 낫다고 생각한다. 잘 생각해 보면 그것도 당연한 일이다. 교사의 임무는 정상적인 궤도를 벗어난 인간을 가르치는 것이 아니라 라틴 어를 잘 하고 계산에 능하며 성실한 인간을 양성하는 것에 있기 때문이다. 그렇지만 누가 보다 많은 심한 고통을 받는가? 아니면 그 반대인가? 양자의 어느 쪽이 보다 많이 폭군인가? 양자의 어느 쪽이 보다 많이 고통을 주는 쪽인가? 상대방의 마음과 생활에 상처를 입히고 더럽히는 것은 양자의 어느 쪽인가? 그것을 검토해 보면 누구나 다 괴로운 기분이 되고 분노와 부끄러움을 가지고 자기의 젊은 시절을 회상하게 되는 것이다.

그렇지만 그것은 우리가 문제 삼을 일이 아니다. 참으로 천재적인 인간이라면 상처는 대개의 경우 쉽게 치유가 되고, 학교에 굴하지 않으며 좋은 작품을 만들어 훗날 죽고 나서는 시간의 흐름에 따라 흐뭇한 후광에 싸여 여러 세대에 걸쳐 내려오는 동안 위인으로서 또는 고귀한 모범생으로서 소개되는 인물이 되는 것이다. 이렇게 하여 학교에서 학교로, 규칙과 정신과의 싸움 장면은 되풀이된다. 그리고 국가와 학교는 매일같이 나타나게 되는 몇 사람의 한층 깊고 뛰어난 정신을 쳐죽이며 뿌리째 뽑으려고 숨도 쉬지 않고 애쓰는 것을 우리는 끊임없이 보고 있다. 게다가 언제나 그렇지만 다름 아닌 학교 선생으로부터 미움을 받은 사람, 자주 벌을 받는 사람, 탈주한 사람, 쫓겨난 사람들이 후에 가서 우리 국민의 보물이 되는 것이다. 하지만 내심의 반항 속에 자기 자신을 소모하고 파멸하는 사람도 적지않다. 그 수가 얼마나 되는지 누가 알겠는가?

옛날부터의 훌륭한 학교의 원칙에 따라 두 사람의 젊은 괴짜에 대해서도 의심스럽다고 느끼자마자 사랑 대신에 엄한 감시가 배가 되었다. 다만 가장 근면한 헤브루 어 연구자로서의 한스를 자랑으로 여기고 있던 교장 선생은 서투른 어떤 구제책을 시도했다. 그는 한스를 자기 집무실로 불러오게 했다. 그곳은 옛날에 수도 원장이 거처하던 아름다운 그림 같은 거실로 전설에 의하면 거기서 가까운 크니트링겐 태생의 파우스트 박사가 이곳에서 엘핑거 술을 즐겨 마셨다는 것이다. 교장 선생은 상당한 사람으로 실무적인 수완도 있었다. 그뿐만 아니라 학생들에 대해서는 인간적인 호의를 가지고 있었으며 그는 즐겨 『자네』라는 말로 학생들을 불렀다. 그러나 가장 큰 결점은 자부심이 강하다는 것이었다. 그 결점은 교장으로 하여금 교단에서 자주 조마조마한 큰소리를 치게 했다. 또 자기의 세력이나 권위가 조금이라도 의심받는 것을 참지 못했다. 그리하여 어떠한 항의도 받아들이지 않았으며 어떠한 각오를 고백할 수도 없었다. 그래서 무기력하거나 교활한 학생들은 그와 잘 통했으나 능력있고 정직한 학생들은 조화를 잘 이루지 못했다. 왜냐하면 조금이라도 반대를 내비치는 것만으로도 그는 발끈하고 올바른 판단을 잃기 때문이다. 기분을 북돋우는 것 같은 눈초리와 감동어린 음성으로 마치 아버지를 대신한 친구 역할을 하는 데 있어서는 그는 명수였는데, 이번에도 그는 그 방법을 썼다.

「앉아라, 기벤라트.」

하고 조심스럽게 들어온 소년의 손을 힘있게 쥐고 나서 허물없이 말했다.

「좀 하고 싶은 말이 있는데 자네라고 불러도 괜찮겠지?」

「좋습니다, 교장 선생님.」

「자네는 최근 성적이 적어도 헤브루 어에서 약간 떨어진 것을 느끼고 있겠지. 자네는 지금까지 헤브루 어에는 늘 일등이었어. 그 때문에 갑자기 성적이 떨어진 것은 유감이 아닐 수 없다네. 헤브루 어에 흥미를 잃은 것은 아닌가?」

「아닙니다, 교장 선생님.」

「정말이냐? 알겠다. 그럼 다른 원인을 찾지 않으면 안 되겠구나. 그것을 규명하는 일에 도와 주겠느냐?」

「모르겠습니다……. 저는 언제든지 숙제를 했습니다.」

「물론 그렇기는 하다. 하지만 그것이 성적이 떨어진 것과
는 다르다. 너는 물론 숙제를 잘 해왔다. 그것은 너의 의무이
기도 한 것이다. 하지만 이전에는 그 이상으로 더욱 흥미를
가지고 열심히 공부한 게 사실이다. 그래서 이렇게 갑자기
열이 식은 것은 어찌된 까닭인지 알고 싶은 게다. 설마 아픈
데라도 있는 건 아니냐?」

「아닙니다.」

「아니면 두통이라도 나느냐? 하기는 썩 건강해 보이지는
않는구나.」

「네, 이따금 두통은 납니다.」

「매일 공부를 너무 많이 해서 그런 건 아니냐?」

「아닙니다, 전혀 그렇지 않습니다.」

「그렇다면 다른 책이라도 많이 읽느냐? 정직하게 말해 보
아라.」

「아닙니다. 저는 거의 아무것도 읽지 않습니다. 교장 선생
님.」

「정말 모를 일이구나. 역시 어딘가 안 좋은 데가 있을 게
야. 너는 분명히 노력할 것을 약속해 주겠느냐?」

한스는 교장이 내민 오른손에 자기의 손을 얹었다. 교장
은 그를 격식 차린 다정함으로 뚫어지게 보고 있었다.

「그럼 이젠 됐다. 너무 지치지 않도록 해라 그렇지 않으면
수레바퀴에 깔리게 될 테니가 말야.」

교장은 한스의 손을 잡았다. 한스는 안도의 숨을 내쉬며
문으로 걸어갔다. 그때 교장은 다시 한스를 불러 세웠다.

「기벤라트, 좀더 묻겠는데 너는 하일너와 계속 교제하고
있는 모양이더구나.」

「네, 그렇습니다.」

「다른 아이들보다 훨씬 친근하게 사귀고 있다지? 그렇지 않느냐?」

「네, 그렇습니다. 친하게 지내고 있습니다. 그는 저의 친구입니다.」

「도대체 어떻게 해서 그렇게 된 거냐? 너희들은 아주 성격이 다른데 말이다.」

「저도 잘 모르겠습니다. 다만 그는 저의 친구일 따름입니다.」

「내가 자네의 친구를 썩 좋아하고 있지 않다는 것은 자네도 잘 알고 있겠지? 그는 차분하지 못한 불평가이다. 재능은 있는지 모르나 그는 아무것도 하지 않고 자네에게도 좋지 않은 영향을 끼치고 있는 것 같은데……. 자네가 그를 좀 멀리했으면 하는 것이 내 생각이네마는……. 어떤가?」

「그것은 안 됩니다, 교장 선생님.」

「안 된다니? 그 이유가 뭐냐?」

「왜냐하면 그는 저의 친구이기 때문입니다. 쉽게 그를 버릴 수는 없습니다.」

「음, 하지만 다른 학생과 더 가까이 지낼 수도 있지 않느냐? 그 하일너의 나쁜 감화에 몸을 맡기고 있는 것은 자네뿐이다. 그 결과는 빤히 눈에 보이고 있다. 자네는 하일너의 어떤 점에 특별히 끌리고 있는가?」

「제 자신도 알 수 없습니다. 그렇지만 서로 좋아합니다. 그를 버리는 것은 비겁합니다.」

「아, 그래? 그럼 자네에게 강요하지는 않겠네. 하지만 차츰 그에게서 떨어지기를 바라네. 나는 그렇게 되기를 더없이 원하고 있다네.」

교장 선생의 마지막 문구는 처음의 다정함이라고는 전혀

찾아볼 수 없었다. 한스는 돌아가도 좋다는 허가를 받았다.

　그때부터 한스는 새삼스럽게 공부에 심혈을 기울였다. 물론 이전처럼 순조롭게 진행되지는 않았다. 하다 못해 지나치게 뒤지지 않도록 힘들어 따라가고 있을 뿐이었다. 그것이 일부분은 우정 때문이라는 것을 그도 알고 있었다. 하지만 그는 우정에 의해 손실이나 장해를 가져왔다고는 생각지 않았다. 오히려 지금까지 소홀히 여겨왔던 모든 것을 보상할 수 있는 보물을 우정 속에서 찾아냈다. 그것은 이전의 정감이 없는 의무적인 생활과는 비교가 되지 않을 만큼 고양(高揚)된 훨씬 따뜻한 생활이었다. 그는 젊은 연인과 같은 기분이 되었다. 위대한 영웅적 행위라면 할 수 있을 것 같았으나 매일의 지루한 하잘것없는 일상의 하찮은 일들은 도저히 견딜 수 없을 것처럼 느껴졌다. 그래서 끊임없이 절망적인 한숨을 쉬면서 자기 자신을 속박했다. 건성으로 공부하고 꼭 필요한 것만을 재빨리 그리고 거의 강제적으로 척척 외워 버리는 하일너와 같은 재주를 한스는 알지 못했다. 친구가 대개 매일 저녁 한가한 시간에 그를 불러냈으므로, 그는 무리를 해서 매일 아침 한 시간씩 일찍 일어났다. 그리하여 마치 적과 싸우기라도 하는 듯이 특별히 헤브루 어의 문법을 공부했다. 정말로 재미있게 생각한 것은 호메로스와　역사 시간뿐이었다. 어둠 속을 모색하는 것 같은 기분으로 호메로스의 세계에 대한 이해에 다가갔다. 역사에서는 영웅은 차차로 그 이름이나 연대기 같은 이해는 멀어지고 그 대신 그 영웅들이 가까이에서 불타는 듯한 눈으로 바라보고 있었고 생생한 붉은 입술을 갖고 눈앞에 나타났다. 어느 영웅도 얼굴과 손을 가지고 있었다. 어떤 영웅은 빨갛고 굵직한 거칠은 손을, 어떤 영웅은 조용하고 차가운 돌 같은 손을, 또 어떤 영웅은 가느다란 핏줄이 드러난 여위고 뜨거운 손을.

복음서를 그리스 어의 원문으로 읽고 들었을 때도 그는 때때로 여러 인물들을 분명히 신변에 느끼고는 놀랐다. 오히려 그 이상으로 압도당하였다고 해도 마땅하다. 특히 어느 날 마가복음 제6장에서 예수가 제자들과 함께 배를 버리는 장면을 읽고 깊은 감명을 받았다. 거기에는 『사람들이 곧 예수이신 줄을 알고 그 온 지방으로 달려 돌아다니며……』라고 씌어 있었다. 그 부분을 읽으니 그리스도가 배에서 내리는 모습이 눈에 선했다. 그리고 그 자태나 얼굴에 의해서가 아니라 이상한 깊이와 사랑의 눈빛에 의해서, 그리고 우아하면서 아름다운 햇빛에 그을은 갈색의 손이 가냘프게 흔드는 손짓보다는 오히려 불러들여 환영하는 듯한 몸짓에 의해서 그리스도라는 것을 곧 알 수가 있었던 것이다. 섬세하나 강한 영혼에 의해 형성되고 지배되는 것 같은 손에 의해서 일렁이는 물결과 무거운 보트의 뱃머리가 눈앞에 어른거리다가 그 광경은 이내 겨울의 입김같이 사라지고 말았다.

이따금 그런 일이 되풀이 되었다. 책 속에서 어떤 인물 또는 역사의 한 조각이 다시 한 번 되살아나 자기 눈길이 살아 있는 사람의 눈에 비쳐지기를 열망하면서, 말하자면 탐욕스럽게 뛰쳐나오는 것이었다. 한스는 이것을 가만히 받아들이면서 이상한 생각이 들었다. 그리고 불쑥 나타났다가 불쑥 사라져 가는 이 현상을 접하고, 자기가 마치 검은 대지를 유리처럼 다 보았거나 또는 하나님에게라도 주시당하거나 한 것처럼 마음 속 깊이 이상한 변화를 느꼈다. 이런 귀중한 순간은 예고없이 왔다가 슬퍼할 틈도 없이 사라졌다. 그것은 마치 순례자나 절친한 손님 같았으나 무엇인가 낯선 것, 성스러운 것을 자기 신변에 감싸고 있었기 때문에 말을 건다거나 억지로 머무르게 할 수는 없는 것으로 생각되었다.

한스는 이러한 체험을 자기만의 가슴에 간직하고 그것에

대해서는 하일너에게도 말하지 않았다. 이전에 보인 하일너의 우울증은 침착하지 못한 불안이고 신랄한 정신으로 변해 그것이 수도원이나 교수, 친구, 기후, 인간 생활이나 신의 존재에 대해서 비평을 가했다. 때로는 싸움질이나 엉뚱하고 명청한 행동으로 줄달음질을 쳤다. 그는 어쨌든 한 번 고립되었고 다른 아이들과 대립했기 때문에 경솔한 자부심을 가지고 이 대립을 한층 첨예화시켜 완전히 고집스러운 적대 관계로 만들어 버리고 말았다. 기벤라트 역시 아무런 저항없이 그 와중에 휩쓸려 들어갔으므로 두 친구는 반감을 가지고 보게 되는 기괴한 외딴섬이 되어 많은 아이들로부터 멀어지고 말았다. 한스는 차츰 그것을 그다지 불쾌하게 느끼지 않게 되었다. 다만 교장에 대해서만 막연한 불안을 느끼고 있었다. 이전에는 그의 애제자였던 한스가 지금은 냉담하게 취급되고 분명히 고의적으로 꺼림을 받았다. 그래서 특히 교장의 전공 과목인 헤브루 어에 대해 날이 갈수록 아주 흥미를 잃게 되었다.

소수의 정체자(停滯者)를 제외하고 마흔 명의 학생이 이 몇 개월 사이에 이미 심신이 다 같이 변해 버린 것을 보는 것은 흥미로운 일이었다. 몸집은 그대로이면서 키만 홀쭉하게 자라는 아이가 많았다. 그리하여 함께 자라지 않는 옷 밖으로 손목과 발목을 믿음직한 듯이 드러내 놓고 있었다. 얼굴은 사라져 가는 어린 모습과 수줍어하면서도 가슴을 펴기 시작하는 어른스러움의 사이에서 모든 조화를 이루고 있었다. 몸은 아직 사춘기의 거칠거칠한 모양을 나타내지 않은 학생이라도 모세에 관한 책의 연구에 의해 적어도 일시적인 어른다운 엄숙함을 미끈한 이마에 띠고 있었다. 그리하여 통통한 볼은 완전히 찾아볼 수 없게 되었다.

한스도 변했다. 훤칠한 키와 여윈 몸집에 있어서는 하일너에게 뒤지지 않게 되었다. 뿐만 아니라 하일너보다도 더 나이가 들어 보였다. 이전에는 부드럽고 투명하던 이마의 선이 뚜렷이 눈에 띄게 되었고, 눈은 한층더 움푹 들어갔으며, 얼굴은 병색을 띠었다. 또한 손발과 어깨는 앙상한 뼈가 드러날 정도로 야위었다.

학교 성적에 불만을 가지면 가질수록 하일너의 감화를 받아서 그는 한층 외고집으로 다른 아이들과의 관계를 끊었다. 그는 이미 모범생으로서, 장래의 수석으로서 동급생을 얕볼 수 있는 근거를 잃었기 때문에 그 거만함은 전혀 어울리지 않게 되어 버렸다. 그렇지만 다른 사람들로부터 그것을 깨닫게 하거나 자기 마음 속에서 그것을 고통스럽게 느끼는 것은 용납되지 않았다. 특히 모범적인 하르트너와 건방진 오토 벵거와 한스는 자주 싸우게 되었다. 벵거가 어느 날 한스를 비웃고 화를 내게 하자 한스는 그만 자제를 못하고 주먹으로 응수하게 되었다. 심한 싸움이 벌어졌다. 벵거는 겁쟁이었으나 약한 상대를 때려 눕히기는 잘했다. 그는 사정없이 때리며 달려들었다. 마침 하일너는 그 자리에 있지 않았으므로 다른 아이들은 한가로이 바라보면서 한스가 얻어맞는 것을 통쾌해 하였다. 한스는 호되게 두들겨 맞고 코피를 흘렸다. 늑골이 통채로 쑤시고 아팠다. 하룻밤 내내 부끄러움과 고통과 분노로 잠을 이룰 수가 없었다. 하일너에게는 이 일을 숨기고 있었으나, 이때부터 한스는 완고하게 다른 아이들과 절연하고 같은 방 학생들과 거의 한 마디 말도 하지 않았다.

봄이 되면서 비오는 대낮이나 비가 내리는 일요일 또는 긴 황혼으로 인하여 수도원의 생활에도 새로운 조직과 움직임이 나타났다. 아크로폴리스 방에는 피아노 연주자 한 사람과 플루트 연주자 두 명이 있었으므로 규칙적인 음악의 밤을 두 번이나 가졌다. 또한 게르마니아 방에서는 희곡 독서회를 열었다. 몇 사람의 젊은 경건주의자는 성서 모임을 만들고 매일 밤 칼빈의 성서 주석을 한 장씩 읽었다.

하일너는 게르마니아 방의 독서회에 입회를 신청했으나 받아들여지지 않자 격분했다. 그 화풀이로 이번에는 성서 모임에 들어갔다. 거기에서도 그는 환영받지는 못했으나 억지로 밀고 들어갔다. 그리하여 얌전하고 은근한 친구들의 경건한 담화 속에 대담한 말과 신을 업신여기는 것 같은 빈정거림으로써 말다툼과 불화를 가져왔다. 하일너는 곧 이런 못된 장난에도 싫증이 났으나 오랫동안 야유적인 성서투가 그의 말씨에 남아 있었다. 그렇지만 이번에는 그런 것은 거의 문제가 되지 않았다. 학생들은 이제 기획과 창립의 정신에 완전히 열중하고 있었다.

화제에 제일 오른 사람은 재능도 뛰어나고 기지도 갖춘 스파르타 방의 어떤 학생이었다. 그는 개인적인 명성을 생각하는 다음으로 다만 여러 학생들을 즐겁게 하고, 여러 가지 임기응변의 하찮것없는 짓을 하여 단조로운 학교 생활에 한층 빈번하게 기분전환을 해주려던 것이었다. 그는 둔스탄이라는 별명으로 불리어지고 있었는데 그는 인기를 얻고 명성을 얻을 수 있는 기발한 방법을 알고 있었다.

어느 날 아침, 학생들이 침실에서 나오자 세면장 문에는 종이 한 장이 붙어 있었다. 그것에는 『스파르타의 여섯 경구(警句)』라는 제목하에 선발된 괴짜들과, 그 비상식, 어리석은 행동, 우정 관계를 이행시(二行詩)로 신랄히 조롱하고 있었다. 기벤라트와 하일너도 빈정거림을 받고 있었다. 작은 조직 사회 안에는 심한 흥분이 일어났다. 극장의 입구이기나 한 것처럼 모두들 문 앞으로 몰려들어 여왕이 뛰쳐나오려고 하는 벌떼처럼 학생의 일단은 와글와글 밀치락거리며 술렁거렸다.

그 다음날 아침, 문 가득히 응수와 찬성과 새로운 공격의 경구와 풍자시가 나붙었다. 하지만 이 소동의 장본인은 두 번 다시 여기에 가담할 만큼 어리석지 않았다. 부싯깃을 곡창에 던져 넣는 목적은 이미 달성했으므로 그는 기뻐하며 두 손을 비비고 있었다. 거의 전 학생이 며칠간 이 풍자시전(諷刺詩戰)에 가담해서 누구나 다 이행시를 지어보려고 걸어다니면서도 깊은 생각에 잠겨 있었다. 다만 내가 관계할 일이 아니라는 듯이, 여느 때처럼 공부에만 열중하는 것은 아마도 루치우스 혼자 뿐인 것 같았다. 마침내 어떤 선생이 그것을 알고서 온당치 않은 장난의 계속을 금지시켰다. 교활스러운 둔스탄은 이번의 성공에 만족하지 않고 그동안 본격적인 준비를 하고 있었다. 드디어 그는 신문 제1호를 냈다. 극히 작은 규격의 초고지(草稿紙)에 복사한 것으로, 자료는 몇 주일 동안에 걸쳐 수집한 것이었다. 〈호저(豪豬)〉라는 제목으로 일종의 풍자 신문이었다. 여호수아 기(記)의 제자와 마울브론 신학교의 한 학생과의 익살스러운 대화가 제1호의 백미(白眉)였다. 신문은 무료로 각 방에 두 부씩 배포되었다. 앞으로 매주 두 번씩 발행, 정가 오페니히로 판매하여 판매된 수익금은 오락자금으로 쓰인다는 것이었다.

성공에 착오는 없었다. 매우 분주한 편집자 겸 발행자다운 얼굴을 하고 처신했던 둔스탄은 수도원 안에서 그 옛날 베네치아 공화국의 장한 아레티너와도 비견할 비난과 찬사가 뒤섞인 명성을 얻고 있었다.

특히 헤르만 하일너가 열정적으로 편집에 참여하여 둔스탄과 함께 예리한 풍자적인 검찰관의 역할을 맡았을 때, 학생들 사이에서는 놀라움의 소용돌이가 일어났다. 하일너에게는 그러한 역할을 하기 위한 기지와 독설이 부족하지는 않았다. 거의 일개월 동안 이 작은 신문은 수도원 전체를 숨막히게 했다.

기벤라트는 하일너가 하는 대로 내버려두었다. 그에게는
함께 참여하고픈 흥미도 재간도 없었다. 그뿐만 아니라 처음
에는 하일너가 다른 일에 바빠서 요즘 빈번하게 스파르타 방
에서 밤을 보내고 있다는 사실조차 알지 못하고 있었다. 한스
는 하루 종일 우울하게 멍청이 돌아다녔으며, 마음이 내키지
도 않는 공부를 지루하게 하고 있었다. 바로 그런 어느 날 리
비우스의 시간에 묘한 일이 일어났다.

교수가 한스의 이름을 부르고 번역하도록 명했으나 그는
그대로 앉아 있었다.

「어떻게 된 일이냐? 어째서 너는 일어나지 않느냐?」

하고 교수는 화를 내며 소리쳤다.

한스는 움직이지 않았다. 똑바로 의자에 앉은 채 머리를
약간 숙이고는 눈은 반쯤 감고 있었다. 이름이 불려졌을 때,
그는 겨우 꿈결에서 좀 깨어나기는 했지만, 교수의 말소리가
아주 먼 곳에서 울려오는 것처럼 느꼈다. 옆자리의 학생이
그의 옆구리를 찌르는 것도 느꼈으나 소용이 없었다. 그는
다른 사람들에게 둘러싸여 다른 손에 만져지고 있었다. 누군
가가 한스에게 말을 걸었다. 한 마디의 말도 없이 다만 샘솟
는 소리처럼 깊고 부드럽게 웅성거리는 소리가 가깝고 낮은
소리로 속삭였다. 그리고 많은 눈이 그를 바라보았다 낯설고
예감에 넘친 크고 빛나는 눈, 그것은 틀림없이 그것은 리비
우스 속에서 읽은 로마 군중들의 눈이었다. 그렇지 않으면
그가 꿈 속에서 보았든지 언제인가 그림에서 본 알지 못하는
사람들의 눈초리였을지도 모른다.

「기벤라트!」

하고 교수는 다시 한 번 소리쳤다.

「너는 졸고 있는 거냐?」

한스는 조용히 눈을 뜨고 놀라서 교수의 눈을 응시하다가는 고개를 저었다.

「졸고 있었구나. 그렇지 않다면 어느 문장을 읽고 있었는지 말할 수 있겠느냐? 어때?」

한스는 손가락으로 책 속을 가리켰다. 그는 어디를 읽고 있었는지 잘 알고 있었다.

「그렇다면 이번에는 일어서 주겠지?」

하고 교수는 비웃듯이 물었다. 한스는 일어섰다.

「너는 도대체 무엇을 하고 있었느냐? 내 얼굴을 봐라.」

한스는 교수의 얼굴을 보았다. 그의 눈초리가 마음에 들지 않았던지, 교수는 의아한 듯이 머리를 흔들었다.

「기벤라트, 너는 건강이 좋지 않느냐?」

「아닙니다, 선생님.」

「앉아라. 그리고 수업이 끝난 뒤에 내 방으로 오너라.」

한스는 자리에 앉아서 리비우스의 책을 들여다보았다. 그는 완전히 깨어나서 모든 것을 이해할 수 있었다. 그렇지만 동시에 그의 마음의 눈은 그 많은 낯선 인물의 뒤를 쫓았다. 그것은 서서히 넓은 세계로 멀어지면서 끊임없이 빛나는 눈을 그 자신 위에 쏟고 있었다. 그리고 마침내는 아주 먼 안개 속으로 가라앉고 말았다. 그와 동시에 교수의 목소리와 번역하고 있는 학생의 목소리, 그밖에 교실의 온갖 소리가 점점 다가와서 마침내 여느 때처럼 실제 그대로 확실해졌다. 의자와 교단과 칠판이 여느 때처럼 그대로 있었고, 벽에는 나무로 만든 큰 콤파스와 삼각자가 걸려 있었다. 자신의 주위에는 학생들이 앉아 있었다. 그들 중의 많은 아이들이 호기심을 가지고 뻔뻔스럽게 그를 훔쳐보고 있었다. 그때 한스는 뜨끔했다.

「수업이 끝나면 내 방으로 와라.」

하는 소리를 들었던 것이다. 『큰일났다. 어쩌다 이같은 일을 저질렀단 말인가.』

수업 시간이 끝나자 교수는 한스를 불러서 눈이 휘둥그래진 다른 학생들 사이를 지나 그의 뒤를 따르게 했다.

「자, 도대체 어떻게 된 일인지 말해 봐라. 자고 있었던 것은 아니지?」

「네.」

「이름을 불렀을 때 왜 일어서지 않았어?」

「저도 알 수 없습니다.」

「아니면 들리지 않은 거냐? 너는 귀가 어두우냐?」

「아닙니다, 들렸습니다.」

「그래도 일어서지 않았단 말이지? 게다가 나중에는 이상한 눈짓까지 하더구나. 도대체 무슨 생각을 하고 있었던 거냐?」

「아무 생각도 하고 있지 않았습니다. 저는 일어서려고 했습니다.」

「어째서 그렇게 하지 않았어? 정말로 건강이 좋지 않은 건 아니냐?」

「그렇지는 않습니다. 왜 그랬는지 저도 모르겠습니다.」

「머리가 아픈 거냐?」

「아닙니다.」

「됐다. 돌아가도 된다.」

식사 전에 그는 다시 호출되어 양호실로 갔다. 거기에는 교장이 의사와 함께 그를 기다리고 있었다. 한스는 진찰을 받고, 꼬치꼬치 질문을 받았으나 뚜렷한 어떤 증세가 있어 보이지는 않았다. 의사는 가벼운 웃음을 띠며 대수로운 일이 아니라고 했다.

「교장 선생님, 이것은 약간 신경에 관계되는 일이군요.」

하고, 그는 조용히 쓴웃음을 지었다.

「일시적인 쇠약, 말하자면 일종의 가벼운 현기증이지요. 이 젊은이는 매일 바깥 바람을 쐬어야 되겠는데요. 두통에 대해서는 몇 가지 처방을 적어드리지요.」

그 이후 한스는 매일같이 식후에 한 시간씩 밖으로 나가야만 했다. 그는 조금도 그것을 싫어하지 않았지만, 이 산책에 하일너와 동행하는 것을 교장 선생이 단호하게 금지한 것이었다. 하일너는 분개하고 욕하였으나 그것에 따를 수밖에 없었다. 그래서 한스는 언제나 혼자 갔는데 그것에 오히려 어떤 즐거움을 느꼈다.

이른 봄이었다. 아름답게 타원형을 이룬 언덕에 얇고 밝은 물결처럼 움트는 푸르름이 흐르고 있었다. 나무들은 윤곽이 뚜렷한 갈색의 그물코 같은 겨울의 모습을 벗어 던지고, 새잎의 하느작거림과, 산야의 색이 조화를 이루어 생생한 끝없는 푸르름의 파도를 일으켰다.

이전에 라틴 어 학교 시절의 한스는 봄을 지금과 다른 눈으로 보았다. 그때는 더 발랄하게 호기심을 가지고 하나하나의 것을 세밀하게 관찰했었다. 여러 가지 종류의 새가 차례차례로 돌아오는 것을 관찰하였고, 또한 차례로 나무의 꽃이 피는 것을 관찰했다. 그리고 오월이 되면, 곧 낚시질을 시작하는 것이었다. 그렇지만 지금은 새의 종류를 구별하려고도 하지 않았고, 움트는 싹으로 관목을 분간하려고도 하지 않았다. 그는 다만 전체의 움직임과 도처에 움트고 있는 색깔을 보고 푸른잎의 향기를 들이쉬며 부드럽게 솟구쳐 오르는 대기를 느끼면서 놀라운 기분으로 들판을 거닐었다.

그는 곧 지쳐서 드러눕고 싶은 충동을 참을 수가 없었다. 그리고 그칠 새 없이 현실적으로 자기를 둘러싸고 있는 것과는 다른 여러 가지의 것을 보았다. 그것이 실제로 어떤 것인지 그 자신도 알지 못했으며 잘 생각해 보려고도 하지 않았다. 그것은 밝고 부드러운 색다른 꿈으로 초상이나 진기한 나무의 가로수처럼 그를 에워싸고 있었다. 아무것도 일어난 일 같은 건 없고 다만 보기 위한 순수한 화면에 지나지 않았으다. 그것을 보는 것은 하나의 체험이었다. 그것은 다른 고장이나 다른 인간에게로 휩싸여 가는 것이었다. 낯선 땅, 부드럽고 밟기에 기분좋은 땅을 걷는 것과 같았다. 마치 낯선 공기, 이를테면 둥실둥실 가볍고 미묘한 향기로 가득 찬 공기를 호흡하는 기분이었다. 그런 화면 대신 이따금 가벼운 손이 부드럽게 그의 몸을 문지르면서 미끄러져 가는 것 같은 아늑하고 따뜻하게 흥분되는 감정이 찾아 들기도 했다.

한스는 독서를 하거나 공부할 때 주의력을 집중하는 데 몹시 힘이 들었다. 그의 흥미를 끌지 못하는 것은 환영처럼 손밑으로부터 떨어져 갔다. 헤브루 어의 단어를 수업 시간 때에 잊지 않으려면 마지막 반 시간 동안 외우지 않으면 안 되었다. 그렇지만 물체의 형태가 뚜렷하게 떠오르는 순간이 번번히 찾아와 책을 읽고 있으면, 거기에 묘사된 것이 하나도 빠짐없이 갑자기 눈앞에 나타나 생명을 얻고, 신변에 있는 것보다 훨씬 구체적이고, 현실적으로 움직이는 것이 보였다. 그의 기억력은 벌써 아무것도 받아들이려고 하지 않았으며, 거의 날마다 약해지고 불확실해져 가는 것을 깨닫게 되어 그는 절망했으나, 한편으로는 낡은 기억이 이상하게도 무섭게도 생각되는 것 같은 무시무시한 명료함을 가지고 때때로 그를 덮쳤다. 수업 도중이나 책을 읽을 때에 아버지와 안나 할멈, 옛날의 선생님이나 동급생이 자주 떠오르고는 그의 앞을 가로막고 서서 잠시 동안 그의 주의력을 완전히 빼앗아버리는 것이었다. 슈투트가르트에 머무를 때의 일, 주의 시험을 칠 때의 일, 휴가 중에 있었던 장면 같은 것이 주마등처럼 그

의 머리를 스쳐갔다. 이런 모든 장면들이 되풀이되어 나타나
거나 또는 낚싯대를 드리우고 강가에 앉아 있는 자기 모습을
보았으며 햇빛이 내리쬐고 있는 물의 냄새를 맡았다. 동시에
자신이 꿈꾸고 있는 것은 아주 옛날의 일처럼 생각되었다.

　뜨뜻미지근하고 습기찬 눅눅한 저녁때 한스는 하일너와
침실 안을 어슬렁 걸으면서 집안 일, 아버지의 일, 낚시질의
일, 학교의 일 등을 이야기했다. 하일너는 아주 과묵했다. 그
는 한스에게 이야기를 시켜놓고 이따금 고개를 끄덕이기도
하고 하루 종일 노리갯감으로 삼고 있던 작은 자로 명상적으
로 두세 번 허공을 치기도 했다. 차츰 한스도 입을 다물었다.
밤이 되었다. 두 사람은 창턱에 앉았다.

　「이봐, 한스.」

　하고 마침내 하일너가 말을 걸었다. 그 목소리는 불안으
로 흥분해 있었다.

　「뭐냐?」

　「아무것도 아니야.」

　「괜찮아. 자, 말해 봐.」

　「난 말이지, 네가 여러 가지의 것을 말했으니 불쑥 생각한
것인데…….」

　「도대체 뭐냐?」

　「저, 너는 어떤 소녀의 뒤를 따라가 본 적이 없었어?」

　또 침묵으로 돌아갔다. 두 사람은 그런 이야기를 아직까
지 한 번도 나눈 적이 없었다. 한스는 그런 일에 두려움을 품
고 있었다. 그렇지만 그 수수께끼의 세계는 동화에 나오는
화원처럼 그를 사로잡았다. 그는 얼굴이 붉어지는 것을 느꼈
다. 손이 떨고 있었다.

　「단 한 번.」

　하고 한스는 속삭이듯이 말했다.

「아직 아무것도 모르는 어린 시절의 일이었어.」

또 말없이 조용해졌다.

「그럼 하일너, 너는?」

하일너는 한숨을 쉬었다.

「안 되겠어, 그만두자. 이런 것을 이야기하는 게 아니었어. 쓸데없는 짓이야.」

「그렇지 않아.」

「내게는 애인이 있어.」

「네게? 정말이야?」

「고향의 이웃집 아가씨야. 지난 겨울에 나는 그녀에게 키스했어.」

「키스?」

「응. 그때는 아주 어두워져 있었어. 저녁때 얼음판 위에서의 일이야. 스케이트를 벗는 것을 도와주고 있었던 거야. 그때 키스를 한 거야.」

「아가씨가 아무 말도 하지 않던?」

「아무 말도 없었어. 그냥 도망가 버렸어.」

「그 다음은?」

「그 다음은? 그것뿐이야.」

그는 또 한숨을 쉬었다. 한스는 하일너를 금단의 동산에서 온 영웅처럼 바라보았다.

그때 종이 울렸다. 모두 침대에 들어가야만 했다. 불이 꺼지고 쥐죽은 듯이 고요해진 뒤에도 한스는 한 시간 이상이나 잠을 자지 않고 하일너가 애인에게 한 키스에 대해서 생각하고 있었다.

다음날 더 자세히 물어보려고 했으나 부끄러웠다. 하일너 쪽에서는 한스가 묻지 않았으므로 또 자기가 먼저 말을 꺼내는 것을 꺼렸다.

학교에서는 한스의 입장이 더욱더 나빠졌다. 선생들이 언짢은 얼굴을 하고 이상한 눈초리를 흘끗흘끗 던지게 되었다. 교장 선생은 화가 나서 어두운 얼굴을 하고 있었다. 동급생들도 기벤라트가 성적이 떨어져 일등을 포기해 버린 것을 벌써 오래 전부터 눈치채고 있었다. 하일너만은 제 스스로 학교 같은 것에 대해 중요한 것으로 생각하고 있지 않았기 때문에 아무것도 알지 못했다. 한스 자신도 별로 신경을 쓰지 않고, 모든 것이 되어가는 대로 남의 일 대하듯 외면하고 있었다.

하일너는 곧 신문을 편집하는 일에 싫증을 느끼고 완전히 친구의 품으로 되돌아왔다. 그는 금지된 것을 위반하고 여러 차례 한스의 매일 산책에 따라가서 양지바른 곳에 누워서 함께 몽상도 하고, 시를 낭송하기도 하고 교장을 욕하기도 했다. 한스는 매일같이 하일너가 예의 연애사건에 대한 이야기를 다시 해줄 것으로 기대하고 있었다. 그렇지만 오래 끌면 끌수록 과감히 물어볼 용기가 나지 않았다. 그즈음 친구들 사이에서 두 사람은 지금까지 없었던 혐오의 대상이 되고 있었다. 하일너가 〈호저〉를 통해 신랄한 비난을 했기 때문에 그 누구에게도 신뢰를 받지 못하게 되었기 때문이다.

그렇지 않아도 신문은 그 무렵 폐간이 되었다. 마땅히 치뤄야 할 역할을 끝내 버린 것이다. 본래 그것은 겨울과 봄 사이의 따분한 몇 주일간을 목표로 삼았던 것이었다. 지금은 막 시작된 아름다운 계절이 식물 채집이나 산책이나 밖에서 하는 놀이에 의해 충분히 즐거움을 주고 있었다. 날마다 점심 시간에는 체조하는 사람, 씨름을 하는 사람, 경주를 하는 사람, 공놀이를 하는 사람들로 수도원의 안뜰은 고함소리와 활기로 가득 찼다.

그러한 때에 새로운 대소동이 일어났다. 그 장본인과 중심은 여느 때와 마찬가지로 전체의 걸림돌 같은 존재인 헤르만 하일너였다.

교장은 덥적거리기를 좋아하는 동급생으로부터 하일너가 교장의 금지를 우롱하고, 매일처럼 산책에 나가는 기벤라트와 동행한다는 말을 들었다. 이번에는 한스 쪽은 그냥 두고, 그의 친한 친구인 하일너만을 집무실로 불러 다정하게 자네라고 불렀으나 하일너는 당장 그것을 거절했다. 하일너는 명령을 어긴 사실에 대해서 추궁을 하자, 자기는 기벤라트의 친구이며 두 사람의 교제를 막을 권리는 아무에게도 없다고 잘라 말했다. 마침내 격한 언쟁이 벌어졌는데, 그 결과 하일너는 두세 시간 감금되고 동시에 당분간 한스와 함께 외출하는 것을 금지당했다.

그래서 다음날부터 한스는 또 혼자서 공인된 산책을 했다. 두 시에 돌아와서 다른 학생들과 같이 교실에 들어갔다. 수업이 시작되었을 때 하일너가 없어진 것을 알게 되었다. 힌두가 없어졌을 때와 꼭 같았으나, 이번에는 아무도 지각이라고는 생각지 않았다. 세시에 모든 학생이 세 명의 선생과 함께 없어진 하일너의 수색에 나섰다. 모두가 분산되어 숲속을 소리지르면서 헤매었다. 두 선생을 위시해 하일너는 자살했을지도 모른다고 생각한 사람이 적지 않았다.

다섯시에 그 지방의 주재소마다 빠짐없이 전보를 치고, 저녁때 하일너의 아버지 앞으로 속달을 우편으로 보냈다. 밤 늦게까지 아무런 실마리도 없었다. 한밤중까지 어느 침실에서나 소곤거리는 소리가 그치지 않았다. 학생들 사이에서는 하일너가 투신 자살을 했을 거라는 추측이 가장 많이 믿어지고 있었다. 『뭐 집에 돌아갔을 거야.』 하고 말하는 사람도 있었다. 그렇지만 도망자는 거의 돈을 갖고 있지 않았다는 사실이 확인되었다.

한스는 사정을 알고 있을 것이 틀림없다고 모두들 생각했다. 그렇지만 한스는 그렇기는커녕 오히려 가장 놀라서 걱정하고 있었다. 밤에는 침실에서 다른 학생이 묻거나 억측하거나 말도 안 되는 소리를 하거나 쓸데없는 농을 걸어오는 것을 들으면 그는 이불 속에 깊이 파묻혀 친구 때문에 번민하고 슬퍼하면서 오랫동안 괴로운 시간을 보냈다. 하일너는 이제 돌아오지 않을 것이라는 예감이 그의 불안한 마음을 사로잡았다. 그는 겁먹은 슬픈 마음으로 꽉 차 마침내 심통한 나머지 노그라져서 잠들어 버렸다.

그 무렵 하일너는 몇 마일 떨어진 나무 숲속에 누워 있었다. 추워서 잠을 이룰 수 없었으나, 마음으로부터 자유로운 기분이 되어 깊숙이 숨을 쉬고 좁은 조롱에서 도망친 것처럼 손발을 뻗었다. 그는 점심 시간 때부터 줄곧 걸어왔다. 크니트링겐에서 빵을 사서 이따금 그것을 씹으며 이른 봄의 아직 성깃한 나뭇가지 사이로 밤의 어둠과 별과 빠르게 달리는 구름을 바라보았다. 결국 어디로 가느냐고 하는 것은 문제가 되지 않았다. 적어도 오늘 밤만은 가증스러운 수도원을 뛰쳐나와 자기의 의지가 명령이나 금지보다 강하다는 것을 교장에게 보여준 것이다.

다음날도 온종일 그를 찾았으나 허사였다. 그는 이틀째 밤을 어느 마을에서 가까운 밭에 있는 짚단 속에서 지냈다. 아침이 되자 또 숲속으로 들어갔다. 점차 해지기 시작할 무렵에 다시 마을로 들어가려고 할 때 경찰관에게 붙잡히게 되었다. 경찰관은 악의없는 욕설을 퍼부으면서 그를 다루고 주재소로 데리고 갔다. 그는 그곳에서 익살과 발림말로 촌장의 마음에 들게 되었다. 촌장은 함께 그를 집으로 데리고 가서 묵게 하고 잠자리에 들기 전에 햄과 계란을 많이 먹였다. 다음날 그 사이에 달려온 아버지가 맞으러 왔다.

　　탈주자를 데리고 돌아왔을 때 수도원의 홍분은 대단했다. 그렇지만 하일너는 머리를 꼿꼿이 쳐들고 천재적인 짧은 여행을 전혀 후회하지 않고 있는 것처럼 보였다. 모두가 그에게 사죄를 시키려고 했으나 그는 그것을 거절하고, 선생들 모임의 비밀 재판에 임해서도 전혀 겁을 먹거나 공손한 태도를 취하지도 않았다. 학교에서는 그를 그냥 학교에 남게 하려고 했으나, 그러기에는 너무나 그 도가 지나쳤다. 그는 퇴학 처분을 받고, 저녁때 아버지와 함께 여행길에 오른 후 두 번 다시 돌아오지 않게 되었다. 친구 기벤라트와는 겨우 악수하고 작별할 수 있었을 뿐이었다.

　　극도로 마음보가 좋지 않은 타락한 이번 탈선 사건에 대해서 행한 대훈시는 장엄하고도 격렬했다. 하지만 슈투트가르트의 상사에게 보낸 그의 보고서는 훨씬 부드럽고 요령있는 글귀의 것이었다. 학생들에게는 퇴교한 불온하고 반항적인 하일너와 서신을 왕래하는 것은 금지되었다. 그것에 대해 한스 기벤라트는 그저 미소했을 뿐이었다. 몇 주일에 걸쳐 하일너와 그 도망한 일 만큼 화제에 오른 적은 없었다. 멀리 떨어지고 시간이 지나감에 따라 모두의 판단은 달라지게 되었다. 그 당시에는 소심하게 겁먹고서 가까이 하지 않으려고 했으나, 그 탈주자를 지금은 날아가 버린 독수리처럼 여기는 사람도 적지 않았다.

　　헬라스 방에는 빈 책상이 두 개나 생겼다. 나중에 없어진 쪽은 먼저 없어진 사람처럼 빨리 잊혀지지는 않았다. 교장만은 두 번째 쪽도 얌전하게 자리를 잡아 주었으면 좋겠다는 생각을 하고 있었다. 그렇지만 하일너는 수도원의 평화를 어지럽히는 짓은 아무것도 하지 않았다. 한스는 하일너의 소식을 애타게 기다리고 있었으나 아무 소식도 없었다. 하일너는 떠나가자 행방불명이 되었다. 그의 인물과 도망은 차츰 과거의 이야깃거리가 되고 마침내는 전설이 되었다.

그 열정적인 소년은 후에 더욱 여러 가지로 천재적인 소행과 방황을 거듭한 끝에 비통한 생활에 의해서 몸을 유지하기를 엄하게 하여 큰 인물이라고 할 수는 없어도 당당한 한 인간이 되었다.

뒤에 남은 한스는 하일너의 탈주를 알고 있었을 것이라는 혐의를 벗지 못해 선생들의 호의를 완전히 잃고 말았다. 선생들 중의 한 사람은 한스가 수업 중에 몇 가지의 질문을 대답하지 못하였을 때

「어째서 너는 훌륭한 친구 하일너와 함께 가지 않았어?」

하고 말했다.

교장은 그를 포기하고 바래새인들이 세리(稅吏)를 보는 것처럼 경멸에 가득 찬 동정심으로 옆에서 그를 바라보고 있었다. 기벤라트는 이미 학생 축에 들지 않았다. 그는 나병 환자처럼 취급당하고 있었다.

제5장

들쥐가 모아 둔 비축물을 먹고 살아가듯이 한스는 이전에 획득한 지식에 의해 아직은 잠시 동안 수명을 유지하고 있었다. 그리고서 고통스러운 궁핍이 시작되었다. 그것은 오래 계속되지 않는 무력한 새로운 노력에 의해 중단되기는 했으나, 그 무망(無望)함은 그 자신도 웃지 않을 수 없었다. 그는 무익하게 애쓰는 것을 그만두고 모세의 서(書)에 이어서 호메로스를 포기했으며 크세노폰에 이어서 대수를 포기했다. 그리고 선생들 사이에서 자기의 좋은 평판이 점점 떨어져 내려가 우에서 양으로, 양에서 가가 되고 끝내는 영으로 내려가는 것을 태연히 바라보고 있었다. 또 두통이 나는 게 예사일이 되었으나, 그렇지 않을 때는 헤르만 하일너의 일을 생각하기도 하고 종잡을 수 없는 가벼운 꿈을 쫓기도 하여 아무 생각없이 그저 몇 시간이고 멍하니 지냈다.

모든 선생들의 높아져 가는 비난에 대해 그는 사람 좋은 비굴한 미소를 가지고 답했다. 조교사 뷔드리히는 친절한 젊은 선생이었는데, 한스의 어찌할 바를 모르는 미소에 마음 아파하고, 탈선한 소년을 동정 어린 위로를 갖고 대해준 유일한 사람이었다. 다른 선생들은 그에 대해서 화를 내고 보복으로서 경멸의 눈으로 그를 보는가 하면 상대도 하지 않거나 또는 이따금 비꼬는 식으로 그의 잠들어 버린 공명심을 일깨우려고 시도해 보기도 했다.

「혹시 잠들지 않으셨다면, 실례지만 이 문장을 읽어 주시겠습니까?」

특별히 화를 낸 것은 교장이었다. 겉치레를 좋아하는 이 사람은 그의 안목의 위력에 대해 크게 자부하고 있었다. 그래서 그가 위엄있게 위협하듯이 눈을 부릅뜨고 보아도 기벤라트가 언제나 비굴하게 죄송해 하는 미소를 가지고 답할 뿐이기 때문에 그는 발끈했다. 한스의 미소는 차츰 더 그를 신경질적으로 만들었다.

「그런 속을 알 수 없는 천치 같은 얼굴로 웃는 걸 그만두어라. 너는 큰소리로 울어야 마땅한 일이 아니냐?」

그것보다도 그의 마음에 큰 타격을 준 것은 아버지의 편지였다. 아버지는 이러한 아들의 마음을 바로잡아 달라고 통사정을 해왔다. 교장이 기벤라트 씨에게 편지를 보냈던 것이다. 아버지는 놀라서 어찌할 바를 몰랐다. 한스에게 보낸 아버지의 편지는 성실하고 정직한 인간이 사용할 수 있는 격려와 도덕적인 분노의 틀에 박힌 글귀를 빠짐없이 늘어놓은 것이었다. 그렇지만 또 자연히 애처로운 푸념도 들어 있었다. 그것이 아들의 마음을 아프게 했다.

교장을 비롯해 기벤라트의 아버지나 교수나 조교에 이르기까지 의무에 정성껏 힘쓰는 소년의 지도자들은 누구나 다 한스의 내부에 그들이 원하는 바를 방해하는 나쁜 요소, 나쁘게 엉겨붙은 나태심을 인정하고 그것을 억제하여 억지로라도 바른 길로 되돌려 바로잡지 않으면 안 된다고 생각했다. 아마도 동정심 있는 조교를 제외하고는 가냘픈 소년의 얼굴에 나타나는 넋을 잃은 미소 뒤에, 소멸되어 가는 영혼이 괴로움에 시달리다 못해 익사 상태에서 겁먹고 절망적으로 주위를 두리번거리고 있는 것을 알아보는 사람은 없었다. 학교와 아버지와 몇 명의 교사가 갖는 잔혹한 명예심이 그들 앞에 펼쳐놓은 상처받기 쉬운 소년의 천진스러운 영혼을 아

무런 위로도 없이 짓밟는 것으로써 이 연약하고 아름다운 소
년을 이 지경까지 이끌어오게 되었다는 것을 아무도 생각지
않았다.

어째서 그는 가장 감수성 많은 위엄한 소년 시절에 매일
밤중까지 공부하지 않으면 안 되었던 것인가? 어째서 그에
게서 기르는 토끼를 빼앗아 버린 것인가? 어째서 라틴 어 학
교에서 고의로 그를 친구들로부터 격리시켜 버린 것인가?
어째서 낚시질을 하거나 빈들거리고 노는 것을 못하게 한 것
인가? 어째서 심신을 소모시키는 따위의 하잘것없는 명예심
의 공허하고 저급한 이상을 불어넣은 것인가? 어째서 시험
이 끝난 후에까지도 당연히 쉬어야 할 휴가를 그에게 주지
않은 것인가?

이제는 지칠 대로 지친 어린 말은 길가에 쓰러져 더 이상
아무 쓸모도 없게 되었다.

초여름에 군(郡)의 의사는, 주로 성장에 기인된 신경 쇠
약에 지나지 않는다고 거듭 진단하며, 휴가 중에 충분히 먹
고 마음껏 숲을 돌아다니고 충분한 휴식을 가지면 반드시 좋
아질 것이라고 말했다.

유감스럽게도 일이 그렇게 되지 않았다. 휴가가 되는 삼
주일 전의 일이었다. 한스는 오후의 수업 시간에 교수로부터
호되게 책망을 들었다. 교수가 욕설을 계속 퍼붓고 있는 동
안 한스는 의자에 털썩 쓰러져 안타까운 듯이 떨기 시작하더
니 이어서 흐느껴 울기 시작하다가 언제까지나 그 울음이 그
치질 않아 수업을 완전히 중단하고 말았다. 그 후에 그는 반
나절을 침대에 누워 있었다.

그 다음날 그는 수학 시간에 칠판에다 기하의 도표를 그리
고 그 증명을 하도록 지명을 받았다. 그는 앞으로 나갔으나
칠판 앞에서 현기증이 났다. 분필과 자로 아무렇게나 줄을

굿고 있다가 두 개 다 떨어뜨렸다. 그것을 주우려고 엎드리자 마룻바닥에 무릎을 꿇은 채 더는 일어설 수가 없었다.

군의 의사는 이 일을 알고 몹시 화를 냈다. 그는 신중한 태도를 취하며, 곧 휴가를 얻어 정양할 것을 명하고, 신경과 전문의를 부르도록 권했다.

「저 학생에게는 또 무도병(舞蹈病)이 일어날 것입니다.」

하고 그는 교장에게 속삭였다. 교장은 고개를 끄덕이고, 무자비한 역정 난 얼굴 대신 아버지 같은 자애심이 깃든 표정으로 바꾸는 편이 좋다고 생각했다. 그것은 그에게 있어서 용이한 일이었으며, 어울리는 일이기도 했다.

교장과 의사는 각각 한스의 아버지에게 편지를 쓰고 소년의 호주머니에 그것을 넣어주며 집으로 돌려보냈다. 교장의 분통은 심한 근심과 걱정으로 변했다. 하일너의 사건으로 학무과를 불안하게 한지도 얼마 안 되었는데, 이 새로운 불행에 대해서 어떻게 생각할 것인가? 모두가 의외로 생각한 것은 교장이 이번 사건에 상응하는 훈시마저 보류한 사실이었다. 최후에는 한스에 대해 기분이 언짢을 정도로 친절했다. 교장은 한스가 정양 휴가에서 돌아오지 않으리라는 것을 잘 알고 있었다. 비록 완쾌되었다고 할지라도 이미 훨씬 뒤져 버린 그 학생은 결석하고 쉬게 된 몇 개월, 아니 몇 주일조차도 만회하기란 불가능한 일일 것이다. 마음으로부터 격려하듯이 『잘 가거라. 또 만나자구나.』하고 말하며 헤어지기는 했으나, 그 뒤에 헬라스 방에 들어가서 비어있는 세 개의 책상을 볼 때마다 가슴이 답답해지고, 천분이 있는 두 학생이 없어지게 된 죄의 일부는 역시 자기에게 있을지도 모른다는 생각을 마음 속에서 억제하는 데에 힘이 들었다. 그렇지만 그는 담력이 있고 도덕적으로도 강경한 사나이였기 때문에 이 무익한 어두운 의문을 마음 속으로부터 떨쳐 버릴 수 있었다.

작은 여행 가방을 들고 떠나가는 신학교 학생 뒤에 교회당 과 문과 박공과 탑이 있는 수도원이 자취를 감추고 숲과 언 덕들이 사라졌으며, 그 대신에 바덴 주(州)의 국경 지대에 무성하게 과실 나무가 자라고 있는 초원이 전개되고 있었다. 그러고 나서 포르츠하임의 도시가 나타나고, 그 바로 뒤에 슈바르츠발트의 검푸른 전나무의 숲이 시작되었다. 그 사이 를 누비고 무수한 골짜기와 강이 흐르고 있었다. 따갑게 내 리쬐는 여름 햇살을 받고 전나무의 산은 여느 때보다 한층 푸르고 시원스러워 넉넉한 그늘을 생각케 했다.

소년은 경치가 바뀌는 것과 동시에 더욱더 고향의 기색이 짙어지는 경치를 바라보고 즐거운 기분이 되었으나, 고향의 읍내가 가까워지자 아버지의 모습이 떠오르고 어떻게 맞아 줄 것인가 하는 고통스러운 불안이 조촐한 여행의 기쁨을 엉 망으로 흐트러 놓고 말았다.

슈투트가르트로 시험을 치러 갔던 일과 입학을 하기 위해 마울브론에의 입학 여행이 제각기의 긴장과 불안한 기쁨이 뒤섞여서 회상되었다. 그런 모든 일들은 도대체 무엇 때문이 었을까. 교장과 마찬가지로 그도 자기가 두 번 다시 되돌아 갈 수 없고, 이제는 신학교도, 학문도, 야심적인 희망도, 끝 나고 말았다는 것을 잘 알고 있었다. 그렇지만 그것은 지금 그를 슬프게 하지는 않았다. 다만 자기 때문에 희망을 배신 당해 실망하고 있을 아버지에 대한 걱정이 그의 마음을 괴롭 게 했다. 지금의 그는 휴식을 하고 푹 잠을 자고, 마음껏 울 고 꿈을 꿀 수 있는 데까지 꾸고 싶고, 호되게 학대받은 끝이 기 때문에 상관 말고 그저 놓아 두었으면 하는 소원이 있을 뿐이었다. 그렇지만 아버지의 슬하에서는 그 소원은 이루어 질 것 같지도 않았다. 기차 여행이 끝나갈 무렵 몹시 머리가 아팠다. 기차는 그가 좋아하는 곳을 달리고 있었는데도 그는 이제 창밖을 내다보지 않았다. 옛날에는 그 주변의 산과 숲을 부지런히 쏘다녔다. 한스는 낯익은 고향의 정거장에서 내리는 것을 잊을 뻔했다.

우산과 여행 가방을 들고 그는 기차에서 내렸다. 아버지는 찬찬히 그를 들여다보았다. 교장의 마지막 보고는 실패한 자식에 대한 환멸과 분노를 자제할 수 없는 놀라움으로 바꾸어 놓았다. 아버지는 쇠약해서 형편없는 모습을 하고 있는 한스를 상상하고 있었으나 여위고 허약해지기는 했으나 병든 것도 아니고 혼자서 걸을 수 있는 한스를 발견했다. 그래서 조금은 안심이 되었다. 그렇지만 가장 마음에 걸리는 것은 의사와 교장이 알려준 신경 질환에 대한 내심의 불안과 공포였다. 그의 집안에는 이제까지 신경 질환에 걸린 사람은 없었다. 그런 병자라면 세상 사람들은 몰이해한 조소와 경멸적인 동정을 가지고 미친 사람 취급을 하는 것이었다. 그런데 지금 한스가 그러한 병을 가지고 돌아온 것이다.

첫날, 한스는 잔소리를 듣지 않고 맞아준 것을 기뻐했다. 그리고 분명히 억지로 자제하며 자기를 대해 주는 아버지의 조심스럽고 거북스러워하는 위로가 눈에 띄었다. 가끔은 또 아버지가 자기를 이상하게 살피는 듯한 눈으로 기분 나쁜 호기심을 가지고 보기도 하고, 부드럽게 한 거짓 말투로 말하기도 하고, 슬며시 눈치채지 못하게 자기를 빤히 보기도 하는 것을 느꼈다. 한스는 더욱더 흠칫거릴 뿐이었다. 자기 자신의 상태에 대한 막연한 불안이 그를 괴롭히기 시작했다.

날씨가 좋을 때는 몇 시간이고 그는 숲속에서 아무렇게나 드러누워 있었다. 그것은 효력이 있었다. 옛날의 어린 시절에 행복했던 일들이 숲속에서 이따금 상처입은 그의 마음을 홀끗 비추었다. 예를 들면 꽃이나 갑충에 대한 기쁨, 새에게

살며시 다가가기도 하고, 짐승의 발자취를 쫓기도 하는 기쁨
이 그것인데, 그것은 언제나 순간적인 일에 지나지 않았다.
대개는 나른한 듯이 이끼 위에 누워서 무거운 머리를 껴안고
무엇인가 어떤 일을 생각하려고 했으나 그것도 안 되었으며,
끝내는 또다시 꿈이 찾아 들어 그를 멀리 다른 세계로 데리
고 갔다. 거의 끊일 사이 없이 머리가 아팠다. 수도원이나 라
틴 어 학교의 일을 회상하면, 수많은 책과 학과와 의무가 뚜
렷이 떠올라 무서운 몽마(夢魔)처럼 그를 엄습했다. 아픈 머
릿속에서는 리비우스나 체자르나 크세노폰이나 수학 문제가
얽힌 견딜 수 없는 춤을 추고 있었다.

어느 때 그는 다음과 같은 꿈을 꾸었다. 친구 헤르만 하일
너가 죽어서 들것에 누워 있는 것을 보았으므로 다가서려고
하자, 교장과 선생들이 그를 밀쳐 내고 다가서려고 할 때마
다 호되게 그를 후려갈기었다. 신학교의 교수와 조교사 뿐만
아니라 국민학교 교장과 슈투트가르트의 시험관들도 그 중
에 있었다. 모두 성난 얼굴을 하고 있었다. 갑자기 그 광경은
완전히 바뀌어 들것에 누워 있는 것은 익사한 힌두였다. 우
스꽝스럽게 생긴 그의 아버지가 높은 실크햇을 쓰고 안장다
리로 슬픈 듯이 그 곁에 서 있었다.

그리고 또 어떤 때는 이런 꿈도 꾸었다. 그는 탈주한 하일
너를 찾아 숲속을 헤메고 있었다. 몇 번이나 하일너가 멀리
나무 줄기 사이를 걷고 있는 것이 보였으나 이름을 부르려고
할 때마다 사라지고 말았다. 마침내 하일너는 멈춰 서서 한
스를 가까이 오게 하고는 말했다. 『이봐, 내게는 애인이 있
어.』

그러고는 매우 큰소리로 웃더니, 수풀 속으로 사라져 버
렸다.

어느 때는 그는 조용하고 엄숙한 눈과 아름답고 평화스러

운 손을 가진 야위고 아름다운 사람이 배에서 내리는 것을
보고 그쪽으로 달려갔다. 그렇지만 모든 것은 사라지고 말았
다. 그것이 무엇일까 하고 생각해 보니 마지막에는 복음서의
어느 대목이 머리에 떠올랐다.

『사람들이 곧 예수이신 줄 알고 주위의 사방을 뛰어다니
더라』고 한 그리스 어의 글귀였다. 그리고 $\pi\epsilon\rho\iota\epsilon\delta\rho\alpha\mu\sigma\nu$가
무슨 변화형인지, 이 동사의 현재, 부정형, 완료, 미래형은
어떻게 되는지를 지금 생각해 내지 않으면 안 되었다. 그는
그것을 단수, 복수로 완전히 변화시켜야만 했다. 그리하여
조금이라도 막히면 안절부절 못하고 식은땀을 흘렸다. 그러
다가 정신을 차리면 그의 머릿속은 상처투성이가 된 느낌이
었다. 그의 얼굴이 저도 모르게 체념과 죄의식의 졸리운 듯
한 미소로 일그러지면 곧 교장의 목소리가 들렸다.

『그 얼간이 같은 미소는 뭐냐? 너는 미소할 필요가 있다
고 하는 거냐?』

때에 따라서는 건강 상태가 좋을 적도 있었지만 대체로 한
스의 용태는 전혀 좋아지는 기색이 없었고 오히려 더 악화되
는 것 같았다. 전에 한스의 어머니를 치료하고 죽음의 선고
를 내린 단골 의사가 가끔 가벼운 통풍에 시달리는 아버지를
진찰하러 오곤 했는데, 상을 찌푸리고 그의 소견을 말하는
걸 하루하루 미루었다.

그 무렵이 되고서야 비로소 한스는 라틴 어 학교의 마지막
이년 동안 친구가 한 사람도 없었다는 것을 깨닫게 되었다.
그 당시의 친구들은 혹은 없어지기도 하고 혹은 견습생이 되
어 쏘다니고 있었다. 그들 중의 어느 누구와도 아무 관계가
없었고, 누구에게도 무엇인가를 원할 수 없었으며 누구도 그
를 위해 주지 않았다. 옛날의 교장 선생은 두 번 두세 마디의
친절한 말을 건네 주었고, 라틴 어 선생이나 읍내 목사도 길

거리에서 만나면 친절하게 고개를 끄덕여 주기는 했으나 실제는 이미 한스에 대해서는 아무런 관심도 보이지 않는 것들이었다. 그는 이제 온갖 것을 채워 넣을 수 있는 그릇이 아니었으며, 갖가지 씨앗이 뿌려지는 밭도 아니었다. 그를 위해서 시간이나 마음을 쓴다는 것은 전혀 보람이 없는 일이었다.

읍내의 목사가 조금이라도 한스를 돌봐주었더라면 많이 좋아졌을 테지만, 그가 무엇을 하면 좋아질 수 있단 말인가. 그가 줄 수 있는 것은 학문이나 학문의 탐구심을 그는 그 당시 소년에게 아낌없이 제공해 주었다. 그 이상의 것을 그는 가지고 있지 않았다. 그는 목사라 하더라도 그 라틴어 지식에 있어서는 근거 있는 의문을 허용하지 않았으나, 그 설교는 누구나가 다 알고 확실한 출처가 있는 데서 인용되지 않았다. 또한 모든 고뇌에 대해 친절한 눈과 다정한 말을 가지고 있기 때문에 불행할 때 사람들이 기꺼이 달려 갈 수 있는 그런 목사도 아니었다. 아버지 기벤라트도 한스에 대한 실망의 분노를 감추려고 애쓰기는 했으나 아들의 친구도 아니고 위안자도 아니었다.

그래서 한스는 누구에게나 소외당하고 사랑을 받지 못한 기분이 되어 작은 뜰에서 햇볕을 쬐거나 숲속에 누워서 몽상하거나 고통스러운 생각에 잠길 수밖에 없었다. 독서는 도움이 되지 않았다. 책을 대하면 곧 머리와 눈이 아팠다. 어떤 책을 펼쳐도 금방 수도원 시절과 그곳에서의 가슴 답답했던 생각의 유령이 되살아나서 그를 질식기키는 것 같은 꿈의 한 구석으로 몰아넣고 불타는 듯한 눈초리로 그곳에 그를 매어 버리는 것이었다.

이런 괴로움과 고독 속에서 또다른 유령이 거짓 위안자로서 병든 소년에게 접근하여 차츰 그와 친해져서 떨어질 수 없는 존재가 되었다. 그것은 죽음에 대한 생각이었다. 총기를 입수한다든지, 어딘가 숲속에서 목을 매는 일 같은 건 손쉬웠다. 거의 매일처럼 그런 생각이 산책하는 그를 따라다녔다. 그는 외지고 조용한 작은 장소를 찾아다니다가 마침내 마음 편히 죽을 수 있을 만한 장소를 발견했다. 그곳은 그가 마음놓고 죽어갈 수 있을 것 같은 생각이 들었다. 몇 번이나 그 장소를 찾아가 앉아서는 멀지 않아 언젠가 이곳에서 죽어 있는 자신을 발견하게 될 것이라고 공상하는 일에 그는 이상한 기쁨을 느꼈다. 밧줄을 맬 나뭇가지도 정하고 그 강도도 시험해 보았다. 방해가 되는 장애는 아무것도 없었다. 조금씩 아버지에게 보낼 짧은 편지와 헤르만 하일너에게 보낼 아주 긴 편지를 썼다. 이 두 통의 편지는 자신의 시체 앞에서 발견하게 할 셈이었다.

여러 가지의 준비와 이제는 모든 것이 다 되었다는 생각이 그의 마음에 좋은 영향을 주었다. 숙명의 나뭇가지 밑에 앉아 있으면 전에 있었던 압박감은 사라지고 거의 기쁨에 가까운 쾌감을 맛보는 시간을 지낼 수 있었다. 아버지도 한스의 용태가 좋아진 것을 깨닫게 되었다. 자신의 최후가 곧 확실히 오게 된다는 것이 원인이 되어 있는 기분을 아버지가 기뻐하고 있다는 사실을 한스는 아이러니컬한 만족을 가지고 바라보았다.

어째서 훨씬 전에 아름다운 나뭇가지에 목을 매달지 못하였는지, 그것은 그 자신도 알다가 모를 일이었다. 하지만 생각은 정해져 있었다. 그의 죽음은 결정된 사항이었다. 그래서 일단 마음이 안정되었다. 그는 사람들이 먼 여행을 떠나기 전에 하는 것처럼 마지막 며칠 동안에 아름다운 햇빛과 고독의 몽상을 마음껏 맛보는 것을 마다하지 않았다. 여행길에 나서는 것은 언제라도 할 수 있었다. 만반의 준비가 되어 있었다. 그렇지만 자발적으로 잠시 동안 지금까지의 환경에 머물러서 자기의 위험한 결심을 꿈에도 알지 못하고 있는 사람들의 얼굴을 보는 것은 독특한 쓴맛이 나는 쾌감이기도 했다. 의사를 만날 때마다 그는 생각하지 않을 수 없었다. 『어쨌든 두고 보라지.』하고.

운명은 그로 하여금 어두운 자신의 계획을 향락하게 하고, 그가 죽음의 잔에서 매일 몇 방울씩의 쾌감과 생활력을 맛보고 있는 것을 지켜보고 있었다. 손상을 입은 이러한 젊은 인간 같은 건 아무래도 좋았으나 그래도 나름대로 그 수명을 분수에 맞게 마치지 않으면 안 되었다. 좀더 인생의 쓴맛을 맛보기 전에는 인생의 무대를 떠나서는 안 되는 것이었다.

헤어날 수 없는 괴로운 생각들은 뜸해지고 그 대신 지치고 자포 자기한 기분은 고통스럽지 않은 편안한 기분으로 바뀌었다. 그러한 기분에 잠겨서 한스는 아무 걱정도 없이 세월이 흘러가는 것을 걱정도 없이 바라보고 느긋하게 푸른 하늘을 넋을 잃고 바라보았으며, 때로는 몽유병자나 어린 아이 같은 기분이 되었다. 어느 때는 편안하게 비몽 사몽의 기분으로 그는 뜰의 전나무 밑에 앉아서 무심히 불쑥 머리에 떠오른 라틴 어 학교 시절의 옛 시구를 되풀이하여 읊조렸다.

아, 나는 몹시 지쳐 있다네.
아, 나는 몹시 쇠약해져 있다네.
지갑에는 돈 한 푼 없고,
품속에도 무일푼이라네.

그는 그 구절을 옛 가락으로 읊조리며, 이제 이것으로 스무 번째라는 것 외에는 아무 생각도 없었다. 그렇지만 창가에 서서 듣고 있던 아버지는 소스라치게 놀랐다. 그의 무뚝뚝한 성격에는 이런 무의미하고 태평스러운 잠꼬대 같은 풋내기 노래는 전혀 이해할 수 없었다. 이것은 절대적인 정신박약의 표시라고 탄식하면서 그때 이 후로 그는 아들을 더한층 신경질적으로 바라보았다. 아들은 그것을 눈치채고 말할 것 없이 괴로워했다. 그렇지만 아직도 여전히 새끼줄을 가지고 가서 그 단단한 나뭇가지에 목을 매달기에는 이르지 않고 있었다.

그러는 사이에 무더운 계절이 되었다. 주의 시험과 그 뒤의 휴가 이후 벌써 일년이 지났다. 한스는 이따금 당시의 일을 생각했으나 특별한 감동도 받지 않았다. 그는 상당히 둔감해지고 있었다. 또다시 낚시질을 시작하고 싶었으나 아버지에게 말할 용기가 나지 않았다. 물가에 설 때마다 그는 심한 고통을 느꼈다. 아무도 보지 않는 강가에 오랫동안 서서 그는 눈을 번득이며 소리없이 헤엄치는 검은 물고기의 움직임을 바라보는 것이었다. 저녁때면 매일같이 그는 강 상류로 수영하러 갔다. 그때는 언제나 검사관 게슬러의 작은 집 옆을 지나지 않으면 안 되었기 때문에 그가 삼년 전에 열중한 엠마 게슬러가 다시 집에 돌아와 있는 것을 우연히 발견하였다. 그는 호기심을 가지고 두세 번 그녀를 보았지만, 옛날처럼 마음에 들지 않았다. 그 당시는 몸매가 호리호리하고 매우 뛰어나게 아름다운 소녀였으나, 지금은 자라서 몸가짐에도 모난 곳이 있었고, 소녀답지 않은 현대식 헤어스타일을 하고 있었다. 그것이 전적으로 엠마를 꼴사납게 하고 있었다. 길다란 옷도 어울리지 않았고 숙녀답게 보이려고 하는 애쓴 흔적도 역시 완전히 실패하고 있었다. 한스에게는 그녀가 우스꽝스럽게 보였는데, 동시에 그녀를 볼 때마다 독특한 감미로움과 형언할 수 없는 따뜻한 기분이 되었는가를 생각하면 슬퍼지기도 했다.

대체로 그 당시는 모든 것이 지금과는 달랐었다. 훨씬 아름답고 훨씬 유쾌했으며 훨씬 생기가 있었다. 이미 오래 전부터 그는 라틴 어와 역사, 그리스 어, 시험, 신학교, 두통에 대한 것밖에 알지 못했다. 하지만 그 당시는 동화책과 도적 이야기를 쓴 책이 있었고 작은 뜰에서 손으로 만든 절구공이 달린 물레방아가 돌고 있었다. 저녁때는 나슐트의 집 모퉁이 길에서 리제의 모험적인 이야기를 함께 듣기도 했다. 그리고 얼마 동안 가리발디로 불리었던 이웃집 노인 그로스 요한을 강도 살인범으로 알고 그의 꿈을 꾸기도 했다. 그리고 일년 내내 매달 무엇인가 즐거움이 있었다. 목초를 말리는 일이라든지 개자리를 베는 일이라든지, 최초의 낚시질과 가재잡이라든지, 홉의 수학이라든지, 자두 떨구기라든지, 감자의 줄기와 잎을 태우는 불이라든지, 보리타작의 시작이라든지, 그리고 그 사이에 또 예정외로 즐거운 일요일이나 축제일이 기다려지고 있었다. 그 당시는 그밖의 이상한 매력으로 그를 끌어당기는 것이 많았다. 집과 골목과 층계와 곡창(穀倉)의 보당과 우물과 담장과 사람들과 동물을 사랑하고 좋아했다. 또한 그런 것들은 뭐라고 말할 수 없는 힘으로 그를 유혹했었다. 홉을 딸 때는 그도 거들었고, 다 큰 처녀들이 부르는 노래의 가사를 외우기도 했다. 그것은 대개 웃음을 터뜨릴 만큼 익살스런 가사였으나, 개중에는 듣고 있으면 목이 멜 정도로 두드러지게 슬픈 것도 있었다.

그런 여러 가지의 것이 어느 틈에 흔적도 남기지 않고 자취를 감추고 말았다. 우선 리제의 집에서 저녁을 보내는 일이 없어졌다. 그리고 일요일 오전의 고기잡이를 그만두게 되었으며, 이어서 동화책을 읽는 것도 그만두게 되었다. 그런 식으로 하나하나 그만두게 되고, 드디어는 홉 따기며 뜰 안의 물레방아도 그만 두게 되었다. 아, 그 여러 가지의 것들은 모두 어디로 가버린 것일까?

이렇게 해서 조숙한 소년은 지금 병든 나날을 보내고 있는 사이에 현실이 아닌 제2의 유년 시절을 겪게 되었다. 선생들에 의해 유년 시절을 빼앗긴 마음은 지금 갑자기 넘쳐 나오는 동경을 가지고 비몽 사몽의 아름다운 시절로 도망쳐 되돌아와서 회상의 숲속을 마술에 걸린 것처럼 이곳저곳을 헤매고 다녔다. 그 회상의 강도와 명료함은 차라리 병적인 것이었다. 그는 이전에 실제로 겪었을 때에 못지 않은 열정을 가지고 모든 것을 경험했으며 기만당하고 폭력이 가해진 유년 시절이 오랫동안 막혀 있었던 샘물처럼 그의 마음 속에 용솟음쳐 올라왔다.

한 그루의 나무는 줄기를 잘라 버리면 뿌리 근처에서 다시 새 움이 돋아나는 것이다. 그와 마찬가지로 청춘시절에 병들어 손상된 영혼은 흔히 그 꿈많은 어린날의 봄 같은 시절로 돌아가는 일이 있다. 거기에 새로운 희망을 발견한 끊겨진 생명의 끈을 다시 이을 수 있는 것처럼 뿌리에 돋아난 싹은 수분이 넉넉하게 급속히 성장하지만 그것은 겉모양에 지나지 않고, 그것이 다시 나무가 되는 일은 없다.

한스 기벤라트도 똑같은 경로를 밟았다. 따라서 어린 시절에 있어서의 그의 꿈길을 조금만 더듬어 볼 필요가 있었다.

기벤라트의 집은 오래된 돌다리 근처에 있었는데, 아주 다른 두 개의 작은 길 사이의 모퉁이를 이루고 있었다. 그 집이 속해 있는 쪽의 작은 길은 시내에서 가장 길고 폭이 넓은 훌륭한 작은 길로 게르바 거리로 일컫고 있었다. 또 하나의 작은 길은 가파른 오르막길이었는데 짧고 좁은 보잘것없는 거리로 『매』라고 일컫고 있었다. 그것은 오래 전에 폐업했

으나 매를 간판으로 삼고 있었던 아주 오래된 요리점의 이름
에서 유래된 것이었다.

게르바 거리에는 어느 집이나 선량하고 건실한 토박이들
만 살고 있었다. 누구나 다 자기의 집과 자기의 묘지와 자기
의 뜰을 가진 사람들이었다. 뜰은 집 뒤의 산으로 가파르게
층계를 이루고 올라가 있으며, 그 울타리는 1870년에 만들
어진 노란 금작화로 뒤덮여 있는 철도 둑과 경계를 이루고
있었다. 품위가 있는 점에서 게르바 거리와 겨룰 수 있는 것
은 장이 서는 광장뿐이었다. 그곳에는 교회, 군청, 재판소,
읍사무소, 수석 목사의 저택 등이 있어 말끔하고 품위있는
점에서 완전히 도시풍의 고상한 인상을 주었다. 게르바 거리
에는 관청은 없었지만 멋진 현관의 문이 있는 신식, 구식의
주택, 아름답고 예스러운 나무 기둥의 기와집, 친근감이 있
는 밝은 박공의 주택 등이 있었다. 그리고 이곳에는 한쪽으
로만 집이 늘어서 있는 것이 이 작은 길에 친근감과 산뜻한
기분과 밝은 기분을 풍부하게 주고 있었다. 그것은 거리 건
너편에는 오리목의 흙벽 밑으로 강이 흐르고 있었기 때문이
다.

게르바 거리가 길고 넓고 밝고 누긋하고 고상하다면 매 거
리는 그 반대였다. 이곳에 늘어서 있는 집들은 기울어져 음
산했으며, 회반죽의 벽은 얼룩 투성이로 무너질 것 같고, 박
공은 앞으로 매달려 있어 눌려서 납작해진 모자를 연상케 했
다. 문과 창은 여기저기 틈이 벌어져 손질을 했고 난로의 굴
뚝은 구부러졌으며, 물받이는 낡아서 상해 있었다. 집들은
서로가 장소와 햇빛을 빼앗았고 길은 좁고 묘한 상태로 굽어
있으며 온종일을 음침하게 있는 듯했다. 그것이 비가 오거나
해진 뒤는 습기찬 기분 나쁜 음침함으로 변하는 것이었다.
어느 집 창밖에도 막대기와 끈에는 항상 많은 세탁물이 걸려

있었다. 길은 지극히 비좁고 빈약하기는 했으나 셋방살이 하는 사람과 숙박인은 완전히 별도로 하더라도 정말로 많은 가족이 살고 있었다. 또한 기울어지고 허물어져 가는 집들의 구석구석까지 빽빽하게 사람들이 살고 있었다. 그리고 그곳에는 가난과 범죄와 병이 우글거리고 있었다. 경찰이나 병원은 읍내의 여느 곳보다 매 거리의 몇 채의 집에 손이 가고 성가시었다. 장티푸스가 발생했다고 하면 그곳이었고, 살인이 있었다고 하면 그곳이었다. 읍내에 도난이 있으면, 먼저 매 거리부터 수색을 받았다. 떠돌이 행상인은 그곳을 숙소로 삼고 있었다. 그런 사람들 중에는 익살꾸러기 마분(磨粉) 장수 호테호테와 온갖 범죄와 악습의 장본인으로 소문이 난 가위 가는 일을 하는 아담 히텔이 있었다.

학교에 들어가서 처음 일 이 년 동안 한스는 자주 매 거리에 놀러갔다. 남루한 옷을 입고 연한 금발을 한 어린 말썽꾸러기 애들과 함께 나쁜 평판이 돌고 있는 로테 프로뮬러의 살인 이야기를 들으려 했던 것이다. 그 여자는 어떤 조그마한 여관집 주인과 이혼한 사람으로 오년의 징역을 살았다고 한다. 그녀는 예전에는 소문난 미인으로 직공들 사이에 많은 정부(情夫)를 가지고 있어, 자주 치정 싸움과 칼부림 사태의 화제를 뿌렸다. 지금은 혼자 살며, 공장 일이 끝나면 커피를 끓여 놓고 이야기로 저녁 시간을 보내고 있었다. 그런 때, 그녀는 문을 활짝 열어놓기 때문에 아낙네들과 젊은 노동자들 외에도 언제나 근처의 아이들 한 떼가 문턱 너머로 무서워하면서도 넋을 잃고 그녀의 이야기에 도취되어 듣고 있었다. 검고 작은 돌의 화덕에서 냄비의 물이 끓고 그 옆에는 기름초가 타고 있어서 푸른 숯불과 함께 이상하게 흔들리는 불꽃으로 사람이 가득 들어찬 어두운 방을 비추고 있어 이야기를 듣는 사람들의 그림자를 벽과 천장에 커다랗게 투영되어 도

깨비와 같은 움직임을 방 가득히 그려 놓았다.

그래서 여덟 살의 소년 한스는 핀켄바인 형제와 사귀게 되고, 약 일년간 아버지의 엄한 금지를 어기며 그들과 사귀는 것을 즐거워하였다. 그 형제는 돌프와 에밀이라고 하며, 읍내에서 가장 교활한 개구쟁이었다. 과일 훔치기와 산림 도벌자로 유명하였고, 온갖 손빠른 재주와 장난에 있어서는 빈틈이 없는 명수였다. 그들은 틈틈이 새알이며 납덩이, 까마귀 새끼, 찌르레기, 토끼를 팔고 금지하는 밤낚시를 했으며, 모든 읍내의 뜰은 자기 집처럼 드나들고 있었다. 왜냐하면 아무리 담이 높고 날카로운 유리 조각이 꽂혀 있어도 그들은 손쉽게 넘을 수 있었기 때문이었다.

그렇지만 매 거리에 살고 있는 아이로서 한스와 친하게 지낸 상대는 처음에는 헤르만 레히텐하일이었다. 그는 고아로 병신인 데다가 조숙하고 남다른 아이였다. 한쪽 다리가 짧았기 때문에 그는 언제나 지팡이에 의지하고 다녀야 했으므로 길가에서 놀 때는 다른 아이들과 어울릴 수 없었다. 그는 야위었고 핏기없는 병자의 얼굴을 하고 있었으며 나이에 걸맞지 않게 꼭 다물어진 입매에 아주 뾰족한 턱을 하고 있었다. 손재주에 있어서는 어떤 일에도 매우 능숙했다. 특히 낚시질에는 열렬한 열정을 가지고 있었다. 그것이 한스에게 전해졌다. 그 당시 한스는 아직 낚시질의 허가증을 가지고 있지 않았으나 두 사람은 은밀히 남의 눈에 띄지 않는 여기저기의 장소에서 낚시질을 했다. 고기를 낚는 일이 즐거움이라고 한다면 숨어서 고기를 잡는 일은 누구나 그렇듯이 더없는 쾌락이었다. 절름발이 레히텐하일은 한스에게 제대로 낚싯대를 자르는 법, 말총을 꼬는 법, 낚싯줄에 물들이는 법, 낚시에 실을 매는 법, 낚시 바늘을 뾰족하게 가는 법 등을 가르쳤다. 그리고 날씨를 보는 법은 물론 물을 관찰하는 법, 쌀과 보리의 겨로 탁하게 하는 법, 제대로 미끼를 고르는 법과 올바르게 붙이는 법, 고기 종류를 구별하는 법, 낚을 때의 고기를 살피는 법, 실을 적당한 깊이에 드리우는 법 등을 가르쳤다. 그는 말로 하는 것이 아니라 오직 현장에서 실제로 시범을 보여줌으로써 줄을 잡아당기거나 늦출 때의 호흡과 미묘한 감각과 미묘한 낚시에 없으면 안 되는 손의 이상한 민감함을 가르쳐 주었다. 상점에서 살 수 있는 고운 낚싯대와 코르크와 유리줄 등, 그러한 모든 인공적인 낚시 도구를 그는 핏대를 세우며 경멸하고 비웃었다. 그는 일일이 손수 만들어서 맞춘 낚시 도구가 아니면, 낚시는 할 수 없다는 것을 한스가 굳게 믿도록 했다.

한스는 핀켄바인 형제와 다투고 헤어졌다. 말이 없고 성품이 차분한 절름발이 레히텐하일과는 싸운 적이 없었으나 한스를 따돌리고 떠나 버렸다. 그는 이월의 어느 날, 초라한 침대에 손발을 뻗고 누워서 T자형 지팡이를 의자 위에 벗어놓은 의복 위에 올려놓은 채 열이 나서 갑자기 그만 죽고 말았다.

매 거리는 곧 그에 대한 것을 잊었다. 한스만은 여전히 오랫동안 그의 일을 그리운 추억 속에 간직하고 있었다.

매 거리의 괴상한 주민은 그뿐만이 아니었다. 술주정 때문에 퇴직당한 우체부 레텔러를 모르는 사람은 없었을 것이다. 그는 두주일마다 만취해서 길바닥에 곯아떨어지기가 일쑤이고, 밤중에 소란을 일으키기도 했으나, 평소에는 어린아이처럼 선량하고, 언제나 따뜻한 미소를 띠고 있었다. 그는 한스에게 달걀 모양의 코담배를 맡아 보게도 하고, 때로는 한스에게서 물고기를 얻어 버터를 바른 프라이를 만들어 놓고 한스를 초대해 같이 먹기도 했었다. 그는 또한 박제한 유리 눈알의 솔개와 이미 한물간 댄스 곡을 가늘고 고운 소

리로 들려주는 헌 시계를 가지고 있었다. 그리고 또 맨발로
걸을 때는 반드시 커프스를 달고 있던 나이 많은 기계공 포
르쉬를 모르는 사람도 없을 것이다. 구식 학교에 근무했던
엄격한 공립학교 교사의 아들이었던 만큼, 성서의 절반이나
속담, 그리고 도덕적 금언을 잔뜩 외고 있었다. 이런 반면에
백발이 성성함에도 불구하고 여자들 앞에서는 미남인 체하
기도 하고, 자주 곤드레만드레 취하는 것을 그치지 않았다.
조금만 취하면 그는 즐겨 기벤라트의 집 모퉁이 벼룻돌 위에
앉아 통행인의 이름을 일일이 부르고 세운 사람들에게 속담
을 들려주었다.

「어이, 한스 기벤라트 군. 자, 내 이야기를 들어봐. 지라는
뭐라고 하였는가? 그릇된 조언을 하지 않고 그것에 대해서
마음의 가책을 받지 않는 자는 행복하니라. 아름다운 나무의
푸른 잎처럼, 어떤 것은 떨어지고 어떤 것은 다시 살아나도
다. 사람에 있어서도 또한 이와 같도다. 어떤 자는 죽고 어떤
자는 태어나도다. 그러면 돌아가도 좋아. 이 바다표범 같은
놈아.」

이 포르쉬 노인은 그 경건한 속담과는 별도로 유령이나 그
러한 종류에 대해서 괴상한 전설적인 이야기를 많이 알고 있
었다. 그는 유령이 나오는 곳을 알고 있었고, 항상 자기 자신
의 이야기에 반신 반의하며 마음이 흔들리고 있었다. 대개의
경우 이야기 자체와 듣는 사람을 조롱이라도 하듯이, 회의적
이면서 과장적으로 비웃는 것 같은 말투로 이야기를 시작하
는 것이었는데, 이야기하고 있는 동안에 차츰 겁에 질린 듯
이 목을 움츠리고 목소리를 낮추며 끝내는 소름끼치는 나직
한 속삭임이 되는 것이었다.

이 초라하고 비좁은 거리에는 기분 나쁜 것, 불투명한 것,
이해할 수 없는 것으로 자극을 주는 게 얼마나 많았던 것인

가? 자물쇠 장수 불렌트레는 폐업하고 돌봐주는 사람도 없는 작업장이 아주 황폐해진 뒤에도 이 거리에 살고 있었다. 그는 반나절을 언제나 작은 창가에 앉아서, 번화한 거리를 음울하게 바라보고 있었다. 이따금 누더기를 걸친 근처의 허술한 아이들 중 하나가 그의 손에 붙잡히면, 꼴 좋다는 듯 마구 못살게 굴고 귀나 머리카락을 잡아당기며 온몸이 파랗게 멍이 들 정도로 꼬집는 것이었다. 그러던 어느 날 그는 아연 철사로 목을 매고 층계에 매달려 있었다. 그것이 너무나 흉칙스러운 꼴이었기 때문에 아무도 가까이 가려는 사람이었다. 간신히 기계공 포르쉬 노인이 뒤에서 철사를 양철가위로 끊었다. 그러자 시체는 혀를 쑥 내민 채 앞으로 꼬꾸라져 층계를 데굴데굴 굴러서 놀란 눈으로 바라보고 있던 구경꾼들의 한가운데에 떨어졌다.

한스는 밝고 넓은 게르바 거리에서 어둡고 습기찬 매 거리에 들어설 때마다 유쾌한 것 같기도 하고 무서운 생각이 들기도 하는 가슴 답답함, 호기심과 공포와 꺼림칙함과 모험적인 즐거운 설렘이 뒤섞인 기분으로 이상하게 숨이 막힐 듯한 낌새에 사로잡히는 것이었다. 매 거리는 옛날 이야기라든지 기적이라든지, 아직 듣지 못한 무서운 일이 나타날 수 있는 유일한 장소였다. 또 마법이라든지 요괴의 변화라든지 하는 것이 있을 수 있고 믿을 수 있을 것 같은 유일한 장소였다. 그곳에 가면 전설이나 평판이 나쁜 로이트링의 추잡한 통속책을 읽었을 때 같은 괴롭고도 달콤한 전율을 맛볼 수 있었다. 선생들에게 몰수당한 로이트링의 통속 책에는 존넨뷔르틀레라든지, 피혁공 쉬데르한네스라든지, 칼잡이 메써카를레라든지, 포스트미헬 등과 같은 암흑가의 영웅이나 중죄인이나 죽음을 두려워하지 않는 죄업(罪業)이나 처벌에 대한 이야기가 씌어져 있었다.

매 거리 외에도 또 한 군데가 있는데 이곳은 보통 장소와는 달라 무엇인가 특별한 것을 체험할 수 있는 어두운 헛간이나 색다른 방에서 자신을 잊을 수 있는 장소가 있었다. 그곳은 근처에 있는 커다란 무두질 공장으로 굉장히 낡은 건물이었다. 그 어두컴컴한 헛간에는 커다란 가죽이 매달려 있었다. 또 그곳의 지하실에는 은폐된 구멍과 통행 금지의 통로가 있었다. 그 집에서 리제가 저녁이 되면 재미있는 동화를 아이들에게 들려 주었다. 그곳은 건너편 매 거리보다 조용하고 친근감과 인간미도 있었으나 수수께끼를 품고 있는 점에서는 다를 것이 없었다. 피혁공들이 굴이나 지하실, 혹은 무두질터나 시멘트 바닥에서 일하는 모습은 독특하고 신기했다. 크고 휑뎅그렁한 방들은 조용하고 무시무시하긴 했지만 어딘가 매력이 있었다. 횡포하고 무뚝뚝한 주인은 식인종처럼 두려움을 사고 기피당하고 있었다. 리제는 이 기묘한 집 안을 요부(妖婦)처럼 움직이고 있었다. 그녀는 뭇 어린 아이들과 새와 고양이와 강아지에게 있어서 보호자이고 어머니로 친절심에 넘쳐 이상한 동화나 노래 구절을 많이 알고 있었다.

지금 한스의 생각과 꿈은 이미 오랫동안 떨어져 있던 이 세계 속에서 움직이고 있었다. 커다란 환멸과 절망에서 그는 과거의 시절로 도망쳐 돌아갔다. 그 당시는 아직 희망에 가득 차 있었고, 눈앞의 세계가 오싹해지는 것 같은 위험이나 마법에 걸린 보물이나 에메랄드의 성이 신비스러운 숲속에 고이 숨겨져 있었다. 그는 이 신비스럽고 무서운 세계로 조금만 발을 들여놓았을 뿐이었으나, 기적이 나타나기도 전에 지치고 말았다. 지금 또다시 신비스럽게 황혼이 지는 희미한 입구에 섰으나, 이번에는 소외된 자로서 무위한 호기심을 가지고 서 있는 것에 지나지 않았다.

한스는 두세 번 매 거리를 찾아갔다. 거기에는 옛날부터
의 희미한 불빛과 악취와 작은 방과 빛이 들지 않는 층계가
있었다. 문 앞에는 백발의 노인네들이 지금도 앉아 있었다.
연한 금발의 더러운 옷차림의 아이들이 소리치면서 뛰어다
니고 있었다. 그러나 기계공 포르쉬는 더욱 나이 들었고, 이
제는 한스를 알아보지도 못했다. 한스의 암띤 인사에 대해서
도 비웃는 것 같은 떨리는 목소리로 대답했을 뿐이었다. 가
리발디로 불리었던 그로스 요한은 죽고 없었다. 로테 프로뮬
러도 마찬가지였다. 우체부 레텔러는 아직 살아 있었다. 그
는 개구쟁이들이 음악이 울리는 시계를 망가뜨렸다고 불평
했다. 그는 한스에게 코담배를 권하고서 구걸을 하려고도 했
다. 끝으로 그는 핀켄바인 형제의 이야기를 했는데 한 사람
은 지금 담배 공장에 다니고 있는데, 벌써 어른 같은 폭주를
한다는 것이었다. 또 한 사람은 대목 장날 칼부림 사건을 일
으킨 후 도망쳐 일년 전부터 자취를 감추고 있다는 것이었
다. 모든 것이 한심스럽고 비참한 인상을 주었다.

어느 날 저녁때 한스는 피혁 공장에 가보았다. 커다란 건
물에는 그의 잃어버린 여러 가지의 기쁨과 같이 유년 시절이
숨겨져 있기라도 한 것처럼 그는 문간을 통해 습기 찬 안뜰
을 지나서 그쪽으로 끌려 들어갔다.

구부러진 층계와 포석을 깐 현관을 지나고 어두운 층계 옆
을 지나 손으로 더듬어 시멘트 바닥으로 나왔다. 그곳에는
가죽이 펼쳐져 매달려 있었고 거기서 강한 가죽 냄새와 더불
어 그는 갑자기 솟구치는 추억의 구름을 들이마셨다. 그는
다시 층계를 내려가서 털과 가죽에 쓰이는 수피액(樹皮液)
단지와 찌꺼기 수피의 덩어리를 말리기 위해 만들어 놓은 좁
은 지붕이 달린 높직한 구각(構脚)이 있는 뒤뜰로 갔다. 과
연 벽에 붙은 의자에 리제가 감자 바구니를 앞에 놓고 앉아

서 껍질을 벗기고 있었다. 그리고 몇 명의 아이들이 그녀를 둘러싸고 귀를 기울이고 있었다.

한스는 어두운 문턱에 멈춰 서서 그쪽으로 귀를 기울였다. 저물어 가는 무두질터는 아늑하고 평화로운 안식에 휩싸여 있었다. 뜰의 담장 뒤를 흐르는 강의 가냘픈 강물소리 이외에는 감자의 껍질을 벗기는 리제의 칼질소리와 이야기를 하는 그녀의 목소리가 들릴 뿐이었다. 아이들은 그야말로 얌전하게 웅크리고 앉아서 거의 꼼짝도 하지 않았다. 밤 중에 어린 아이의 목소리가 강 건너에서 그를 부르고 있었다는 성(聖) 크리스토펠의 이야기를 리제는 들려주고 있었다.

한스는 잠시 듣고 있다가 슬그머니 어두운 현관을 빠져나와 집으로 돌아왔다. 이제는 두 번 다시 어린 아이가 될 수 없다는 것과 저녁때 무두질터에서 리제의 곁에 앉아 있을 수 없다는 것을 느꼈다. 그 이후로 무두질 공장도 매 거리도 가까이 가지 않기로 했다.

제6장

이제 가을도 한창이었다. 거무스름한 전나무 숲속에서 듬성듬성한 활엽수가 노랗고 빨갛게 횃불처럼 빛나고 있었다. 산골짜기에는 어느새 안개가 끼어 있었고 강에는 아침녘의 냉기 때문에 안개가 서려 있었다.

얼굴이 창백한 전 신학교 학생은 여전히 매일 교외를 방랑하고 있었으나 재미가 없다는 듯이 지쳐 있었다. 사귀려고 마음만 먹으면 다소는 상대가 있었음직한데 교제하는 것을 피하고 있었다. 의사는 물약과 간유(肝油)와 달걀과 냉수 마찰을 처방했다.

무엇 하나 효험이 없었던 것은 이상한 일이 아니다. 모든 건강한 생활에는 내용과 목표가 있어야 함에도 불구하고 젊은 기벤라트에게는 그것이 없었던 것이다. 그의 아버지는 한스를 서기가 되게 하거나 수세공(手細工)이라도 배우게 하려고 결심했다. 아들은 아직 쇠약해 있었으므로 우선 좀더 몸에 기력을 돋구어 주어야 했지만 이제는 본격적으로 그의 처신을 생각해 보아야 했다.

처음 얼마 동안의 심란한 감정이 누그러지고, 이제 자신도 자살을 믿지 않게 되었다. 그 이후로, 한스는 흥분하고 변하기 쉬운 불안한 상태에서 변화가 없는 우울증에 빠져 있었다. 그리고 부드러운 진흙탕에 빠져들어간 것처럼 거역할 바도 없이 서서히 그 속으로 빠져들어갔다.

그는 지금 가을의 들판을 돌아다니며 계절의 영향에 압도

당해 버렸다. 저물어 가는 가을, 조용히 떨어지는 낙엽, 갈색
으로 변하는 초원, 짙은 아침 안개, 무르익을 대로 무르익어
바야흐로 죽어가려고 하는 식물 등이 모든 병자와 마찬가지
로 그를 무거운 절망적인 기분과 슬픈 생각으로 몰아넣었다.
그는 그것들과 함께 소멸하려고 하는 소원, 함께 잠들려고
하는 소원, 함께 죽으려고 하는 소원을 느꼈다. 그렇지만 그
의 젊음은 그것에 거역해 은근한 끈기를 가지고 삶에 집착했
기 때문에 그는 고민했다.

나무가 노랗게 되고 갈색으로 변하면서 벌거숭이가 되는
것을 그는 바라보았다. 숲속에서 피어 오르는 젖빛 안개를
바라보았다. 또한 뜰을 바라보았다. 거기서는 마지막 과실
채집을 끝내면 생명이 꺼져 버리고 물든 채 시들어가는 과꽃
을 돌아다보는 사람도 없었다. 수영과 고기잡이가 끝나고 마
른 잎에 덮여 있는 강을 바라보았다. 그 차가운 강가에서 참
고 견딜 수 있는 것은 완강한 무두장이들 뿐이었다. 며칠 전
부터 강은 많은 과즙을 짜낸 찌꺼기가 떠내려가고 있었다.
그것은 과즙 짜는 공장이나 물레방앗간에서는 지금 한창 과
즙짜기에 바쁘고 읍내의 어느 골목에도 과즙 냄새가 조용히
발효하듯이 풍겨나고 있었다.

강 하류의 물레방앗간에서는 구둣방 주인 플라크도 압착
기를 빌려와서 한스를 과즙짜기에 불렀다.

물레방앗간 앞뜰에는 크고 작은 착즙기(搾汁機), 수레, 과
일을 가득 담은 바구니와 자루, 물통, 단지, 함지, 나무통,
산더미 같은 갈색의 찌꺼기, 나무 지렛대, 손수레, 텅 비어
있는 운반구 등이 있었다. 착즙기는 움직이면서 삐걱삐걱 소
리를 내기도 하고 신음하는 소리를 내듯 떨리는 소리를 내기
도 했다. 대부분의 착즙기에는 녹색의 니스가 칠해져 있었
다. 그 녹색은 과즙을 짠 찌꺼기의 황갈색과 사과 바구니의

색깔, 담녹색의 강, 맨발의 아이들과 맑게 개인 가을 하늘과
더불어 기쁨과 삶의 쾌감과 만족감과의 유혹적인 인상을 보
는 사람 모두에게 주었다. 찌그러뜨려진 사과의 삐걱거림은
시큼하고 식욕을 돋우는 것 같은 소리를 내고 있었다. 그 소
리를 다가가서 듣는 사람은 당장 사과 한 개를 손에 집어 들
고 덥석 물지 않을 수 없었다. 관(管) 속에서 굵은 띠 모양
으로 달콤하고 싱싱한 과즙이 적황색으로 햇빛을 받고 환하
게 흘러 나왔다. 그곳에 와서 그것을 본 사람은 한 잔을 청해
서 당장 맛보지 않을 수 없었다. 그리고는 그곳에 서서 눈물
을 글썽이며 달콤하고 상쾌한 과즙이 온몸에 흘러내리는 것
을 느꼈다. 그러면 이 달콤한 과즙은 즐겁고 강렬한 감미로
운 향기로써 그 근처 일대의 멀리까지 공중에 넘치는 것이었
다. 이 향기는 성숙과 수확의 정수로 완전히 일년 중의 가장
아름다운 성숙과 수확의 정수이다. 다가오는 겨울을 앞두고
그 향기를 들이마실 수 있다는 것은 기분좋은 일이었다. 그
것을 마시면 사람들은 감사한 마음을 가지고 여러 가지 많은
좋고 훌륭한 것, 예를 들면 포근한 오월의 비, 쏴 하고 내리
는 여름의 비, 차가운 가을 아침의 이슬, 부드러운 봄날의 햇
빛, 빛나는 무더운 여름의 작열, 희거나 진홍색으로 빛나는
꽃, 수확을 앞둔 익은 과실이 갖는 적갈색의 광택, 그리고 그
사이에 사철의 변화를 따라오는 갖가지 아름다운 것과 즐거
운 것을 회상하는 것이다.

그것은 모든 사람들에게 있어서 빛나는 시기였다. 부자이
건 벼락 출세한 사람이건, 평민들과 다름없이 모습을 보이고
살집이 좋은 아름다운 사과를 손에 집어들고는 무게를 가늠
해 보기도 하고, 한 다스 또는 그 이상의 사과 자루를 세어보
기도 하면서, 은으로 만든 회중(懷中) 잔으로 맛을 보기도
한다. 또 과즙 속에 한 방울의 물도 들어가지 않게 하라고 모

두에게 당부하기도 한다. 가난한 사람들은 단 한 자루밖에 과일을 갖지 않아 컵이나 질그릇으로 맛을 보며 물을 타기도 하지만 그렇다고 해서 득의에 찬 기쁜 기분에 변함은 없었다. 무언가의 이유가 있어서 과즙을 짜지 못하는 사람은 친지나 이웃의 압착기를 찾아다니며 여기저기에서 한 잔씩 얻어먹고 그들이 호주머니에 넣어 주는 사과를 받기도 했다. 그리고 정통한 듯한 용어를 써가며 그 방면에 제법 소양이 있다는 것을 과시했다. 많은 아이들은 가난한 집 아이건 부잣집 아이건, 작은 잔을 가지고 돌아다녔다. 각기 먹다 만 사과와 빵 조각을 손에 들고 있었다. 그것은 과즙을 짤 때 실컷 빵을 먹으면 복통을 앓지 않는다는 실없는 전설이 옛날부터 전해지고 있었기 때문이다.

아이들의 소동은 별도로 치더라도 무수한 고함소리가 뒤엉켰다. 그리고 어느 소리나 분주한 듯이 흥분해 있고 즐거운 것 같았다.

「한스, 이리로 와서 한 잔만 마셔.」

「정말 고마우이. 난 이제 배가 아플 지경이야.」

「백 파운드에 얼마를 주었나?」

「사 마르크. 하지만 가장 좋은 물건이야. 그럼 맛 좀 볼까?」

이따금 좀 귀찮은 일이 일어났다. 사과 자루가 터져서 모두 땅바닥에 굴렀다.

「큰일났네. 내 사과가. 누가 좀 도와 줘.」

모두가 도와서 주웠으나 두세 명의 개구쟁이들만 그 사이 슬쩍 집어넣으려고 하였다.

「이놈들아, 후무리면 못써. 먹고 싶으면 배에 들어갈 만큼 먹어. 그렇지만 후무리는 것은 안 돼. 거기 놓지 못하겠어, 이 얼간이놈.」

「여보게, 이웃 양반들, 너무 도도하게 굴지 말게. 하나 주어 보게.」

「꼭 꿀맛 같군. 정말 꿀맛이야. 자네는 얼마나 만들었는가?」

「두 통 뿐일세. 하지만 최상품이라네.」

「한여름에 짜지 않는 게 다행이었네. 여름이었다면 그대로 다 마셔 버렸을 걸세.」

금년에도 빠져서는 안 될 몇 명의 까다로운 노인이 나타났다. 그들은 이미 오랫동안 몸소 과즙을 짜지 않았으나 무엇이나 잘 알고 있어서 거의 공짜로 얻었던 옛 시절의 일을 이야기했다. 무엇이든지 훨씬 값싸고 품질도 좋았다. 설탕을 탄다든지 하는 일은 아직 전혀 알려져 있지 않았다. 대체로 옛날에는 열매를 맺는 것부터가 지금과는 아주 달랐다.

「그 당시는 그래도 수확이라고 말할 수 있었네. 나는 사과나무를 가지고 있었는데, 그 한 그루에서 오백 파운드나 수확할 수 있었지.」

시세는 몹시 나빠지기는 했으나 까다로운 노인들은 금년에도 실컷 맛볼 수 있었다. 아직 이빨이 있는 사람은 사과를 씹어 먹었다. 그뿐만 아니라 커다란 배 몇 개를 무리해서 먹고 심하게 복통을 일으킨 사람도 한 사람 있었다.

「정말이야.」

하고 그는 허풍을 떨었다.

「예전에는 이런 것쯤은 열 개나 먹을 수 있었어.」

그리고는 본심에서 우러나온 한숨을 내쉬면서 열 개나 배를 먹어도 복통을 일으키지 않았던 시절을 그리워했다.

그 북새통 한복판에 플라크 구둣방 주인은 압착기를 놓고 나이 든 제자의 도움을 받고 있었다. 그는 사과를 바덴에서 들여왔다. 그의 과즙은 언제나 제일 고급이었다. 그는 은근

히 만족해 하며 약간 맛보는 것을 아무에게도 거절하지 않았
다. 그의 아들들은 더 좋아하고 그 일대를 뛰어다니며 모여
든 사람들 틈을 기쁜 듯이 헤치고 다녔다. 그렇지만 떠들어
대지는 않았으나 가장 기뻐한 것은 그의 제자였다. 그는 고
지의 숲에 사는 가난한 농가 출신이었기 때문에 바깥에서 힘
껏 움직이며 일할 수 있는 것이 무엇보다도 기분좋았다. 더
군다나 상품의 달콤한 과실주도 그에게는 별미였다. 건장한
시골 청년의 얼굴은 산신의 가면처럼 이빨을 드러내고 웃었
다. 구두를 짓는 그의 손은 어느 일요일보다도 깨끗했다.

　한스 기벤라트는 과즙 짜는 자리에 온 애초에는 조용히 불
안에 싸여 있었다. 그는 마지못해 이곳에 왔던 것이다. 그렇
지만 압착기에서 처음으로 나온 과즙을 받아 마시게 되었다.
그에게 잔을 내민 것은 나숄트의 리제였다. 그는 맛을 보았
다. 다 마셨을 때 달콤하고 강한 과즙의 맛과 같이 어릴 적의
가을에 대한 즐겁던 여러 가지 추억들이 되살아났다. 동시에
또 한 가지 그들과 함께 어울려 유쾌하게 보내고 싶다는 은
근한 소망이 생겼다. 아는 사람들이 그에게 말을 걸어왔다.
잔도 건네졌다. 플라크 씨의 압착기가 있는 곳까지 왔을 때
는 뭇사람들과 마찬가지로 유쾌한 기분과 과실주의 포로가
되어 그는 기분이 전혀 달라지고 있었다. 완전히 좋은 기분
이 되어 구둣방 주인 아저씨에게 인사를 하고 과실주에 으레
따르기 마련인 익살을 부렸다. 구둣방 주인은 놀라움을 숨기
고 쾌활하게 그를 환영했다.

　반 시간쯤 지났을 때, 푸른 스커트의 처녀가 와서 플라크
와 제자에게 미소를 던지고는 일을 돕기 시작했다.

　「음, 그래.」

하고 구둣방 주인은 말했다.

　「이 아이는 하일브론에서 온 내 조카딸이야. 물론 이 아이

의 고장에서는 포도가 많기 때문에 이곳의 수확에는 익숙지 못해.」

그 처녀는 열여덟이나 아홉쯤 되어 보였고 저지대 출신 같았으며 몸놀림도 가볍고 쾌활했다. 키는 크지 않았으나 좋은 몸매로 균형이 잡혀 있었다. 둥근 얼굴 속의 다정스러운 검은 눈과, 키스를 하고 싶어지는 것 같은 예쁜 입은 쾌활하고 영리해 보였다. 어쨌든 그녀는 건강하고 명랑한 하일브론의 처녀답기는 했으나, 전혀 신앙심 깊은 구둣방 주인의 친척같이 보이지는 않았다. 그녀는 완전히 속세의 처녀였다. 그 눈은 저녁때와 밤에 성서나 고스너의 보물 상자를 읽을 눈 같지는 않았다.

한스는 갑자기 또 우울해진 얼굴이 되고 엠마가 곧 가버렸으면 좋겠다고 마음 속으로 바랐다. 그렇지만 그녀는 그 자리를 떠나지 않고 웃기도 하고 조잘대기도 하며 어떤 농담에도 선선히 응수했다. 한스는 공연히 부끄러워져서 아무 말도 하지 않고 있었다. 서먹서먹하게 당신이라고 부르지 않으면 안 되는 젊은 처녀와 사귀는 것은 그렇지 않아도 그로서는 견딜 수 없는 일이었다. 게다가 이 처녀는 아주 떠들썩하고 수다스러웠으며, 그의 존재와 수줍어하는 것 같은 건 전혀 문제도 삼지 않았기 때문에 그는 어색하고 기분이 상해서 수레바퀴에 닿은 달팽이처럼 촉각을 움츠리고 껍질 속으로 들어가 버렸다. 그는 입을 다문 채 따분해 하는 모습을 보이려고 했지만 그것도 잘 되지는 않았다. 오히려 그는 조금 전에 누가 죽기라도 할 것 같은 얼굴을 했다. 그러나 아무도 그런 것을 눈치챌 틈은 없었다. 엠마는 더욱 그러했다. 한스가 들은 바에 의하면, 그녀는 두주일 전부터 플라크 씨 집에 손님으로 머물러 있었는데, 벌써 읍내 사람들은 모두 알고 있었다. 엠마는 상대방의 신분이 높건 낮건 간에 여기저기 뛰어다니며 새로 짠 과즙의 맛을 보기도 하고 시시한 익살을 부리며 좀 웃고는 되돌아와서 자못 열심히 일을 거드는 척하며, 아이들을 안고서는 사과를 주기도 하고, 그저 떠들썩한 웃음과 즐거움을 주위에 뿌려 놓았다. 그녀는 길가의 아이들에게 일일이 『사과를 줄까?』하고 소리쳐 불렀다. 그리고는 빨갛고 큼직한 사과를 집어서 두 손을 등뒤에 숨기고 『오른쪽? 왼쪽?』하면서 맞추게 했다. 사과는 언제나 맞지 않는 쪽의 손에 있었다. 아이들이 투덜대기 시작하면, 그때야 겨우 그녀는 한 개를 내주었는데 그나마 자그마한 푸른 사과였다. 그녀는 한스의 이야기도 들어서 알고 있는 것 같았으며, 언제나 두통을 앓고 있는 사람이 당신이냐고 물었다. 그렇지만 한스가 대답도 하기 전에 그녀는 벌써 옆에 있는 사람들을 상대로 다른 이야기에 휩쓸려 들어가고 있었다.

한스는 슬쩍 도망쳐 돌아갈까 하고 생각했다. 그때 플라크 씨가 그의 손에 핸들을 쥐어 주었다.

「자, 좀더 계속해 주기 바란다. 엠마가 도울 테니까. 나는 작업장에 가보아야만 되겠구나.」

플라크 씨는 가면서 제자더러 주인 아주머니와 같이 과실주를 운반하라고 일렀다. 한스는 압착기 옆에 엠마와 두 사람만 남게 되었다. 그는 이를 악물고 적을 맞대고 있는 것처럼 일했다.

그때, 어째서 이렇게 핸들이 무거운가 하고 이상한 생각이 들었다. 그래서 얼굴을 쳐들자, 엠마가 웃음을 터뜨렸다. 그녀는 장난치느라고 반대쪽을 잡고 버티었던 것이다. 한스가 이번에는 화가 나서 잡아당기자 그녀는 또 버티었다.

한스는 한 마디도 하지 않았다. 처녀의 몸이 반대편에서 저항하고 있는 핸들을 밀고 있는 동안에 그는 갑자기 부끄럽고 답답한 기분이 되어 차츰 계속해서 돌리는 것을 완전히 그만두고 말았다. 그는 이상한 불안에 사로잡혔다. 그에게는 갑자기 처녀가 딴사람처럼 다정스러워 보였다. 그렇지만 역시 서먹서먹하게 느껴졌다. 그도 조금 웃었다. 하지만 어딘지 어색하고 부자연스러웠다. 그래서 핸들은 완전히 멎고 말았다. 엠마는

「너무 힘들게 일하지는 말아요.」

하고 말하면서 자기가 막 입을 대고 마신 반쯤 들어 있는 잔을 한스에게 건네 주었다.

그 한 잔은 매우 맛이 강하여 전에 마셨던 것보다도 달콤한 것처럼 생각되었다. 다 마시고서는 그는 모자란 듯이 빈 잔 속을 들여다보면서 가슴이 심하게 고동치고, 호흡이 가빠지고 있는 것에 놀랐다.

그리고 두 사람은 또다시 조금씩 일하기 시작했다. 한스는 처녀의 스커트가 싫어도 자기에게 슬쩍 닿을 수 있는 위치를 차지하려고 애쓰면서, 자기가 무엇을 하고 있는지 알지 못하고 있었다. 그렇지만 그녀의 스커트나 손이 닿을 때마다 그의 심장은 두근거리는 기쁨에 숨이 막히고, 기분좋고 달콤한 현기증이 엄습하여 약간 무릎이 떨리고 머릿속은 어지러운 듯이 시끄럽게 울렸다.

자기가 무슨 말을 했는지 그는 알지 못했으나 그녀의 말에 대답하고, 그녀가 웃으면 자기도 웃었다. 두세 번 그녀가 어리석은 짓을 했을 때, 그는 손가락으로 겁을 주었다. 그러면서 두 번이나 그녀의 손에서 잔을 받아 과즙을 마셨다. 그와 동시에 많은 기억이 잇달아 그의 머릿속을 스쳐갔다. 저녁때면 남자와 같이 문간에 서 있었던 하녀, 이야기 책 속의 두세 글귀, 지난날 헤르만 하일너에게서 받은 키스, 여러 가지의 말과 소설, 『처녀』라든지 『애인이 생기면 어떨까?』하는 것 등에 대해서 학생들간에 서로 이야기를 나눈 흐리멍덩한 대

화 같은 것이 머릿속을 오락가락했다. 그는 산에 오르는 복
마처럼 가쁜 호흡을 했다.

모든 것이 변하고 말았다. 그 근처의 사람들과 분주한 움
직임도 화려하게 웃는 구름과 같은 것으로 융화되고 말았다.
하나하나의 목소리와 욕지거리와 웃음은 전체의 탁한 웅성
거림 속으로 빠져들어 버리고 강과 낡은 다리는 그림처럼 보
였다.

엠마의 모습도 변했다. 이제 한스는 그녀의 얼굴을 보지
않았다. 즐거운 듯한 까만 눈과 붉은 입술과 그 속에 드러난
하얗고 뾰족한 이빨밖에 보이지 않았다. 그녀의 모습도 융화
되고 말았다. 보이는 것은 하나하나의 부분뿐이었다. 검은
양말과 단화, 목덜미의 곱슬곱슬한 귀밑머리, 파란 머플러
속에 감추어진 햇볕에 그을린 둥근 목덜미, 꽉 죄어진 어깨,
그 밑에서 크게 물결치는 가슴, 붉은빛을 띠고 투영되는 귀
등이 어수선하게 눈에 비쳤다.

또 얼마 지나서 그녀는 잔을 들통 속에 떨어뜨리고 그것을
집으려고 허리를 굽혔다. 그때 통 모서리에서 그녀의 무릎이
그의 손목을 밀어 붙였다. 그도 느릿하기는 했으나 허리를
굽혔다. 그러자 그의 얼굴은 그녀의 머리와 닿을락말락하게
되었다. 머리는 희미하게 향기가 풍기고 있었다. 그 아래쪽
에 흐트러진 고수머리의 그늘에 아름다운 목덜미가 따뜻함
을 가지고 갈색으로 빛나며, 겉옷과 속옷 사이에 껴있는 푸
른 방한 내복 속에 숨겨져 있었다. 그 방한 내복의 호크가 꼭
죄어져 있었기 때문에 호크 틈 사이에서 조금 밑에까지 목덜
미가 들여다보였다.

그녀가 다시 일어났을 때, 그녀의 무릎은 그의 팔을 스치
고, 그녀의 머리는 그의 볼에 가볍게 닿았다. 그녀의 얼굴은
허리를 굽히고 있었기 때문에 빨갛게 상기되어 있었다. 한스

는 전신이 심하게 떨리는 것을 느꼈다. 그는 창백해졌고, 순간 깊디깊은 피로감을 느꼈기 때문에 압착기의 나사를 붙잡지 않으면 안 되었다. 그의 심장은 경련을 일으키듯 고동치고 팔은 맥이 풀리고 어깨가 아팠다.

그때부터 그는 거의 한 마디도 말을 하지 않고 처녀의 시선을 피했다. 그 대신 그녀가 딴 데를 보고 있으면, 그는 아직 맛본 적이 없는 쾌감과 가책을 받는 양심이 뒤섞인 기분으로 물끄러미 그녀를 바라보았다. 그때, 그의 마음 속에서 무엇인가가 끊겼다. 그리고 멀리 푸른 해안의 어떤 이상한 매력을 가진 새로운 나라가 그의 영혼 앞에 열렸다. 그 불안과 달콤한 고뇌가 무엇을 의미하는지, 그로서는 아직 알지 못했다. 기껏 어렴풋이 느낄 뿐이었다. 자기 내부의 고통과 쾌감의 어느 쪽이 큰지도 알지 못했다.

그렇지만 그 쾌감은 그의 젊은 사랑의 힘의 승리와, 격렬한 생명의 첫 예감을 의미하고, 그 고통은 아침의 평화가 깨진 것을, 이를테면 그의 영혼이 두 번 다시 찾아내는 일이 없다고 생각되는 유년 시절의 세계를 떠났다는 것을 의미하고 있었다. 가까스로 첫 번째 난파를 면한 그의 경주(輕舟)는 바야흐로 새로운 폭풍의 폭력과 기다리고 있는 심연과 위험하기 그지없는 암초 가까이에 빠져들었다. 그것을 뚫고 나가게 해주는 안내자는 최상의 지도자를 가진 청년에게도 주어져 있지 않다. 오직 자기 힘을 가지고 활로를 찾아내지 않으면 안 되는 것이다.

때마침 구둣방의 제자가 돌아와서 압착기의 작업을 교대해 주었다. 그래도 얼마 동안 한스는 그곳에 있었다. 또 한 번 엠마에게 닿아보거나 그녀의 정다운 말을 듣고 싶다는 생각에서였다. 엠마는 또 다른 압착기로 돌아다니면서 수다를 떨고 있었다. 한스는 제자에게 창피한 생각이 들었기 때문에 반 시간쯤 지나고서 인사도 하지 않고 슬그머니 집으로 돌아왔다.

모든 것이 이상하게 변하고 아름답게 마음을 들뜨게 했다. 찌꺼기를 쪼아먹고 살이 찐 참새들이 시끄럽게 하늘을 스쳐 날고 있었다. 하늘이 이처럼 높고 아름답고 홀딱 반할 만큼 푸르렀던 적은 없었다. 강과 수면이 이처럼 맑은 청록색으로 빛나고 있었던 적은 없었고, 수문에서 이처럼 눈이 부시도록 하얗게 거품이 일었던 적도 없었다. 모든 것이 새롭게 그려진 그림이 투명한 새로운 유리 뒤에 세워져 있는 것처럼 보였다. 모든 것이 큰 축제의 시작을 기다리고 있는 듯했다. 자신의 가슴 속에서도 신기하게 대담한 감정과 이상하게 눈이 부신 희망이 덮어씌우는 것처럼 강렬하고 불안하면서도 달콤한 격동을 느꼈다. 이것은 꿈에 지나지 않아 절대로 실현될 수 없을 것이라고 하는 암떤 의심의 불안이 따르고 있었다. 이 분열된 감정은 부풀어서 은밀히 치밀어 오르는 샘이 되었다. 또한 무언가 아주 강한 것이 그의 가슴 속에서 자유로워지고 활개를 치려고 하는 것 같은 기분이 되었다. 그것은 다분히 흐느낌이거나 노래이거나 통곡이거나 웃음이었을 것이다. 이 흥분은 집에 돌아오고서야 비로소 얼마간 진정되었다. 물론 집에서는 모든 것이 평상시와 다름없었다.

「어디에 갔다 왔느냐?」

하고 기벤라트 씨가 물었다.

「물레방앗간 옆의 플라크 아저씨한테요.」

「그 사람은 얼마나 짰더냐?」

「두 통쯤 되나 봐요.」

아버지가 과즙을 짤 때는 플라크 씨의 아이들을 부르는 것을 허락해 주도록 한스가 청했다.

「말할 것도 없지.」

하고 아버지는 중얼거렸다.

「다음 주에 한다. 그때에는 아이들을 데리고 오너라.」

저녁 식사를 하려면 아직 한 시간이 남았다. 한스는 뜰로 나갔다. 두 그루의 전나무 외에는 이제 푸른 것이라고는 거의 남아 있지 않았다. 그는 한 그루의 개암나무 가지를 꺾어서 그것을 공중에 휘둘러 시든 잎들을 두들겨 떨어뜨렸다. 해는 이미 서산 뒤로 져버리고 있었다. 산의 검은 윤곽은 머리털처럼 가느다란 전나무의 앞끝 선으로 녹색을 띤 파란색깔의 싱싱한 맑은 저녁 하늘을 구분하고 있었다. 잿빛의 길게 뻗친 구름이 노랗게 갈색을 띤 저녁 노을을 비치면서, 희박한 황금빛의 대기를 누비고 귀로에 오른 배처럼 천천히 한가롭게 골짜기의 위쪽으로 흘러갔다.

석양으로 물든 색채의 풍부하고 무르익은 아름다움에 여느 때와는 달리 이상스럽게 마음을 빼앗긴 한스는 뜰 안을 산책하고 있었다. 그는 이따금 걸음을 멈추고 서서 눈을 감으며 압착기 옆에서 그를 마주보던 엠마, 그녀의 잔으로 자기에게 과실주를 마시게 했던 엠마, 들통 위에 엎드렸다가 빨갛게 상기된 얼굴로 다시 일어섰던 엠마를 마음 속에 그려보려고 애썼다. 그녀의 머리카락, 상쾌한 푸른 옷을 입은 모습, 검은 귀밑머리 때문에 갈색으로 그늘진 목덜미 등이 눈앞에 선했다. 그 모든 것이 쾌감과 전율로써 그의 마음을 가득 메웠다. 다만 그녀의 얼굴만은 아무리 해도 이제 마음 속에 그려낼 수 없었다.

해가 졌는데도 그는 냉기를 느끼지 않았으며 깊어 가는 황혼이 형용할 바 없는 비밀에 찬 베일처럼 생각되었다. 그것은 자기가 하일브론의 처녀에게 연정을 품고 있다는 것을 알게 되었지만, 자기 핏속에서 눈뜨기 시작한 남성의 기능을 그저 막연히 기묘하게 안달이 나는 나른한 상태로밖에는 이해하지 못했기 때문이다.

저녁 식사 때 옛날부터 정들었던 환경의 한복판에 완전히 변해버린 자신이 앉아 있는 것이 그에게는 이상했다. 아버지, 할멈, 식탁, 세간살이, 그리고 방 전체가 갑자기 낡아빠진 것처럼 생각되었다. 자기가 방금 긴 여행에서 돌아오기라도 한 것처럼 그는 놀라움과 서먹서먹함과 애무의 정을 가지고 모든 것을 바라보았다. 지난날 자기가 무서운 나뭇가지에 추파를 던졌을 무렵 그는 똑같은 사람들과 사물을, 고별하는 사람의 애상을 섞은 우월감을 가지고 관찰했으나 지금은 그것이 귀가한 것이 되고, 놀라움이 되고, 미소가 되고 재소유가 되었다.

식사가 끝나서 한스가 막 일어서려고 했을 때, 아버지는 늘 그렇듯이 단도직입적으로 말했다.

「한스야, 너 기계공이 되어 볼래? 아니면 서기가 되는 것은 어떻냐?」

「왜요?」

하고 한스는 놀라며 되물었다.

「다음 주말에 기계공 슐러 씨의 공장이나, 그 다음 주에 읍사무소 견습생으로 들어갈 수 있을 것이다. 잘 생각해 보아라. 그런 다음에 내일 또 이야기하자구나.」

한스는 일어나 밖으로 나갔다. 갑작스러운 물음에 그는 곤혹스러워 하고 있었다. 몇 개월이나 멀어져 있었던 나날의 활동적이고 생기에 찬 생활이 뜻하지 않게 그의 앞에 나타나 유혹하는 듯한 얼굴, 위협하는 듯한 얼굴을 보이고 기대를 품게 하는 것과 동시에 고생할 것을 요구했다. 사실상 그는 기계공도 되고 싶지 않았고 서기가 되는 것도 싫었다. 수공의 고된 육체 노동은 그를 두렵게 하고 있었다. 그때 학교 친구 아우구스트의 생각이 머리에 떠올랐다. 아우구스트는 기계공이 되어 있으므로 그에게 물어볼 수 있었다.

그런 생각을 하고 있는 동안에, 그의 생각은 점점 희미해지게 되었다. 이 일은 그렇게 서두를 일도 아니고 중대한 일도 아닌 것 같은 생각이 들었다. 그는 어떤 다른 일에 쫓기고 정신을 빼앗기고 있었다. 그는 안절부절 못하고 현관을 들랑거렸다. 갑자기 그는 모자를 집어 들고 집을 나와서 거리를 향해 걷기 시작했다. 어떻게든지 오늘 안으로 한 번 더 엠마를 만나 봐야겠다는 생각이 든 것이다.

벌써 날은 어두워졌다. 근처의 요리집에서 떠들썩한 소리와 목쉰 노랫소리가 들려왔다. 불켜진 창문이 사방에 있었다. 여기저기에 띄엄띄엄 불이 켜져 약한 빨간 불빛이 어두운 창문 밖으로 비쳤다. 젊은 처녀들의 긴 행렬이 팔짱을 끼고 큰소리로 웃거나 떠들어대면서 쾌활하게 어슬렁어슬렁 골목길을 내려가 어슴푸레한 불빛 속에 흔들리면서 청춘과 쾌락의 따뜻한 큰 물결처럼 가물거리는 거리를 지나갔다. 한스는 오래도록 그들의 뒷모습을 바라보았다. 그의 심장은 목구멍까지 고동쳐 왔다. 커튼에 가려진 창문 안에서 바이올린을 켜는 소리가 들렸다. 우물가에서 한 여인이 샐러드에 쓰일 야채를 씻고 있었다. 다리 위를 두 젊은이가 각각 애인을 데리고 산책을 하고 있었다. 한 사람은 처녀의 손을 가볍게 잡고 그 팔을 흔들면서 여송연을 피우고 있었다. 또 한 쌍은 바싹 달라붙어서 천천히 앞으로 걸어가고 있었다. 젊은이는 처녀의 허리를 껴안고, 처녀는 어깨와 머리를 바싹 그의 가슴에 파묻고 있었다. 그런 광경을 한스도 수없이 보았기 때문에 신경을 쓰지 않았다. 그렇지만 지금은 그것이 숨은 의미를 갖고 있었다. 분명치는 않지만, 마음을 끄는 달콤한 의미를 갖고 있었다. 그의 시선은 두 쌍의 남녀 위에 집중되었

다. 그의 공상은 그윽한 예감을 가지고 다가오고 있는 이해
를 향해 좁혀갔다. 안타깝게 마음 속까지 동요를 일으켜 그
는 자기가 어떤 커다란 비밀에 접근해 가고 있는 것을 느꼈
다. 그 비밀이 감미로운 것인지, 무서운 것인지, 그는 알지
못했으나 그 둘 중의 일단을 떨면서 예감했다.

한스는 플라크 씨의 집 앞에서 멈춰 섰으나 안으로 들어갈
용기는 나지 않았다. 안에 들어가서 무엇을 하고, 무슨 말을
하면 좋을지 열한두 살의 소년 시절 이곳에 왔던 일을 회상
하지 않을 수 없었다. 그 당시 플라크 아저씨는 그에게 성서
이야기를 해주었으며, 지옥과 악마와 성령에 대해서 꼬치꼬
치 끈질기게 묻는 것에 대해서 잘 대답해 주었다. 그것은 뜻
하지 않은 추억으로 그의 마음을 아프게 했다. 그는 자신이
무엇을 하고 싶어하는지, 정말로 무엇을 원하고 있는지, 자
신은 전혀 알지 못하고 있었다. 하지만 무언가 비밀스러운
것, 금지된 것의 앞에 서 있다는 마음은 부정할 수 없었다.
집 안에 들어가지도 않고, 구둣방의 문 앞 어둠 속에 서 있는
것은 아저씨에 대해 옳지 못한 일인 것 같았다. 이곳에 서 있
는 것을 아저씨가 보거나, 집 안에서 나오기라도 한다면, 아
저씨는 필시 그를 꾸짖지는 않고 비웃을 것이다. 한스는 그
것이 가장 두려웠다.

그는 남몰래 집 뒤로 갔다. 그러자 불이 켜진 거실 안이
뜰의 울타리 너머로 보였다. 아저씨는 보이지 않았다. 부인
은 무엇인가 바느질이나 뜨개질을 하고 있는 것 같았으며,
큰아들은 아직도 자지 않고 책상에 앉아 책을 읽고 있었다.
엠마는 설거지를 하고 있는지, 왔다갔다 했기 때문에 잠시
동안만 보일 뿐이었다. 매우 조용해 골목길의 발소리는 아주
멀리까지 일일이 들리고, 뜰 너머에서는 강물이 흐르는 잔잔
한 소리가 똑똑히 들려왔다. 어둠과 밤의 냉기는 급속히 더

해지고 있었다.

거실의 창문 옆에 불이 켜져 있지 않은 자그마한 복도의 창문이 있었다. 한참 뒤에 그 작은 창문에 희미한 모습이 드러나며 몸을 밖으로 내밀고 어둠 속을 바라보고 있었다. 그 모습으로 그것이 엠마라는 것을 한스는 알 수 있었다. 불안한 기대 때문에 그의 심장은 멎어버릴 것만 같았다. 그녀는 창가에 서서 오랫동안 조용히 이쪽을 보고 있었다. 그녀에게 자기가 보이는지, 알면서도 시치미를 떼고 있는 것인지, 한스로서는 알지 못했다. 그는 꼼짝도 하지 않고, 가만히 그녀를 쳐다보았다. 그리고 불안한 주눅이 드는 것을 느끼면서 그녀가 자기라는 것을 알아 주었으면 좋겠다는 생각을 하면서도 동시에 그것을 두려워했다.

희미한 모습이 창문에서 사라지자 바로 뒤이어 작은 뜰의 문이 열리고 엠마가 집 안에서 나왔다. 한스는 당황해서 도망치려고 했으나 결단을 내리지 못한 채 그대로 울타리에 기대고 있었다. 그리고 그녀가 어두운 뜰을 지나 천천히 그에게로 걸어오는 것을 보았다. 그녀가 한 걸음을 옮길 때마다 한스는 도망치고 싶은 생각이 들었으나 무엇인가 더 강한 힘에 붙잡혀 있었다.

엠마는 그의 바로 앞에 섰다. 낮은 울타리가 사이에 있을 뿐 그들은 반 걸음도 떨어져 있지 않았다. 그녀는 그를 이상스러운 듯 찬찬히 보았다. 둘은 꽤 오랫동안 서로 아무 말도 하지 않았다. 이윽고 그녀가 나지막한 목소리로 물었다.

「당신, 무슨 일이죠?」

「아무것도 아냐.」

하고 그는 말했다. 당신이라고 다정스럽게 부르는 것이 살결을 어루만져 주는 것 같이 느껴졌다.

엠마는 울타리 너머로 그에게 손을 내밀었다. 그는 수줍

어하면서도 정답게 그 손을 잡고 약간 힘을 주었다. 그녀가
손을 빼려고 하지 않는 것을 알자 한스는 손을 다정하게 가
만히 어루만졌다. 그래도 그녀가 유유자적하게 그에게 맡겨
져 있었기 때문에 그 손을 살며시 잡자, 쾌감과 야릇한 따뜻
함과 행복한 피로감이 그를 덮쳤다. 그의 몸 주위의 공기는
뜨뜻미지근하고, 남풍과 같은 습기를 띠고 있었다. 그에게는
이제 골목도 뜰도 보이지 않았고, 코 앞의 하얀 얼굴과 검은
머리칼의 헝클어짐밖에 보이지 않았다.

그리고 처녀가 아주 나지막한 목소리로

「저에게 키스해 주지 않을래요?」

하고 말했을 때, 그것은 아주 먼 밤의 저편에서 울려오는
것처럼 생각되었다.

하얀 얼굴이 바싹 다가왔다. 몸무게로 울타리의 판자가
약간 밖으로 밀렸다. 그윽한 향내가 나는 헝클어진 머리가
한스의 이마에 닿았다. 하얗고 넓은 눈꺼풀과 까만 속눈썹에
덮인 그녀의 감은 눈이 그의 눈 바로 앞에 있었다. 조심스러
워하는 입술로 처녀의 입에 닿았을 때, 심한 경련이 온몸을
휩쓸었다. 그는 순간적으로 떨려서 비틀거렸으나, 처녀는 그
의 머리를 두 손으로 붙잡고, 자기 얼굴을 그의 얼굴에 들이
대고는 그의 입술을 놓아주지 않았다. 그는 그녀의 입술이
불타오르는 것을, 또한 그의 입을 밀어붙이면서 그의 생명을
다 마셔 버리기라도 하겠다는 것처럼 게걸스럽게 빨아들이
는 것을 느꼈다. 그는 뼛속까지 녹초가 되었다. 처녀의 입술
이 떨어지기 전에 떨리는 쾌감은 정신이 아찔해지는 피로와
고통으로 바뀌었다. 엠마가 놓아 주었을 때, 그는 비틀거리
고 경련을 일으키듯 매달리는 손가락으로 울타리를 단단히
붙들었다.

「저, 내일 밤 또 와요.」

하고 엠마는 말하고 서둘러 집 안으로 되돌아갔다. 그녀가 떠나고서 채 오분도 지나지 않았는데도, 한스에게는 오랜 시간이 지난 것 같이 생각되었다. 그는 얼빠진 눈매로 그녀를 떠나보내고 여전히 울타리의 판자를 붙잡은 채, 너무나 지쳐서 한 걸음도 걷지 못할 것처럼 느꼈다. 꿈결 속에서 자신의 피가 흐르는 소리를 들었다. 피는 머릿속에서 쾅쾅 울리고 흐트러진 고통스러운 것 같은 거센 파도를 일으키며 심장을 넘나들며 그의 호흡을 멎게 했다.

방 안에서 문이 열리고, 아저씨가 들어오는 것이 보였다. 그는 필시 여태껏 작업장에 있었던 것이리라. 한스는 눈에 띌지도 모른다는 두려움에 사로잡혀 도망쳐 버렸다. 약간 취한 사람처럼 그는 느릿하고 마지못해 위태하게 걸었다. 한 걸음을 옮길 때마다 맥없이 무릎이 꺾일 것 같은 기분이 들었다. 졸리운 듯한 박공과 어둠침침한 붉은 창문이 있는 어두운 골목길이 색바랜 무대의 배경처럼 그의 눈앞을 흘러 지나갔다. 다리와 강과 정원들도 흘러서 지나갔다. 게르바 거리의 분수가 묘하게 높은 소리를 울리며 물을 뿜어 내고 있었다. 꿈을 꾸는 듯한 기분으로 한스는 문을 열고 캄캄한 복도를 지나 층계를 올라갔다. 그리고서 문을 하나하나 열고는 닫은 뒤 마침 그 자리에 있는 책상 위에 주저앉았다. 그리고 한참 지나고서 겨우 자기 방에 돌아와 있다는 것을 깨달았다. 옷을 벗을 생각이 들기까지는 또 얼마간의 시간이 걸렸다. 그는 방심한 상태로 옷을 벗고 알몸인 채 창가에 앉아 있었다. 이윽고 그는 갑자기 가을밤의 추위에 몸을 떨고 이불 속으로 파고들었다.

그는 쉽게 잠들 수 있을 것으로 생각했으나, 자리에 누워 좀 따뜻해지자 또다시 가슴이 고동치기 시작하고, 피가 흐트러져 심하게 끓어오르기 시작하였다. 눈을 감자 처녀의 입술이 아직도 자기의 입에 붙어 있어 그의 영혼을 빨아들이며 매혹적인 열기로 그를 만족시켜 주고 있는 것처럼 생각되었다.

늦게야 잠이 들었으나 꿈에서 꿈으로 모질게 쫓겨다녔다. 그는 무섭고 깊은 어둠 속에 서서 주위를 더듬어 엠마의 팔을 붙잡았다. 그녀는 그를 껴안았다. 두 사람은 함께 서서히 떨어져서 따뜻한 깊은 강물 속으로 가라앉았다. 갑자기 거기에 구둣방 주인이 버티고 서서 왜 너는 도무지 찾아오지 않느냐고 물었다. 한스는 웃지 않을 수 없었다. 그것은 플라크 씨가 아니라 마울브론의 기도실에서 창가에 나란히 앉아 농담을 주고 받던 헤르만 하일너였다는 것을 깨달았기 때문이다. 하지만 그것도 이미 사라져 버렸다. 그는 과즙 압착기 옆에 서 있었다. 엠마가 핸들을 거꾸로 잡고 버티기 때문에 그는 힘껏 그것에 저항했다. 그녀는 한스 쪽으로 엎드리고 그의 입술을 찾았다. 주위가 조용해지고 캄캄해졌다. 그리고서 또 그는 따뜻한 어두운 구렁에 빠져서 현기증과 죽음의 공포로 정신이 아찔해졌다. 동시에 교장의 훈시가 들렸다. 그것이 자기에 대해 말하고 있는 것인지의 여부는 그로서는 알 수 없었다.

그리고서 아침 늦게까지 잠을 잤다. 화창한 좋은 날씨였다. 그는 오랫동안 뜰 안을 이리저리 거닐며 잠을 깨고 머릿속을 맑게 하려고 애썼으나, 역시 짙은 졸음의 안개에 휩싸여 있었다. 뜰에서 단 하나만 남아서 피어 있는 보라색 과꽃이 아직 팔월이나 되는 것처럼 양지에 아름답게 웃고 있는 것을 그는 보았다. 따뜻하고 포근한 햇빛이 이른 봄날 때처럼 애무하고 어리광을 부리며 크고 작은 마른 나뭇가지와 낙엽진 덩굴 주위에 내리비치는 것을 그는 보았다. 그렇지만 그것을 그저 보고 있을 뿐 실감있게 느껴지지는 않았다. 그는 모든 것에 관심이 없었다. 갑자기 이 뜰에서 아직도 토끼가 뛰어다니고 그의 물레방아와 절구 장치가 움직이고 있었던 당시의 뚜렷하게 강한 추억이 그를 사로잡았다. 그는 삼년 전 구월의 어느 날을 생각해 내지 않을 수 없었다. 그것은 세당 축제(보불 전쟁에서의 전승 기념일) 전날이었다. 아우구스트가 담쟁이를 가지고 한스에게 찾아왔다. 두 사람은 깃대를 깨끗이 씻고, 그 깃대의 황금색 앞끝에 담쟁이를 달아매면서 내일 벌어질 일을 의논하며 얼른 날이 밝기를 기대하고 있었다. 다만 그것 뿐이었고 그 밤에는 아무 일도 없었으나, 두 사람은 축제에 대한 들뜬 기분과 큰 기쁨으로 넘쳐 있었다. 깃발이 양지에서 빛나고 있었다. 안나 할멈은 자두를 넣은 과자를 굽고 있었다. 그리고 밤에는 높은 바위 위에서 세광의 불이 태워지기로 되어 있었다.

어째서 하필이면 그날 밤의 일을 생각하지 않으면 안 되었는지, 어째서 이 추억이 그렇게도 아름답고 강하였는지, 어째서 그 추억이 그를 그렇게도 비참하고 슬프게 했는지, 한스로서는 알 수가 없었다. 이 추억의 옷을 걸치고 그의 유년 시절과 소년 시절에 작별을 고했으며, 지나가고 돌아오지 않는 크나큰 행복의 그 시간의 흔적을 남기기 위해 다시 한 번 즐겁게 웃으면서 그의 앞에 되살아났다는 것을 그는 깨닫지 못했다. 그는 이 회상이 엠마나 어젯밤의 기억과 조화되지 않는다는 것을, 또 그 옛날의 행복과 연결되지 않는 무엇인가 마음 속에 나타났다는 것을 느꼈을 뿐이었다. 황금 빛깔의 깃발 앞끝이 번쩍번쩍 빛나는 것이 보이고, 친구 아우구스트의 웃음소리가 들렸으며, 갓 구워진 과자 냄새가 나는 것 같은 생각이 들었다. 그것이 모두 명랑하고 행복하게 멀리 떨어져 인연이 없는 것이 되었기 때문에, 그는 커다란 전나무의 까칠까칠한 나무 줄기에 기대어 절망적으로 심하게 흐느껴 울기 시작했다. 그래서 그는 한동안 위안을 얻고 구원을 받은 기분이 되었다.

점심때 그는 아우구스트를 찾아갔다. 아우구스트는 이미 일급 견습공이 되어 있었으며 풍채가 좋고 크게 자라고 있었다. 한스는 기계공이 되고 싶다고 말했다.

「그건 쉬운 일이 아니야.」

하고 아우구스트는 말하고서 세상 물정에 익숙한 얼굴로 말했다.

「그건 쉬운 일이 아니야. 너는 아무튼 약골이니까 말이야. 처음의 일년간은 쇠를 다루는 데 싫증이 나도록 줄곧 망치질을 하지 않으면 안 돼. 망치질은 수프의 숟가락과는 다르니까 말이야. 게다가 쇠를 들어 나르고 저녁때는 뒷정리를 해야만 하거든. 줄질하는데도 힘이 들어. 처음에 얼마간 숙달되기까지는 헌 줄밖에 주지 않아. 헌 줄은 날이 없어서 원숭이 궁둥이처럼 미끈미끈해.」

한스는 금방 겁먹고 말았다.

「그래? 그럼, 그만두는 게 좋겠지?」

하고 그는 기가 죽으면서 물었다.

「아니, 왜 그래? 그런 뜻으로 말한 것은 아니야. 자존심이 상하는 짓은 안 하기로 해. 처음에는 춤추는 것과는 다르다는 걸 말했을 뿐이야. 하지만 그밖의 점에서는 전적으로 기계공은 아주 근사한 거야. 머리도 좋아야만 돼. 그렇지 않으면 보통의 대장장이가 될지도 모르니까 말이야. 어쨌든 한번 보기나 해.」

그는 번쩍번쩍 빛이 나는 강철제의 정교한 작은 기계 부품 두세 개를 가지고 와서 한스에게 보였다.

「반 밀리만 틀려도 안 돼. 나사까지 전부 손으로 만드는 거야. 눈을 크게 뜨고 주시해야 돼. 이것을 연마해서 단단하게 만들면 비로소 물건이 되는 거야.」

「정말 곱구나. 이런 줄 알았더라면.」

아우구스트는 웃었다.

「걱정되니? 하기는 견습공은 구박받게 마련이야. 그건 어떻게 할 수 없어. 하지만 나도 있으니까 도와 주겠어. 네가 다음 금요일에 일을 시작한다면, 나는 꼭 이년째의 견습 생활을 끝내고 토요일에는 첫 주급을 받게 돼. 일요일에는 축하 파티가 있어. 맥주와 과자도 나오게 돼. 모든 사람이 오니까 너도 왔으면 좋겠어. 그러면 우리들의 사정을 알 수 있을 거야. 그래, 그렇게 하면 알 수 있어. 게다가 원래 우리는 친한 친구였으니까 말이야.」

식사 때 한스는 아버지에게 기계공이 될 생각이며, 일주일 후에 시작해도 되느냐고 물었다.

「그거 좋은 생각이다.」

라고 아버지는 말하고, 오후에 한스와 함께 슐러의 작업장으로 가서 신청을 했다.

하지만 어두워지기 시작하자 한스는 그런 일을 거의 잊고 밤에 엠마가 기다리고 있다는 것밖에 생각나지 않았다. 지금부터 벌써 숨이 가빠지기도 하고 시간이 몹시 길게 느껴지는가 하면 짧게 느껴지기도 했다. 그는 뱃사람이 급류를 향하는 기분으로 밀회 장소로 향했다. 그날 밤은 식사 같은 건 문제가 아니었다. 밀크 한 잔을 겨우 마시고 뛰쳐나갔다.

모든 것이 어제와 같았다. 어둡고 졸리운 듯한 작은 길, 빨간 창문, 가로등의 희미한 불빛, 산책하는 연인들.

구둣방의 울타리 옆에서 그는 커다란 불안에 휩싸였다. 무슨 소리가 날 때마다 흠칫하고 움츠러들었다. 어둠 속에 서서 상황을 살피고 있는 자신이 도둑처럼 생각되었다. 일분도 채 안 되어 엠마가 그의 앞에 나타나 그의 머리를 두 손으로 어루만지며 뜰의 문을 열었다. 그는 조심스럽게 안으로 들어갔다. 그녀는 수풀로 둘러싸인 길 사이를 지나 뒷문에서 어두운 복도로 가만히 그를 끌고 갔다.

거기서 두 사람은 지하실의 맨 위 층계에 나란히 앉았다. 한참 지난 뒤 두 사람은 겨우 서로의 얼굴을 볼 수 있게 되었다. 처녀는 기분이 좋아서 속삭이는 목소리로 쉴 새 없이 조잘거렸다. 그녀는 이미 몇 번이나 키스를 맛본 적이 있어 그 방면에는 도가 터 있었다. 내성적이고 사랑스러운 소년은 그녀에게 있어서 다루기가 꼭 알맞았다. 그녀는 소년의 섬세한 얼굴을 두 손으로 잡고 이마와 눈과 볼에 키스를 퍼부었다. 입술의 차례가 되고 오늘도 처녀에게 길고 빨아들이는 듯한 키스를 당하자, 소년은 현기증이 나서 맥없이 기력을 잃고 처녀에게 기대고 있었다. 그녀는 낮은 소리로 웃으면서 그의 귀를 잡아당겼다.

처녀는 쉴 새 없이 계속해서 조잘거렸다. 그는 귀를 기울이고 있었으나 무엇을 듣고 있는지 알지 못했다. 그녀는 손으로 그의 팔과 머리와 목과 두 손을 어루만지고 그녀의 볼을 그의 볼에 댔으며 머리를 그의 어깨에 기댔다. 그는 가만히 입을 다문 채 상대가 하는 대로 몸을 맡기며 짜릿한 전율과 더없이 행복한 불안에 휩싸여서 이따금 열병 환자처럼 희미하게 흠칫 하고 몸을 움직였다.

「당신은 이상한 애인이군요.」

하고 그녀는 웃었다.

「아무 짓도 하려고 하지 않네요.」

처녀는 그의 손을 잡아 자기의 목덜미 위와 머리털 속으로 가지고 갔다가 가슴에 올려놓고 몸을 들이댔다. 한스는 부드러운 형체와 짜릿하고 이상한 두근거림을 느끼며 눈을 감고 끝없는 구렁으로 빠져드는 것을 느꼈다.

「그만해. 이젠 그만해.」

하고 그는 엠마가 또 키스를 하려고 했을 때 못하게 막으면서 말했다. 그녀는 웃었다.

그러고 나서 그녀는 그를 곁으로 끌여당겨 팔로 껴안으면서 그의 옆구리를 자신의 옆구리에 들이댔기 때문에 그는 그녀의 육체를 느끼고 그만 허둥지둥해 더는 아무 말도 할 수 없었다.

「당신도 내가 좋아요?」

하고 그녀는 물었다.

그는 『응.』 하고 대답하려고 했으나 고개를 끄덕이는 것이 고작이었다. 그리고 한동안 계속해서 고개만 끄덕였다.

그녀는 다시 한 번 그의 손을 잡고 장난치면서 코르셋 밑으로 밀어넣었다. 그러자 그는 다른 사람 몸의 맥박과 호흡을 뜨겁게 너무나 가까이 느꼈기 때문에 그의 심장은 멎어 죽어 버리는 것이 아닌가 싶을 만큼 호흡하기가 힘들었다. 그는 손을 빼고 신음했다.

「이젠 돌아가야겠어.」

일어서려고 했을 때, 그는 비틀비틀하여 자칫하면 지하실 층계 밑으로 떨어질 뻔했다.

「왜 그래요?」

하고 엠마가 놀라서 물었다.

「모르겠어. 난 몹시 피곤해.」

뜰의 울타리까지 가는 길에서 그녀가 자신을 부축하며 빠싹 붙어 있었던 것조차 그는 의식하지 못했다. 그녀가 작별인사를 하고 그의 뒤에서 작은 문을 닫는 소리조차 그의 귀에는 들어오지 않았다. 그는 골목길을 지나서 집으로 돌아왔다. 큰 폭풍우가 그를 휩쓸고 갔는지 거센 물결이 그를 띄우고 가기라도 한 것 같아서 그는 어떻게 돌아왔는지 알 수 없었다.

좌우에 흐릿하게 집이 보이고 그 위의 높은 곳에 산등성이와, 전나무의 앞쪽 끝과, 밤의 어둠과 정지해 있는 큰 별이 보였다. 바람이 불고 있는 것이 느껴지고 강이 다리 기둥에 부딪치며 흐르는 소리가 들렸다. 그리고 물 속에 희미한 색깔의 집과, 밤의 어둠과, 가로등과 별이 비치고 있는 것이 보였다.

그는 다리 위에 주저앉아야 했다. 그만큼 지쳐 있어 이제 집에는 돌아갈 수 없을 것만 같았다. 그는 다리 난간에 걸터앉아서 강물이 다리 기둥을 문지르고 둑에서 술렁거리며 물레방아를 돌려서 오르간을 치고 있는 것 같은 소리를 내는 것에 귀를 기울였다. 그의 손은 차가웠다. 가슴과 목구멍에서는 피가 막히기도 하고 곤두박질하기도 하여 그의 눈앞을 어둡게 하는가 하면 또 갑자기 물결쳐 심장을 향해 흐르기도 해 머리를 어질어질하게 했다.

그는 집으로 돌아와 곧장 자기 방으로 들어가 침대에 눕자마자 잠이 들었다. 꿈 속에 굉장히 넓은 공간이 점점 깊은 곳으로 전락해 갔다. 한밤중에는 괴로움에 시달린 끝에 기진맥진해 잠을 깨고 목말라 죽을 것 같은 그리움에 가득 찬, 제어할 수 없는 힘에 의해 이리저리 밀리면서 아침까지 꿈결에 자고 있었다. 마침내 새벽녘에는 넘치는 고뇌와 번민은 긴 오열로 변했다. 그러고 나서 그는 눈물에 젖은 이불 위에서 다시 잠이 들었다.

제7장

　기벤라트 씨는 과즙 압착기 옆에서 거드름을 피우며 호들 갑스럽게 부지런히 일하고 있었다. 한스도 일을 거들었다. 구둣방 아저씨의 아들 중 두 명이 부름을 받고 와서 사과를 나르는 일에 바빴다. 둘은 시음용의 작은 컵을 함께 쓰고, 손에는 큼직한 검은 빵을 쥐고 있었다. 하지만 엠마는 같이 오지 않았다.

　아버지가 들통을 들고 삼십분쯤 그 자리를 비웠을 때, 비로소 한스는 겨우 용기를 내어 엠마에 대해서 물었다.

「엠마는 어디 있지? 같이 오겠다고 하지 않던?」

　아이들의 입에는 빵이 들어 있었기 때문에 다 먹고 말할 수 있게 될 때까지는 좀 시간이 걸렸다.

「엠마는 떠났어.」

　하고 두 아이가 말하고는 고개를 끄덕였다.

「떠나갔어? 어디로?」

「집으로.」

「돌아간 거야? 기차로?」

　아이들은 열심히 고개를 끄덕였다.

「도대체 언제지?」

「오늘 아침.」

　아이들은 또 사과에 손을 내밀었다. 한스는 압착기로 짜면서 과즙통을 응시했다. 차츰 그 까닭을 알 수 있었다. 아버지가 돌아왔다. 모두들 일하기도 하고 웃기도 했다. 아이들은 고맙다는 인사를 하고 달음질쳐 사라졌다. 저녁때가 되자 모두들 집으로 돌아갔다.

밤참을 한 뒤에 한스는 자기 방에 혼자 있었다. 열시가 되고 열한시가 되었으나 불을 켜지 않았다. 그리고 그는 오랫동안 푹 잠을 잤다.

여느 때보다 늦게 잠에서 깨었을 때, 그는 오직 한 가지의 불행과 손실을 어렴풋이 느꼈을 뿐이었다. 이윽고 또 엠마가 생각났다. 그녀는 인사도 하지 않고, 이별도 알리지 않고 떠나가 버렸다. 마지막 밤에 그녀에게 갔을 때, 그녀는 언제 떠난다는 것을 확실히 알고 있었던 것이다. 그는 그녀의 웃는 얼굴과 키스와 몸을 맡길 때의 능숙한 몸짓을 회상했다. 그녀는 그를 진지하게 상대하지 않았던 것이다.

그것에 대해 화가 나는 고통과 흥분해서 진정되지 않는 사랑의 힘이 뒤얽혀 슬픈 번민이 되었다. 그것에 못 이겨 그는 집에서 뜰로 거리로 숲으로 그리고 집으로 방황했다.

이렇게 하여 그는 아마도 그가 맛보아야 할 사랑의 비밀을 너무나 빨리 알아 버렸다. 그것은 그에게 있어서 감미로운 것은 조금밖에 주지 못했고 쓰디쓴 것을 많이 포함하고 있었다. 부질없는 슬픔과 그립기만 한 추억과 안타까운 심정으로 가득 찬 나날이었으며, 가슴의 고동과 답답함에 잠을 이루지 못하기도 했고, 억누르는 듯한 무서운 꿈에 빠져 드는 밤들이기도 했다. 꿈 속에서는 피가 야릇하게 끓어오르고, 터무니없이 커다란 무서운 괴물이 되기도 하고, 부둥켜 안고 죽이려고 하는 팔이 되기도 하고, 눈이 번쩍번쩍 빛나는 괴상하게 생긴 짐승이 되기도 하고, 현기증이 날 것 같은 심연이 되기도 하고 불타오르는 커다란 눈이 되기도 했다. 잠에서 깨면 혼자서 차가운 가을밤의 고독에 에워싸인 자신을 발견하고 사랑하는 처녀를 그리워하며 번민하고 눈물에 젖은 베개에 신음하면서 얼굴을 파묻었다.

기계공의 작업장에 들어가게 되는 금요일이 다가왔다. 아버지는 한스에게 푸른 삼베옷과 모직모자를 사 주었다. 한스는 그것을 입어보았다. 대장장이의 옷을 입자 그는 딴 사람이 된 것처럼 말할 수 없이 우스운 생각이 들었다. 학교나 교장 선생이나 수학 선생의 집과 플라크 씨의 작업장과 목사님의 집 옆을 지날 때에는 비참한 기분이 되었다. 그토록 애썼던 공부며 땀도, 그토록 전렴했던 조그만 기쁨도, 그 자랑도, 공명심도, 희망에 들떴던 몽상도, 그 모든 것이 허사가 되고 결국 모든 친구들보다 뒤졌으며, 모든 사람들로부터 비웃음을 사면서 이제는 맨 꼴찌의 견습공이 되어 작업장에 들어간다고 하는 것이 그 결말이었다.

이 일을 알게 되면 하일너는 무엇이라고 하겠는가?

그래도 차츰 푸른 대장장이 옷에 체념하자 처음으로 입게 될 금요일이 얼마간 기다려지기 시작했다. 그렇게 되면 그런대로 무엇인가 맛볼 수 있는 기회가 있을 것이다.

그렇지만 그런 생각도 먹구름 속의 순간적인 섬광에 불과한 것이었다. 엠마가 떠나간 것을 그는 잊지 않았다. 더구나 그의 피는 지난 며칠간의 자극을 잊을 수도 억제할 수도 없었다. 그의 피는 더 많은 것을 원하고 치밀어올라 소리지르고 눈뜬 갈망의 구원을, 혹은 자기 혼자서는 풀기 어려운 수수께끼를 풀 수 있도록 도와 줄 사람을 찾았다. 이렇게 해서 숨막힐 것 같고 괴로운 시간의 흐름은 더디기만 했다.

가을은 부드러운 햇살에 가득 차고 여느 때보다도 아름다웠다. 이른 아침은 은빛으로, 한낮은 화려하게 웃고 저녁때는 맑게 개어 있었다. 먼 산들은 빌로드처럼 부드럽고 깊은 하늘색을 띠고 밤나무들은 황금색으로 빛났으며 담과 울타리 위에는 개머루의 잎이 보라색으로 드리워져 있었다.

한스는 침착성을 잃고 자기 자신으로부터 도망쳐 다녔다. 온종일 그는 읍내와 밭 속을 쏘다녔다. 그리고 자기 사랑의 괴로움을 남이 눈치채게 되는 것을 두려워해 사람을 피했다. 그렇지만 밤에는 거리에 나가서 여자들을 일일이 쳐다보고, 연인끼리의 남녀가 오면 치사하고 창피한 생각을 하면서 몰래 뒤를 밟았다. 엠마와 같이 모든 것의 바람직한 것과 인생의 모든 매혹이 그에게 닥쳐왔으나 엠마와 함께 그것이 또 심술궂게 도망쳐 버린 것 같이 느꼈다. 그는 엠마에 대해 느낀 고민과 가슴 답답함을 이제는 생각지 않았다. 이번에 그녀를 손에 넣는 일이 있다면, 이제는 절대로 수줍어하지도 않고 그녀로부터 모든 비밀을 빼앗아 마술에 걸린 사랑의 동산으로 거침없이 침입할 것이다. 그 문이 이번에는 그의 코앞에서 닫혀 버린 것이다. 그의 공상은 이 위험한 수풀 속에 끌려들어가 기가 죽으면서 그 속을 방황했다. 그리고 고집스럽게 자신을 괴롭히면서 이 좁은 마법의 세계 밖에는 아름답고 넓은 세계가 밝고 친근하게 얼마든지 가로놓여 있다는 것을 무시하려고 했다.

처음에는 불안스럽게 기다려진 금요일이 드디어 닥쳐오게 되자 결국 그는 즐거운 기분이 되었다. 아침 일찍이 그는 푸른 새 작업복을 입고 모자를 쓰고 좀 주눅이 들면서 게르바 거리에 있는 슐러 씨의 집으로 내려갔다. 아는 사람 두셋이 신기한 듯이 그를 바라보고 있었다. 어떤 사람은

「어떻게 된 일이냐? 대장장이가 되려는 건가?」

하고 묻기까지 했다. 작업장에서는 벌써 기운차게 일하고 있었다. 주인은 마침 달군 쇠를 칠 참이었다. 그는 빨갛게 달구어진 쇳덩이를 모루에 올려놓고 있었다. 직공이 그것에 마주 서서 무거운 망치질을 하고 있었다. 주인은 잘게 모양을

만들면서 두드리며 겸자를 조종하고 짬짬이 알맞은 망치로
모루를 치며 박자를 맞추었다. 그 소리는 맑고 상쾌하게 활
짝 열어제쳐 놓은 창문을 통해 아침 거리로 울려 퍼졌다.

기름과 줄밥으로 까맣게 된 긴 작업대를 향해서 나이든 직
공과 아우구스트가 나란히 서서 각자의 바이스에 매달려 일
을 하고 있었다. 천장에는 선반과 숫돌과 풀무와 천공기를
돌리는 벨트가 급피치로 윙윙거리고 있었다. 이곳에서는 수
력을 이용하고 있었던 것이다. 작업장에 들어선 친구를 향해
아우구스트는 고개를 끄덕이고는 주인이 틈이 날 때까지 문
간에서 기다리라고 했다.

한스는 줄과 정지해 있는 선반과 요란하게 울리는 벨트와
공전반(空轉盤)을 놀란 눈으로 보고 있었다. 주인은 작업 중
이던 일을 마치고 한스에게 와서 딱딱하고 두터운 큰 손을
내밀었다.

「저기에 모자를 걸어라.」

하고 그는 비워 있는 벽의 못을 가리켰다.

「그럼, 이리와. 이것이 네 자리와 바이스다.」

그렇게 말하고서 한스를 맨 뒤에 있는 바이스 앞으로 데리
고 가더니, 우선 바이스를 다루는 방법과 여러 가지 도구나
작업대의 정돈 방법을 가르쳤다.

「네가 힘센 장사가 아니라는 것은 아버지에게서 들었다.
내가 보기에도 그런 것 같군, 좋아, 좀더 힘이 생길 때까지는
당장 망치질은 하지 않아도 된다.」

주인은 작업대 밑에 손을 넣어서 무쇠로 만든 자그마한 톱
니바퀴를 꺼냈다.

「그럼, 이것으로 시작해 봐라. 이 톱니바퀴는 아직 주조한
채로 완성이 되지 않아 여기저기 울퉁불퉁하고 모가 나 있
다. 이것을 갈아서 반질반질 윤이 나게 해야 된다. 그렇지 않

으면 나중에 정교한 도구로서의 가치가 없으니까 말이다.」

주인은 톱니바퀴를 바이스에 끼우고 낡은 줄을 들고서 방법을 가르쳐 주었다.

「그럼 계속해서 해보렴. 그렇지만 다른 줄을 사용해서는 안 된다. 그것으로 충분히 점심때까지는 일거리가 될거야. 끝나거든 나에게 보여라. 일을 하고 있을 때에는 시킨 일 이외에는 다른 데에 마음을 써서는 안 돼. 견습공은 주어진 일만 열심히 하면 된다.」

한스는 줄질을 하기 시작했다.

「잠깐!」

하고 주인은 소리를 질렀다.

「그렇게 하는 것이 아니야. 왼손은 줄 위에 이렇게 놓는 법이다. 너 혹시 왼손잡이냐?」

「아닙니다.」

「그럼 됐다. 곧 잘할 수 있게 된다.」

주인은 입구 옆에 있는 자신의 제일 첫번째 바이스로 갔다. 한스는 어떻게 하면 잘 되는지 조심스럽게 줄질을 해보았다.

처음 두세 번 줄질을 해보니 톱니바퀴가 연해서 쉽게 깎이는 것이 이상스럽기만 했다. 그리고 쉽게 깎이는 것은 부스러지기 쉬운 표면의 껍질뿐이고, 진짜로 매끄럽게 깎아야 하는 단단한 쇠는 그 안쪽에 있다는 것을 알게 되었다. 그는 정신을 집중하고 열심히 일을 계속했다. 소년 시절 장난질하던 일을 그만둔 이래로 자신의 손 밑에서 무엇인가 보이는 것, 쓸만한 것이 만들어지는 것을 보는 기쁨을 맛본 적이 없었다.

「더 천천히.」

하고 주인이 이쪽을 향해 소리질렀다.

「줄질을 할 때는 하나, 둘, 하나, 둘 하고 박자를 맞추어야만 해. 그리고 눌러라. 그렇지 않으면 줄이 못 쓰게 된다.」

그곳에서는 제일 나이 많은 직공이 선반에서 무엇인가 일하고 있었다. 한스는 그쪽을 곁눈질해 보지 않을 수 없었다. 강철 순자가 선반에 대어지고 벨트가 걸쳐졌다. 그러자 순자는 급속히 회전하면서 불꽃을 튕기고 요란한 소리를 냈다. 그 사이에 직공이 번쩍번쩍 빛나는 털같이 얇은 쇳조각을 치워 버렸다.

사방에 연장과 쇳덩이, 강철과 놋쇠가 뒹굴었고 시작하다 만 일거리와 번쩍거리는 작은 바퀴, 끌, 천공기, 둥근 줄, 여러 가지 모양의 송곳이 널려 있었다. 줄 옆에는 망치, 맞받이 망치, 모루 덮개, 겸자, 땜질, 인두가 걸려 있고 벽을 따라서 줄과 삭절기(削截器)가 늘어서 있었다. 선반에는 기름 닦기의 걸레와 작은 비와 금강사 줄과 쇠톱과 주유기(注油器)와 산소 병마개, 못 상자와 나사못 상자가 얹혀 있었다. 그리고 거기에서는 숫돌이 자주 사용되고 있었다.

한스는 자신의 손이 완전히 까맣게 된 것을 보고 유쾌하게 생각했다. 다른 사람들의 바대를 대어 기운 시꺼먼 작업복에 비해, 지금은 아주 이상할 만큼 새 것에다 푸르게 보이는 자신의 옷도 곧 닳아서 헌 것처럼 되었으면 좋겠다고 생각했다.

오전 시간이 흘러감에 따라 바깥 일터에도 활기가 더해져 왔다. 근처의 기계 편물공장에서 작은 기계 부속을 갈거나 수선을 하러 일꾼이 찾아왔다. 그리고 농부가 와서 수선해 달라고 맡겨 놓은 세탁용 협포기(挾布機)는 어떻게 되었느냐고 물었다. 아직 안 되었다는 말을 듣자 입정 사납게 욕했다. 다음에는 점잖게 생긴 공장 주인이 왔다. 주인은 옆방에서 그와 상담(商談)을 벌였다.

그러는 동안에도 사람들은 똑같은 상태로 계속 일했고 바퀴와 벨트는 변함없이 돌아가고 있었다. 이렇게 해서 한스는 태어나 처음으로 노동의 찬미가를 듣고 맛보았다. 그것은 적어도 신참자에게 있어서도 마음을 사로잡고 기분좋게 도취시키는 것을 가지고 있었다. 그는 자기와 같은 보잘것없는 생활이 커다란 리듬에 접합되었다는 것을 느꼈다.

아홉시가 되자 십오분간의 휴식이 있었다. 각자에게 빵한 조각과 과실주 한 잔이 나누어졌다. 그때, 비로소 아우구스트는 새로 온 견습공에게 아는 체를 했다. 그는 한스를 격려했다. 그리고 처음 받는 주급을 동료들과 같이 재미있게 쓸 다음 일요일에 대해 기뻐서 어쩔 줄 모르며 말하기 시작했다. 한스는 자기가 지금 줄질을 하고 있는 톱니바퀴가 무엇이냐고 물었다. 그것은 탑 시계의 것이라고 가르쳐 주었다. 아우구스트는 그것이 나중에 어떤 식으로 움직이는가를 한스에게 가르쳐 주려고 했으나 그때 직공 감독이 다시 줄질을 시작했으므로 모두가 서둘러 자기 자리로 돌아갔다.

열시와 열한시 사이가 되자 한스는 지치기 시작했다. 무릎과 오른팔이 약간 쑤셨다. 발을 바꾸어 딛고, 살짝 팔다리를 폈으나 별로 도움이 되지 않았다. 그래서 잠깐 줄을 놓고 바이스에 몸을 기댔다. 아무도 그에게 주의를 기울이고 있지는 않았다. 이렇게 해서 가만히 선 채로 쉬며 머리 위에서 벨트가 울리는 소리를 듣고 있으려니 현기증이 날 것 같았으므로 일분간 눈을 감았다. 그때 공교롭게도 주인이 와서 그의 뒤에 섰다.

「이봐, 어떻게 된 거야? 벌써 지친 거야?」

「네, 좀.」

한스는 솔직히 말했다.

직공들은 모두 웃었다.

「그건 곧 좋아진다.」

하며 주인은 조용히 말했다.

「이번에는 납땜질하는 법을 가르쳐 주지.」

한스는 신기한 듯이 주인이 납땜질하는 것을 지켜보았다. 우선 납땜질 인두를 불에 달구고, 이어서 납땜질할 곳을 염산으로 닦아냈다. 그런 다음 불에 달군 납땜질 인두에서 하얀 금속이 흐르며 치이 하고 부드럽게 소리를 냈다.

「걸레를 가지고 와서 잘 훔쳐내거라. 염산은 부식시키니까 금속에다 그냥 묻혀 두어서는 안 된다.」

그러고 나서 한스는 또 바이스 앞에 서서 줄로 톱니바퀴를 문질렀다. 팔이 아팠다. 줄을 누르고 있는 왼손이 빨갛게 되어 쓰리고 아파왔다.

정오가 되어 직공 감독이 줄을 놓고 손을 씻으러 갔을 때, 한스는 자기의 일감을 가지고 주인에게 갔다. 주인은 그것을 언뜻 보았다.

「잘 됐다. 그렇게 하면 된다. 네 자리 밑의 상자 속에 똑같은 톱니바퀴가 또 하나 있다. 오후에는 그것을 시작해라.」

그래서 한스도 손을 씻고 집으로 돌아갔다. 한 시간 동안은 점심 식사 시간이었다.

옛날에 학교 친구였던 두 상점 견습생이 그의 뒤를 따라오며 그를 조롱했다.

「주(州) 시험에 합격한 대장장이!」

하고 그 중 한 놈이 소리쳤다.

한스는 걸음을 빨리했다. 그는 정말로 이 일에 만족하고 있는지 아닌지는 자신도 잘 알지 못했다. 작업장의 느낌은 좋았으나 그저 몹시 피곤했다. 견딜 수 없을 만큼 피곤했다.

집의 현관에 들어서서 곧바로 식사를 할 수 있다고 기뻐했을 때, 그는 갑자기 엠마의 일이 머리에 떠올랐다. 그는 오전 내내 그녀의 일을 잊고 있었는데 지금 또 갑자기 어제와 엊그제의 고뇌가 여느 때처럼 무겁게 목덜미를 덮쳐 누르기 시작했다. 그는 살짝 자기 방으로 올라가 침대에 몸을 내던지고 깊은 고민에 신음했다. 그는 울고 싶었으나 그의 눈은 메말라 있었다. 그는 애태우는 동경에 잠겨 있는 자신을 절망적으로 보았다. 그 동경의 목표는 그에게도 분명치 않았다. 그것은 다만 무자비한 병처럼 그를 좀먹고 괴롭혔다. 머리는 미칠 듯이 아팠다. 흐느낌으로 목구멍도 막혀서 아팠다.

점심 식사는 고통이었다. 아버지는 기분이 좋았기 때문에 그는 아버지의 물음에 대답하고 여러 가지 이야기를 들려주며, 실없는 농담을 들어야 했다. 식사가 끝나자 그는 뜰에 나가 양지에서 십오분쯤 꾸벅꾸벅 졸며 지냈다. 그러는 동안에 벌써 작업장에 갈 시간이었다.

이미 오전 중에 두 손에 빨간 물집이 생기고 있었는데 그것이 정말로 아프기 시작하고 저녁때는 몹시 부풀어 무엇을 집어도 아팠다. 작업을 끝내기 전에는 아우구스트의 지시로 작업장을 완전히 정돈해 놓아야만 했다.

토요일은 더욱 좋지 않았다. 두 손이 따끔거리고 아팠다. 물집은 커져서 물종기가 되었다. 주인은 기분이 언짢아 아주 사소한 일을 트집잡아 욕을 퍼부었다. 아우구스트는 물집 같은 건 이삼 일 지나면 곧 단단해지고, 아무 감각도 없게 된다면서 위로해 주었으나 한스는 말할 수 없이 비참한 심정으로 하루 종일 시계를 훔쳐 보면서 될 대로 되라는 식으로 톱니바퀴를 문질렀다.

저녁에 뒤치닥거리를 할 때 아우구스트는 속삭이는 소리로 한스에게 내일 몇몇 친구와 뷔라하에 가서 멋지게 한 잔 할 테니 한스도 꼭 빠지지 말라고 말했다. 두시에 함께 가게 오라는 것이었다. 한스는 일요일 하루 내내 집에서 쉬고 싶

었으나 동의했다. 그는 완전히 지쳐서 비참했다. 집에 돌아
오자 안나 할멈이 성처가 난 손에 붙이는 고약을 주었다. 그
는 여덟시에 벌써 잠자리에 들었다. 그리고 아침 늦게까지
잠을 잤기 때문에 아버지와 같이 교회에 가는 데 허둥대어야
했다.

점심 식사 때 그는 아우구스트의 이야기를 꺼내며, 오늘
그와 함께 교외로 가고 싶다는 말을 했다. 아버지는 그것에
반대하지 않았을 뿐더러 오십 페니히를 주었다. 다만 저녁
식사 때까지는 돌아와야만 한다고 말했을 뿐이었다.

한스는 밝은 햇살을 받으며 골목길을 어슬렁어슬렁 걷고
있으려니, 몇 개월만에 처음으로 일요일의 기쁨을 맛보았다.
평일에는 손이 시꺼멓게 되고 온몸이 나른하도록 일을 하고
나니 일요일에는 거리도 새삼스러운 느낌이 들고, 태양도 한
층 화창하게 비쳐 모든 것이 아름다워 보였다. 지금 그는 집
앞의 양지 바른 벤치에 앉아서 당당하고 쾌활한 얼굴을 하고
있는 정육점 주인과 무두장이와 빵집 주인과 대장장이의 기
분을 알 수 있었다. 이젠 절대로 직업인 근성을 가진 불쌍한
사람으로는 보지 않았다. 그는 노동자와 직공과 견습공이 모
자를 약간 비스듬히 쓰고 하얀 칼라의 셔츠에다 잘 손질된
나들이옷을 입고 줄지어 산책을 하거나 요리집에 들어가기
도 하는 것을 바라보았다. 꼭 그렇다는 것은 아니지만 대개
소목장이는 소목장이끼리, 미장이는 미장이끼리라는 식으로
같은 직업인들이 함께 어울려서 각각 자기 직업의 명예를 지
키고 있었다. 그 중에서도 대장장이는 가장 고상한 직업으로
그 우두머리는 기계공이었다. 그러한 모든 것이 어떤 정다움
을 가지고 있었다. 개중에는 다소 유치하고 우스꽝스러운 점
도 적지 않았으나 직공 기질의 아름다움과 긍지가 숨어 있었
다. 그것은 오늘도 여전히 일종의 기쁨과 믿음직스러움을 나

타내고 있으며, 보잘것없는 양복점의 견습공까지도 공장 노동자나 상인이 갖고 있지 않은 아름다움과 긍지의 한 조각을 가지고 있었다.

슐러 씨의 집 앞에 젊은 기계공들이 누긋이 만족스럽게 서서 통행인을 향해 고개를 끄덕이기도 하고 서로 이야기를 주고받는 것을 보고 있으면 그들이 확실한 직업조합을 이루고 있어 일요일의 오락에도 다른 사람을 필요로 하지 않는 것을 잘 알 수 있었다.

한스도 그것을 느끼고 패거리의 일원임을 기쁘게 여겼다. 그렇지만 기계공은 향락에 있어서도 정력적이어서 웬만한 일로는 만족하지 않는다는 것을 한스는 전부터 알고 있었기 때문에 계획되고 있는 일요일의 오락에 대해 다소 불안을 느끼고 있었다. 반드시 춤도 있을 것이다. 한스는 춤을 출 줄 몰랐다. 하지만 한스는 가능한 한 활기차게 처신해서 만일의 경우에는 어느 만큼 취해 보는 것도 괜찮겠다고 생각했다. 그는 맥주를 마시는 것에는 익숙지 못했다. 담배를 피우는 데 있어서도 여송연 한 대를 겨우 끝까지 피우는 게 고작이었다. 그렇지 않으면 휘청거리게 되고 창피를 당할 것 같았다.

아우구스트는 들뜬 축제 기분으로 한스를 맞았다. 나이 많은 직공들은 오지 않았지만 그 대신 딴 작업장의 동료가 한 사람이 오게 되니 적어도 네 사람은 되는 셈이다. 읍내 하나쯤 휩쓰는 데는 그 인원이면 충분하다고 아우구스트는 말했다. 오늘은 모두 맥주를 마시고 싶은 대로 마셔도 된다, 전부 자기가 혼자서 부담하겠다고도 말했다. 그는 한스에게 여송연을 권했다. 그리고서 네 사람은 어슬렁어슬렁 걷기 시작해 읍내를 천천히 으시대면서 돌아다니고 아랫마을 린덴 광장에서부터는 차츰 빨리 걷기 시작해 일찍감치 뷔라하에 도착하려고 했다.

강물은 푸르게, 또는 금빛으로, 또는 하얗게 번쩍번쩍 빛나고 있었다. 거리의 가로수는 거의 잎이 떨어진 단풍나무와 아카시아나무 사이로부터 부드러운 시월의 태양이 따뜻한 햇살을 던지고 있었다. 가을 하늘은 구름 한 점 없이 푸르고 맑게 개어 있었다. 조용하고 맑고 화창한 가을의 하루였다. 이런 날에는 지나간 여름의 아름다운 것이 죄다 흐뭇한 괴로움 없는 추억처럼 부드러운 공기를 가득 채우는 것이다. 또 이런 날에는 아이들이 계절을 잊고 꽃을 찾으러 가야만 될 것처럼 생각하고, 할아버지와 할머니들은 그 해의 추억뿐만 아니라 지나간 전 생애의 그리운 추억이 맑게 개인 푸른 하늘을 뚜렷이 날아가는 것처럼 느끼고, 생각이 깃든 눈으로 창문과 집 앞의 벤치에서 허공을 보는 것이다. 젊은이들은 좋은 기분으로 각자 타고난 능력과 성질에 따라 배불리 마시거나 하고, 혹은 주연(酒宴)이나 큰 싸움을 벌여서 아름다운 날을 찬미한다. 어디를 가도 새로운 과일이나 과자가 풍성하며, 어디를 가도 막 익어 가는 사과주나 포도주가 지하실에서 발효되고 있었다. 요리집 앞과 보리수 광장에서는 바이올린이나 하모니카가 일년 중의 마지막 아름다운 날을 축하하며 춤과 노래와 사랑의 불장난으로 유혹하고 있었기 때문이다.

젊은이들은 발걸음을 재촉했다. 한스는 태연한 척 여송연을 피우며, 그것이 아주 구미에 맞는 것이 자신도 의외로 생각했다. 한 직공은 그가 타관에 가서 벌이를 한 것에 대해 이야기했는데 그가 아무리 허풍을 떨어도 어느 누구도 이상하게 생각지 않았다. 그것은 그런 이야기에 으레 따라다니는 것이었다. 아무리 얌전한 직공이라도 자신이 밥벌이를 할 정도의 사람이라면 목격자가 없는 것이 확실할 경우, 자기가 타관에서 벌이를 하던 시절의 일을 과장되고 즐겁고 재미있을 뿐만 아니라 전설적인 투로 이야기하는 법이다. 젊은 직공 생활의 훌륭한 시는 민족의 공유 재산과 같은 것으로, 그 하나하나에서 전통적인 낡은 모험을 새로운 당초 무늬로 새롭게 창작하는 것이다. 유랑하는 직공이나 거지라도 이야기를 시작하게 되면 누구나 불멸의 익살꾼 오일렌슈티겔이나 유랑 직공 슈트라우빙거의 한 단면을 보여주었다.

「몇 해 전 내가 있었던 프랑크푸르트에서 말야. 나 참 더러워서! 그래도 그 무렵에는 사는 보람이 있었지. 아니꼬운 녀석이었는데 어느 부자 상인이 우리 주인의 딸과 결혼하려고 한 거야. 하지만 그 자를 퉁명스럽게 퇴짜를 놓아버렸지. 내게 더 마음이 있었던 거지. 그녀는 사개월 동안 나의 애인이었지 뭔가? 주인 영감과 싸움만 하지 않았다면 지금쯤은 그곳에 눌러앉아 그 집 사위가 되었을 걸세.」

그는 이야기를 계속했다. 치사한 비인간 주인 녀석이 자기를 혼내주려고 실제로 그를 향해 손을 뻗쳤을 때 그는 아무 말도 하지 않고 다만 망치를 치켜 올려 영감쟁이를 노려보았더니, 영감쟁이는 머리가 깨어져서는 안 되겠던지 슬그머니 뺑소니를 치고 말았다는 이야기였다. 그 주제에 비겁한 얼간이 녀석은 나중에 서면으로 해고시켰다는 이야기도 덧붙였다. 또 오펜부르크에서 대판 싸운 이야기를 했다. 그때에는 그를 합한 세 사람의 대장장이가 일곱 명의 공장 직공을 거의 반죽음이 되게 때려눕혔는데 지금도 오펜부르크에 가면 키다리 쇼루슈에게 물어보면 안다. 놈은 아직 그곳에 있으며, 그도 한패거리였기 때문이라고 말했다. 그런 이야기를 그는 일일이 싸늘하고 투박한 말투로, 그러나 아주 열심히 기분좋은 듯이 이야기했다. 모두가 깊은 만족을 가지고 들으며 마음 속으로 이 이야기를 언젠가는 다른 동료들에게 이야기해 주려고 마음먹었다. 그래야만 어느 대장장이라도 주인의 딸을 애인으로 가진 적이 있고 망치를 가지고 나쁜 주인에게 덤벼든 적이 있으며, 일곱 명의 직공을 호되게 때려눕힌 적이 있었다는 것으로 되는 것이다. 그 이야기는 때로는 바덴에서, 때로는 헤센에서, 때로는 스위스에서 되풀이되고 있었다. 또 때로는 망치 대신에 줄이나 불에 달군 쇠붙이었고, 때로는 직공 대신에 빵 굽는 사람 혹은 양복집 주인이었다. 그렇지만 언제나 변함없는 진부한 이야기였다. 사람들은 그것을 몇 번이나 즐겨 들었다. 그것은 낡은 이야기였지만, 동료 직공들의 명예가 되는 일이기 때문에 재미있게 듣는 것이었다. 그렇다고 해서 그것이 언제나 되풀이되는 낡은 이야기라든가 오늘날의 젊은 직공 중에서 경험에 있어서나 꾸며대는 데 있어서 천재가 없다는 이야기는 아니다. 결국은 근본적으로 천재라는 명칭은 같지만.

특히 아우구스트는 이 이야기에 끌려들어가 좋은 기분이 되어 있었다. 그는 끊임없이 웃고 맞장구를 쳤다. 그리고 이젠 반쯤 장인이라도 된 것처럼 건방진 난봉꾼의 얼굴을 하고 담배 연기를 화창한 하늘로 내뿜었다. 이야기를 하는 직공은 그 역할을 계속해 나갔다. 왜냐하면 그는 직공인 체면상 일요일에는 견습공과 어울려서는 안 되었고 풋내기의 잔돈으로 한 잔 얻어먹는다는 것은 응당 부끄러운 노릇이었기 때문에, 오늘 함께 온 것만 해도 호의적인 대접이라는 것을 알려 줄 필요가 있었기 때문이었다.

그들은 국도를 따라 어느 정도 강 하류를 향해 걸었다. 그곳으로부터 오르막길이 되다가 활처럼 구부러지는 차도나 거리는 절반 정도밖에 되지 않지만 가파른 좁은 길 중 어느 한쪽을 택하게 되는데 그들은 옥신각신 하다가 결국 멀고 먼지가 일기는 했으나 차도를 택하기로 했다. 좁은 길은 일하는 날이나 산책하는 사람들에게 알맞았다. 보통 사람들은, 특히 일요일에는 아직 시적(詩的)인 매력을 잃지 않고 있는 국도를 좋아했다. 가파른 좁은 길을 오르는 것이 농부나 읍내의 자연 애호가들에게 알맞은 것으로 노동이나 운동이기는 하나 보통 사람들에게 있어서는 오락이 될 수가 없는 노릇이다. 이와는 반대로 국도에서는 편히 걸을 수 있고, 걸으면서 이야기도 주고받을 수 있으며 구두와 나들이옷도 손상되지 않는다. 마차와 말도 볼 수 있고 다른 산책하는 사람들과 부딪치기도 하고 뒤따르기도 하며, 멋을 부린 처녀와 노래 부르는 견습공의 동료를 만나기도 한다. 누가 뒤에서 농을 걸면 그쪽에서도 웃으면서 응수를 한다. 멈추고 서서 이야기할 수도 있고, 혼자라면 처녀의 꽁무니를 뒤쫓으며 뒤에서 웃어 줄 수도 있다.

또는 좋은 친구와의 개인적인 불화를 주먹다짐으로 폭발시키고 나서 화해할 수도 있다. 견습공이라면 재미있고 편한 많은 행운의 국도를 좁은 길과 바꿀 만큼 어리석지 않다. 읍내의 소시민도 좀처럼 그런 짓은 하지 않는다.

그래서 그들은 차도를 걸었다. 길은 크게 굽어서 멀기는 했으나 한가하고 땀 흘리기를 좋아하지 않는 사람처럼 천천히 기분좋게 오르막길을 걸었다. 직공은 웃옷을 벗어서 어깨에 걸쳤다. 그는 이야기 대신에 이번에는 명랑한 가락으로 휘파람을 불기 시작하여, 한 시간 거리에 있는 뷔라하에 당도할 때까지 계속했다. 한스에게 두세 번 빈정거리는 말을 했으나, 그다지 심한 것은 아니었다. 한스보다도 아우구스트가 더 열심히 그것에 응수해 주었다. 그러는 동안에 그들은 마침내 뷔라하 마을 앞에 왔다.

그 마을은 우뚝 솟은 검은 산림을 등지고 가을빛을 띤 과실나무 사이에 자리잡고 있었으며 붉은 기와 지붕과 은회색의 짚으로 인 지붕이 산재해 있었다.

젊은이들은 어느 요리집에 들어가야 할지 의견이 일치하지 않았다. 『닻집』에는 가장 먹음직스러운 과자가 있고, 『모퉁이집』에는 아름다운 아가씨가 있었다. 결국은 아우구스트가 우겨서 『닻집』으로 들어가게 되었다. 두세 잔 들고 있는 사이에 『모퉁이집』이 어디로 도망쳐 버리는 것도 아니니 그곳은 나중에라도 갈 수 있다고 눈짓으로 말렸다. 그것으로 모두들 납득을 했다. 그래서 마을로 들어가 마구간 옆과 제라늄 화분을 가득 올려놓은 낮은 농가의 창 옆을 지나 『닻집』으로 돌진했다. 그 금빛의 간판이 싱싱하게 자란 두 그루의 어린 밤나무 너머로 햇볕에 번쩍번쩍 빛나면서 손님을 부르고 있었다. 꼭 홀에 들어가 한 잔 하고 싶다던 직공에게는 유감스럽게도 홀은 만원이어서 그들은 뜰에 자리를 잡지 않으면 안 되었다.

『닻집』은 손님들의 말을 빌리자면 고상한 요리집으로 낡은 농부들의 요리집이 아닌 창문 많은 네모진 현대식 벽돌집이었다. 그곳은 긴 의자 대신 한 사람 한 사람이 앉을 수 있는 의자를 갖추고 함석으로 만든 색칠 간판도 많았다. 게다가 여급은 도회풍의 복장을 하고, 주인도 소매를 걷어붙이는 것 같은 일이 없으며, 언제나 멋있는 갈색옷을 단정하게 입고 있었다. 그 주인은 파산한 사람인데, 큰 맥주 공장 경영자인 채권자로부터 자기 집을 빌려 쓰고 있었다. 그렇게 되고서부터 더한층 고급집으로 만들었다는 것이었다. 뜰은 아카시아나무와 커다란 철재 격자로 이루어져 있었다. 격자에는 때마침 개머루가 반쯤 덮여 있었다.

「여러분의 건강을 축하한다.」

라고 직공은 소리치며 세 사람과 잔을 부딪치고 솜씨를 보이기 위해 잔을 단숨에 마시고 비웠다.

「이봐, 아름다운 아가씨, 술잔이 비었어. 빨리 또 한 잔 가
져와.」

하고 그는 여급에게 소리치고는 테이블 너머로 잔을 내밀
었다.

맥주는 고급이고 차가웠으며 별로 쓰지 않았다. 한스는
자기의 잔에 있는 술을 즐겁게 맛보았다. 아우구스트는 술꾼
같은 얼굴을 하고 마시며 입맛을 다시고 연통이 막힌 난로처
럼 담배를 피웠다. 한스는 그것을 마음 속으로 감탄하고 있
었다.

이런 식으로 유쾌한 일요일을 맞아 당연히 그럴 자격이 있
는 사람처럼 인생을 알고 유쾌하게 놀 줄 아는 사람들과 함
께 요리집의 테이블에 마주앉는 것은 역시 나쁘지 않았다.
함께 웃고 때로는 자기 쪽에서 과감히 농을 던져보는 것도
신나는 일이었다. 다 마시고 나서 힘을 주어 잔으로 테이블
을 톡톡! 치며 아무 거리낌없이 『아가씨, 한잔 더』하고 소리
치는 것도 신이 나고 사나이다웠다. 다른 테이블에 앉은 아
는 사람을 향해 건배하기도 하고, 다른 사람과 마찬가지로
꺼진 여송연의 꽁초를 왼손가락에 끼우고 모자를 목덜미 쪽
으로 젖히는 것도 멋진 일이었다.

같이 온 딴 작업장 직공도 흥에 겨워 이야기하기 시작했
다. 그가 알고 있는 울름의 대장장이는 고급 울름 맥주를 스
무 잔이나 마실 수 있었다. 그만큼 마시고 나면 입을 쑥 문지
르면서 『그럼, 이번에는 고급 포도주를 작은 것으로 한 병』
하는 것이었다. 또 옛날에 알고 지내던 칸슈타트의 화부(火
夫)는 돼지고기의 소시지 열두 개를 연거푸 먹을 수 있고,
그것으로 내기에 이겼다고 했다. 그렇지만 두 번째의 내기에
서는 졌다. 그는 무모하게도 작은 요리집의 메뉴를 빠짐없이
먹으려고 했던 것이다. 실제로 거의 전부를 먹어 치웠으나

메뉴의 맨 마지막에는 여러 가지 종류의 치즈가 나왔다. 세 번째의 것까지 나왔을 때 그는 접시를 내려놓으며 『이 이상한 입이라도 먹는 것보다 죽는 것이 낫다』라고 말했다는 것이다.

이런 이야기도 큰 갈채를 받았다. 누구나 다 그런 센 사람의 아슬아슬한 재주에 대한 이야깃거리를 가지고 있었기 때문에 세상에는 어느 곳에나 참을성이 있는 술꾼과 먹보가 있다고 하는 것을 알게 되었다. 한 사람이 이야기한 센 사람은 『슈투트가르트의 어느 사나이』였고, 또 한 사람의 경우는 틀림없이 『루트비히스브르크의 용기병(龍騎兵)』이었다. 먹어치운 것만 해도 감자 열일곱 개와 샐러드가 딸린 계란과자가 열한 개라는 것이었다. 모두들 그런 사건을 구체적으로 열심히 이야기했으므로 여러 가지 훌륭한 재주가 있는 사람, 별난 사람, 개중에는 엉뚱하게 괴벽스러운 사람도 있다는 것을 알고 아주 기분이 좋았다. 이 쾌감과 현실성은 요리집 단골들의 속된 사회의 존경할 만한 예부터의 유산으로 음주와 정담(政談)과 담배와 결혼과 죽음과 마찬가지로 젊은 사람들에 의해 모방된다.

석 잔째에 한스는 과자가 없느냐고 물었다. 여급을 불러서 묻자 『네, 과자는 없어요.』라고 했기 때문에 모두가 몹시 격분했다. 아우구스트는 일어서서 과자가 없다면 다른 가게로 가야 한다고 말했다. 딴 작업장 직공은 지독한 요리집이라고 불평했다. 프랑크푸르트의 사나이만 그대로 있자고 주장했다. 왜냐하면 그는 여급과 좀 심상치 않게 되고 이미 몇 번이나 힘차게 애무하고 있었기 때문이다. 한스는 그것을 바라보고 있었다. 맥주와 함께 그 광경은 그를 이상하게 흥분시켰다. 모두가 자리를 뜨기로 한 것을 그는 기뻐했다.

셈을 치루고 모두 밖에 나오자 한스는 석 잔의 맥주로 약간 취기가 오르는 것을 느꼈다. 그것은 반은 지친 것 같고, 반은 무엇인가 해보고 싶은 것 같은 유쾌한 기분이었다. 게다가 무엇인가 엷은 베일 같은 것이 눈앞에 어른거려 마치 꿈 속에서처럼 모든 것이 멀고 거의 현실이 아닌 것처럼 보였다. 그는 쉴 새 없이 웃지 않을 수 없었다. 그리고 모자를 더 얼마간 대담하게 비스듬히 쓰고 진짜 껄렁이 같은 기분이 되었다. 프랑크푸르트의 사나이는 다시 씩씩하게 휘파람을 불었다. 한스는 그것에 박자를 맞추어 걸으려고 애썼다.

『모퉁이집』은 아주 조용했다. 몇 사람의 농부가 새 포도주를 마시고 있었다. 거기에는 생맥주는 없고 병맥주밖에 없었다. 즉시 각자 앞으로 한 병씩 놓여졌다. 딴 작업장 직공은 째째하지 않은 점을 보이려고 모두를 위해 큼직한 사과과자를 주문했다. 한스는 갑자기 심한 시장기를 느끼고 잇따라서 그것을 몇 조각 먹었다. 헐어서 갈색이 된 객실의 넓은 벽에 붙은 딱딱한 의자에 앉아 있는 것은 꿈결 같아서 기분이 좋았다. 예스러운 카운터와 커다란 난로가 어두컴컴한 속에 묻혀 버리고, 나무살을 띤 커다란 새장 속에서 두 마리의 곤줄박이 새가 파닥거리며 날고 있었다. 그 나무살 사이에는 빨간 열매가 가득 달려 있는 마가목 가지가 곤줄박이의 먹이로서 꽂혀 있었다.

집 주인은 잠깐 테이블 옆으로 와서 손님들을 환영했다. 그리고 나서 얼마 지난 뒤 겨우 이야기가 다시 활기를 띠었다. 한스는 병에 든 강한 맥주를 두세 모금 마시고 한 병을 다 마실 수 있을지에 대해 호기심이 생겼다.

프랑크푸르트의 사나이는 라인 지방의 포도밭 축제와 객지 품팔이와 싸구려 여인숙 생활에 대해서 또다시 지독한 허풍을 떨었다. 모두가 즐거운 듯이 듣고 있었다. 한스도 웃음을 멈출 수 없었다.

갑자기 그는 몸이 이상해진 것을 느꼈다. 방과 테이블과
병과 잔과 일행이 쉴 새 없이 부드러운 갈색 구름에 융합하
는 것이었다. 그가 분발하여 긴장할 때만 여러 가지의 것들
이 분명한 형태로 되돌아왔다. 때때로 이야기소리와 웃음소
리가 고조되면 그도 같이 큰소리로 웃기도 하고 무슨 말을
하기도 했으나 무슨 말을 했는지 곧 잊어버리고 말았다. 술
잔이 부딪칠 때는 그도 같이 부딪쳤다. 한 시간 후에 자기 병
이 비어 있는 것을 보고 한스는 놀랐다.

「아주 잘하는군. 한 병 더 마시겠어?」

하고 아우구스트가 말했다.

한스는 웃으면서 고개를 끄덕였다. 그는 이렇게 많은 술
을 마시는 것은 더 위험한 것으로 생각하고 있었다. 그때 프
랑크푸르트의 사나이가 노래를 부르기 시작하고, 모두가 합
창하자 한스도 큰소리로 노래했다.

그러는 동안에 술집 안은 손님들로 가득 찼다. 여급을 돕
기 위해 주인의 딸도 나왔다. 그녀는 아름다운 몸매의 키가
큰 여자로, 건강한 듯한 생기있는 얼굴과 차분한 다갈색의
눈을 가지고 있었다.

그녀가 한스 앞에 새 병을 놓았을 때 옆자리에 앉아 있었
던 직공은 바로 그녀에게 멋진 발림말을 늘어놓았으나 그녀
는 들은 체도 하지 않았다. 그 직공에게 관심이 없다는 것을
보이기 위함인지, 또 곱다란 소년의 자그마한 얼굴이 마음에
들어서인지, 그녀는 한스 쪽을 향하고 재빨리 머리를 매만졌
다. 그리고는 카운터로 돌아갔다.

벌써 세 병째를 마시고 있던 직공은 술집 딸을 따라가서
그녀와 이야기의 꽃을 피우려고 무던히 애썼으나 반응이 없
었다. 키가 큰 술집 딸은 냉담하게 그를 쳐다보며 대답도 하
지 않다가 곧 등을 돌렸다. 그래서 직공은 테이블로 돌아와

서 빈 병으로 탁탁 치면서 갑자기 미친 듯이 날뛰며 소리쳤
다.

「모두 호기있게 놀자구. 잔을 들어!」

그리고 이번에는 음탕한 여자의 이야기를 늘어놓았다. 한
스에게 들리는 것은 뒤섞여 혼탁해진 소리뿐이었다. 두 병째
의 병이 거의 비게 되었을 무렵, 혀가 꼬부라지고 웃는 것까
지도 곤란해지기 시작했다. 그는 곤줄박이의 새장 쪽으로 가
서 새를 좀 놀려주려고 했으나 두 걸음도 못 가서 어지러워
자칫하면 쓰러질 것 같았기 때문에 조심스럽게 되돌아왔다.

그때부터 한스의 법석을 떨던 들뜬 기분도 차츰 깨기 시작
했다. 술에 취했다는 것을 알게 된 것과 동시에 과음한 것이
불유쾌해졌다. 마치 먼 곳에서 여러 가지의 불길한 일이 그
를 기다리고 있는 게 보이는 듯했다. 돌아가는 길이라든지,
아버지와의 충돌이라든지, 내일 아침 또 작업장에 나가야 할
일 등이 떠올라 차츰 머리가 아프기 시작했다. 다른 사람들
도 상당히 마시고 있다가 약간 술이 깨었을 때 아우구스트는
계산을 치르기 위해 얼마냐고 물었다. 일달러를 지불하고도
거스름돈은 얼마 되지 않았다. 왁자지껄하게 웃으면서 모두
가 거리로 나오자 밝은 저녁놀에 현기증이 났다. 한스는 거
의 똑바로 설 수가 없어서 비틀거리면서 아우구스트에게 기
대어 끌려갔다.

딴 작업장 대장장이는 감상적이 되어서 『내일은 여기를
떠나야지.』하고 노래하면서 눈물을 글썽거리고 있었다.

곧장 집으로 돌아갈 생각이었으나 『백조집』 앞에 이르자
직공은 여기에도 들어가자고 고집을 부렸다. 입구에서 한스
는 몸을 뿌리쳤다.

「나는 돌아가야만 돼.」

「넌 혼자서는 걸을 수 없잖아.」

하고 직공은 웃었다.

「걸을 수 있어요. 걸을 수 있고말고. 나는 무슨 일이 있어도 돌아가겠어요.」

「그럼, 하다 못해 브랜디라도 한 잔 더 해라, 이 꼬마야. 한 잔 더 하면 설 수 있게 되고 위도 가라앉는다. 바로 직통이지.」

한스는 손 안에 작은 잔을 느꼈다. 그는 그것을 거의 다 흘리고 그 나머지를 마시자 목구멍이 불처럼 타는 것을 느꼈다. 심한 구역질이 나서 그는 몸을 떨었다. 혼자서 그는 현관의 층계를 비틀거리면서 내려와 정신없이 마을 밖으로 나왔다. 집과 울타리와 뜰이 비스듬히 엉켜서 그의 곁을 빙빙 지나쳤다. 그는 사과나무 밑의 축축한 풀밭에 드러누웠다. 갖가지 불쾌한 감정과 괴로운 불안과 걷잡을 수 없는 생각 때문에 잠들 수도 없었다. 그는 더럽혀지고 모욕을 당한 것 같은 기분이 들었다. 어떻게 집에 돌아갈 수 있겠는가? 아버지에게 뭐라고 해야 하는가? 내일 자신은 어떻게 되는가? 그는 이제 영원히 쉬고, 자고, 부끄러워하지 않으면 안 될 것처럼 완전히 의기소침하고 비참한 기분이 되었다. 머리와 눈이 아팠다. 일어서서 계속 걸을 만한 힘도 더는 없었다.

갑자기 눈깜짝할 사이에 뒤미처 밀려오는 파도처럼 조금 전의 환락의 찌꺼기가 되돌아왔다. 그는 얼굴을 찡그리고 멍청히 흥얼거렸다.

오, 사랑하는 아우구스틴이여
아우구스틴, 아우구스틴이여.
오, 사랑하는 아우구스틴이여
모든 것이 끝장이구나.

한스는 노래를 마치자 무엇인가 가슴 속이 아파오고, 막
연한 심상(心像)과 기억과 수치심과 자책의 탁한 조수가 그
에게 덮쳐왔다. 그는 큰소리로 신음하고 흐느껴 울면서 풀밭
에 쓰러졌다. 한 시간이 지났다. 날은 이미 어두워졌다. 그는
일어서서 불안한 걸음으로 비틀거리며 가까스로 언덕을 내
려갔다.

아들이 저녁 식사에 돌아오지 않았을 때, 기벤라트 씨는
몹시 욕을 퍼부었다. 아홉시가 되어도 여전히 돌아오지 않자
그는 오랫동안 사용하지 않던 단단한 등나무 지팡이를 꺼냈
다. 녀석은 이제 아버지의 매를 맞지 않을 나이가 되었다고
생각하고 있을지도 모른다. 돌아오기만 하면 따끔한 맛을 보
이겠다.

열시에 그는 현관 문에 자물쇠를 채웠다. 아들이 밤놀이
를 하겠다고 한다면 어디서 밤을 새워야 하는지 두고 보자.

그래도 그는 자지 않고 더욱더 화가 나서 속을 끓이면서
한스의 손이 핸들을 돌려보고, 겁먹으며 벨을 울리는 것을
이제나저제나 하고 기다렸다. 그는 그 장면을 상상했다. 쏘
다니는 놈에게 본때를 보여주겠다. 틀림없이 그 건달 놈, 곤
드레만드레가 되었겠지. 하지만 반드시 술도 깰 테지. 못나
고 고약한 놈, 돼지다 만 녀석. 그놈의 뼈가 으스러지도록 두
들겨 패 주어야지.

마침내 그의 노여움도 잠에 지고 말았다.

그 무렵 그처럼 위협을 받고 있었던 한스는 이미 싸늘하고
조용하게 천천히 어두운 강 속의 하류로 떠내려가고 있었다.
구역질도 부끄러움도 괴로움도 그에게서 떠나갔다. 어둠 속
을 떠내려 가고 있는 그의 허약한 몸을 차갑고 푸르스름한
가을밤이 내려다보고 있었다. 그의 손과 머리털과 파래진 입
술을 까만 물결이 희롱하고 있었다. 날이 새기 전에 먹이를

잡으러 나오는 겁쟁이 수달이 교활하게 곁눈질하며 소리없이 스쳐 지나가지 않았다면 아무도 한스를 보는 사람은 없었을 것이다. 어떻게 해서 그가 물 속에 빠진 것인지 아무도 알지 못했다. 아마도 길을 잃고 가파른 곳에 발을 헛디딘 것이거나 혹은 물을 먹으려고 하다가 몸의 균형을 잃었을지도 모른다. 혹은 아름다운 물을 보고 마음이 끌려 그 위에 엎드렸을지도 모른다. 그리하여 평화와 깊은 휴식으로 가득 찬 밤과 달의 푸르스름한 빛이 그를 바라보았기 때문에 그는 피로와 불안 때문에 죽음의 그림자에 질질 끌려 들어갔을지도 모른다.

그는 한낮이 되고서야 발견되어 집으로 운반되었다. 놀란 아버지는 지팡이를 옆에 놓고 쌓이고 싸인 노여움을 포기해야만 했다. 그는 울지도 않고, 고통을 거의 얼굴에 나타내지 않았으나, 다음날 밤에도 잠을 자지 않고 이따금 문틈 사이로 말이 없는 아들의 모습을 들여다보았다. 깨끗한 침대에 누워 있는 아들은 변함없이 고운 이마와 창백하고 영리해 보이는 얼굴을 하고 무엇인가 특별한 데가 있어 보였으며, 다른 사람들과는 다른 운명을 지닌, 태어나면서의 권리를 가지고 있는 것처럼 보였다. 이마와 두 손의 피부가 약간 보라빛으로 벗겨져 있었고 고운 얼굴은 잠들어 있었다. 눈에는 하얀 눈꺼풀이 덮여 있었고 다 다물어져 있지 않은 입은 만족스러우면서도 명랑해 보이기까지 했다. 소년은 한창 때에 별안간 꺾이듯 즐거운 행로에서 억지로 떼어놓은 것 같은 감이 있었다. 아버지도 피로와 외로운 슬픔 속에 그런 흐뭇한 착각에 꺾이고 말았다.

장례식에는 참석자와 구경꾼이 많이 몰려들었다. 한스 기벤라트는 또다시 유명한 인물이 되어 모든 사람들의 흥미를 끌었다. 선생들과 교장 선생과 읍내 목사님도 또다시 한스의 운명에 관심을 가졌다. 그들은 모두 프록코트를 입고 엄숙한 실크햇을 쓰고 와서 장례 행렬을 뒤따르고 서로 소곤거리면서 잠시 동안 무덤 옆에 멈춰 섰다. 라틴 어 선생은 특히 우울해 보였다. 교장 선생은 그를 향해 낮은 목소리로 말했다.

「정말 저 아이는 훌륭하게 되었을 텐데요. 거의 예외없이 가장 우수한 학생들에게서 불운한 결과를 보는 것은 한심스러운 일이 아니겠습니까?」

아버지와 그칠 새 없이 엉엉 울고 있는 안나 할멈과 함께 플라크 구둣방 주인이 무덤 옆에 남았다.

「기벤라트 씨, 정말로 이건 괴로운 일이군요.」

하고 그는 동정하며 말했다.

「나도 그 아이를 사랑하고 있었소.」

「까닭을 모르겠소.」

하며 기벤라트 씨는 한숨을 쉬었다.

「그처럼 천성이 착하고, 게다가 학교도 시험도 모든 일이 잘 되어 나갔는데…. 그리고는 별안간 불행이 뒤따르다니.」

구둣방 주인은 묘지의 문을 나서는 프록코트 차림의 사람들을 손으로 가리켰다.

「저기 가는 사람들도 한스를 이런 지경으로 만드는 데 한 몫을 한 사람들이오.」

그러자 기벤라트 씨는 깜짝 놀라며 구둣방 주인을 의아스러운 듯이 바라보았다.

「당치도 않소. 도대체 그건 무슨 소리요?」

「진정하시오, 기벤라트 씨. 나는 다만 학교 선생들에 대해서 말했을 뿐이오.」

「왜요? 무엇 때문이오?」

「아니, 아무 말도 하지 않는 것이 좋겠소. 당신과 나도 아마 한스를 위해 여러 가지로 소홀한 점이 있었을지도 모르니까요. 그렇게 생각지 않으시오?」

작은 읍내의 상공에는 한가로이 푸른 하늘이 펼쳐져 있었고 골짜기에는 강이 반짝반짝 빛나고 있었다. 전나무의 산은 부드럽고 그리운 듯이 멀리 저편까지 푸른색을 띠고 있었다. 구둣방 주인은 약간 슬픈 듯이 미소하고 동행하여 갈 사람의 팔을 잡았다. 기벤라트 씨는 이 한때의 정적과 이상스럽게 괴로운 갖가지의 수심에서 떠나 망설이면서 어찌할 바를 모르는 듯이 정든 생활의 골짜기를 향해 발걸음을 옮겼다.

헤세의 생애와 작품

고향과 어린 시절

　헤르만 헤세는 1877년 7월 2일 남부 독일의 작은 읍 칼브에서 태어났다.『브레멘과 나폴리 사이, 빈과 싱가포르 사이에 나는 아름다운 읍(邑)을 여러 군데 보았다.… 그렇지만 내가 알고 있는 그 모든 읍 중에서 가장 아름다운 곳은 칼브이다. 슈바벤의 울창한 숲(슈바르츠발트)의 작은 오랜 읍이다.』라고 헤세 자신이 말하고 있듯, 칼브는 확실히 차분하면서 아름다운 읍이다. 숲의 언덕 사이를 지금도 맑은 강이 조용히 여기저기에서 생각난 듯이 소리를 내며 흐르고 있다. 소년 시절에 수없이 낚싯대를 드리운 돌다리에 비하면 피렌체의 대사원(大寺院) 광장도 보잘것없다고까지 그는 말하고 있다. 그것은 헤세에게 있어서는 과장이 아니다. 그는 어릴 때의 반을 스위스의 바젤에서 지내고, 십칠 세 이후 다른 곳으로 옮겨가 살았기 때문에 태어난 곳에서 살았던 세월은 길지 않은 데도 몹시 그립다는 듯이, 칼브와 그 주변의 일을 수없이 묘사하고 있다. 작은 읍이기는 하지만 군청이 있고, 잘 알려진 신교(新敎)의 출판사도 있는 유서 깊은 읍이기는 하나, 계절이 바뀔 때면 풋내나는 건초의 냄새며 새큼달큼한 사과즙의 냄새로 채워진다. 읍내와 자연, 문화와 자연이 하나가 되어 호흡하고 있었다. 소년 헤세는 칼브의 일이라고 하면 고기를 낚는 곳이건, 기분 나쁜 노인의 이상 야릇한 버릇이건, 개건, 작은 새건 무엇이든지 알고 있었다. 그것이 《수레바퀴 밑에서》나 《청춘은 아름다워라》 같은 작품에 독특한 분위기를 빚어 내게 되었다.

칼브는 헤세가 태어난 고향일 뿐만 아니라 그의 문학의 고향이다. 나골트 강에서 네카 강에 걸친 슈바벤 지방은 실러, 하우프, 메리케, 헬다린 등 많은 시인을 배출하고 있다. 헤세의 시인적 소질도 이 풍토에 뿌리박고 있다. 그리하여 그 지방의 자연과 문화가 그 문학을 가꾸었다. 그래서 향토를 묘사한 산문 작품은, 대소 사십 편에 이르고 《게르바스아우》라는 두 권의 책을 이루고 있을 정도이다. 그밖에 고향에 연관된 시도 적지 않게 있다. 젊었을 때 고향을 떠났으면서 이처럼 다채롭게 고향을 묘사한 작가는 많지 않을 것이다. 헤세의 경우 고향과 어린 시절은 결정적인 무게를 가지고 있다.

《게르바스아우》는 무두장이 마을이라는 뜻으로 무두질은 당시 칼브의 주요 산업이었기 때문에 《수레바퀴 밑에서》를 쓸 때 헤세가 생각해 낸 조어(造語)이다. 동명(同名)의 작품집은 칼브의 옛 친구들에 의해 1949년에 출판되었다.

간선(幹線)에서 멀리 떨어진 칼브이기는 하지만, 헤세의 일가는 넓은 세계와 관계를 가지고 있다. 아버지 요하네스 헤세는 북부 독일계의 러시아 인이었다. 발트 해의 에스토란드에서 태어났으나 젊어서 신교의 포교에 뜻을 가지고, 스위스의 바젤에서 연수를 받은 후 인도에서 선교에 종사했다. 헤세의 어머니 마리는 유명한 선교사 헤르만 군데르트를 아버지로 인도에서 태어났다. 헤르만 군데르트는 남부 독일에 『성서의 군데르트』로 부르던 목사 집안의 출신으로 인도 학

자로도 뛰어나 있었다. 시인의 어머니는 처음에 영국의 선교
사 아이젠버그와 결혼하고, 인더스 강의 오지에서 고난에 찬
포교에 종사했다. 남편이 병사했기 때문에 칼브로 돌아온 아
버지 군데르트의 밑에서 신교의 출판사 일을 거들고 있었는
데, 역시 인도에서 병을 얻고 돌아온 요하네스 헤세가 조수
로서 바젤의 전도 본부로부터 파견되어 왔기 때문에 마리는
삼십이 세로 다섯 살이나 연하인 요하네스와 재혼하고 시인
을 낳았다.

　이와 같이 헤세는 독일적인 시인의 풍토에 태어나면서,
세계 시민적인 혈통을 받아 동양과 깊은 관계를 가지고 있었
다. 그것은 그의 사고 방식과 문학에 큰 작용을 끼쳤다. 특히
조부 헤르만 군데르트는 그리스 어와 산스크리트를 비롯해
많은 언어에 능통하고 그리스 도교와 인도의 종교를 익히고
있었다. 헤르만 헤세는 이런 위대한 조부의 신비적인 감화
밑에서 자라났다. 그는 《마술사의 유년 시절》이라는 자전적
단편 속에서 어릴 때 무엇보다도 마술사가 되고 싶었다는 말
을 하고 있다. 그것은 조부를 감싸고 있었던 마신적(魔神的)
인 분위기에 연유했을 것이 틀림없다. 그리하여 그는 그 염
원대로 말의 마술사, 즉 시인이 되었다.

　하지만 숲과 강을 특징으로 삼는 고향의 자연과 동서의 종
교가 융합한 조부의 정신 세계를 의식적으로 체험하게 되기
전에 헤세는 사 세 때 일가와 같이 바젤로 옮겼다. 아버지가
포교사로서의 교육을 받은 전도관에서 해외 포교의 일을 하
게 되었기 때문이다. 바젤은 라인 강에 걸친 오래된 새로운
문화 도시로, 이윽고 헤세는 이곳에서 신진 작가로서 세상에
나온 것인데 이때는 아직 변두리의 전도관에서 나비나 민들
레나 푸른 하늘을 벗으로 초원의 고독을 맛보며 자랐다. 내
성적이고 외고집이며 또한 격한 아이였다. 인내심이 강한 어

머니도 당해 낼 수 없는 아이라고 슬픔을 되풀이하고 있다. 지적(知的)으로나 육체적으로도 이상한 에너지를 헤르만 헤세 자신이 주체를 못하고 있었던 것이다. 사 세 때부터 이미 노래 같은 것을 만들어 자신의 멜로디로 흥얼거리고 있었다. 시인의 아름다운 열광이 이미 그의 내부에 꿈틀거리고 있었던 모양이다. 그것이 창작이라는 배출구를 찾아 낼 수 있게 되기까지 헤르만의 혼미(混迷)는 계속된 것이다.

구 세 때 헤세는 칼브로 돌아왔다. 부모가 조부의 신교 출판 사업을 다시 거들게 되었기 때문이다. 그로부터 팔년 동안에 그는 고향 사람들과 자연으로부터 일생을 계속해 써도 다 쓸 수 없을 만큼의 많은 것을 섭취하였다. 많은 즐거움과 눈물과, 행복과 불행과, 선과 악과, 밝음과 어둠을 다감하고 민감하게 체험했다. 그것이 《나의 유년 시절》《아이의 마음》《중단된 수업 시간》 등의 단편, 《수레바퀴 밑에서》와 《데미안》 등의 장편에 반영되어 있다. 신성한 목사의 집에도, 천사 같은 아이의 마음에도, 더러움과 죄가 들락날락하는 것을 공포로 몸을 떠는 것과 동시에 호기심에 찬 흥미를 가지고 느꼈다. 그것이 그의 문학의 전조(前兆)가 되었다.

신학교 탈주 전후

조부나 아버지와 마찬가지로 신교의 목사가 되는 것은 헤르만에게 있어서도 처음부터 정해져 있는 것과 같았다. 그 때문에 마울브론(Maulbronn)의 신학교를 거쳐 튀빙겐 대학에서 신학을 익힌다고 하는 것도 자명한 코스였다. 관비로 과정을 마치면 목사로서 존경받는 지위가 평생 보증받는 것이었다. 하지만 야인으로 태어난 헤세는 그 안전하고 확실한 길을 제 스스로 탈선하였다. 그렇지만 그 전락과 수난에 의해 시인 헤세가 생겨났다.

엘리트가 모이는 신학교의 입학 시험에 대비하기 위해 헤세는 집을 떠나 괴팅겐의 라틴 어 학교(고전어를 주로 배우는 고교)에 전학하였다. 그가 너무나 제멋대로이기 때문에 부모는 교육적인 관점에서 그를 외부로 내보낸 것이기도 했다. 엄하지만 아이들의 심리를 이해하는 교장은 반항적인 헤르만의 마음을 사로잡았다. 그는 그곳에서 반년 정도밖에 공부하지 않았으나, 크지 않은 연못이 있는 것밖에는 듬성듬성한 수풀과 밭 사이의 평범한 자연, 그리고 12세기 이래의 로마네스크의 고아(高雅)한 수도원 건축, 16세기에 파우스트 박사가 연금술을 시도하여 비명에 죽었다고 전해지는 으스스한 파우스트 탑 등, 마울브론에서의 생활은 헤세의 마음에 강렬한 그 무엇을 새겼다. 《수레바퀴 밑에서》뿐만 아니라, 《지(知)와 사랑(원제〈나르치스와 골트문트〉)》에서도 마울브론으로서 이곳이 무대가 되어 있다. 마지막 대작《유리알 유희》의 종단(宗團)도 마울브론을 생각케 한다. 괴로운 이별을 하였으나 마울브론은 그의 문학의 끊임없는 샘이 되었다.

신학교 입학 전후의 일은《수레바퀴 밑에서》에 꽤 사실에 가깝게 묘사되어 있는데, 당시의 편지에 의하면 기숙사에서의 생활은 소설에 씌어져 있는 것보다는 즐거웠던 것 같다. 그렇지만『십삼 세 때부터 시인이 되지 않는다면 아무것도 되고 싶지 않다』고 하는 마음이 분명했으나, 그것이 점점 억제할 수 없게 되는 것과 같이, 학교의 주입식 교육과 규칙 일색의 기숙사 생활이 그의 내심의 욕구를 억압했다. 그것이 〈내면의 폭풍〉이 되어 폭발했다. 그는 1893년 3월 7일, 신학교로부터 도망쳤다. 발작적인 행위에 지나지 않았으나 선생들로부터 위험 인물로서 백안시당하게 되고, 헤르만은 심신의 밸런스를 잃어, 불면증과 노이로제에 시달리게 되며, 결국 그 해 오월에 퇴학하고 몇 시간 떨어진 볼이란 보양지에서 정신 요법을 받기 위해 목사에게 맡겨졌다. 하지만 돈을 빌어 권총을 사서 자살을 예고하는 식의 이상 상태였기 때문에 기분 전환을 위해 다른 목사, 바젤의 이전부터 아는 목사에게로 거처를 옮겼다.

겨우 얼마간 안정되어 그 해 십일월 칸슈타트의 고교로 전입학했다. 동급생보다 두 살 정도 연장으로 고전어에서는 뛰어났으나 프랑스 어와 기하에서는 완전히 뒤져 따라가는 것이 큰 부담이었다. 또다시 교과서를 팔아 권총을 구입하는 것 같은 식이라 어머니를 겁먹게 했다. 탈선한 학생은 투프게니에프와 하이네를 탐독하고 시에만 유일한 충동과 애착을 느꼈으나 부모는 그것을 믿음직스럽게 여기지 않았으며, 스스로도 시재(詩才)에 자신감을 못 가져 시인이 되는 방도를 찾아 낼 수 없었다. 혼미를 거듭한 끝에 선생이 기피하는 천재적인 학생은 십일 개월의 고교 생활에 종지부를 찍었다. 그리고는 곧 에스링겐에서 서점의 견습 점원이 되었으나 사흘만에 도망쳐 행방을 감추었다. 헤르만은 무엇을 시켜도 안 되고 쓸만한 사람이 될 가망은 없어 보였다. 그 자신도 절망적이 되고, 우울한 노래를 지어 나름대로의 가락으로 노래 부르고 있었다. 이 아들 때문에 심신을 소모시킨 어머니는 그 슬픈 노래를 들으면서 갈피를 못 잡고 있는 자식을 위해 계속 기도하였다. 어머니의 사랑이 간신히 헤르만을 회복시킨 것이다. 자멸하는 《수레바퀴 밑에서》의 주인공에 어머니가 없는 것은 소설과 사실과의 큰 차이다.

칠 개월쯤 아버지의 일을 거들어 주기도 하고 뜰의 일을 하기도 했는데, 어머니가 골연화증(骨軟化症)을 앓으며 고통을 받고 있는 것을 보자, 더이상 걱정을 끼칠 수도 없어

378

1894년 6월, 십칠 세로 칼브의 읍내에 있는 영세 공장의 견습공이 되었다. 수재인 신학학교 학생은 동급생보다 뒤져서 톱니바퀴 닦기를 시작했다. 육체적으로 고되고 정신적으로도 굴욕이었으나 현실적 생활은 그를 단련시켰다. 육체 노동을 하면서 자기 집의 풍부한 장서로 세계의 명작을 독파하였다. 시인은 자신의 힘으로 되는 수밖에 방법이 없다는 것을 깨달은 것이다. 모색적인 독학은 몸에 밴 문학 수업이 되었다. 위험한 시행 착오이기는 했으나 이 통렬한 슬픈 체험이 헤세를 시인이 되게 한 것이다. 새로운 것을 낳는 시인의 태어나는 고민이 남보다 갑절이나 크다는 것은 피할 수 없는 일일 것이다.

견습공 생활을 하면서 누나에게서 영어를 배워 브라질 이민이 되는 걸 생각한 것을 보면 아직 방황은 계속되어 있었으나 헤르만이 절망적인 혼미에서 회복한 것은 확실했다. 『신이 우리에게 절망을 주는 것은, 우리를 죽이기 위해서가 아니라 우리의 내부에 새로운 생명을 불러 일으키기 위해서이다.』라고 헤세는 만년에 《유리알 유희》에서 말하고 있다. 그것은 이 소년 시절의 절실한 체험에서 나타난 말일 것이다.

시를 짓는 책방 점원

견습공 생활의 일년 삼 개월은 심신을 단련한 점에서나 직공과 실업 세계를 알게 된 점에서도 헛되지는 않았다. 그렇지만 헤르만은 역시 책과 살고 싶었다. 신문에 대한 구직 광고에 반응이 있었기 때문에 공장 근무를 그만두고 1895년 멀지않은 대학 거리 튀빙겐의 헤켄하우어 서점에 견습 점원으로 들어갔다. 신학교를 제대로 졸업했더라면 그 대학에서 공부하게 되었을 것이지만, 지금은 탈선한 자로서 대학생에게 책을 파는 신세였다. 그렇지만 그런 열등감에 견디고 그는 성실히 근무하는 것과 동시에 괴테와 낭만파를 열심히 읽으며 시작도 하여, 십구 세 때에 빈의 자그마한 잡지에 비로소 시를 발표했다. 삼년이 지나자 어엿한 점원이 되고 경제적으로도 자립할 수 있게 되었다. 이십이 세에는 처녀 시집 《낭만적인 노래》를 자비로 출판했다. 같은 1899년에 산문의 소품집(小品集) 《자정 이후의 한 시간》을 상당한 출판사에서 내고 릴케로부터 인정을 받았으나 두 시집 다 오십여 부밖에 팔리지 않았다. 참담한 출발이었다. 하지만 《낭만적인 노래》는 곧 《산 너머 저 산 너머》의 시인 카를 부세가 인정하는 바 되고, 헤세의 《시집(1902년)》이 신(新) 독일 시인 총서에 게재 되었다.

그렇지만 책을 쓰는 점원은 점주의 눈에는 거슬렸다. 헤세는 그 해 가을 바젤의 고서점으로 직장을 옮겼다. 스위스나 북부 이탈리아에의 방랑은 자학적인 멜랑콜리와 환상적인 유미주의(唯美主義)로부터 서서히 그를 해방시켰다. 신세기의 처음에 낸 시문집 《헤르만 라우셔》는 튀빙겐 시절의 병적인 세기말적으로 우울한 무드를 짙게 띠고 있으나 그것으로부터의 탈각의 흔적을 보이고 있다. 동시에 거기에는 이미 서정적이고 음악적인 헤세의 독특한 문체의 매력이 나타나 있다. 그것이 베를린의 근대 문학의 대표적 출판사 피셔가 인정하는 바 되어, 1904년에 《향수(鄕愁)》, (원제《페터 카멘친트》)가 그곳에서 간행되었다. 이 교양 소설은 청신한 문체와 싱싱한 생활 감정에 의해 대단한 반향을 일으켰다. 헤세는 이십칠 세로 일약 문명을 날렸다. 방황을 거듭한 것에 비하면 빠른 봄이었다.

제1차 대전을 넘어서

인기 작가가 되었으나 그는 베를린에는 가지 않고, 라인 강변의 시골에서 갓 결혼한 아홉 살 연상의 마리아와 원시적인 전원 생활을 시작했다. 행운 유수(倖雲流水)를 벗하는 나날은 풍족한 수확을 가져왔다. 두 개의 장편, 자전(自傳)소설 《수레바퀴 밑에서》와 음악가 소설 《봄의 폭풍》(원제 《게르트루트》) 외에 《청춘은 아름다워라》 이하 많은 중·단편과 시와 에세이가 생겼다. 그는 놀랄 만큼 부지런히 글을 쓰는 것과 함께 카이젤의 독재 정치를 비판 풍자하는 뮌헨의 잡지 〈3월〉의 편집자도 되었다.

사내 아이가 셋 생기고 만사 호조인 듯했으나 타성적인 작가 생활의 권태와 일종의 유럽 혐오로 1911년 여름에 출발하여 연말까지 싱가포르, 수마트라, 실롱을 여행하였다. 그것이 《인도에서》라는 시문집(詩文集)이 되었다. 동남 아시아의 식민지는 그의 침체된 마음을 고양(高揚)시키는 까닭도 있었으나 사해(四海) 동포적인 코즈모폴리턴 의식을 강화하게 되었다. 귀국하자 스위스의 수도 베른 교외로 옮겼다. 피아니스트로 예술가 기질의 마리아 부인의 우울증이 심해져 가정은 위기에 직면하였다. 헤세는 그 고뇌 소설《호반의 아트리에》(원제 《로스할데》)에 기록했다. 자기 결혼 생활의 파국을 선취한 꼴이다. 부부의 유일한 꺾쇠였던 사랑하는 자식이 죽고 이혼의 궁지에 빠지나 주인공은 온갖 비상(悲傷)을 뚫고 나아가 예술로 살아나가려고 한다. 이 소설이 나오고 오년이 지나 헤세는 현실에서도 그러한 결의로 살아나갔다.

이 소설이 나온 1914년의 7월, 제1차 세계 대전이 시작되

었다. 십일월에 헤세는 《오, 벗이여, 그 가락을 그만두어라
!》라는 평론으로 문화인에 대해 적극 증오를 부추기기도 하
고 흥분하여 이성을 잃은 전쟁 찬미를 하지 말도록 호소하였
다. 그것은 『사랑은 미움보다 아름답고, 이해는 노여움보다
높으며, 평화는 전쟁보다 고귀하다.』는 인도주의적인 주장
이었으나 헤세는 그로 인해 독일로부터 배신자, 매국노로서
탄액을 받고 저널리즘에서 배척당했다. 그는 궁지에 빠졌으
나 평화주의의 입장을 고수했다. 동시에 독일의 포로들을 위
문하는 문고를 위해 헌신적으로 일했다. 똑같은 주장을 하고
똑같이 전쟁 희생자를 위해 봉사하고 있던 로망 롤랑은 공명
하여 베른의 집을 방문하고 우정을 맺었다. 그것은 고립해
있었던 헤세에게 있어서 커다란 마음의 버팀이 되었다. 평화
와 인도적인 입장에 선 두 사람의 친교는 로망 롤랑이 제2차
세계 대전의 말기에 죽기까지 계속되었다. 후에 헤세의 정치
적 에세이집 《전쟁과 평화》는 로망 롤랑에게 바쳐지고 두
사람의 왕복 편지도 헤세의 수채화를 곁들여 간행되었다.

　제1차 대전이 끝나자, 헤세는 과거의 일체를 청산하고 영
점으로 돌아가 본래의 자기가 되기 위한 엄격한 내면에의 길
을 더듬기 시작하며 문제 소설 《데미안》을 싱클레어라는 가
명으로 발표했다. 그것은 패전 후의 허탈 상태에 있었던 독
일의 청년들에게 전격 같은 자극을 주고 큰 반향을 불러 일
으켰다. 무명의 신인은 베를린 시의 신인 문학상 폰타네 상
을 수상했으나 곧 헤세가 작가라는 것이 알려져 신인상은 반
환되고 《데미안》은 헤세 작으로서 나오게 되었다. 모국과
친구와 수입과 가정을 잃는 고난을 거쳐 제2의 헤세가 태어
났다.

　전쟁 중의 억압이 제거되고 창작욕이 봇물 터지듯 흘러나
왔다. 남부 스위스의 몬타뇰라(Montagnola)에 독거하며,

382

강렬한 색채의 《클링조르의 마지막 여름》을 비롯해 정신 분석적 수법의 이색 중편을 계속적으로 써냈다. 창작 동화《뫼르헨》은 평화로운 밝은 시대와 분열의 어두운 고뇌의 시기에 걸쳐 있다. 그렇지만 살기 위해서는 무엇인가의 위안이 필요하다. 그 때문에 헤세는 전쟁 말기에서부터 수채화를 그리기 시작했다. 글과 시와 그림책《방랑(放浪)》과《화가의 시(詩)》(다 같이 1920년) 그 수확으로 엄격한 자기 추구의 창작 사이의 즐거운 해방이다.

노벨 문학상 전후

내면에의 길의 정점은 《인도의 시(詩)》라는 부제가 있는 《싯다르타》(1922년)이다. 석가 세존이 출가하기 이전의 이름을 빌린 이야기로, 깨달음을 찾는 인간의 체험을 더듬고 있다. 그리고 꽃은 주홍색, 버드나무 초록색의 만상(萬象), 모든 것을 있는 그대로 사랑하는 커다란 긍정의 경지가 지향(志向)되어 있다. 그렇지만 대전 후의 현실 사회는 국가나 개인으로서도 더욱더 물질적인 이기주의로 치달아 신을 잃었으며 영혼을 경박하게 해가고 있었다. 그러한 세계에서 헤세는 자기가 세상의 국외자, 야인이라는 것을 느꼈다. 노이로제와 신경통에 시달린 그는 탕치(湯治) 수기《탕치객(湯治客)》과《황야의 이리》와 한정된 시집《위기(危機)》에서 현실 사회와 동시에 자기 자신의 모순과 추악함과 허위를 통렬히 파헤쳤다.

그 사이 그는 정신병이 심해진 아내와 이혼하고 젊은 무명 가수 루트(예적 성 벵게)와 결혼했다. 재혼은 그다지 오래 계속되지 않았다. 루트가 주는 광희(狂喜)와 환멸을 노래한 《위기》(1928)에는, 이미 니논 여사도 노래되어 있다. 풍자

화가 돌빈의 아내였던 니논은 이윽고 이혼하고 1931년에 몬타놀라의 새 집에서 헤세와 결혼했다. 관아하고 이지적이며 교양이 높은 니논은 헤세에게 있어서 가장 좋은 비서가 되고 보다 좋은 반분(半分)이 되었다. 그녀를 동반자로 삼게 되고 그때까지 불안정했던 헤세는 생활과 창작에서도 안정되고 원숙의 경지에 들어섰다. 《나르치스와 골트문트》는 영(靈)과 육(肉)을 상징하는 두 영혼의 반발과 우정의 아름다운 이야기이다. 정신 분열증인 광조곡(狂躁曲) 《황야의 이리》에 대해 《지와 사랑》은 따뜻한 피가 통하는 조화를 이룬 소나타 같다.

겨우 안정을 얻었을 때, 히틀러의 폭정이 시작됐기 때문에 스위스 시민 헤세는 무사할 수 없었다. 그는 험악한 정치적 정세 속에서 진선미와 신앙을 찾는 사람들이 빛의 고적지로 순례를 하는 초현실적인 이야기 《동방 순례(東方巡禮)》를 썼는데, 그 연장으로서 전쟁과 잡문(雜文) 문화의 20세기에 대해 고도한 정신 문화의 이상향을 《유리알 유희》에 묘사했다. 동서의 학예(學藝)와 영지(英知)를 융합시킨 이 대작은 전쟁중 독일에서 출판하지 못하고 스위스에서 근근이 간행되었으나, 제2차 대전 후, 1946년 헤세에게 노벨 문학상을 받게 하는 직접적 계기가 되었다.

그밖에도 헤세는 몇 가지의 큰 상을 탔는데, 통풍과 눈병 때문에 대작을 쓰는 것은 단념하고 소품이나 시에 깊은 맛이 풍부한 인생 성찰을 표현했다. 특히 많은 독자에게 『더불어 고민하는 사람』으로 계속해서 마음이 담긴 편지를 썼다. 그리고 대나무와 동백나무 같은 동양의 식물을 뜰에 심고 선(禪)에 마음을 두고 사는 법과 죽는 법을 터득하는 만년을 보냈다. 게다가 최후에 더욱 한여름 한겨울의 목숨을 기대하는 삶에 대한 집착을 표백하는 시를 다 다듬은 날 밤, 1962

년 8월 9일, 85년의 일생을 마감했다.

《싯다르타》에 대하여

《싯다르타》가 『인도의 시(詩)』라는 부제를 달고 간행된 것은 1922년이다.

그 후, 1931년 이 작품에 《클린조르의 마지막 여름》 등 세 중편이 합쳐져 《내면에의 길》이라는 책이 되었다.

그리고 헤세의 75세 기념으로 간행된 작품집에서는 《내면에의 길》 대신 《싯다르타》만 따로 독립되고, 나머지 세 중편은 《싯다르타》라는 제목하에 일괄되었다.

《싯다르타》는 《데미안》과 함께 위의 세 중편에 이어서 1919년에 씌어지기 시작하였다. 제1차 세계대전의 와중에 비전론(非戰論)을 주장했기 때문에, 헤세는 조국 독일에서 배신자로 몰려 곤경에 빠져 있었다. 대외적(對外的)만이 아니라 내적(內的)으로도 헤세는 이제까지의 정신적 평화를 잃고, 극도의 혼란에 시달린 데다, 전쟁 희생자 위문의 일로 과로가 겹쳐서 노이로제에 걸렸다.

또한 그 전부터 정신병을 앓았던 아내의 병세가 악화해, 헤세는 자멸을 피하고자 처자와 헤어져 남스위스의 산자수명(山紫水明)한 고장 몬타뇨라에 피신해 마음 내키는 대로 보헤미안적으로 살려고 마음 먹었다.

이미 전쟁이 끝나는 것과 동시에 전쟁 중 억압되어 있었던 것이, 봇물이 터진 것처럼 넘쳐 흐르고 있었다.

《싯다르타》가 씌어지기 시작하기까지의 1년쯤은 헤세의 일생을 통해 가장 생산적인 시기였다. 그래서 이 작품도 제1부는 쉽게 씌어져 1920년에 〈신전망(神殿望)〉 잡지에 발표되었으나, 제2부에 착수하고는 갑자기 중단이 되고 말았다. 해탈(解脫)하는 싯다르타의 체험이 무르익지 못한 탓일지도 모른다. 사상으로서 해탈을 쓰는 일은, 일찍이 20년이나 인도 사상을 연구하고 있었던 헤세에게 있어서 그다지 곤란하지 않았을 것이다. 그렇지만 헤세에게는 작품에서도 언급되어 있듯이 사상이나 말이 중요하지 않았다. 구원을 받는 체험의 비밀이 문제였다. 그 종교적 체험의 고백을 여기에 싯다르타라는 구체적 인물을 구실로 삼아 상징적으로 묘사하려고 한 것이다. 그것은 용이한 일이 아니었다.『물론 그때가 처음은 아니었지만 다른 때보다도 자신이 절실히 생활하지 않았던 것을 글로 쓴다는 것은 무의미한 경험이었다.』고 그는 표명하였으며 새삼스러울 정도로 금욕(禁慾)과 유가(瑜伽)하는 일에 힘썼다.

그런 우회(迂廻)를 했기 때문에, 이 작품이 간행되기까지엔 거의 3년이나 걸렸을 것이다. 초판에서의 제1부는 전쟁 때부터 친교를 맺고 있었던 로망 롤랑에게 바쳐지고, 제2부는 당시 일본에 있었던 사촌 W. 군델트에게 바쳐졌다. 후에 이 헌사(獻詞)는 생략되었으나, 작품이 씌어졌던 당시를 기념하기 위해 이 역서에는 헌사를 그냥 옮겨 놓았다.

이 작품에서 헤세는 싯다르타라는 석가 세존의 출가(出家) 이전의 이름을 빌려 득도(得道)하기까지의 구도자(求道者)에 대한 내면적 체험 세계를 탐구하려고 하였다. 《싯다르타》는『목적을 완성한 사람, 일체 사성(一切事成)』의 말에 의한 것인데, 열반에 든 불타의 가르침에 대해 설법하거나, 성도(成道)를 찬미하기 위한 것이 아니라, 어디까지나 헤세 자신의 종교적 체험의 고백이다. 그 체험의 절실함과 탐구의 독자성(獨自性)과 리드미컬하게 아름답고 단순하면서도 함축성이 있는 문장에 의해 《싯다르타》는 헤세 예술의 한 정점을 이루고 있다.

다시 말하면, 이 작품은 불교의 본고장 인도에서 주목받았고, 열두 개의 인도 방언으로 번역되어 작자를 기쁘게 하였다. 뿐만 아니라 세계 각국의 언어로 번역되고 있는 건수에 있어서도 헤세의 작품 중 가장 많다고 할 수 있다. 독일어판 역시 1970년까지만 해도 통상 41만 부에 이르고 있으며, 헤세의 작품 중에서는 베스트 파이브에 들어 있다.

《수레바퀴 밑에서》에 대하여

《수레바퀴 밑에서, Unterm Rad. 1906. Fischer》.

초판 때는 로망(장편 소설)이라고 외래어로 적혀 있었으나, 지금은 Frazählung(독일어로 소설, 이야기)으로 되어 있다. 헤세의 두 번째 장편으로 자유로운 문필가가 되고서의 첫 소설이다.

헤세는 1903년 오월 중순, 《향수(鄉愁)》를 탈고하자 곧, 바젤에서 사진관을 경영하고 있던 마리아 베르누리와 그녀의 아버지 반대를 무릅쓰고 약혼했으며, 고서점 근무를 그만두었다. 《향수》가 출판된 것은 십 개월쯤 앞날의 일이라 성공 여부는 미지수였으나, 그는 서정시에서도 그렇고 산문시에서도 일단 인정받았으며, 베를린의 대표적 문학 출판사 피셔에서 원고 청탁을 받아 《향수》를 보내고 출판 계약도 했기 때문에 어느 정도의 자신을 가지고 약혼을 단행했으며 문필가로 생활할 결심을 했다. 따라서 바로 제이작을 쓰지 않으면 안 되었다.

제이작은 신학 시절에 치중된 자서전적 소설이었기 때문에 고향 칼브로 돌아와 일에 착수했다. 하지만 쉬테판 스츠바이크에게 보낸 편지(1903년 11월)에는 연인에게 보내는 편지의 우표값이 들어 곤란하기 때문에 아버지에게 돌아오는 겨울에 결혼하고 싶다고 했으나 아버지에게 쌀쌀맞게 거절당했으며, 자기 시집에 좋은 평은 나지만 전혀 독자가 생기지 않는다고 우는 소리를 하고 있다. 《향수》는 잡지 〈신전망(新展望)〉에 연재되기 시작했는데 평판이 나쁘면 자기는 다시 점원의 일자리를 찾을지도 모른다고 동요된 심경을 표백하기도 했다.

1904년 이월에 나온 《향수》는 호평이었기 때문에 그 해 팔월 이일 바젤에서 헤세는 마리아와 결혼했다. 그 전후에 《향수》 집필에 인연이 있는 복카치오와 성(聖) 프란체스코의 작은 전기를 냈다. 그런 일로 《수레바퀴 밑에서》는 진척되지 않았다. 결혼하고 일개월 지나 라인 강 상류의 농어촌 가이엔호펜으로 옮기고, 전등도 없는 불편한 생활을 참으며 신작에 몰두했다. 그리하여 《수레바퀴 밑에서》는 마침내 1905년 〈신(新) 취리히〉 신문과 잡지 〈쿤스트발트〉에 연재된 후, 이듬해에 단행본으로 나왔다. 그러자 곧 노르웨이 어의 번역 신청을 받았다. 《향수》도 이미 노르웨이 어와 스웨덴 어로 나와 있었다. 프랑스 어나 영어로 번역되지 않았는데도 이상한 일이라고 헤세는 적고 있다.

제이작도 여론을 불러 일으켜 헤세의 문명(文名)은 확고한 것이 되었다. 매일처럼 여기저기의 출판사로부터 원고 의뢰가 있었고 무명의 저자로부터의 책 기증이 있었으며 젊은 사람으로부터 원고가 보내져왔다. 유명해지는 것은 우스꽝스러운 일이라고까지 그는 친구 앞으로 편지를 쓰고 있다. 한편 신학교를 도망친 무분별한 소년을 감싸고, 교사를 비난하는 내용을 가진 《수레바퀴 밑에서》는 몹시 비난을 받기도 했다.

《수레바퀴 밑에서》는 사실대로가 아니지만, 주인공 한스

에게 어머니가 없다는 점, 헤세는 어머니에 의해 절망으로부
터 재기할 수 있었으나 한스는 그 육친의 떠받침이 없었기
때문에 자멸해 버린다는 점, 그 차이를 달리한다면 또한 헤
세의 성정(性情)과 운명이 소설에서는 두 소년에게, 즉 낚시
질을 사랑하는 소박한 자연아(自然兒 Naturkind) 한스와,
시를 짓는 조숙한 문예가(文藝家 Schöngeist) 하일너로 나
뉘어져 있다는 차이를 달리하면 대체로 자서전적이다.

실제로 신학교에서도 시를 짓고 있었던 헤세는 입학 후 반
년쯤밖에 지나지 않았을 무렵, 1892년 3월 7일, 교실에서 나
가 행방을 감췄다. 그 경위는 소설의 천재 소년 하일너의 행
동에 거의 그대로 묘사되어 있다. 그래서 결국 퇴교당한 하
일너만큼 간단하지는 않으나 어쩔 수 없이 퇴학당했다. 그렇
지만 하일너의 친구였기 때문에 선생들로부터 백안시당한
한스가 노이로제에 걸려 면학에 견딜 수 없게 되는 경과도
헤세의 신상에 일어난 일이다.

집에 돌아와서 우울한 나날을 보낸 후에 견습공이 되는 한
스보다 실제의 헤세는 훨씬 심한 혼미(混迷)를 거듭해 자살
하려고 두 번이나 권총을 구입하는 형편이었으나, 견습공이
되고서는 의욕적으로 회복되어 갔다. 그 점은, 공장에 들어
가 더욱더 침체해 가는 한스와 다르다. 그것은 헤세는 좌절
하면서도 시인이 되고 싶다는 일념을 심중에 계속 불태우며
자연과 인생의 아름다움을 감지하고 그것을 표현하며 내부
에 울적해 있었던 것을 발산시킬 수 있었는데도, 한스는 그
것을 할 수 없었기 때문이다.

소년 헤세가 신학교에서 발작적으로 도망친 것에 대해서
는 우선 외적인 동기를 생각할 수 있다. 수험 공부 시절부터
어린이다운 즐거움을 봉쇄당하고 오로지 지식의 주입을 강
요받았다. 그것이 신학교에서 다시 고도의 수업과 엄격한 규

칙 일색의 기숙사 생활에 의해 압박이 가중되어 소년의 심신
의 밸런스를 잃게 했다. 그것은 소설의 주인공 한스에 대해
서도 마찬가지이다. 『학교와 아버지나 두세 교사의 잔혹한
명예심이 상처를 입기 쉬운 어린 아이의 천진스럽게 그들 앞
에 펼쳐진 영혼을 아무런 위로도 없이 짓밟는…….』(《수레
바퀴 밑에서》제5장) 부드러운 미묘한 어린 아이의 심리를
이해하지 않는 교육의 바퀴가 무자비하게 어린 아이를 희생
시킨다. 그 점은 교육자에게 반성을 촉구하고 문제가 되었
다. 특히 수험 지옥이 심한 우리나라에서는 피해자인 젊은이
는 이 소설이 남의 일 같지 않다는 것을 느낄 것이다.

　그 점에 대해서, 만년의 헤세는『나는 그 성장기의 위기를
그리고, 그 기억에서 자기를 해방하려고 했다……나는 학
교, 신학(神學), 전통, 권위 등의 힘, 즉 한스 기벤라트가 굴
복하고, 내 자신도 과거에 거의 굴복할 뻔했던 그 힘에 대해
얼마간 탄핵자, 비판자의 역을 맡아 했다.』고 《과거와의 우
연한 만남》(Begegnungen mit Vergngenheit, 1953)에
적고 있다. 하기야 그는, 이 학생 소설을 썼을 때는 제재(題
材)를 익숙하게 다루는데 충분히 성숙해 있지 않았기 때문
에 부분적으로밖에 성공하지 않고 있다는 것을 인정하고 있
다.

　하지만, 헤세의 경우에는 더욱 어려운 요소가 있었다. 그
는 이 소설 집필의 이십년 후 《자전 소묘(自傳素描)》(Kur-
zgehasster Lebenslauf, 1925)에 다음과 같이 적고 있다.
『학교 시절의 처음에 나는 좋은 학생으로, 적어도 클라스의
최상위를 항상 차지하고 있었다. 하나의 인격이 될만한 것이
면 반드시 부딪치지 않으면 안 되는 싸움이 시작되는 것과
동시에 처음으로 나는 차츰 학교와 충돌하기 시작했다. 이십
년이 지나고서 겨우 나는 그 싸움의 의미를 이해했다…….

사정은 이러했다. 즉 13세 때부터 내게는 자신은 시인이 되거나, 그렇지 않으면 아무것도 되고 싶지 않다는 한 가지 일이 명백해졌다. 하지만 이 명확함은 차츰 다른 고통스러운 인식이 보태져 왔다.』

다른 고통스러운 인식이라고 하는 것은, 시인을 양성하는 기관이 없다는 것이었다. 다른 직업에는 음악가나 화가가 되는데도 학교나 그밖의 시설이 있었으나 시인이 되는 것을 가르치는 곳은 없었다. 시인밖에 되고 싶지 않다고 생각해도, 그 시인이 되는 길을 알 수 없었다. 시인이라고 하는 것은 명예로 삼고 교과서에서 찬미되었으나, 시인이 되려고 하는 사람은 수상쩍은 사람으로 경멸을 받았다. 헤세도 달리 길이 없었기 때문에 하는 수 없이 신학교에 들어갔으나 그 내적(內的)인 욕구 불만과 외적인 억압이 끝내 『내면의 폭풍』을 불러 일으켜 탈주하게 되었다. 소년 헤세의 내부에는 셰익스피어의 이른바 아름다운 열광이 들끓고 있었다. 아름다운 열광은 사람을 시인이 되게 하나, 광인(狂人)이 되게도 하는 무서운 힘이다. 헤세는 그것에 홀리고 있었다. 그것을 창작으로서 결실있는 형태로 발산시킬 수 있게 되기까지는 어쩔 수 없는 혼미(混迷)가 계속되었다.

소설의 하일너는 아름다운 열광에 홀렸으나, 그 나름대로 배출구를 발견했다. 그 때문에 노이로제에 걸리고 연소한 나이에 벌써 삶의 권태로 고민했다. 사춘기의 동요되기 쉽고 상처입기 쉬운 소년이 그러한 염세적(厭世的)인 피로에 사로잡히는 것은 드문 일이 아니다. 그것은 인간적인 고뇌이지 동정하거나 나무랄 것이 아니라고 괴테는 젊은 베르테르의 고민 시절을 회고하고 말했다.

헤세나 소설의 한스 경우에도 선생들은 교육의 열의와 선의를 가지고 있었을 테지만, 소년이 고뇌하는 삶의 권태에 대해 이해를 가지려고 하지 않았으며, 그러한 소년을 위험한 전염병에 걸린 사람처럼 귀찮은 존재로 취급했다. 《수레바퀴 밑에서》는 그것이 규탄되어 있다. 꽃망울처럼 저항력이 없는 소년에 대해 동정심을 가지지 않는 사람에게 비난이 가해지는 것은 당연하다. 한스 소년은 순진한 자연아(自然兒)이다. 그것이 왜곡되고 기세를 꺾어 버린 것은 어른의 책임이다. 헤세 자신이 탈주 후 무엇을 시켜도 안 되고, 어느 학교에서도 받아주지 않았으나, 그런 때에도 자기에게 좋은 천분(天分)과 어느 정도의 성실한 의지가 있다는 것을 인정해 준 사람이 얼마든지 있었다고 헤세는 《자전 소묘》에서 술회하고 있다. 그것을 인정해 주려고 하지 않았던 학교에 헤세가 이른바 원한을 가진 것은 틀림이 없다. 그렇지만 헤세도 나이를 먹은 뒤에는 마울브론의 신학교 시절을 그리워하며, 그 추억을 갖가지 형태로 아름답게 적어 두고 있다.

헤세에게 악몽 같았던 신학교 생활의 일면을 내뱉고, 마음의 상처 자국을 씻어낼 필요가 있었다. 그렇지만 고향과 마울브론의 묘사에는 뛰어나게 아름다운 매력이 있다. 시험을 끝낸 뒤 한스가 후덥지근한 열기가 나는 여름의 들판에서 상기되어 메뚜기를 잡을 때, 무심히 낚싯줄을 드리울 때, 소년은 얼마나 어린아이답게 생기있는 것인가? 이 한결같은 소년의 슬픔과 즐거움, 신학교 학생들의 흐뭇하고 유머러스한 군상(群像), 그런 것은 이 학생의 비극을 사랑스런 이야기가 되게 하고 있다.

헤세의 주요 작품

《낭만적인 노래, Romantische Lieder》,1899.
　처녀 시집.
《자정 이후의 한 시간, Eine Stunde hinter Mitterna-
　cht》,1899. 산문(散文)의 소품집.
《헤르만 라우셔, Hermann Lauscher》, 1901. 초판은 헤
　르만 라우셔의 유고(遺稿)의 글과 시, 헤세 편
《시집(詩集), Gedichte》, 1920년. 후에 《청춘 시집(靑春
　詩集), Jugendgedichte》, 1950년으로 개제.
《향수(鄕愁), Peter Camenzind》, 1904. 최초의 장편으
　로 출세작.
《수레바퀴 밑에서, Unterm Rad》, 1906. 장편.
《봄의 폭풍, Gertrud》, 1910. 장편.
《인도에서, Aus Indien》, 1913. 인도 여행의 수기.
《호반의 아틀리에, Rosshalde》, 1914. 장편.
《크눌프, Knulp》, 1915. 장편.
《고독한 자의 음악, Music des Einsamen》, 1915. 시집.
《청춘은 아름다워라, Schön ist die Jugend》, 1916.
《데미안, 어떤 청춘 이야기, 에밀 싱클레어 작, Demian.
　Die Geschichte einer Jugend von Emil Sinclair》,
　1919. 처음에 싱클레어란 가명으로 발표되었으나, 1920
　년 제9판부터 헤세 작 《데미안, 에밀 싱클레어의 청춘 이
　야기, Demian. Die Geschichte von Emil Sinclairs
　Jugend》로 되었다.

《뫼르헨, Märchen》, 1919. 증보판 1955. 창작 동화.

《방랑(放浪), Wauderung》, 1920. 수기(手記). 글과 시와 그림.

《화가(畫家)의 시, Gedichte des Malers》, 1920. 그림과 시.

《클링조르의 마지막 여름, Kliugsors letzter Sommer》, 1920. 단중편(短中篇) 셋.

《싯다르타, Siddahartha》, 1922. 장편.

《탕치객(湯治客), Kurgast》, 1925. 탕치 수기.

《그림책, Bilderbuch》, 1926. 풍물 인상기(風物印象記), 소품.

《뉘른베르크의 여행, Die Nürnberger Reise》, 1927. 기행(紀行).

《황야의 이리, Der Steppenwolf》, 1927. 장편.

《관찰(觀察), Betrachtungen》, 1928. 평론.

《위기(危機), Krisis. Ein stück Tagebuch》, 1928. 한정판 시집.

《밤의 위안(慰安), Trost der Nacht》, 1929. 시집.

《세계 문학을 어떻게 읽는가, Eine Bibliothek der Weltliteratur》, 1929. 레클람 문고를 위한 세계 문학 안내지만 독서론이기도 하고, 후에 〈애독서(愛讀書)〉가 보태졌다.

《나르치스와 골트문트, Narziss und Goldmund》, 1930. 장편.

《내면(內面)에의 길, Weg nach Innen》, 1931. 소설집. 《싯다르타》와 《클링조르의 마지막 여름》의 합본.

《동방 순례(東方巡禮), Die Morgenlandhart》, 1932. 중편 소설.

《작은 세계, Kleine Welt》, 1933. 소설집.

《이야기 책, Fabulierbuch》, 1935. 우화(寓話), 단편집.

《회고록, Gedenkblätter》, 1937. 증보판. 1950. 회고 수
상집(回顧隨想集)

《신시집(新詩集), Neue Gedichte》, 1937.

《시집(詩集), Die Gedichte》, 1942. 처음에 스위스에서
나온 전시집(全詩集).

《유리알 유희, Das Glasperlenspiel》, 1943. 〈연희 명인
(演戲名人), 요제프 크레히트 전기(傳記)의 시도, 크네히
트의 유고(遺稿)를 곁들여서〉라는 부제가 있는 장편.

《꿈의 발자국, Traumfährte》, 1945. 새로운 단편과 동
화.

《전쟁과 평화, Krieg und Frieden》, 1946. 증보판 1949.
〈1914년 이후의 전쟁과 정치에 대한 관찰〉. 로망 롤랑에
게 바쳤음.

《만년(晚年)의 산문, Späte prosa》, 1951. 행복론 등의
감상과 소품.

《서간집(書簡集), Briefe》, 1951.

《헤세와 로망 롤랑의 편지, Hesse, R. Rolland, Briefe》,
1954.

《층계, Stufen》, 1961. 구시초(舊詩抄)와 신시(新詩).

연 보

1877년 7월 2일, 남부 독일의 슈바벤의 칼브에서 태어남.

1881년 4세. 헤세의 집안이 스위스의 바젤로 이사함. 부모는
　　　　해외 포교사(布敎師)의 지도를 하는 일에 종사.

1886년 9세. 가족 모두 칼브에 되돌아옴.

1890년 13세. 신학교 수업을 위해 괴팅겐의 라틴 어 학교에
　　　　들어감.

1891년 14세. 7월 마울브론의 신학교 입학 시험에 합격. 9월
　　　　입학.

1892년 15세. 3월 신학교를 발작적으로 도망침. 5월 퇴학.
　　　　정신 요법을 하는 목사에게 맡겨졌으나 신경 쇠약
　　　　때문에 자살 미수. 바젤의 전도관에 맡겨짐. 11월 칸
　　　　슈타트의 고교에 들어감.

1893년 16세. 10월 고교를 퇴학. 같은 달 말, 에스링겐에서
　　　　책방의 견습점원이 되었으나 3일 만에 도망침. 칼브
　　　　에 돌아와 목사인 아버지의 일을 거들어줌.

1894년 17세. 10월 칼브의 영세 공장의 견습공이 됨.

1895년 18세. 10월 대학 거리 튀빙겐의 헤켄하워 서점의 견
　　　　습 점원이 되어 겨우 안정됨. 시와 산문을 씀.

1899년 22세. 《낭만적인 노래》《자정이후의 한 시간》간행.
　　　　가을 바젤의 라이히 서점으로 옮김.

1901년 24세. 제1회 이탈리아 여행(프렌체, 라벤나 등으로). 《헤르만 라우셔의 유고의 글과 시》 간행.

1902년 25세. 《시집》을 간행. 어머니에게 바쳤으나 어머니는 그 직전에 돌아가심.

1904년 27세. 《향수》를 베를린의 피셔 출판사에서 간행. 일약 문명(文名)을 떨침. 이듬해 이것으로 빈의 바우에룬 펠프상을 받음. 마리아 베르누리와 결혼.

1906년 29세. 《수레바퀴 밑에서》 간행.

1907년 30세. 《이 기슭》을 간행. 아내에게 바침. 이 해부터 1912년까지 헤세는 잡지 〈3월〉의 공동 편집자가 되고, 초고(初稿)의 대부분을 이 잡지에 발표함. 자기 집을 지었음.

1910년 33세. 《봄의 폭풍》 간행. 강심제(強心劑)의 연구로 유명한 의사 알베르트 프렝켈과 친하게 지내고, 그 기념으로 사나토리움의 수기 《평화의 집》을 씀.

1911년 34세. 《도상(途上)》 간행. 한여름에서 연말까지 싱가포르, 수마트라, 실롱을 여행.

1912년 35세. 스위스의 수도 베른 근처로 이사하고 죽어서 세상을 떠난 화가 베르티의 집을 빌림. 《둘러가는 길》 간행.

1913년 36세. 《인도에서》 간행.

1914년 37세. 《호반의 아틀리에, Rosshalde》 간행. 제1차 세계 대전이 시작하자, 헤세는 독일 국민병으로 베를린 영사관에서 사열을 받았으나, 병역은 면제되고, 베른의 포로 보호 기관을 위해 일하면서 독일 포로의 위문을 위해 헌신적으로 봉사. 11월 〈신(新) 취리히 신문〉에 평론 〈오, 벗이여, 그 가락을 그만두어라!〉를 기고.

1915년 38세. 《크눌프》《고독자의 음악》간행. 8월 로망 롤 랑 내방. 평화주의를 주장했기 때문에, 독일에서 매 국노처럼 비난받고, 신문 잡지에서 외면당함.

1916년 39세. 아버지가 죽음. 칼브에 귀향. 아내의 정신병 악화와 입원. 자신도 노이로제에 걸리고, 정신병 의 사 랑그의 치료를 받고 루체른 교외의 보호소에 들 어감.《청춘은 아름다워라》간행.

1919년 42세. 《데미안》을 싱클레어란 가명으로 피셔 출판사 에서 간행. 이듬해 9판째부터 헤세 작으로 했음. 신 인 싱클레어에게 보내진 베를린의 폰타네상을 되돌 려 줌.《뫼르헨》간행. 남부 스위스의 루가노 교외 몬타뇰라에서 혼자 삶. 수채화를 그리기 시작함.

1920년 43세. 《방랑》《화가의 시》《클링조르의 마지막 여 름》간행

1922년 45세. 《싯다르타》간행.

1923년 46세. 정식으로 이혼. 이 해부터 헤세는 매년 늦가을 이면, 취리히 근교의 온천 바덴에서 좌골 신경통과 류머티즘 치료를 위해 탕치. 10년에 걸침. 국적상 스 위스 국민이 됨.

1924년 46세. 1월 루트 벵거와 결혼.

1925년 48세. 《탕치객(湯治客)》간행. 이 해부터 헤세의 저 작은 『단행본의 저작집』형태로 체재를 갖추고 피셔 출판사에서 나오기 시작함. 가을, 남부 독일을 강연 여행을 하고, 뮌헨으로 토마스 만을 방문.

1926년 《그림책》간행. 포로이센 문예원(文藝院)의 재외(在 外) 회원으로 선출됨.

1927년 50세. 《뉘른베르크의 여행》《황야의 이리》간행. 루 트와 이혼.

1928년 51세. 《관찰》《위기》간행.

1929년 52세. 《밤의 위안》간행. 《세계 문학 문고》《세계 문학을 어떻게 읽는가?》를 레클람 문고를 위해 집필하여 간행.

1930년 《나르치스와 골트문트》간행. 프로센의 문예원에서 탈퇴.

1931년 54세. 《내면에의 길》《싯다르타》등 4편을 수록하여 간행. 여름 12년간 살았던 카사 카무치의 집으로부터 친구 보드마가 지어 준 집으로 이사. 니논 여사와 가을에 결혼.

1932년 55세. 《동방 순례(東方巡禮)》간행. 괴테가 죽은 백년제(百年祭)를 위해 《괴테에의 감사》를 발표.

1933년 56세. 《작은 세계》간행. 히틀러 정권 성립.

1935년 58세. 《이야기 책》간행.

1936년 59세. 스위스 최고의 문학상 고트프리트 켈러상 수상.

1937년 60세. 《회고록》《신시집》간행.

1939년 62세. 제2차 세계 대전이 시작됨. 독일에서는 『바람직하지 못한 작가』헤세의 책에 출판 용지의 할당이 금지됨.

1941년 64세. 헤세의 책이 스위스에서 간행되기 시작함.

1942년 65세. 《시집》, 이제까지의 시전집을 스위스 판 저작집으로서 간행.

1943년 66세. 《유리알 유희》2권 책으로서 나옴.

1945년 68세. 제2차 대전이 끝남. 《꿈의 발자국》간행.

1946년 69세. 《전쟁과 평화》를 간행. 44년에 죽은 로망 롤랑에게 바침. 괴테 상과 노벨 문학상을 수상. 헤세의 저작은 독일에서도 피셔 출판사의 후신(後身) 즈루캄프 출판사에서 나오게 됨.

1947년 70세. 지드 내방. 베를린 대학에서 명예 박사의 칭호
　　　　를 받음. 칼브 시의 명예 시민이 됨.

1950년 73세. 라베 상을 브라운슈바이크 시에서 수상.

1951년 74세. 《만년의 산문》《서간집》간행.

1952년 75세. 75세의 기념 행사가 독일 스위스에서 거행됨.
　　　　6권의 《헤세 전집》즈루캄프 출판사에서 간행.

1954년 77세. 《헤세와 로망 롤랑의 편지》간행. 호이스 서독
　　　　대통령으로부터 푸르 르 메리트 훈장을 수여받음.

1955년 78세. 독일 출판계의 평화상을 수여받음. 《과거를
　　　　되부르다》간행.

1956년 79세. 헤르만 헤세 상이 서독 칼스루에 시에 만들어
　　　　짐.

1957년 80세. 즈루캄프 출판사판 《헤세 전집》에 《관찰》《서
　　　　간집》등을 수록한 제7권이 증보됨.

1961년 84세. 《층계》간행.

1962년 85세. 8월 9일 몬타뇰라의 자택에서 사망함.

1965년 《유고에서의 산문》이 나옴.

1966년 미망인 니논 헤세 사망함.

싯다르타 • 수레바퀴 밑에서

■ 저　자 / 헤르만　헤세
■ 역　자 / 강　　태　　정
■ 발행자 / 남　　　　용
■ 발행소 / 一信書籍出版社

주소 : 121-110 서울 마포구 신수동 177-3
등록 : 1969. 9. 12. NO. 10-70
전화 : 영업부 703-3001~6
FAX 703-3009